AUTORA BEST-SELLER DO *THE NEW YORK TIMES*

SYLVIA DAY

TÃO PERTO

ELE FARÁ QUALQUER COISA PARA TÊ-LA DE VOLTA

São Paulo
2023

So close
Copyright © 2023 by Sylvia Day

© 2023 by Universo dos Livros

Todos os direitos reservados e protegidos pela Lei 9.610, de 19/02/1998. Nenhuma parte deste livro, sem autorização prévia por escrito da editora, poderá ser reproduzida ou transmitida, sejam quais forem os meios empregados: eletrônicos, mecânicos, fotográficos, gravação ou quaisquer outros.

Diretor editorial
Luis Matos

Gerente editorial
Marcia Batista

Assistentes editoriais
Letícia Nakamura
Raquel F. Abranches

Tradução
Marcia Men

Preparação
Marina Constantino

Revisão
Nathalia Ferrarezi
Bia Bernardi

Arte
Renato Klisman

Capa
Frauke Spanuth

Diagramação
Beatriz Borges

Dados Internacionais de Catalogação na Publicação (CIP)
Angélica Ilacqua CRB-8/7057

```
D315t
     Day, Sylvia
         Tão perto / Sylvia Day ; tradução de Marcia Men. -- São Paulo : Universo dos
     Livros, 2023.
         368 p. (Blacklist ; Vol. 1)

         ISBN 978-65-5609-352-9
         Título original: So close

         1. Ficção norte-americana 2. Literatura erótica
         I. Título II. Men, Marcia III. Série

 23-1414                                                                    CDD 813
```

Universo dos Livros Editora Ltda.
Avenida Ordem e Progresso, 157 — 8º andar — Conj. 803
CEP 01141-030 — Barra Funda — São Paulo/SP
Telefone: (11) 3392-3336
www.universodoslivros.com.br
e-mail: editor@universodoslivros.com.br

Para Shanna.

"Não existem fatos, apenas interpretações."
— *Friedrich Nietzsche*

CAPÍTULO 1

Witte

A festa é uma aglomeração animada, mas estou agudamente a par de uma presença de importância única — a esposa de meu patrão, uma mulher morta há vários anos. Manhattan reluz na vasta noite que envolve a torre da cobertura. Nuvens ensaboam as janelas que cobrem a parede de cima a baixo, obscurecendo e depois revelando a vastidão do Central Park e de seu reservatório lá embaixo, sombria como o rio Estige. A torre estala conforme oscila de leve com as rajadas do vento noturno, o som lamurioso escondido sob a música e o mar de conversas.

No interior das paredes de vidro, a tensão fervilha. Uma eletricidade perigosa deixa o ar carregado, resultado inevitável de confinar rivais num espaço neutro. Contidos pelo decoro e pelo medo da perda de prestígio, adversários se irritam, garras e presas recolhidas apenas de modo breve e ressentido.

O evento é uma festa de gala em homenagem a uma nova linha de dermocosméticos. Os convidados são os mais famosos entre a jovem elite de Manhattan, uma seleção dos muito belos e muito ricos. Entre eles, há amizades celebradas e rixas infames. É um testemunho da força do sr. Black que ele consiga reunir um grupo tão diverso — e polêmico — em seu lar.

Como enxadristas, os convidados escolheram as posições mais vantajosas. O amigo mais antigo do sr. Black, Ryan Landon, encontra-se do lado oposto ao de Gideon Cross, sócio do sr. Black, na sala de estar espaçosa, ambos perpetuando uma inimizade herdada de seus pais. Por mais lamentável que seja o conflito entre eles, ainda posso admirar a pureza de sua antipatia escancarada um pelo outro.

Em comparação, os principais adversários do sr. Black — seus meios-
-irmãos, Ramin e Darius — solapam-no sempre que isso os beneficia.
E, então, temos Amy, a esposa de Darius, a única mulher no salão que
não olha para o sr. Black. Nem uma espiadinha furtiva.

Os espaços entre esses jogadores cruciais são preenchidos por subcelebridades de reality shows, influenciadores digitais, modelos e músicos. Lampejos de luz se refletem em vestidos brilhosos e janelas amplas, enquanto celulares tiram uma quantidade quase infinita de selfies que serão compartilhadas com milhões de seguidores. A maioria das empresas paga valores exorbitantes por endossos tão fotogênicos, mas não é o que acontece esta noite. Um convite para a cobertura é uma grande conquista social, assim como a proximidade com Cross e sua esposa, Eva, aparentemente o casal mais popular do mundo, de acordo com a cobertura da mídia.

Olho para a sala de estar ao meu redor, assegurando que a equipe de garçons está presente, mas sem chamar a atenção, fornecendo canapés e bebidas enquanto retira as taças Baccarat e os pratos de porcelana Limoges descartados.

Buquês extravagantes de lírios blacklist decoram os tampos de prata de lei das mesas de jacarandá africano, acrescentando textura e glamour sem cor nem fragrância. Música serpenteia pelo salão, efervescente e atual. O cantor está presente, descansando apoiado em uma parede com o braço em torno da cintura de uma mulher, os lábios no maxilar dela. Os olhos dele estão no sr. Black, mas passam para mim assim que o smartwatch no meu punho emite um sinal, anunciando a chegada de novos convidados.

Passo para o hall de entrada.

No instante em que a morena esguia desliza pela porta principal num luxuoso par de salto agulha feito para desfiles breves, sei que meu patrão irá seduzi-la. Ela chegou com um cavalheiro atraente, mas isso é irrelevante. Ela vai sucumbir; todas sucumbem.

A dama lembra a falecida sra. Black: cabelo retinto, olhos verdes sedutores, lábios escarlate. Uma beldade, sim, mas uma pálida imitação da mulher imortalizada no retrato que o sr. Black tanto estima. Todas são.

Saúdo ambos com um aceno de cabeça e me ofereço para carregar o xale dela, ficando a seu lado enquanto seu acompanhante atencioso a auxilia.

— Obrigada — diz, enquanto seu acompanhante me entrega a peça cintilante.

Ela está falando comigo, mas o sr. Black já prendeu sua atenção, e o olhar dela repousa nele. A despeito de sua retirada deliberada para as bordas da sala, sua altura imponente faz com que ele seja impossível de ignorar. Sua energia é um incêndio fustigante, contido apenas por uma força de vontade tremenda. É um homem que se porta com uma austera economia de movimentos e, no entanto, passa a impressão de furor. Posso ver o esforço feito por nossa nova convidada para desviar o olhar dele e analisar as festividades.

A irmã do sr. Black, Rosana, mantém a posição de comando defronte às janelas. Ela é uma beldade alta e sombria num vestido turquesa com pedrarias. Cabelos brilhantes cor de mogno caem sobre seus ombros, um contraste marcante com o loiro platinado de Eva Cross, que se encontra de pé a seu lado, pequena, cheia de curvas e vestida de seda num tom azulado elegante. Junto a Rosana, Eva é embaixadora desse novo empreendimento; duas mulheres tão diferentes, mesmo assim, ambas queridinhas dos tabloides e das redes sociais.

Olho para o sr. Black, procurando sua reação à aparição mais recente. Vejo o que esperava: um olhar focado. Enquanto ele a analisa, seu maxilar se contrai. Os sinais são sutis, mas sinto sua decepção terrível e a onda de autocrítica resultante.

Por um momento, esperou que fosse ela. *Lily*. Uma mulher cuja beleza extravagante está imortalizada numa única imagem, pendurada nos aposentos privados dele, mas cuja importância profunda assombra este lar e o homem que o comanda. É de partir o coração que ele continue a procurá-la em toda mulher.

Lily já estava ausente da vida do sr. Black antes de ele contratar meus serviços, então a conheço apenas de forma póstuma, mas estou numa posição em que escuto muita coisa. Que ela era incrivelmente adorável, isso é reconhecido por todos; muitos dizem que ela continua sendo a pessoa mais linda que já viram. Embora seu nome de batismo sugira delicadeza e fragilidade, conhecidos a descrevem como independente, perspicaz e ousada. Ela é lembrada como bondosa e encorajadora, divertida e bastante interessada nos outros, uma qualidade que eu argumentaria ser muito melhor do que ser interessante.

Por algum tempo, tive somente essas parcas impressões e opiniões — até certa noite atormentada, quando o sr. Black estava inebriado pela bebida e quase fora de si, não mais capaz de suprimir o luto furioso em seu interior. Entendi, então, o controle que ela continua tendo sobre ele; posso sentir o poder dela quando olho para o retrato massivo que domina a parede em frente à cama.

No quarto dele, a imagem de Lily é o único ponto de cor, mas não é isso o que torna a fotografia tão chocante. É a expressão em seus olhos, febril e incisiva.

Seja lá quem fosse Lily, seu amor por Kane Black consumia os dois. Aquela obsessão continua sendo o elemento mais perigoso da vida dele.

Observo enquanto nossa mais nova convidada navega em meio aos outros, separando-se de seu acompanhante enquanto se move na direção do sr. Black. Parece brilhante como o fogo num vestido escarlate, mas ela é a mariposa, e a chama é ele.

Um jornal popular declarou recentemente que ele é o homem mais sexy do mundo. O sr. Black tem quase trinta e três anos e é rico o bastante para bancar minha contratação, a sétima geração de mordomos de linhagem britânica, treinado para lidar de modo impecável com qualquer situação, desde a mais mundana até crises extremas. Ele é distante e indecifrável, mas as mulheres são atraídas por ele sem nem pensarem em autopreservação. A despeito de todos os esforços dessas mulheres, ele permanece ferrenhamente indisponível. O sr. Black é um viúvo que se mantém profunda e completamente casado.

Sua companhia mais frequente, a loira esbelta que paira por perto, cintila em marfim e pérolas. É a mãe dele, embora ninguém desconfiaria da relação se ela não fosse conhecida por todos. A idade não é a única coisa que Aliyah esconde bem. A única pista de sua natureza é a manicure: as unhas compridas lixadas num formato amendoado convencional que lembra garras.

Quando me viro para o armário dos casacos, ouço o estouro de uma rolha de champanhe. Taças de cristal tilintam alegremente, e há o zumbido de conversas. Uma pequena fortuna em sapatos de grife batem e estalam pelo piso de obsidiana de uma reflexividade tão pristina a ponto de ser quase líquida, trazendo à mente as mais calmas das águas noturnas. A residência do sr. Black é um exemplo de maximalismo: madeiras escuras, pedra natural, couros e peles luxuosas... tudo nos tons mais escuros, criando um espaço tão elegante e masculino quanto o proprietário.

Minha filha me assevera que ele é abençoado com uma aparência incomumente bela e amaldiçoado com algo que ela afirma ser ainda mais cativante: uma quentura taciturna e provocativa. O fato de ele ter amado uma vez de maneira tão profunda e continuar tão envolto em seu luto particular é um atrativo potente. Seu ar de inacessibilidade é irresistível, diz ela.

Não é um artifício. Desconsiderando-se suas várias ligações sexuais, o sr. Black é comprometido no sentido mais profundo da palavra. A lembrança de Lily o deixou oco. Ele é a casca de um homem; no entanto, eu vim a amá-lo como um pai ama a um filho.

Uma mulher ri bastante alto. Bebeu demais, claramente. E não está sozinha no excesso de indulgência. Uma taça cai da mão descuidada de alguém e se quebra, com a inconfundível música dissonante de caquinhos de vidro tilintando.

CAPÍTULO 2

Witte

— Você a acompanhou até a saída, Witte?

O sr. Black entra na cozinha na manhã seguinte vestindo um terno da Savile Row e uma gravata com um nó perfeito; nenhuma das duas coisas fazia parte de seu guarda-roupa antes de minha contratação. Eu lhe ensinei os atrativos da roupa sob medida para cavalheiros, e ele foi um aluno ávido.

Pela aparência, mal posso ver o jovem bruto que me contratou seis anos atrás, tão recentemente viúvo e paralisado pelo luto que minha primeira tarefa foi lidar com qualquer um que se aproximasse com perguntas ou condolências. Com o tempo, ele transformou sua dor numa ambição ardente. Isso — somado à sua inteligência singular — reviveu a companhia farmacêutica que seu pai tornara insolvente por meio de desfalques.

Contra tudo e contra todos, foi bem-sucedido — de modo brilhante.

Eu me viro e coloco o desjejum dele na bancada de mármore preto, posicionando-o com perfeição entre a prataria já preparada. Ovos, bacon, frutas frescas — os itens de sempre.

— Sim, a srta. Ferrari foi embora enquanto o senhor estava no chuveiro.

Uma sobrancelha castanho-escura se ergue.

— Ferrari? Sério?

Não estou surpreso por ele não ter perguntado o nome dela, apenas triste. Quem as mulheres são não importa; somente importa o fato de que trazem Lily à mente dele.

Nunca o vi demonstrar afeição genuína a nenhuma mulher além de sua irmã, Rosana. Ele é polido com seus casos amorosos, sempre.

Atencioso na fase da conquista. Mas os *affairs* são limitados a uma única noite. Ele nunca enviou flores a uma amante, nunca se permitiu um telefonema galanteador nem convidou ou levou uma mulher para um jantar. Não tenho conhecimento de como trata uma mulher com quem tem uma ligação íntima. Esta é uma lacuna em meus conhecimentos sobre ele que talvez nunca seja preenchida.

O sr. Black pega o café que coloquei diante dele, sem dúvida repassando em sua mente os compromissos do dia, sua amante mais recente descartada de seus pensamentos para sempre. Raramente dorme e trabalha em demasia. Os sulcos profundos em ambos os lados de sua boca não deveriam estar ali em alguém tão jovem. Já o vi sorrir e até o ouvi rir, mas a diversão nunca alcança seus olhos. Ele suporta a vida; ele não a vive.

Incentivei-o a tirar um momento para desfrutar de suas realizações. Ele me diz que desfrutará melhor da vida quando estiver morto. Reunir-se com Lily é sua única aspiração verdadeira. Tudo o mais é puro passatempo.

— Você fez um excelente trabalho na festa de ontem à noite, Witte — comenta, um tanto distraído. — Sempre faz, mas, ainda assim, não custa nada dizer quanto o aprecio, não é?

— Sim. Muito obrigado.

Eu o deixo sozinho para comer e ler o jornal do dia, descendo um longo corredor com paredes espelhadas para a ala particular da residência, que ele não divide com ninguém. A adorável srta. Ferrari passou a noite num quarto na extremidade oposta da cobertura, numa suíte toda branca e estéril, meticulosamente projetada para não ter nada a ver com o resto da casa. É um espaço do qual Lily não gostaria, como se isso, por si só, fosse suficiente para impedir que seu espectro veja e fique sabendo de tudo.

Logo depois de me contratar, o sr. Black adquiriu a cobertura, enquanto a torre ainda se encontrava em construção. Ele supervisionou a obra minuciosamente, desde o posicionamento das paredes e das portas até a escolha de materiais. Não sei dizer, contudo, se o espaço reflete seu estilo pessoal. Ele escolheu cada item de mobília e decoração com o gosto de sua amada Lily em mente. Não queria um recomeço livre da memória dela; queria apenas uma residência na cidade, e certificou-se de incluir sua finada esposa. Há lembretes dela em todo lugar, em quase tudo. Nesse sentido, sinto que a conheço.

Elegante. Dramática. Sensual. Sombria, sempre sombria.

Paro no limiar do quarto do sr. Black, sentindo a umidade remanescente de seu banho. As suítes conjugadas ocupam todo um lado da residência, com closets espaçosos, banheiros com o mesmo acabamento em mármore e uma sala de estar compartilhada.

Na suíte da senhora, os pés da cama ampla e profunda dão para a Billionaire's Row e o rio Hudson, e, à direita, há uma vista de Lower Manhattan. Pores-de-sol espalham chamas pelo quarto suntuosamente decorado e ricamente mobiliado, aquecendo a decoração subaquática que renovo com buquês exuberantes a intervalos de poucos dias, a pedido de meu patrão. O quarto dela está sempre preparado, à espera de uma mulher que se foi antes que ele se tornasse seu. Suas iniciais, LRB, estão gravadas ou bordadas em quase tudo, como se para garantir a Lily que o espaço pertence apenas a ela. Suas roupas enchem o armário e as gavetas. Seu banheiro particular está abastecido.

Pela lógica, o eco vazio do abandono deveria arruinar a linda suíte; no entanto, há uma energia estranha aqui, precursora da própria vida.

Lily perdura, invisível, mas perceptível.

A suíte máster, em comparação, é esparsa. O sr. Black dorme sobre uma plataforma delgada, escolhida para reduzir quaisquer distrações da imensa imagem que domina a parede oposta à que ele repousa a cabeça à noite. Flores-de-lis decoram os puxadores das gavetas e estão bordadas em seus lençóis. Lá embaixo, além das janelas, Nova York se estende como uma dádiva, mas ele posicionou sua cama de costas para a paisagem e diante do retrato de Lily. É o emblema de como ele leva sua vida: indiferente ao mundo, possuído por uma mulher que se foi há muito tempo.

O sr. Black termina seus dias com Lily. Seu retrato é a última coisa que vê, e ele acorda com a visão dela. Ao contrário do quarto da finada esposa, o dele lembra um túmulo, frio e sinistramente silencioso, isento de animação.

Dando as costas para o panorama do lado nordeste do Central Park, a mulher cuja perfeição imortal domina a atenção das pessoas atrai meu olhar. É um retrato íntimo, quase rude. Lily, em tamanho natural, reclina-se na diagonal sobre uma cama desarrumada; seu tronco coberto pelas dobras de um lençol branco e seus membros esguios emaranhados nos longos cabelos pretos. Seus lábios estão inchados de beijar, as bochechas coradas, as pálpebras pesadas de desejo e possessividade. Em contraste com a parede de cor acinzentada, ela convida à beleza, à obsessão e à destruição com seu canto de sereia.

Mais de uma vez, flagrei-me olhando fixamente, cativado por seu rosto irretocável e por sua sensualidade potente. Algumas mulheres prendem homens em suas redes pelo simples fato de existirem.

Ela era tão jovem, mal entrando nos vinte anos, mas deixou uma impressão profunda em todos que a conheceram. E deixou seu marido num tormento, destruído pela dúvida, pela culpa e por perguntas de partir o coração… perguntas cujas respostas ela levou para seu túmulo aquático.

CAPÍTULO 3

Witte

À medida que entro no tráfego com o Range Rover, o sr. Black emite ordens bruscas em seu celular. Mal são oito da manhã, e ele já está mergulhado na administração dos vários aspectos de sua dinastia crescente.

Manhattan transborda ao nosso redor, lotada com torrentes de carros e pessoas apressadas em todas as direções. Em determinados pontos, pilhas de sacos de lixo com quase dois metros ocupam as calçadas, à espera de serem retiradas. Essa visão me desanimava quando cheguei a Nova York, mas agora é apenas parte do cenário.

Aprendi a gostar desta cidade, tão diferente dos verdes vales e das colinas de minha terra natal. Não há nada que não se possa encontrar aqui. A energia, a diversidade e a complexidade das pessoas daqui são inigualáveis.

Meu olhar dardeja de um lado para o outro, dos carros para os pedestres. À nossa frente, um caminhão de entregas bloqueia a via de mão única. Na calçada da esquerda, um sujeito barbudo leva um grupo de cães empolgados em seu passeio matinal, manejando com destreza meia dúzia de guias. Na da direita, uma mãe vestida com roupas de corrida empurra um carrinho de bebê em direção ao parque. O sol está brilhando, mas os edifícios altos e as árvores de copas espessas sufocam a luz.

O congestionamento se estende.

O sr. Black continua suas negociações com tranquilidade e autoconfiança, mantendo a voz calma e assertiva. Os carros começam a se arrastar adiante, ganhando velocidade em seguida. Vamos para o centro da cidade. Por um breve período, somos abençoados com sucessivos faróis verdes. Aí nossa sorte acaba pouco antes de atingirmos nosso destino, quando um farol vermelho me faz parar.

Uma inundação de pessoas flui à nossa frente, a maioria de cabeça baixa e algumas com fones de ouvido que, suponho, oferecem uma trégua da cacofonia da cidade agitada. Olho para o relógio, certificando-me de que estamos no horário.

Um súbito ruído de dor gela o sangue em minhas veias. É um gemido contido, vagamente inumano. Virando a cabeça sem demora, espio o banco traseiro, alarmado.

O sr. Black está sentado imóvel e silencioso, com os olhos opacos como carvão, o rosto drenado de cor. Seu olhar desliza pela faixa de pedestres, acompanhando. Olho na mesma direção, procurando.

Uma morena escultural se afasta depressa de nós. Seu cabelo é curto e sofisticado, num corte que roça seu maxilar cinzelado. Não é a cabeleira exuberante de Lily, de forma alguma. Mas, quando ela se vira para seguir pela calçada, acho que pode ser seu rosto incomparável.

A porta de trás se abre com violência. O taxista atrás de nós grita obscenidades pela janela aberta.

— *Lily!*

O fato de que meu patrão chegasse ao ponto de gritar o nome de sua esposa me deixa pasmo como se ouvisse o disparo de uma arma. Meus pulmões travam com o choque.

O olhar da mulher dardeja em nossa direção. Ela tropeça. Congela no lugar.

A semelhança é sobrenatural. Assustadora. Incompreensível.

O sr. Black salta para fora justo quando o semáforo fica verde. Sua reação é instintiva; a minha é atrasada pela confusão. Sei apenas que meu patrão está fora de si e eu estou preso atrás do volante do Range Rover enquanto a loucura do trânsito matutino da cidade de Nova York continua, de todos os lados.

O rosto dela, já pálido como porcelana, torna-se exangue. Leio o movimento de seus lábios vermelhos luxuriantes. *Kane.*

Seu reconhecimento aturdido é íntimo e inconfundível.

Assim como seu medo.

O sr. Black olha para o trânsito de relance e, então, dispara entre carros em movimento numa explosão de fisicalidade potente. O bombardeio de buzinas se torna ensurdecedor.

Os sons rudes a sobressaltam visivelmente. Ela começa a correr, abrindo caminho a empurrões por entre a multidão na calçada, seu vestido em tom de esmeralda servindo como um farol entre a turba.

Meu patrão, um homem acostumado a obter sem muita busca, coloca-se em perseguição. Um carro preto a alcança primeiro, dirigindo depressa demais.

Em um instante, Lily é um borrão verde no cinza incessante da selva urbana. No instante seguinte, ela é uma poça com tons de pedra preciosa na rua suja de Nova York.

CAPÍTULO 4

Amy

Sorrio para o garçom, curvando os lábios de forma lenta e calma.

— Aceito outro manhattan.

— Ai, meu Deus — geme Suzanne, dramática, esfregando as têmporas. Seus cachos pretos e brilhosos dançam com o movimento. — Não sei como você aguenta. Se eu tomasse álcool a essa hora do dia, teria que tirar uma soneca.

Lanço um olhar faminto para seu garfo de aperitivo e imagino espetá-la no olho com ele. Uso palavras para alcançar esse efeito.

— Como anda o livro?

Ela faz uma careta e eu escondo meu sorriso. Ela vai começar a tagarelar sobre criatividade orgânica e a necessidade de regar as ideias, e vou imaginar seu belo rosto com um buraco escancarado no lugar do globo ocular que leva ao abismo escuro onde deveria haver um cérebro.

— Eu sou muito sua fã — derrama-se Erika Ferrari.

Ela está *de brincadeira?* Eu tive que agir rápido para me conectar com Erika e convidá-la para o almoço antes que Kane a arrastasse da festa ontem à noite para enfiar seu pau nela. Perceber que Erika aceitou meu convite somente para ganhar acesso a Suzanne me deixa enfurecida. Essa vaca estúpida *me usou!*

Erika se debruça para puxar o saco de Suzanne de forma mais escancarada.

E, fácil assim, a ansiedade de Suzanne desaparece, substituída por um sorriso iluminado. Ela tem os lábios mais bonitos — aveludados, de contornos naturalmente mais escuros do que o rosado da carne, como se já viessem com um sombreado natural.

— Ah, obrigada! Fico muito feliz que goste do meu trabalho.

Meu olhar salta pelas mesas lotadas em busca do bar, torcendo para encontrar o bartender preparando meu drinque. Outro gole, e estarei fitando o fundo de um copo vazio. Não consigo aguentar nem um minuto sequer do Show de Apreciação Mútua de Suzanne e Erika sem beber. Graças a Deus eu tenho o dom de excluir idiotices do meu banco de memórias. Com sorte, até a hora do jantar já terei condenado este almoço ao esquecimento.

Sabe do que você precisa, Amy?, disse minha sogra certa vez, com a meiguice insincera que era sua marca registrada. *Cultura. Tente encontrar algumas amigas que possam elevá-la. Escritoras, artistas, musicistas... Gente que pode ensinar a você alguma coisa.*

Como se eu não soubesse de nada. Tá, frequentei uma escola pública e fiz dois anos de curso tecnólogo antes de me formar em marketing na universidade. É verdade, eu não sabia que a taça de água ficava à direita ou que os garfos ficavam à esquerda. Nada disso tirava o meu valor.

Aliyah pensa que eu não estou à altura de seu precioso Darius. Se ela soubesse... eu já trepei com os três filhos dela.

Logo, Suzanne — cujo nome de batismo é apenas Susan — é a minha pitada de sofisticação literária. Ela escreve romances ordinários sobre bilionários que fodem como ninguém e as mulheres que os domam. É a resposta perfeita, um dedo do meio, para a vadia da minha sogra.

Por causa de Aliyah — e de Kane —, estou desperdiçando duas horas da minha vida com duas mulheres que não suporto. Erika e Suzanne discutem, neste momento, as peripécias sexuais de pessoas fictícias com o nível de entusiasmo que eu reservo para a realidade. É óbvio que a srta. Ferrari está secretamente se lembrando de ter sido fodida por Kane até perder os sentidos e imaginando que viveu uma cena tirada de um livro. Ela tenta ser discreta ao conferir seu celular, sem dúvida tendo deixado seu número antes que Witte a acompanhasse até a porta com sua desenvoltura tão britânica.

Como essa cena deve ter se desenrolado é algo que está gravado em minha memória. A educada batida à porta. A bandeja de prata polida à perfeição com um jogo de porcelana elegante e apenas uma rosa branca.

Um robe de seda branca à espera no banheiro recheado de tudo que uma mulher possa precisar para disfarçar a inevitável caminhada da vergonha. E, quando Erika retornou ao quarto depois do banho, deve ter encontrado as roupas que Kane tirou de seu corpo dispostas com esmero no banco de veludo branco e os sapatos chutados com pressa junto ao pé da cama, já refeita e com lençóis novos.

Witte é impecavelmente eficiente.

E Kane. Tão previsível. Eu soube, no minuto em que Erika apareceu, que ele a comeria. Ela se parece com sua finada esposa e comigo. Ela não sabe, mas é a mais nova participante do estudo exaustivo que eu chamo afetuosamente de *Mulheres que Kane Black Fodeu e Deixou Fodidas*.

Até agora, a semelhança superficial parece ser tudo o que Kane exige para trepar com uma mulher de todas as formas possíveis e imagináveis. Ele é um maluco total. Suzanne precisa escrever um livro sobre ele. Na verdade, eu cederia a ela o título do meu estudo para seu próximo livro. Posso ser generosa quando não estou sentada ao lado de uma sósia que está cintilando, de lábios inchados e olhos sonolentos.

Deus, meu humor está horrível.

Erika Ferrari. Esse nome estúpido deve ser falso.

Ela dá uma espiadinha em sua bolsa Chanel, onde o celular está posicionado com a tela virada para cima. Suzanne me dá uma olhada de soslaio, entendendo tudo.

Desesperada, olho ao redor do restaurante lotado, procurando meu drinque. A maioria dos homens é elegante. As mulheres exibem cabelos ótimos e modelitos de grife — mas são raras as que usam maquiagem. Por que julgam isso aceitável é incompreensível para mim. Por que se dar ao trabalho de fazer um penteado elaborado se acha que não precisa colocar cosméticos no rosto? Não há nada pior do que fazer as coisas pela metade.

— Como você conheceu Darius? — pergunta Erika, pegando outro pãozinho no cesto.

— Kane nos apresentou.

Ela se anima com a menção do nome dele.

— E como você conheceu Kane?

Depois de uma breve pausa de efeito, digo:

— Eu estava saindo de um restaurante e ele me parou na rua. Eu me pareço com a esposa dele. Essa é a tara dele. Cabelo escuro e olhos verdes. Batom vermelho também funciona extremamente bem com ele.

O sorriso de Erika vacila um pouco.

— Bem, alguns homens têm um tipo distinto.

A mão dela sobe, constrangida, para seus cabelos, que caem em ondas escuras até onde ficaria a alça do sutiã, se ela estivesse usando um. Não está, pois não precisa; ela tem seios pequenos, como eu. E como a esposa de Kane, que o segurava pelas bolas sem nunca soltar.

Kane não se importa com ninguém. Se a pessoa não estiver bem na frente dele, ele já se esqueceu dela. Se existe alguém que vive no momento, este alguém é Kane. Ele já descartou o ontem, está pouco se fodendo para o amanhã e tem apenas o interesse necessário para caminhar pelo hoje. Mas tem um vínculo psicopático com a lembrança de Lily.

E isso faz zero sentido para mim.

Ele não é o tipo de cara que sofre de bom grado, então tenho que acreditar que relembrar a si mesmo que ela está morta lhe dá prazer, de alguma forma. Ou é um truque para atrair mulheres, como um gostosão com um cachorrinho adorável. Que coisa mais doentia!

— Nós nos demos bem logo de cara — prossigo, mantendo o tom descontraído. *Foi mais para eu dei logo de cara, ponto-final. A noite inteira.* — Depois, nós nos trombamos algumas vezes. — *Eu comecei a persegui-lo.* — Certa vez, por acaso, Darius estava com ele.

E meu agora marido se ofereceu logo como substituto em minha cama. Deveria ter terminado ali, mas Aliyah garantiu que seu filho do meio conseguisse o que queria: pôr uma aliança no meu dedo. E ela conseguiu o que queria: minha empresa de gestão de redes sociais, Social Creamery. Agora ela se arrepende. Esse é o meu único consolo.

— Como ela era? — pergunta Erika. — A esposa dele.

— No mundo literário, nós a chamaríamos de Mary Sue — diz Suzanne com uma risadinha. — Amy prefere chamá-la de Mary Poppins.

O rosto de Erika revela confusão.

Um riso sem humor me escapa.

— Praticamente perfeita, em todos os sentidos.

— Ah.

— Ao menos é no que as pessoas que a conheciam querem que a gente acredite. Ninguém da família a conheceu, porque houve um distanciamento entre eles e Kane por anos. Os amigos dela dirão que ela era linda, inteligente, glamorosa, a anfitriã perfeita, ótima em tudo e assim por diante, blá-blá-blá... — digo, cáustica. — Todo mundo a amava.

— Ninguém gosta de falar mal dos mortos — diz ela, empertigada, o olhar cheio de julgamento.

— Ficar tecendo loas não os traz de volta. E, estranhamente, Kane não fala dela, em absoluto. Tipo, nem mencione o nome de Lily perto dele, porque ele se transforma num bloco de gelo.

— É, bem... Talvez ele esteja pronto para seguir em frente — diz ela, com um sorriso presunçoso que me dá vontade de arrancá-la da cadeira pelos cabelos e dar-lhe um soco na boca.

Combato o impulso de lhe mostrar as selfies que tirei com todas as mulheres que poderiam ser sósias de nós duas, apenas porque não quero que ela pense que sou doida.

Espelho seu sorriso esnobe.

— Com certeza é por isso que ele ainda usa aliança. Você não reparou na estampa da porcelana? Nos arranjos de flores? O nome dela era Lily, e tudo o que ele possui tem lírios.

Ela dá de ombros timidamente. É verdade. Esses detalhes cruciais escaparam de sua atenção. Não sei por que ninguém mais vê o que eu vejo. É só gente ignorante e irrefletida fodendo com o mundo. Quando mencionei a explosão de lírios em todas as coisas de Kane, Darius me disse que eu estava vendo demais. *Ele tem um gosto mais feminino, e daí?*

A presunção de Erika se evapora. Até o fim do almoço, ela não estará mais brilhando. Vai se sentir usada e muito menos especial. Sua autoconfiança vai carregar uma marca por um longo tempo, talvez para sempre. Odeio que ela tenha dormido com Kane, mas é bom saber que não sou a única autodestrutiva o bastante para cair no charme dele.

O garçom, bonito porém assoberbado, recebe um sorriso genuíno meu quando traz meu drinque. Tomo um gole grande, fechando os olhos por um momento para desfrutar do amargor frio do bourbon misturado com vermute doce. O barato quente resultante do álcool diminui meu mau humor e, de súbito, meus olhos estão pinicando pelo salgado das lágrimas.

Deus do céu. Afasto a tristeza com raiva.

É patético como permiti que uma noite com Kane Black definisse minha vida. Minha psicóloga diz que eu tenho problemas de abandono paternal que afetam minhas decisões. Isso me enraivece ainda mais. Que tipo de mulher permite que homens a desestabilizem assim?

Kane nunca vai entender ou reconhecer a sensação de ser escolhida na rua e levada para a cobertura por alguém com a aparência e a postura que ele tem. Naquela única noite, comecei a sentir como se eu pudesse ter algum valor para alguém extraordinário, que todos os desejos que tivera poderiam se realizar. Eu seria a sra. Kane Black. Viveria na beleza dramática da cobertura, recebendo como convidados em meu lar as mesmas pessoas que já me fizeram rastejar para fechar contratos com elas. Com certeza ele sentia a mesma faísca que eu. Foi por isso que me escolheu, depois me encantou tão completamente que, em horas, eu estava debaixo de seu corpo arremetendo.

Foi só um ano depois que Aliyah mostrou a Darius a foto que ela tirou em segredo do retrato de Lily escondido no quarto de Kane, algo que nenhum de nós havia visto, porque Witte, de alguma forma, sempre se materializa se alguém vagar para aquela parte da cobertura. Espiei por cima do ombro de Darius enquanto ele olhava para Lily, e uma parte obscura de minha mente soltou um grito que nunca mais parou.

Erika toca meu braço, tentando atrair minha atenção de volta.

— Você trabalha com Kane no Edifício Crossfire?

Dá-me nos nervos ela não o chamar de sr. Black. Quem liga se ela trepou com ele? Ele já a esqueceu. Eles não são amigos e nunca serão.

— A sede da Social Creamery fica no Crossfire — respondo, passando a língua pelo lábio inferior para pegar todas as gotas do meu último gole, sentindo a familiar onda de fúria quando pronuncio o nome de minha empresa. — Mas não preciso ir até lá todos os dias. Eu a preparei para funcionar como uma máquina.

Mais uma engrenagem no império em expansão da Baharan Farmacêutica.

Não consigo falar sobre a empresa que construí desde os alicerces sem que o ressentimento embargue minha garganta. A Social Creamery foi minha fonte de independência, a prova de que eu podia ser alguém na vida. Estudei tendências das redes sociais em detalhes, elaborei formas de explorar os pontos fortes e fracos das plataformas, juntei um elenco de influenciadores que podia anunciar e vender praticamente de tudo, contratei redatores sagazes e que eram bons de ortografia — o mundo de fato é cheio de idiotas ignorantes — e levei meu charme natural de porta em porta para convencer grandes contas a me confiarem suas marcas.

E, então, Aliyah chegou se esgueirando e sugeriu que colocássemos a Social Creamery sob o guarda-chuva da Baharan, para que ela se tornasse uma empresa do conglomerado familiar, e eu teria acesso a mais recursos. Darius pensou que seria maravilhoso trabalhar lado a lado, e, na época, eu não conhecia Aliyah o bastante para ficar desconfiada.

Assim que assinamos a papelada, não demorou para que ela começasse a me sabotar, junto a minhas ideias, e a questionar minha competência nos negócios. Ela roubou a lealdade da minha equipe com presentes e bônus, a maioria dos quais tinha sido ideia minha, mas Aliyah tomou os créditos para si. Pessoas que seriam minhas aliadas se distanciaram para evitar repercussões vindas dela, até que a empresa toda estivesse contra mim.

Suzanne e Erika se inclinam na direção uma da outra, falando em êxtase sobre o vestido de uma mulher que passou por nossa mesa a caminho do banheiro. Um vestido justo estilo *bodycon* com estampa abstrata; é um traje interessante, que ficaria muito melhor com uma cinta controlando as saliências por baixo dele.

Tomo outro gole profundo e lento, murmurando de prazer. E antecipação.

Um dia, muito em breve, minha vida vai mudar. Retomarei a Social Creamery e tudo mais que minha "família" tomou de mim, com juros. Nesse ínterim, mais do que os votos que troquei e a aliança que uso, minha empresa me prende a Darius, aos irmãos dele e a Aliyah. E nem a pau eu vou embora sem ela.

O toque de um celular faz Erika buscar sua bolsa com uma ansiedade cretina. Sua decepção quando todas nós percebemos que é o meu telefone que está tocando me faz rir por dentro.

A alegria vai embora quando vejo o nome de Aliyah na tela.

— Alô, mamãe — eu a saúdo, sabendo quanto ela odeia que eu a chame assim.

— Amy — responde ela, na voz surpreendentemente grave e rouca que quase sempre me pega desprevenida. — Estava tentando encontrar seu marido, mas aí lembrei que dia é hoje.

O lembrete nada sutil de que Darius ainda mantém sua trepada agendada de sexta à tarde com a assistente acaba com o meu barato. Amargura recobre minha língua.

Dói. Para o bem ou para o mal, Darius é *meu*. Acho até que ele me ama e que seria um homem melhor comigo se eu conseguisse um dia parar de pensar em como Kane me comeu com uma urgência de vida ou morte. Mas não consigo, e meu marido está trepando com sua mui eficiente assistente neste momento. A loira bonita sempre me traz café bem do jeito que eu gosto e é tão gentil que tenho vontade de espancá-la com minha bolsa até ver sangue.

— Posso ajudá-la em alguma coisa, talvez? — pergunto com doçura.

— Não se preocupe. Eu envio uma mensagem de texto para ele. — A voz dela é tenra como o mel quando faz meu mundo desmoronar: — A esposa de Kane regressou dos mortos.

CAPÍTULO 5

Aliyah

Analiso meu reflexo enquanto tiro com cuidado o tom rosa vivo do batom "Rosana" de meus lábios e passo um brilho labial. Dando um passo para trás, olho o resultado e assinto — muito mais adequado às circunstâncias. Sorrio, imaginando o semblante de Amy quando desliguei na cara dela. Se há algo em que posso confiar em relação à minha nora é o fato de que ela sempre está bêbada às cinco da tarde. Se fiz meu serviço direito com a ligação, ela estará apagada já às três.

A garota é linda, mas inútil. Tem uma habilidade, e nós já a exaurimos. E sua fixação em um de meus filhos magoa outro. Só por isso, quero que ela saia de nossas vidas. Falta pouco. O que começou como uma taça de vinho no jantar se tornou duas. Depois, a garrafa toda. Por que não acrescentar um toque de uísque de manhã para começar o dia? Seguido por um coquetel no almoço. Fácil demais, na verdade. Ela queria tropeçar e cair de cara no fundo de um copo. Eu só dei o empurrãozinho inicial.

— Você está pronta? — pergunta Darius, ficando visível atrás de mim.

Ele vestiu o casaco e um vinco marca sua testa. Sua colônia é sutil e reconfortante, um perfume amadeirado que formulei sob medida para ele. Combina com ele. Darius é firme como uma sequoia, forte e estável. Realmente me enche de orgulho. Muitas mães criam filhos que não têm respeito pelas mulheres.

Eu o encaro.

— Você trancou as plantas?

— Tranquei, claro. Onde você acha que eu estava?

O cabelo escuro dele cai artisticamente sobre sua testa. O rosto esguio lembra o meu, mas o azul-claro de seus olhos vem do pai: um traço tão forte, esses olhos. Ramin e Rosana também os têm.

Ele faz uma carranca.

— Estamos quase acabando. Podemos enviar nossos comentários para o arquiteto hoje.

— E ele só os receberá na segunda.

Aliso as lapelas dele.

Se Amy soubesse que seu marido passa as tardes de sexta trabalhando comigo no projeto do centro de pesquisas que estamos propondo em Seattle... Em vez disso, ela pensa o pior dele. Uma sugestãozinha foi todo o necessário para desencadear sua paranoia.

Darius não é infiel como Paul, meu primeiro marido. Eu desconfiava que o pai de Kane estivesse tendo um caso, mas não conseguia encontrar provas. Escolhi acreditar que eu era essencial demais para ele acabar com nosso casamento, não apenas como mãe de seu filho, mas junto à empresa que eu o ajudara a construir. A Baharan Farmacêutica era tudo para ele, o legado de uma vida compartilhada, e ele adorava Kane — ou foi o que eu pensei, até o momento em que descobri que ele retirara cada centavo que podia da empresa e fugira para a América do Sul.

Endireito a gravata de Darius.

— Estou decepcionada com você.

— Por quê?

— Por estar irritadiço por ter que apoiar seu irmão num momento de crise pessoal.

Ele arqueia uma das sobrancelhas.

— Não posso apoiá-lo e não vou, porque ele nunca me estendeu a mesma cortesia.

— Darius. — Meu tom desfaz o leve traço de aborrecimento do rosto dele. — Não há como saber isso. E, se não quer fazer isso por ele, faça por mim. Isso também é estressante para mim.

O olhar que ele me lança é cáustico, mas não ligo se me acha hipócrita. Eu fiz o que precisei para sobreviver. Graças a quem me tornei após a traição de Paul, pude me sair melhor em meu segundo casamento e durei mais do que os termos de nosso acordo pré-nupcial, por isso recebi o que me era devido. E não é como se eu não tivesse criado Kane até a idade adulta.

De qualquer forma, é inútil apontar que Darius nunca teve uma crise de nenhum tipo porque Kane o blindou desde que regressou às nossas vidas. Darius deve muito a seu irmão mais velho — sua libertação de dívidas estudantis, seu ganha-pão, até sua esposa.

Quando Kane me procurou pensando em ressuscitar a Baharan Farmacêutica, seis anos atrás, pensei que poderíamos enfim nos tornar uma família. Meu segundo marido — nem um pouco interessado em criar o filho de outro homem — estava finalmente fora da jogada. Kane aceitou meu conselho sobre educar os irmãos para assumirem postos importantes na empresa. Pensei que talvez meus filhos estariam todos juntos finalmente, mas apenas Rosana ficou feliz em se reaproximar do irmão mais velho. Darius e Ramin se rebelaram contra Kane desde o princípio, ressentindo o fato de serem vistos como uma obrigação.

Duvido que até destronar Kane como líder da empresa acalmaria o ressentimento que devora Darius. Ele não consegue deixar de sentir que sua responsabilidade perante os irmãos mais novos foi usurpada. E, de fato, provavelmente é melhor que os irmãos não sejam tão chegados. Seria problemático se um dia eles formassem uma frente unida.

— Eu só não entendo por que temos que correr para lá — argumenta. — Ele vai precisar de tempo para acertar os detalhes de sua nova história, e a esposa está sendo tratada, seja lá o que houver de errado com ela. Estamos adiando algo importante por nada.

—Ah, é? Você acha mesmo que não é nada o fato de Kane ter dito a todos que estava viúvo, quando é evidente que não está?

Embora Lily parecesse a um passo da morte na rua e ainda corra risco. O motorista que a atingiu não freou e fugiu do local, segundo Witte, que telefonou enquanto ela era colocada na ambulância. Não revelo isso a Darius, mas algo na voz de Witte me causou um calafrio, como se tivesse visto assombração.

— Você está surpresa por Kane mentir? — zomba meu filho. — Ah, vá. E não estou dizendo que a esposa dele não seja uma preocupação.

Estou só comentando que ela não é uma preocupação *neste exato instante*. Kane se virou muito bem sem nós em sua vida por anos. Ele pode lidar com suas próprias baboseiras. Não é problema meu.

Ele diz isso porque não sabe muito sobre o passado. Estava no último ano do ensino médio quando a polícia de Greenwich veio à nossa casa, em Saddle River, fazer perguntas sobre meu filho mais velho, com quem eu não me encontrava nem falava em anos.

Os detetives disseram que suas perguntas sobre a personalidade e o temperamento de Kane eram apenas "rotina". Talvez fossem. Quando rapidamente ficou nítido que eu tinha pouquíssimo conhecimento da vida adulta de meu filho — nem sequer sabia que ele tinha trocado seu sobrenome na justiça —, eles me perguntaram porque estávamos tão afastados, e eu lhes contei a verdade: que ele não se dava bem com meu marido, seu padrasto. Os policiais trocaram olhares entre si, agradeceram pelo meu tempo e foram embora.

Ainda não sei se a visita deles tinha algo a ver com a esposa de Kane. Eu nem sabia que ele era casado na época do interrogatório. E nunca falei sobre isso com ninguém, nem mesmo com Kane, que apareceu à minha porta apenas alguns dias depois para discutir a reconstrução da Baharan.

Nosso relacionamento é, na melhor das hipóteses, superficial, e não vou arriscar uma ruptura que pode ameaçar minha posição na Baharan antes de conseguir assumir a empresa.

— É claro que é problema seu — insisto. — É um problema de todos nós. O que a trouxe de volta *agora*? O que esteve fazendo todos esses anos?

— Posso lhe dizer por que ela está de volta. Aquela manchete idiota de "O Homem Mais Sexy do Mundo" está em todo lugar. Kane está quase ganhando mais com isso do que o Dwayne Johnson ganhou! Logo ela vê essa cobertura, pensa que ele é uma aposta melhor agora que está rico e volta para casa. Eu não sou burro, mãe. Só não a vejo como ameaça, caso sobreviva *e* cause problemas.

Eu me certifiquei de que a Social Creamery tornasse viral a inclusão de Kane no especial dos homens mais sexy porque fama equivale a riqueza. Irrita-me não ter previsto que ex-amigos e ex-ficantes — sem mencionar esposas falecidas — sairiam rastejando das sombras para se refestelar no brilho dele. Mas como eu poderia prever algo assim?

Nem sei o sobrenome de solteira dela. Não houve cerimônia em sua homenagem quando ela morreu — ou melhor, *supostamente* morreu. Ou pelo menos nenhuma cerimônia para o qual eu tenha sido convidada ou lido a respeito. E Kane se recusa a falar sobre ela. Ficava furioso toda vez que eu insinuava sobre seu casamento, então parei de fazer isso. No fim das contas, não tinha motivos para me preocupar com uma namoradinha da faculdade que nunca conheci.

— Imagino que ela o tenha deixado — continua ele — e ele mentiu para todo mundo, esse tempo inteiro, para não passar vergonha.

— Isso seria um pouco extremo, não acha?

— Extrema é a cobertura! E a contratação de Witte, mas que caralho. Kane é ridículo em muitas coisas. Você está se preocupando por nada.

A fúria faz meu sangue gelar. Não vou aceitar condescendência nem permitir que meus pensamentos e sentimentos sejam postos de lado. Ignorei meus instintos com Paul e aprendi uma bela lição, uma que jamais esquecerei.

— Olha como fala, Darius. Estou sendo cautelosa, não histérica. Proteger a Baharan e esta família é importante para mim, e não vou pedir desculpas por isso.

— Nesta ordem — resmunga ele.

— Não se esqueça da cláusula de moralidade em nosso acordo da ECRA+ com as Indústrias Cross. Se estivermos envolvidos num escândalo, e uma morte falsa na família é, obviamente, escandalosa… será um desastre. Não podemos nos dar ao luxo de perder o que já investimos, muito menos o valor da indenização que Gideon Cross venha a exigir.

O desfalque de Paul mexe com Cross, embora ele evite mencionar o assunto de forma direta. Seu pai, Geoffrey Cross, ficou famoso por ter liderado um esquema de pirâmide com perdas na casa dos milhões para os investidores. Mas agora, quando alguém pensa no nome, é de Gideon que se lembram primeiro, e ele não permitirá que nada nem ninguém manche a imagem de sucesso que ele moldou com tanta diligência.

Darius franze a testa, e posso ver em seus olhos que ele está processando as possíveis ramificações.

— Não vamos nos precipitar. Tudo está de acordo com os planos. Rosana é o rosto da nova linha de cosméticos, e Eva Cross está trabalhando para provar a seu marido que pode liderar uma colaboração bem-sucedida do tamanho da ECRA+ Dermocosméticos. Se Rosie continuar nos trilhos, Eva vai garantir que tudo progrida. Precisamos somente de uma história vagamente plausível para acobertar a situação conjugal de Kane, então vamos criar uma.

— Confiante, você, hein? Considerando-se que não sabe nada sobre Lily ou o que aconteceu entre ela e Kane no passado...

— Você age como se ela fosse o problema quando, até onde sabemos, é com Kane que precisamos nos preocupar.

Lanço um olhar para ele.

— De qualquer forma, estamos indo para o hospital, não é? — Ele sorri. — Saberemos em breve.

Ele não pede desculpas por ter argumentado contra a visita a princípio, e eu não pressiono. Mas também não vou me esquecer disso.

Nenhum de meus filhos jamais saberá pelo que passei para retomar as patentes de fórmulas de Paul do sócio que ele levou à falência, e, por causa dessa ignorância, eles nunca entenderão o que a Baharan significa para mim. Algum dia, talvez eu conte a Rosana. Ela precisará se preparar para o que é ser mulher neste mundo: quanto somos vulneráveis e a facilidade com que nos tornarmos presas de homens predatórios.

Não sei o que meu filho mais velho pode ou não ter feito. Kane é um homem, afinal: nada está fora de cogitação. Mas não cometerei o mesmo erro que cometi com Paul. Não ficarei desamparada. A Baharan seguirá adiante, e eu mais do que fiz por merecer o direito de administrá-la por conta própria.

— Existe um possível lado bom — argumenta meu filho. — O acidente parece grave, não é? Kane já tirou a semana de licença, algo que nunca fez. Talvez ele se afaste por mais tempo e nos dê a oportunidade de convencer a diretoria de que novas instalações em Seattle são uma ótima ideia.

Em seguida, garantiremos que a construtora que vencer a licitação seja aquela em que investimos pesado. Nós adicionamos vários floreios desnecessários no projeto que podem ser removidos depois, de modo a podermos fazer uma oferta menor do que todas as outras. Com o lucro da construção, posso adquirir mais ações e, quando todos virem o valor agregado por esse centro de pesquisas, vão se lembrar de que Kane foi cauteloso demais.

Contorno Darius e vou pegar minha bolsa de mão, que repousa no console em estilo modernista — essa é minha peça de mobília preferida no escritório, combinando perfeitamente com o Jasper Johns pendurado sobre ela. Afofo meu cabelo e confiro a parte de trás dos brincos, tentando passar a impressão de indiferença. A caminhada é longa, já que é o maior escritório da Baharan. Tenho uma vista impressionante do centro da cidade nas duas paredes de vidro que cercam meu escritório no canto do prédio.

— Se for grave *mesmo*, talvez ela morra — sugere Darius. — E você terá se preocupado à toa.

Encaixo a bolsa debaixo do braço, captando no vidro o reflexo de minha calça cigarrete branca e da blusa de seda dourada. Um difusor de óleos essenciais perfuma o ar com o cheiro de azaleias.

— É sério, mãe. Não se estresse com isso. Ninguém mantém o interesse de Kane por muito tempo. — Darius se posta de pé ao lado da porta fechada, uma figura alta e sombria em contraste com o lustroso painel de nogueira. — Ele gosta é da caça. Se ela ficar por tempo suficiente desta vez, ele vai se entediar e dar dinheiro para que desapareça.

Amor e beleza se desvanecem. Juras não têm valor algum. O sangue é vida. Meus filhos ainda são jovens, mas vão aprender essas lições no final.

Darius abre a porta quando me aproximo.

Eu paro no limiar e toco seu antebraço.

— Envie outra mensagem de texto para Ramin. Certifique-se de que ele vai se encontrar conosco lá.

— Vou ligar para ele.

Darius saca o celular.

Minha mão retorna para a lateral do corpo e saio pela porta com a cabeça erguida.

CAPÍTULO 6

LILY

Acordo com a batida do meu próprio coração. O som é lento e estável, acompanhado por um *bip, bip, bip* computadorizado incessante. Emergindo de uma escuridão pesada e profunda, escuto vozes ao longe, mas a distância abafa as palavras, e há um latejar violento em minha cabeça.

O odor medicinal entrega onde eu vim parar. Forço meus olhos a se abrirem, piscando para afastar uma camada arenosa que nubla minha visão. Algo se entala em minha garganta, e eu luto contra os pesos que seguram meus braços para baixo a fim de poder arranhar meu pescoço, minha mandíbula. Minha pulsação estável se acelera e eu tusso, minhas unhas rasgando a fita prendendo o tubo que leva oxigênio aos meus pulmões.

— *Setareh*, não!

Sua voz... aquele apelido carinhoso...

Meu olhar dardeja pelo quarto escuro, passando por paredes azul-claras. Encontro sua silhueta alta e escura se desembaraçando das sombras no canto e deslizando rapidamente para a porta.

— Enfermeira. Venha aqui. Ela está acordada.

A fita se afasta de meus lábios e o tubo se move, arranhando minhas vias respiratórias lá no fundo. A dor cobre meu corpo. Um grito de agonia se contorce em minha mente e em meu peito.

— Pare — você ordena, sua voz tão dolorosamente querida para mim. Você vai para a luz, e lágrimas limpam meus olhos.

Meu amor. Que sonho é este?

Vincos cercam sua boca firme e cheia. Seus olhos, sombrios e intensos como sempre, parecem cansados. A magreza da juventude o deixou. Você encorpou, seus ombros e seu tronco agora são largos, o cabelo está mais curto. Como os melhores uísques, você ficou mais robusto e potente com a idade.

Você pega meus punhos e me contém, e seu toque é um choque elétrico que contrai meus músculos. Sua pele é quente, um cetim áspero, e sua força é pungentemente gentil. Sufocando, inspiro pelo nariz e sinto seu cheiro, aquele perfume inebriante que nunca consegui esquecer. Sedutor, orgânico e absolutamente masculino.

Meu coração se contrai, e os bipes dos monitores se tornam uma sirene de alarme.

— Senhor, afaste-se — diz um homem, rapidamente.

Você me solta e abre espaço para o enfermeiro. É o bastante para ele, mas não para a médica que logo se junta a nós.

— Sr. Black. — Ela aparece em meu campo de visão, colocando luvas de látex. — Por favor, nos dê espaço. Sua esposa está em boas mãos.

Seu olhar nunca deixa meu rosto enquanto você se recolhe e se dispersa na escuridão. Sinto esse olhar sobre mim, quente como o fogo e penetrante, enquanto caio no cobiçado esquecimento.

CAPÍTULO 7

Witte

O sr. Black sai do quarto de hospital, mas olha pelo vidro da porta. Esfrega a mão no rosto, e, então, seu braço cai para a lateral do corpo, as mãos se fechando em punho, como se em preparação para um ataque. Seu pé batuca um ritmo incansável, impaciente no chão.

Quando nos conhecemos, ele era um homem sempre em movimento — caminhando, sentando-se e levantando-se numa repetição sem fim, jogando lixo nos vários minúsculos aros de basquete que gostava de fixar sobre latas de lixo. Ao longo dos anos, tornou-se mais moderado. Ele é um homem mortal que já foi ígneo, aos poucos se temperando em aço endurecido, inflexível.

A única vez que o vi regredir foi na noite em que me contou sobre Lily. Ele caminhava sem parar para cima e para baixo na biblioteca. Para cima e para baixo. Para cima e para baixo. Era algum aniversário, ou da morte dela ou de algum marco no relacionamento deles, e ele não conseguiu evitar falar sobre ela.

Fiquei espantado quando apresentou a carteira de motorista da esposa para a enfermeira na recepção, estabelecendo seu direito de tomar decisões a respeito dos cuidados dela, como seu parente mais próximo. Eu não estava ciente de que ele carregava o documento dela na carteira, embora, pensando bem, não tenha sido nenhuma surpresa; ele a quer junto de si em todo lugar. A carteira ainda é válida por mais dois anos, tendo sido atualizada para seu nome de casada nos dias imediatamente após o casamento. Como quis o destino, o sentimentalismo foi vantajoso.

A cabeça dele se vira para mim agora, como se acabasse de reconhecer que estou próximo.

— Witte.
— Senhor.
— Ela está consciente.

O olhar dele volta para o visor da porta, e ele fita fixamente o local — sem piscar — por um longo tempo.

Eu me lembro do olhar de Lily quando ela o avistou na rua, o terror puro, abjeto, tão violento que a impulsionou a correr bem na direção dos carros. Não consigo conciliar a reação dela com o homem que conheço.

Eu a perdi onde a encontrei. Nunca vou me esquecer dessas palavras ou de como ele caminhava de um lado para o outro feito uma fera enjaulada, quando enfim me contou sobre a morte dela. O abismo de sua angústia era tão profundo que entendi quanto ele se sentia tentado a acompanhá-la na morte, sua vontade de viver sendo cada vez mais engolida, dia após dia, pela escuridão sufocante. Agora, a dúvida se esgueira por mim, uma névoa negra insidiosa adentrando por fissuras finíssimas.

Faz-me lembrar que ele nunca me passou a tarefa de organizar um funeral ou uma cerimônia em memória dela. Sensível ao luto insondável, esperei que ele mesmo iniciasse uma despedida bem pública, porém nunca tocou no assunto durante os anos seguintes. E, ainda que qualquer túmulo para ela continuasse vazio, ela sequer foi homenageada com um cenotáfio.

Suportamos a espera juntos, de pé, lado a lado. O corredor sombrio e desgastado se agita com a passagem de pessoas. O cheiro de desinfetante químico é pervasivo, mas não consegue camuflar o odor subjacente de doença e degradação. Em algum lugar perto daqui, um homem em agonia grita profanidades.

Não há outros familiares para se preocupar com Lily. Nem pais, nem irmãos, nem parentes distantes. Ninguém. Pelo menos foi o que ela disse ao meu patrão enquanto os dois estavam juntos. De fato, nos anos que se seguiram, ninguém procurou por ela afirmando ser aparentado. Apenas a polícia faz perguntas, com o objetivo primário de reunir descrições do motorista que fugiu. Será por meio de entrevistas com testemunhas e vídeos das câmeras de tráfego que vão descobrir o resto: uma esposa perdeu toda a noção do perigo em seu entorno porque seu maior medo era a perseguição de seu marido. E, então, o sr. Black enfrentará um interrogatório de teor completamente diferente.

É fortuito o fato de eu ter avistado a bolsa fina da sra. Black debaixo do chassi de um sedã estacionado no meio-fio e conseguido enfiá-la dentro do paletó sem ninguém perceber. É melhor que as autoridades não fiquem cientes da carteira de motorista do estado de Nevada que encontrei lá dentro, ostentando uma fotografia da sra. Black com o pseudônimo Ivy York. A bolsa por si só levantaria questões, uma vez que se trata de uma imitação nada impressionante de uma bolsa de grife. Os detetives, sem dúvida, achariam curioso que a esposa de um homem notavelmente rico usasse imitações baratas em vez dos acessórios mais caros que o dinheiro pode comprar.

Se a sra. Black se recuperar de suas tribulações, os detetives farão perguntas a ela. As respostas dela podem decidir o destino de um homem com quem tenho o compromisso de proteger com minha própria vida.

O sr. Black cruza os braços.

— Precisamos providenciar a equipe médica e o equipamento necessário, para que estejam disponíveis vinte e quatro horas por dia na cobertura.

Essa declaração desencadeou um milhão de perguntas; fiz apenas uma.

— Para quando?

— Assim que cuidarmos da papelada e que eu conseguir convencer os médicos de que é a melhor opção. Quero que ela esteja debaixo do mesmo teto que eu, todos os minutos.

A linguagem corporal é um negócio poderoso; a dele está arrepiando os pelos da minha nuca. Não parece provável que a sra. Black esteja em condições de deixar o hospital tão cedo. É um risco para a saúde dela transferi-la? Essa pergunta precisa ser feita. Meu vasto treinamento abrange administrar emergências médicas e protocolos de gestão de pacientes. Ainda assim, são minhas habilidades que tornam a solicitação do meu patrão possível ou seria uma preocupação não tão urgente pelo bem-estar de sua esposa?

Assusta-me que um único olhar de Lily tenha abalado as estruturas de meu conhecimento intrínseco e profundamente pessoal do homem que meu coração adotou como filho. Vivi com a crença de que nenhum homem jamais amou uma mulher com tanta devoção quanto o sr. Black amou — *ama* — sua esposa. Será possível que é o amor dele que ela teme?

— Vou providenciar tudo.

Começo a enviar mensagens para os contatos que podem me auxiliar a realizar o pedido do sr. Black.

— E coloque dois guardas no vestíbulo do elevador da cobertura. Ninguém entra ou sai sem que eu fique sabendo antes.

Olho para ele rapidamente, desconcertado. Lily não será apenas uma paciente, mas também uma prisioneira.

Outro médico entra apressado no quarto da sra. Black. A maioria da equipe médica veste uniforme azul e calçados esportivos ou ortopédicos. Este homem está de sapatos caros e calça social de corte decente. O cabelo grisalho em suas têmporas peleja com a juventude e a ausência de rugas em suas feições.

Meu patrão bloqueia o caminho dele, assomando sinistramente com pelo menos trinta centímetros a mais de altura.

Apresentando-se como dr. Sean Ing, o neurologista começa a falar com o sr. Black. Eu me afasto para lhes dar um pouco de privacidade. A conversa é breve, e, então, o médico adentra o quarto de Lily, fechando a porta com um clique baixo.

— Ela está desorientada e exibindo sinais de paranoia — compartilha o sr. Black, ainda encarando a vista do outro lado do vidro. — A tomografia não apresentou nenhum trauma no cérebro, mas os sintomas são preocupantes.

Uma enfermeira corre em nossa direção e se junta aos outros no quarto de Lily.

Passa-se uma era antes que dois médicos saiam e se juntem a nós.

— Sr. Black. — A dr. Hamid força um sorriso pesado, cansado. — Vamos até o consultório do dr. Ing.

— Como ela está?

— Estável. Demos algo para acalmá-la e ela está repousando agora.

— Não tire os olhos dela — diz o sr. Black para mim, relanceando para a porta que o separa da esposa.

Um músculo de seu maxilar se contrai, mas ele segue os médicos pelo corredor até os elevadores.

Ainda olho naquela direção quando a mãe e os irmãos dele emergem do elevador ao lado daquele em que o sr. Black embarcou. A sra. Armand entra em meu campo de visão com o cabelo loiro balançando ao redor dos ombros e sua figura voluptuosa vestida num terninho branco justo.

Ela gira cuidadosamente ao me ver, seus filhos mais jovens a flanqueando com precisão quase militar. A semelhança entre eles é evidente, mas ela é uma pérola lustrosa em contraste com as cores sombrias e os ternos pretos de seus filhos.

Sutilmente, Aliyah muda de semblante, desacelerando o passo e suavizando a postura determinada de suas feições. Quase sem esforço, ela parece tensa de preocupação. A atuação tem como alvo a equipe e os visitantes, que se demoram em torno da estação das enfermeiras, e o público está cativado. Olhares a seguem. Cabeças se viram.

Ela me ignora ao chegar à porta do quarto de Lily, espiando pela janelinha. Antes que a equipe do hospital possa interferir, ela se afasta sem entrar, após notar a ausência do homem a quem procura.

— Onde ele está, Witte?

Seu tom exasperado me censura por falhar em oferecer voluntariamente a informação antes que ela perguntasse.

Deslizo o celular para dentro do bolso, tendo completado minhas tarefas preliminares.

— Ele está discutindo o prognóstico da sra. Black com os médicos responsáveis pelo caso.

A cabeça dela se vira rapidamente para mim.

— O que sabemos?

— Com sorte, saberemos mais quando o sr. Black voltar da conversa.

Ramin solta uma risada sem humor.

— Tem como você ser mais evasivo?

— Absolutamente — respondo, sem me abalar.

— Então, vamos só nos sentar e esperar? — Darius coloca as mãos nos quadris, abrindo o casaco e revelando um tronco esbelto e potente por baixo de uma camisa ajustada. — Eu preferiria passar o tempo com *a minha* esposa.

— Eu também — concorda Ramin, com um brilho malicioso nos olhos azuis. Como ele é solteiro, a insinuação é clara.

— Vá se foder — dispara Darius.

— Que foi? Amy faz um ótimo martíni.

Aliyah estala os dedos, diminuindo a tensão entre os irmãos.

— Chega. Ramin, busque um café decente para nós. Darius, descubra o nome dos médicos.

Enquanto os irmãos se afastam em direções diferentes, Aliyah volta seu olhar sombrio para mim.

— Você e eu somos os únicos que se preocupam de verdade com Kane. Precisamos ficar de olho em tudo, garantir que ele esteja protegido.

— Como quiser.

Mas meus pensamentos estão com a mulher além da porta, que tem apenas um homem a quem evidentemente teme para cuidar dela.

CAPÍTULO 8

Amy

— Um gesto adorável, sra. Armand.

Witte pega o imenso buquê de rosas amarelas que eu trouxe para a cobertura. Elas não combinam com nada no quarto de Lily, o que torna meu presente caro algo impossível de ser ignorado por Kane — isso se ele se incomodar em entrar na suíte dela. Tenho vindo alguns dias por semana desde que ela chegou em casa, há três semanas, e não faço ideia se Kane ao menos sabe de meus esforços.

Gesticulando para a sala de estar, Witte fecha a porta principal depois que passo.

— Por favor, fique à vontade enquanto coloco as flores na água.

Adentro profundamente o domínio de Kane, meus saltos batendo baixinho. É difícil resistir ao desejo de me apressar, mas eu consigo. Fico irritada por meu nervosismo.

Caralho de Witte, não sei como esse pau no cu consegue, mas ele é ainda mais falso do que Aliyah. Se eu tivesse apenas dois neurônios, talvez caísse na recepção simpática presente na voz dele, mas não sou idiota. Eu sei que ele não me suporta.

— Como ela está? — pergunto por cima do ombro, caminhando, ajeitando a alça da minha bolsa *tote*.

Levei uma eternidade para encontrar essa bolsa mais cedo. Está virando uma dor de cabeça séria compor visuais informais o bastante para visitar uma mulher em coma, mas, ainda assim, sofisticados e lisonjeiros o suficiente para que eu esteja bonita, caso encontre Kane. Pelo menos consegui chegar antes que começasse a chover. Há uma tempestade de verão se avizinhando. Está bem úmido lá fora, a pressão se concentrando.

— A condição da sra. Black está inalterada.

— Que pena ouvir isso. — Fico puta por não me decidir se estou sendo sincera ou não. Ela está simplesmente deitada ali feito um cadáver. Morra ou acorde logo! — Vamos manter o pensamento positivo.

Chegando à sala de estar, balanço a cabeça em reação a como tudo aqui é limpo pra cacete. Nem um grão de poeira. O piso brilha como um espelho, impecável.

Tirando um de meus sapatos *mule* de salto alto, pressiono a planta suada do pé contra o preto polido. Antecipo a frieza do piso ao toque, mas está na temperatura perfeita.

Um tremor de desejo me percorre. A extravagância de pisos aquecidos por toda a cobertura me lembra do quanto Kane é sensual.

Deus do céu, eu sou uma maldita piada.

A condensação que desenha o formato dos meus dedos do pé evapora rapidamente, deixando para trás apenas uma levíssima mancha. Tudo está quieto o bastante para tornar minha respiração audível. A cobertura parece sepulcral, cheia de segredos que *eu vou expor*. De um jeito ou de outro.

Há tantas perguntas. E a única pessoa que pode responder a elas está trancafiada em sua própria mente.

Recoloco o sapato quando o homem que não consigo deixar de cobiçar aparece, como se eu o conjurasse num sonho febril. Eu me forço a desviar o olhar enquanto Kane se aproxima. Como é que um homem desse tamanho se move tão silenciosamente?

E, meu Deus, como é alto. Tudo no mundo deve parecer pequeno demais para ele.

— Amy.

Estremeço. A voz dele é uma arma, deliciosamente grave, que me penetra como uma lâmina afiada. Viro a cabeça, pousando os olhos nos sapatos *oxford* tão polidos quanto o piso e subindo para assentá-los na interseção de suas pernas. Os alfaiates dele devem ter algum truque para disfarçar a tora entre suas coxas. Suponho que ele tenha herdado aquele pau enorme de seu pai, porque nem Darius nem Ramin têm um dote tão espetacular.

Talvez seja por isso que Aliyah é aquela vaca. Ela era comida por um pau majestoso até o pai de Kane ficar de saco cheio dela e dar no pé.

Erguendo meu olhar, tento encontrar o sorriso certo. Busco fingir compaixão sincera, mas minha mente fica em branco quando meus olhos encontram os dele. O maldito é imaculado, como diria Witte. Ele é de uma perfeição ridícula e totalmente injusta da cabeça aos pés. Seu terno de três peças parece que acabou de ser passado, mas ainda cai possessivamente sobre os músculos que sei serem duros e definidos. Safiras montadas num padrão de flor-de-lis faíscam de suas abotoaduras e do prendedor da gravata. O nó Windsor é tão perfeito que parece ter passado pelo Photoshop, e eu tenho ganas de soltá-lo com os dentes.

Seus cabelos escuros e brilhantes exibiria ondas se crescessem o suficiente, mas parecem sempre recém-saídos da barbearia, pois Witte cuida do corte, da barba e só Deus sabe do que mais. Eu me lembro da sensação daqueles fios pretos em minhas mãos, espessos e sedosos. Ele tem um maxilar quadrado forte e um queixo firme, com malares esculpidos que dirigem a atenção para lábios cruéis e sensuais.

Alguns homens estariam mental e emocionalmente abalados demais por uma esposa que, por milagre, retorna dos mortos a ponto de não se incomodarem com a aparência. Kane, não. Não... ele está mais gostoso do que nunca. E está bonito assim trabalhando de casa, como vem fazendo nas últimas três semanas desde que providenciou para que *ela* fosse liberada do hospital. Aliyah está furiosa com isso. Ela não suporta a existência de outra mulher na vida de Kane a quem ele considere mais importante. É quase o bastante para me fazer gostar da presença de Lily.

— Oi.

Eu pretendia falar mais, mas não consigo. Passo horas planejando as interações que terei quando estiver sozinha com Kane, mas, sempre que a oportunidade surge, minha maldita boca para de funcionar.

Não há outra forma de dizer isso: Kane Black é apavorante. Ele é lindo como um incêndio fora de controle, tão destrutivamente hipnotizante que é perigoso virar cinzas antes de se dar conta do perigo. Ele tem um modo sobrenatural de se manter imóvel, enquanto a faz sentir como se estivesse rodopiando ao seu redor feito um tornado.

Não sou psicanalista, mas apostaria que as mulheres — e me incluo entre elas — se excitam tanto pelo temor que ele evoca quanto por sua beleza física. A promessa desse tipo de sensualidade não é apenas de prazer; é de devastação.

O olhar dele desliza sobre mim. Os olhos de Kane sempre lembram carvão. Foscos, duros e incomensuravelmente pretos.

Será que ele repara em meu cabelo? É o tom exato do *dela*, alcançado de acordo com a mecha que cortei na primeira vez que a visitei. A diferença é sutil o suficiente para que ninguém que encontrei tenha notado, mas Kane é mais observador do que a maioria das pessoas. Eu não cortei curto como o dela está agora, optando por manter o penteado que Kane tem olhado por anos naquela foto antiga.

Sou mais parecida com a Lily pela qual ele é maluco do que com *ela* mesma a essa altura, e espero que isso funcione a meu favor.

Abruptamente, o rosto dele se suaviza e quase fico sem ar. Acho que ele não olhou para mim de verdade desde que me casei com Darius, mas, sem dúvida, está olhando agora. Minha pulsação se acelera e eu me remexo. Há um cantil de bolso com vodca na minha bolsa, e salivo ao pensar nele. Não ligo para o que digam; não tem nada de errado com um pouco de coragem líquida.

Ele coloca a mão no bolso, informal como o quê, e, no mesmo instante, fica mais sexy e mais acessível.

— Witte me contou que você tem feito companhia para Lily algumas vezes por semana.

Começo a encolher os ombros — sou apenas uma pessoa bacana fazendo um gesto bacana —, mas aí penso que isso é blasé demais para as circunstâncias.

— Eu queria poder fazer mais.

— Você tem lido para ela.

É uma declaração, não uma pergunta.

Enfiando a mão na bolsa, tiro de lá um *e-reader* e algumas revistas de fofoca que comprei na banca da esquina.

— Não sei do que ela gosta, então tento um pouco de tudo.

O canto de sua boca se ergue num meio sorriso, mas seu olhar é frio.

— Romances.

— Ah... — Seria uma sorte se Lily fosse outra das fãs de Suzanne. Luto contra o impulso de revirar os olhos. — Bom saber. Bem, houve alguns na lista. Acrescentarei outros.

Eu também contei a Lily dúzias de histórias sobre as muitas sósias com que Kane trepou, repassando as participantes de meu estudo em detalhes meticulosos. Se for verdade que o subconsciente está sempre alerta e registrando informações, dei uma abundância de minúcias suculentas para Lily usar no processo de divórcio.

Por sua vez, ela o deixou por algum motivo. Talvez já saiba exatamente o tipo de homem com quem se casou. Se for assim, pode ser que tenha voltado porque também não consegue ficar longe.

Droga. Não saber a história dela está me deixando doida.

Kane dá um passo em minha direção e eu inspiro rápido, surpresa. Capto o cheiro dele, aquela mistura singular de cedro e praia. *É feito por encomenda*, Witte me disse quando perguntei. E viciante. Continuo inspirando para sentir seu perfume, tentando não parecer ofegante.

Evitei a proximidade dele ou mesmo olhar para ele por tanto tempo, vivendo de recordações no lugar do homem de carne e osso. É a única forma de evitar fazer papel de trouxa.

Não é nada seguro estar tão perto dele agora. A adrenalina inunda minhas veias. Lutar ou fugir. Meus mamilos endurecem, formando dois pontos doloridos, e meu clitóris se distende, começando a latejar.

— Fico agradecido — diz ele, em voz baixa, pronunciando as palavras sem pressa alguma.

Ele estende a mão e, gentilmente, envolve meu braço com ela, deslizando-a pela manga sedosa de minha blusa e agarrando meu punho com a mais leve pressão.

É algo íntimo. Sensual. Dominador. E estou muito aqui para ele. Totalmente. Venho sonhando com este momento há quase dois anos. Oscilo na direção dele num franco convite. Quero atacá-lo, rasgar aquela pele escura até ver gotinhas de um vermelho vivo cintilando. Ele gostaria disso. Ele gosta de sexo bruto e animalesco — metendo feito uma fera que gosta tanto da matança quanto de um orgasmo.

Seu olhar descai para meus seios, e ele exibe os dentes num sorriso rápido feito um raio. É jovial, travesso e totalmente desarmante.

— Às vezes é bom ter uma família — murmura, distraído.

E, fácil assim, o braço de Kane recai para a lateral do corpo e ele se recolhe. Sou dispensada num instante.

Família?!

Meu olhar horrorizado provoca uma centelha de divertimento escarnecedor em seus olhos. Por um milésimo de segundo, depois desaparece.

— Sr. Black. — Witte encontra-se ao pé dos dois degraus que levam para a sala de estar rebaixada. — A dra. Hamid chegou.

A excitação vira fúria e fervilha minhas entranhas, queimando a garganta. Quero gritar, mas engulo em seco. Tudo o que deu errado na minha vida é resultado de ter atravessado o caminho dele.

— Eu a receberei em meu escritório — instrui Kane a Witte, dando-me as costas.

É tudo a porcaria de um jogo para ele, o desgraçado sádico. O mundo está cheio de gente que não passa de um instrumento ou de um brinquedo, coisas para serem usadas quando lhe convier. Fisicamente, ele é um homem grande, mas seu corpo não é a arma. Ele não levanta a voz, não usa os punhos. Não, o método de destruição escolhido por ele é mais insidioso — ele prefere a manipulação mental.

Tudo bem. Eu gosto de joguinhos. Construí minha empresa jogando com algoritmos e percepções em benefício de meus clientes. Se não posso foder Kane na cama, vou foder com a vida dele. Eu já faria isso de qualquer maneira; só me distraí ao me lembrar de como a primeira opção era boa.

Se ao menos eu compreendesse o que Lily é, o que representa para ele. Seria ela uma vulnerabilidade? Se não for, posso transformá-la em uma? Sua obsessão com ela é sua fraqueza, mas em que sentido? Eu não ligo se ela for capaz de partir o coração dele ou apenas arrastar sua imagem na lama. Não ligo se a vida pessoal dele sucumbir ou se a Baharan for atingida. De um jeito ou de outro, ele vai sofrer. Será um bônus se eu puder fazer Lily sofrer. E eu mereço um bônus, porra.

Minha boca se curva ao pensar em Kane sendo derrubado de seu pedestal e se despedaçando.

Dirijo-me ao corredor que leva ao quarto onde Lily está, inconsciente.

— Amy — ele me chama, detendo-me.

Espiando por cima do ombro, olho nos olhos dele. A antecipação borbulha dentro de mim como se eu não tivesse acabado de fechá-la com uma rolha e jurado que aquela seria a última vez. Minha sobrancelha se arqueia, questionando-o.

— Obrigado. — Ele parece e soa sincero.

Eu não acredito. Nem um pouco.

CAPÍTULO 9

Amy

Lily Black repousa numa cama luxuosa e grande a ponto de fazer sua estrutura corporal pequena parecer infantil. O quarto é tão espaçoso que nem a massa de equipamentos médicos não consegue deixar o espaço apertado. As paredes e a cabeceira partilham o mesmo damasco aveludado em tom cobalto, tornando a cama e a pálida mulher inconsciente sobre ela os únicos pontos de luz na penumbra silenciosa.

Em contraste com os travesseiros de seda azul-glacial, o cabelo penteado de Lily é preto retinto. Um tubo fino e transparente de oxigênio secciona seu rosto, mas os lábios estão pintados de um vermelho exuberante, assim como as unhas perfeitamente bem cuidadas.

É bizarro, a esteticista me disse quando a encontrei trabalhando. *Como trabalhar num cadáver.*

Sim, bizarro. E irracional. O quarto todo parece um mausoléu para a carcaça dela. Lá fora o céu escureceu, dando a impressão de que já é o ocaso, em vez de meio-dia. As luminárias e os abajures estão todos acesos: delicados pés de prata recobertos por cúpulas em tom índigo e lustres de cristal que lançam prismas de luz nas paredes escuras.

Eu me perguntei se Kane trepa com ela mesmo inconsciente, mas, quando mencionei a Darius, ele me chamou de maluca por pensar nisso. Tanto faz. A família toda é iludida, e eu me recuso a sofrer *gaslighting*.

Cortinas translúcidas pendem de varões de níquel escovado. Faixas pesadas de veludo no mesmo tom das paredes flanqueiam as janelas e se amontoam no piso de sodalita polida. Numa poltrona azul-marinho com tachinhas prateadas, Frank — o enfermeiro — senta-se em silêncio com um tablet. Ele levanta o rosto com um sorriso quando adentro mais o quarto e, em seguida, levanta-se, sabendo como tudo funciona. Quando eu chego, ele pode descansar.

Assim que ele sai do quarto, pego meu cantil e solto a tampa com dedos trêmulos. Ainda estou putíssima com Kane; tenho vontade de quebrar alguma coisa. Estudo Lily enquanto levo o alumínio frio aos lábios, mas meus olhos se fecham quando jogo a cabeça para trás e o calor bem-vindo se espalha por minha barriga. Minha bolsa escorrega do ombro e cai no tapete azul-royal com um impacto suave. O outro cantil ainda está cheio. Graças a Deus.

Chutando os saltos gigantes que coloquei para me aproximar da altura de Lily, caminho até a cama enquanto tomo outro gole, os dedos deslizando sobre as várias peças de mobília conforme passo por elas. Embora a profundidade das cores combine com o restante da cobertura, há texturas neste quarto, as quais comportam padrões. É quase como nadar em águas profundas, na altura em que a luz do sol é um cintilar distante. Buquês de lírios stargazer e lírios pretos perfumam o ar, claramente distinguindo o espaço do restante do apartamento, que cheira a Kane.

A decoração poderia ser facilmente chamada de masculina, mas o resultado é uma feminilidade boêmia e sensual. O quarto é opulento. Luxuoso. Peles sintéticas de animais jogadas sobre poltronas e obeliscos de cristal sobre mesas com tampo de mármore. Na penteadeira em frente a uma das janelas, um conjunto composto de um espelho de mão e duas escovas, tudo de prata, com a inscrição "LRB" gravada nas costas, espera sua dona sair da porra dessa cama e fazer uso deles. A caneta e o bloco de notas na mesa de cabeceira exibem as mesmas iniciais.

Alguém dedicou muita atenção a este quarto. Não parece possível que tenha sido arrumado da noite para o dia, ou mesmo em uma semana, o que me enche de perguntas. Foi Kane quem projetou isto para ela, ou Witte? Talvez a decoração tenha sido obra de um profissional contratado. Espero que seja o caso, que Kane não se importasse o bastante para projetá-lo sozinho.

À distância, o céu escuro ribomba um aviso.

Olhando para a figura sem vida na cama, observo a joia que ela usa na mão esquerda, segura sob o tubo intravenoso que lhe fornece líquidos e nutrientes. A princípio, zombei da aliança que Kane dera à sua preciosa Lily.

Um rubi. Sério?

Eu não ligo para o tamanho da pedra preciosa; uma esposa deveria ganhar um diamante, caralho! E não um halo de diamantes minúsculos, mas uma pedra grande, vistosa, uma joia que grite "amor da minha vida". Até Darius sabia disso.

Foi só quando experimentei o anel na minha mão que percebi que a pedra mudava de cor conforme a luz.

Uma alexandrita, descobri depois de uma pesquisa. Muito mais rara do que diamantes, especialmente desse tamanho que Kane dera a ela. E cujo quilate vale muito mais do que praticamente qualquer outra pedra no planeta.

— Você é um cuzão, Kane — resmungo, lambendo a vodca dos meus lábios. — E você é uma vaca — digo *a ela*.

Pego minha bolsa, enfio o cantil lá dentro e retiro uma revista. Aproveito a chance de conferir a gaveta da mesinha da cabeceira e sorrio quando encontro um vidrinho do esmalte usado para pintar as unhas dela. Rio quando o reconheço como um dos novos tons ECRA+ de Rosana. "Lírio de Sangue".

Mas é claro.

Sento-me na beirada da cama, estendo a mão e começo a passar os dedos pelos cabelos de Lily. Os fios são brilhantes, vibrantes, cheios de vida. Eles deslizam e escorregam, assentando-se organizadamente no travesseiro quando os solto. A pele dela é como um cetim branco. Impecável e lisa, macia como plumas de pássaros e livre dos danos do sol com que toda mulher da idade dela luta, inclusive eu.

Em algum lugar, há uma bolsa coletando urina de seu cateter. E ela usa uma fralda para cagar. Então… talvez não seja tão perfeita no final das contas, hein?

— Decidi que quero que você acorde — digo a ela como se estivesse puxando papo. — Preciso saber como você ferrou tanto com a cabeça dele.

Porque eu também quero muito ferrar com a cabeça dele.

As alças finas do négligé vermelho desnudam os ombros e os braços dela. Suas unhas são pontos escarlates na seda azul-glacial amarfanhada da colcha. O cateter grudado atrai meu olhar para a veia dela, que pulsa visivelmente, uma linha direta até o coração e o cérebro dela. Eu a toco, sentindo como o líquido que goteja para dentro dela é frio, como resfria sua pele.

— Você dá a sensação de um cadáver — digo a ela.

Mas ela não cheira como um cadáver. Eu me inclino mais para perto e farejo, captando um levíssimo traço de perfume, algo floral com notas de fundo de almíscar e brisa tropical. Gostei dele. Meu rosto está a centímetros do dela, absorvendo cada detalhe. Seus cílios jazem como leques de renda preta em suas bochechas.

O trovão estronda no céu e a cobertura treme. Os olhos dela se abrem, revelando um verde luminoso, encarando-me com uma ferocidade ardilosa.

Eu caio no chão, gritando.

CAPÍTULO 10

Aliyah

— Transformações virtuais estão onipresentes, e nós maximizamos esse recurso com filtros.

Ryan London clica em um botão no controle remoto e a foto de Rosana na tela passa instantaneamente de uma imagem bem iluminada para escura e melancólica.

— Ao disponibilizar aos clientes a opção de conferir como sua escolha ficará com luz do dia, luz de velas, iluminação multicolorida de boate, luz fluorescente ou LED, com o tempo nublado ou ensolarado e várias outras opções, aumentamos as chances de que o cliente expanda suas escolhas.

Eva Cross sorri.

— E, como oferecemos paletas customizáveis, eles podem montar um kit para o trabalho e para eventos à noite ou cerimônias de casamento e festas.

— As possibilidades são infinitas! — exclama Rosana, encantada.

Ryan sorri, e todos ficamos deslumbrados. O amigo mais chegado de Kane é um homem bonito, com cabelo castanho ondulado e olhos amendoados. Eles se conhecem desde a faculdade. E, embora a LanCorp de Ryan seja mais conhecida pelos videogames, a empresa foi a única que Kane considerou para desenvolver o aplicativo de celular para divulgar nossa nova linha de dermocosméticos.

Eva levantou objeções a Ryan. Rosana também. A empresa de Eva, as Indústrias Cross — fundada por seu marido, Gideon —, é considerada líder do ramo, mais relevante e com muito mais recursos à disposição que a LanCorp. Outras vozes na Baharan concordavam.

Persistir em Ryan — e contratá-lo — foi uma retaliação, nosso contra-ataque à estrita cláusula de moralidade dos Cross. Embora esse tipo de cláusula seja padrão em parcerias, os termos utilizados podiam ser lidos como uma censura preventiva. Um julgamento da minha família, sobre o modo como criei meus filhos, e da inconfiabilidade de Paul. Válido ou não, aquilo não me caiu bem, então insisti em Ryan para que algo não caísse bem para os Cross também. Além de tudo, a participação dele assegura que temos alguém no volante disposto a minimizar as contribuições dos Cross e a maximizar as nossas.

O nome ECRA+ já leva as iniciais de Eva primeiro: EvaCross-RosanaArmand. O sinal de mais representa o poder da Baharan, os ativos potentes que elevam os cosméticos do dia a dia ao nível de séruns e elixires. Eva é a queridinha da mídia no momento e entrou na negociação com capital de sobra, mas isso não supera o que a tecnologia da Baharan traz para a parceria. E, embora tenha sido ideia de Kane expandir para o segmento de beleza trazendo Eva como parceira, eu supervisiono de perto cada faceta da colaboração. E Ryan é sócio da Baharan, mesmo estando ocupado demais com sua empresa para participar de nossa diretoria.

Conforme meus pensamentos se voltam para Amy e Lily, tento ignorar o mau pressentimento que pesa em meu estômago como uma pedra de gelo. Minhas duas noras são inconveniências. Qualquer uma delas pode se mostrar como a força que derruba o castelo de cartas que montamos com tanto cuidado.

Ryan cruza o olhar com o meu e assinto em aprovação. A meia dúzia de funcionários com ele são os principais desenvolvedores que fizeram do aplicativo aquilo que é hoje. Em circunstâncias normais, seriam eles que fariam a apresentação, não o próprio Ryan.

— Uma ideia excelente — elogio —, implementada com primor.

— Obrigado. Agora, para muitos de nossos clientes, o visual das cores em Rosana e Eva vai incitá-los a comprar. — Um clique no controle e as imagens lado a lado das duas garotas mudam de novo. — Os usuários do aplicativo poderão ver uma variedade de combinações com um simples toque na tela.

— Permitir aos usuários que mudem nosso visual pode ser muito divertido — diz Eva, com um riso abafado — ou pode dar muito, muito errado.

— Nós pensamos nisso — ele a tranquiliza. — Se um usuário tentar deliberadamente criar uma combinação que fique ruim em qualquer uma de vocês duas, o aplicativo volta para as fotos de rosto limpo. — Ele demonstra. — Quando a linha de cuidados com a pele ECRA+ estiver pronta para ser lançada, também colocaremos em rotação a foto desses produtos como imagem-padrão.

— Uau! — Rosana ri, deliciada. — Isso é incrível!

— E é personalizado para cada uma de vocês. Algumas combinações que não caem muito bem em Eva podem ficar excelentes em Rosana, e vice-versa. Estão vendo?

Eva concorda conforme a apresentação passa do exemplo no rosto dela para o exemplo no de Rosana.

— Impressionante.

— Tenham em mente que também temos fotos temáticas de ambas por todo o processo e das cinquenta modelos de tons de pele, etnias e idades variadas que vocês selecionaram. Esse último fator acabou sendo muito popular em nossa equipe. Eu não havia me dado conta de que consumidoras com cabelos grisalhos eram largamente ignoradas no universo da beleza. Existe um vácuo, e vocês vão ocupá-lo.

— Esse é o plano. — Eva sorri, mas seu olhar é astuto. — Quem decidiu o que caía bem ou não para cada uma de nós?

— Cada combinação possível foi analisada pela mesma equipe interna de estética que ajuda a moldar a aparência de nossos avatares.

— É um ótimo ponto de partida — diz ela, tranquilamente. — No entanto, eu gostaria de repassar todas essas combinações pessoalmente. Se não se incomodarem.

— Claro que não. Sua imagem é a sua marca, e nós entendemos isso. Vocês duas receberão acesso durante a testagem e poderão utilizar todas as funcionalidades, sem restrições. Serão capazes de ver as que foram marcadas para remoção e acrescentar ou subtrair imagens dessa lista. — O sorriso de Ryan não se abala, mas seu olhar sobre ela fica notavelmente mais intenso. — Nosso software é patenteado, por isso solicitamos que testem o aplicativo em nossas dependências.

— Isso é bem inconveniente. E é provável que seja incrivelmente demorado, considerando-se o número de combinações possíveis.

— É uma precaução que protege a nós dois.

A atenção com que ele a analisa poderia levar alguém que não os conhecesse a pensar que ele se sente atraído por Eva. Afinal, ela é uma mulher adorável, com cabelos loiros e olhos de um cinza profundo. Mignon e esguia, tem a silhueta do momento: seios fartos, cintura fina, um *derrière* de curvas abundantes. Não tenho certeza se essas curvas são tão naturais quanto a cor de seu cabelo. Eva também tem uma sensualidade escancarada que fica evidente na maneira como ela se movimenta, na lascívia de seu riso e no tom rouco de sua voz. É um exagero, na verdade.

Mas Ryan é devotado à sua esposa. O que paira entre ele e Eva Cross é inimizade.

É *tão* divertido assistir aos dois trabalhando juntos.

— Mas não queremos que os usuários fiquem apegados a brincar com as suas fotos — prossegue ele. — Queremos que eles comprem; assim, depois de cada três combinações, o aplicativo os incentiva a enviar uma foto deles para brincar. Vocês podem ver como seria isso aqui.

Ele as observa enquanto as duas fitam o monitor e então olha para mim. É inteligente o bastante para saber que, embora as garotas sejam os rostos da linha ECRA+, eu sou a força motriz por trás de Rosana. Ela sempre segue meus conselhos.

— Se aceitarem a proposta — continua ele —, aparecerão instruções detalhadas para as selfies que os clientes poderão enviar, e, então, o software mostrará como as cores ficariam neles. Eles poderão escolher quaisquer combinações que quiserem para suas fotos. Não há limites.

— Vocês pensaram em tudo! — exclama Rosana, mexendo-se, empolgada, em uma de minhas poltronas de couro turquesa.

Apesar de a cartela de cores de meu escritório ter um ar praiano, com tons de marrom-acinzentado, verde-azulado e creme, o design é modernista. Painéis de madeira e mobília vintage aquecem o que seria, de outra forma, um espaço de trabalho radicalmente moderno. A sensação geral é masculina, o que desconcerta os visitantes o bastante para me dar uma vantagem. E também serve para exagerar minha feminilidade, o que é sempre bom.

Não há sofá. A decoradora queria colocar dois, dizendo que um agrupamento de poltronas faria o espaço parecer entulhado. Ela sabia de decoração, mas não sabia nada de mim. Só de pensar em ter uma superfície horizontal convidativa para deitar em meu escritório, tenho calafrios.

O céu escurece para um cinza-escuro, e gotas de chuva começam a respingar contra as janelas.

— Nós achamos que sim — concorda Ryan. — Só que todo cuidado é pouco. Estivemos testando por meses, mas está na hora de vocês duas fazerem seus testes. Quando decidirem que estão prontas, faremos um pré-lançamento com as modelos e as influenciadoras que contribuíram durante o estágio de desenvolvimento. Integraremos os comentários delas e, então, disponibilizaremos o aplicativo para download.

— Conseguiremos manter o cronograma conforme o planejado? — pergunto.

Lançar uma linha de cosméticos tem sido moda entre celebridades, o que deixa a área da beleza cada dia mais lotada e competitiva.

— Isso depende de quando receberemos os apontamentos de vocês e da extensão das mudanças solicitadas.

— Eu já adorei tudo.

Minha filha estende a mão e aperta a de Eva, seu rosto lindo iluminado de alegria.

Suspiro por dentro. Ela ainda não enfrentou adversidades suficientes na vida para ser cautelosa. Não consegue imaginar desentendimentos futuros, desacordos que se estendam ou visões conflitantes. Eu deveria ter permitido que tropeçasse em mais obstáculos conforme crescia, como fiz com seus irmãos, mas aí a ressurreição da Baharan pelas mãos de Kane começou a fazer barulho — e a trazer dinheiro. Tive de me reaproximar de meu filho mais velho para começar a reconstruir a empresa como uma família. De forma alguma eu iria perder a Baharan pela segunda vez.

Logo, Rosana é ingenuamente otimista. Eva parece tão esperançosa quanto ela, mas aquele lobo com quem ela se casou garante que esteja protegida.

Terei de me esforçar mais com Rosana. Até aqui, as sementes da desconfiança que plantei sorrateiramente não vingaram, mas não vou desistir. Uma boa mãe não protege os filhos dos danos, mas os lança nas garras do perigo para que as cicatrizes endureçam sua casca.

Um clarão me distrai, chamando a minha atenção para a tempestade lá fora. A luz do sol foi bloqueada por nuvens cinza agitadas, cobrindo a cidade numa penumbra que lembra o anoitecer. Estamos no meio do dia, mas parece muito mais tarde.

Quando torno a olhar para a apresentação, vejo uma notificação de texto iluminando a tela de meu celular. Eu o apanho já com o polegar no leitor de impressão digital e a mensagem aparece.

Ela está acordada.

CAPÍTULO 11

Witte

Com uma batida suave à porta aberta do escritório do sr. Black, anuncio a chegada do carrinho com o chá que preparei para a chegada da dra. Vanya Hamid. Com um gesto de assentimento de meu patrão, conduzo o carrinho para dentro e coloco mãos à obra, medindo a quantidade apropriada de chá Nilguiri para o bule de água recém-fervida.

O sr. Black está sentado atrás de sua elegante mesa de madeira trabalhada no estilo *yakisugi*, queimada até adquirir um tom de preto profundo e lustroso. Ela foi feita sob medida para acomodar suas pernas e seu tronco compridos. A cadeira também é sob medida, com braços combinando com a mesa e revestida em couro de cor conhaque. Ele mantém um olhar ávido, seu foco intenso dedicado a cada palavra que sai dos lábios da médica.

O nó de sua gravata está afrouxado; o prendedor, torto. Seu cabelo precisa de um corte, e a sombra da barba escurece sua mandíbula. Em geral, aparo sua barba com regularidade fixa, mas ele tem andado inquieto demais para permanecer sentado e receber os cuidados adequados. Preocupa-me que ele pareça tão desalinhado em chamadas de vídeo, mas também percebo o benefício não intencional de plantar ao menos uma semente de dúvida na mente dos investigadores. Eles passam por aqui a cada poucos dias para conferir se podem interrogar a sra. Black. Em vez disso, o que encontram é um homem que parece se agarrar à própria sanidade pelas unhas, um marido consumido pelo medo e pela preocupação com a esposa.

Sem dúvida já acostumada com o ato de encarar familiares ansiosos, a postura da dra. Hamid é relaxada e tranquila, embora a preocupação perpasse sua voz melodiosa. Seu cabelo escuro está preso num penteado elaborado, e sua silhueta magra resplandecente traja um *shalwar kameez* azul pálido, um traje sul-asiático composto de calça e túnica bordados com um fio de ouro reluzente.

O sr. Black se levanta quando ela termina de falar, voltando-se para a vista panorâmica da cidade perdida numa névoa cinza de chuva. Grandes bananeiras emolduram a parede de vidro sem enfeites, trazendo um pouco do verde do Central Park lá embaixo para as nuvens onde ele reside. Ele esfrega a própria nuca; uma evidência que trai por completo sua frustração e sua ansiedade. Não existem respostas para a pergunta que ele faz repetidamente: *Por que ela não acorda?*

Desde seu breve momento de consciência no dia do acidente, Lily dormiu sem cessar. E, a cada dia que passa, o sr. Black fica mais agitado.

O trovão racha o céu com um rugido, como se o próprio paraíso ressentisse a altura insolente da torre em que moramos. O clamor é tão envolvente que, por pouco, deixa de sufocar o som do grito apavorado de uma mulher.

O sr. Black passa por mim em disparada, ágil e ligeiro como uma gazela, exibindo o mesmo porte atlético e a rapidez que eram suas marcas registradas como armador, quando jogava basquete. Espero, permitindo que a dra. Hamid saia antes de mim, e, então, sigo o passo rápido e constante dela enquanto repasso uma lista mental de cenários possíveis e as ações que demandariam. Pelas portas abertas, vejo as janelas gotejando lágrimas do céu.

Entramos no quarto da sra. Black e paramos de súbito.

Amy Armand se apoia contra a parede com os braços em torno de si mesma. Meu patrão já se encontra sentado na beira da cama, as mãos em punho na colcha ao lado dos quadris esguios da esposa. Lily está sentada, os braços pálidos em torno dos ombros dele, o rosto pressionado ao dele enquanto lágrimas cintilam nos cílios escuros. O vermelho vivo de suas unhas reluzem como gotas de sangue em meio aos fios de cabelo escuros do sr. Black.

Em seu ambiente atual, Lily Black personifica a mais brilhante das luas cheias, na mais escura das noites.

Abaixando-me, recolho a bolsa da jovem sra. Armand e os sapatos do chão; então, eu me aproximo dela, pegando seu braço de leve com um aperto respeitoso da mão.

— Sra. Armand — murmuro —, permita-me que a acompanhe até a porta.

— Como é?

O olhar dela está fascinado na cena na cama.

Sinto o cheiro de álcool em seu hálito e suspiro por dentro. Uma garota tão adorável, com tanto potencial, mas ela combate demônios dos quais não tenho conhecimento.

— A médica precisará examinar a sra. Black — murmuro, enquanto a levo com gentileza para fora do quarto de Lily —, e devemos lhes dar privacidade.

Ela resiste quando exerço uma pressão suave; seus olhos estão arregalados e fixos. Eu também quero olhar fixamente para eles. É tão raro e estranho ver o sr. Black abraçar alguém, com a cabeça abaixada e os nós dos dedos brancos pela força. Um suplicante que reluta.

Ele não é de demonstrar o que sente. Evita todo contato físico em público que não seja necessário para manter a etiqueta e a polidez apropriadas. Com frequência, imaginei-o cercado por um muro invisível, que mantém os outros a uma distância segura.

Mas é evidente que não existem barreiras capazes de protegê-lo de Lily.

O céu se abre e uma torrente despenca.

CAPÍTULO 12

LILY

Com meu rosto pressionado contra o seu, eu exalo. Um tremor o percorre quando meu hálito acaricia sua orelha. O flexionar inquieto de seus dedos na colcha me faz estremecer, e, uma vez que isso começa, não consigo parar. O desejo de me arrastar para dentro de você, de estar unida ao meu coração, é esmagador. Segurar você em meus braços é tudo o que já quis ou precisei.

Você aninha o nariz em meu pescoço e inspira fundo, de modo entrecortado, levando o cheiro da minha pele até seus pulmões. Você me afaga enquanto expira. Não retribui meu abraço, mas isso não é necessário. Você me marca como um animal, e, em troca, eu o marco. Sinto você me inspirar outra vez e mais outra, como se tivesse ficado submerso e sem ar por tempo demais. Sufocando.

Conheço essa sensação, meu amor. Bem demais.

Sinto seu corpo duro e febril contra o meu, como uma coluna de pedra que passou horas sob o clarão do sol. Você vibra, cada músculo reagindo à pressão do meu corpo no seu. Minha inspiração preenche meus sentidos com seu cheiro, um perfume que me leva de volta à noite em que nos conhecemos. Fogueira e maresia, a picada de uma tempestade carregada pela brisa noturna.

Ah, e lírios também. Meu peito dói com soluços reprimidos.

Você não se esqueceu de Lily.

CAPÍTULO 13

Witte

Aguardo até a jovem sra. Armand entrar no elevador com uma expressão vazia, aturdida. Ela cavouca freneticamente em sua bolsa enquanto as portas se fecham, sem olhar para mim e sem oferecer a mim uma despedida.

Assinto para os dois guardas em ambos os lados da entrada da cobertura ao passar por eles, fechando a porta sem ruído. Sozinho, posso admitir que a cena que acabo de testemunhar me abalou profundamente.

Não consigo conciliar a mulher que fugiu do sr. Black no coração da cidade com a esposa cheia de amor agarrando-se a ele no quarto. As reações são tão ultrajantemente diferentes que desafiam a lógica.

Deixando de lado minha inquietude, atravesso o longo corredor espelhado até o quarto da sra. Black. Meu patrão se encontra agora no canto mais distante e escuro. Ele encara as duas mulheres que conversam em voz baixa e não dá sinal de ter percebido meu retorno, atento, com a postura empertigada e os braços cruzados. Dominante. Agressivo. O enfermeiro, Frank, está logo atrás da médica, a postos. Invoco meus anos de experiência para desaparecer nesse ambiente.

A dra. Hamid levanta um dedo, movendo-o de um lado para o outro, enquanto o olhar de Lily acompanha o movimento. É desconcertante ver a sra. Black parecendo tão artisticamente arrumada como se tivesse acabado de se entregar a uma breve soneca no meio do dia, em vez de ter passado semanas inconsciente.

Ela é, sem dúvida, a criatura mais arrebatadora que já vi. A foto que o sr. Black tanto aprecia não passa de uma sombra do dinamismo presente na mulher de carne e osso.

Além de possuir uma beleza estonteante, Lily enfrenta, com calma assustadora, uma situação que abalaria quase qualquer pessoa. Ela está num lugar desconhecido, com pessoas desconhecidas. Até seu marido deve parecer um estranho: a separação entre eles foi longa; e a evolução dele, dramática. E, no entanto, foi a jovem sra. Armand quem gritou, em choque.

— Quantos dedos estou mostrando? — pergunta a médica.
— Dois.
— E agora?
— Dois ainda. Onde estou?
— Você está em casa. Pode me dizer qual é o seu nome?
— Lily Rebecca Yates. Casa de quem? — Ela olha para o sr. Black. — Kane...?
— Nossa casa — responde ele, áspero.

Uma expressão de assombro passa pelo rosto dela. Os olhos estão luminosos de lágrimas.

— Nossa casa — repete ela, num sussurro.

Assim como eu, a dra. Hamid hesita ao ouvir o nome de solteira de Lily. Também estou espantado com sua voz. Por sua aparência, esperava que a voz tivesse um tom rouco, com notas de fumaça e *scotch*. Em vez disso, é aguda e juvenil, com um leve traço de rouquidão. Nunca ouvi nada parecido, mas reajo com um fervor surpreendente. Quero ouvi-la falar longamente, para ter tempo de catalogar as nuances de uma voz que, segundo a lógica, deveria ser irritante, mas, em vez disso, soa encantadora.

— Você sempre dá o seu nome de solteira? — pergunta a médica.

Lily pisca devagar, erguendo, então, a mão esquerda e analisando a aliança ali. Ela engole em seco visivelmente antes de responder:

— Não sou casada.

Um rosnado baixo ressoa no peito de meu patrão.

— Tudo bem — diz a dra. Hamid com firmeza. — Não existem respostas erradas. Quantos anos você tem, Lily?

— Vinte e sete.

O sr. Black se enrijece ao meu lado. A médica olha para Frank em busca de confirmação, e a cabeça dele chacoalha em negação.

A médica se ajeita no lugar que ocupa na borda da cama.
— Você se lembra do acidente?
— Que acidente?
— Você foi atropelada por um carro, cerca de um mês atrás.
Lily fica imóvel por um longo instante e então pergunta:
— Que dia é hoje?
Flagro o olhar da médica indo para Frank antes de responder. Os lábios carnudos dela estão franzidos, a testa também. Todos nos voltamos para o sr. Black. Ele está pálido e tenso, tão tenso que eu poderia quase jurar que provoca vibrações no ar ao seu redor.

Lily também o estuda. Em seguida, estende a mão — carregada com uma pedra inestimável, de um roxo-escuro dentro de casa e do mesmo tom verde dos olhos dela sob a luz do sol — para seu marido, trêmula.

— Kane...

Ele fica imóvel por um minuto longo e tenso. Então, seus braços descaem para as laterais do corpo e ele dá um passo convulsivo na direção da cama, como se tentasse resistir a uma tentação e fracassasse.

Fico sem saber o que fazer quando ele dá meia-volta de modo abrupto e sai do quarto a passos largos e rápidos.

CAPÍTULO 14

WITTE

— Bem...

As mãos delicadas de Lily pairam de volta para a cama com a suavidade de uma borboleta. Meu olhar fica preso por um instante na tatuagem de escorpião em seu punho, do tamanho de uma moeda de uma libra. Respirando fundo, ela se recompõe.

— Parece que precisamos cuidar do nosso casamento.

— Agora se lembra de estar casada? — pergunta a dra. Hamid.

— Não. Eu vesti preto ou branco?

— Quando?

— No casamento.

— Eu não sei. Você está sob meus cuidados há quase um mês, mas, na verdade, acabamos de nos conhecer.

A sra. Black olha para mim e eu me vejo encantado por aqueles olhos esmeralda chocantes.

— Você estava lá? No casamento, digo.

— Não, senhora. Não tive esse prazer, já que isso foi antes da minha época.

O olhar dela se estreita um pouco e ela se volta para as janelas.

— Estamos em Londres?

— Manhattan — digo a ela. — Entretanto, eu sou inglês, como a senhora percebeu.

Ela observa o quarto como se catalogasse todas as superfícies. Tem quase a idade de minha filha, mas há uma dureza em seu olhar de pedra preciosa, felizmente inexistente, no de minha filha.

— Sra. Black...

Então, de súbito, Lily se põe a rir, um riso que a sacode e logo se transforma em histeria. Lágrimas surgem, caindo em seguida como rastros de diamantes líquidos. O desespero a está enfraquecendo, lançando uma sombra perturbadora sobre sua beleza vívida. Ela fecha os olhos com força e escorrega para debaixo das cobertas.

— Eu quero acordar agora.

A médica não tira os olhos de sua paciente quando pergunta:

— Frank, qual é a situação da ambulância?

Ele levanta a cabeça de seu celular, a boca espremida numa linha fina.

— Já chegou. Estão com a maca no elevador, subindo.

— Nós vamos levá-la para o hospital, Lily — diz a dra. Hamid, tranquilizadora. — Agora que está acordada, precisamos fazer alguns testes adicionais. Estarei com você a cada etapa.

— Com licença, por favor — digo à sra. Black, sentindo uma imensa relutância em deixá-la. Ela é frágil como caramelos em fio, os fios delicados de sua sanidade se endurecendo até se partirem. — Vou trazê-los até aqui.

Saio do quarto, parando abruptamente no corredor para evitar uma colisão com o sr. Black.

Ele para de caminhar de um lado para o outro. Seus olhos escuros estão tão úmidos quanto os de Lily e parecem igualmente ensandecidos.

— O senhor deveria ficar com sua esposa — digo a ele. — Ela precisa do senhor.

— Aquela não é a minha esposa.

Algo frio e escorregadio rasteja por minhas entranhas.

— Sr. Black...

— Ela se parece com Lily. Tem a voz de Lily. A pele dela. O cheiro dela. — Ele passa as mãos pelos cabelos e segura a cabeça. — Mas tem algo nos olhos dela... você não percebe?

Eu o encaro, confuso. O rosto primoroso da esposa dele é algo sem igual. Mais do que isso, ela olha para ele como sempre olhou em seu retrato, com um amor febril, um apetite possessivo. Ele dormiu sob aquele olhar por todos os anos em que o conheci. Como pode deixar de reconhecê-lo?

Suas mãos caem pesadamente nas laterais do corpo.

— Providencie seguranças particulares para ficarem no hospital — ordena, pronunciando as palavras com aspereza, como se sua garganta estivesse forrada de cacos de vidro. — Sem visitantes. Qualquer um que pergunte por ela deve ser seguido até ser identificado e esquadrinhado.

Movo a cabeça, concordando.

— Cuidarei dos paramédicos agora, depois lidarei com a segurança. O senhor quer manter guardas em turnos aqui também?

— Quero.

— O senhor vai até o hospital com ela?

— Claro que vou. — Ele fecha a cara. — Quem você pensa que eu sou? Acha que eu deixaria que ela fosse sozinha?

O vento da tempestade se debate contra o edifício, que estala e geme feito um navio em mar conturbado. Olho para trás antes de entrar no vestíbulo do elevador.

Meu patrão oscila à porta do quarto da esposa, notavelmente mais assombrado por seu fantasma do que jamais foi por sua lembrança.

CAPÍTULO 15

Amy

— Querida, temos que ir.

A voz de Darius me dá um susto. Quando ele me abraça por trás e os braços dele circundam minha cintura, tenho de lutar contra o impulso de dar meia-volta já com o punho seguindo na direção de seu rosto bonito.

Com o coração martelando, combato minha raiva.

— Deus do céu! Não me assuste assim!

Sinto o calor do corpo dele contra o meu, seu perfume característico infundindo o meu closet. É meu cômodo preferido em nosso apartamento, um antigo quarto de hóspedes que separei do corredor principal e abri para a suíte principal. É todo branco e espelhado, as estantes sem porta exibem minhas bolsas e meus sapatos, enquanto os cabides estão organizados precisamente como especificado por uma consultora de organização. É o closet dos meus sonhos, mas não consigo encontrar nada para vestir.

Eu juro que a empregada está me roubando e organizando minhas coisas de qualquer jeito para que eu não perceba o que ela levou, mas Darius diz que estou imaginando coisas. Estou *Tão. De. Saco. Cheio.* de ninguém acreditar em nada do que digo. Tirando Suzanne. Por que raios a única pessoa do meu lado é alguém que eu não suporto? Pelo menos posso confiar nela.

— Você está toda assustada hoje — murmura meu marido, os lábios firmes roçando meu ombro.

— Que diabos vou vestir?

É muito importante que eu acerte a mão. Aliyah estará lá, com seu olhar crítico. E Kane. E o mais importante: Lily saiu do hospital depois de algumas semanas de fisioterapia e talvez marque presença.

Eu já vasculhei o closet dela pelo menos uma dúzia de vezes e sei que seu estilo é sombrio, libertino e dramático, o que é o total oposto da predileção de Aliyah por roupas leves, sensuais e clássicas.

Então... como posso ofuscar Lily sem ter que ouvir insultos disfarçados de elogios da jararaca da minha sogra? Imagino *silver tape* dando a volta na cabeça de Aliyah, selando sua boca cruel, e quase rio alto. O cinza frio da fita faria um contraste perfeito com os tons neutros e quentes dela. E como ficariam *fabulosas* as mechas de seu cabelo loiro de farmácia presas no adesivo quando ela arrancar a fita com suas garras!

— Não importa o que você escolha — suspira Darius, a voz baixa e áspera enquanto suas mãos se enfiam dentro das taças do sutiã. — Você sempre será a mulher mais linda no recinto.

Analiso nosso reflexo no espelho de corpo inteiro que cobre a toda parede de trás do meu closet. Estou vestindo um conjunto novo de lingerie, de um verde-esmeralda profundo com listras e renda pretas. Recentemente me livrei da maior parte de minhas roupas de baixo e camisolas, substituindo os tons creme e dourado de minha paleta anterior, com um padrão de cores mais melancólicas. Kane não ficará decepcionado se algum dia eu me despir para ele outra vez.

Vejo os dedos de meu marido encontrarem meus mamilos e os beliscarem com gentileza, provocando uma fisgada entre minhas pernas. Seus lábios agora estão em meu pescoço, e sinto o hálito úmido contra minha pele.

Foi assim que Darius começou a transar com sua assistente? Ela desfilou pelo escritório dele certo dia e enviou todos os sinais de "me coma agora"? Com que rapidez e facilidade ele decidiu levantar a saia dela e debruçá-la sobre sua escrivaninha? Será que começou com um boquete ou será que ele passou direto para arremetidas profundas na boceta?

E por que ela não o desejaria?, pensei, amarga. Ele é alto, moreno e lindo, com um sorriso maravilhoso. Quando sua voz enrouquece de luxúria e seu corpo definido se aquece de desejo, fica irresistível. A aliança com meu nome no dedo dele provavelmente só piora essa situação.

No espelho à nossa frente, vejo um casal que se complementa de modo fantástico. A cópia do tom de Lily feita por meu cabeleireiro é mais escura do que o dele; mais fria, enquanto o dele é quente. A pele bronzeada dele enfatiza os olhos azuis, que são um traço dos Armand. Seus ombros são largos o bastante para emoldurar os meus e fazerem eu me sentir delicada. Nas profundezas do closet, cercados por infinitos tons de bege e branco, ele domina e faz meu sangue pulsar nas veias.

— Você pode fazer uma chamada de vídeo com a sua mãe e ver o que ela vai vestir?

Perco o ar quando as pontas dos dedos dele descem por minha barriga.

— Quem liga? — responde ele, a mão contornando meu quadril com força como reprimenda.

— Ela liga! Está sempre fazendo comentários horríveis sobre minha aparência e meu comportamento, o que eu como e o que eu bebo, aonde vou e quem são minhas amigas!

Ele me silencia.

— Amy... eu sou o primeiro a admitir que ela é prepotente e cheia de opiniões. Mas a família é tudo para ela.

Cerro os dentes. Eles são todos cegos, cada um dos filhos dela. Kane é o único que sabe do que ela é capaz de verdade, porque ela o largou quando o segundo marido não quis lidar com o pivete de outro homem.

— Ela não me vê como parte da família.

— Claro que vê. Você é minha esposa.

Arqueando os ombros, tento fazer com que ele me solte.

— Você nunca vai vê-la do jeito que ela realmente é.

— Ah, eu a vejo, sim. — Uma das mãos aperta meu seio, mantendo-me cativa. O olhar dele encontra o meu no espelho enquanto sua outra mão escorrega para dentro de minha calcinha e separa os lábios de meu sexo. — Vejo como ela quer que todos os filhos trabalhem juntos, levem a vida juntos. Ela quer todos nós presos num laço muito bem-feito para que ela possa simplesmente puxar um fio para nos deixar todos bem amarrados.

Minhas costas se retesam quando os dedos dele encontram meu clitóris e começam a fazer movimentos circulares. A raiva faz meu sangue ferver.

— Ela que se foda. E foda-se você também, se acha que vou viver assim.

Os dentes dele se afundam na pele macia de minha clavícula.

— *Você* vai me foder, ou pelo menos ser fodida por mim, agora mesmo.

— Darius...

Dois dedos compridos penetram-me, encontrando-me já molhada pela manipulação habilidosa de meus mamilos e do tom sombrio de ameaça na voz dele. Ele conhece todos os meus gatilhos, sabe como dispará-los. Eu o odeio por isso. Imagino-me jogando a cabeça para trás, quebrando o nariz dele e sentindo o jorro de sangue quente na pele.

— Você acha que Kane é o único que pode rescindir o acordo e devolver a você o controle da sua preciosa empresa? — sibila ele em meu ouvido, ao mesmo tempo em que seus dedos começam a se mover dentro de mim. — Minha mãe age como se fôssemos uma grande família feliz, mas, para ela, está sendo a morte ver Kane na presidência da Baharan. Ela está tomando providências, querida, umas merdas secretas que está tentando fazer passar como ajuda, mas que se tratam, na verdade, de assumir o controle.

Fico mole nos braços dele; meus joelhos relaxam para facilitar o acesso daqueles dedos talentosos. A palma de sua mão pressiona e esfrega meu clitóris a cada entrada e saída, deixando-me cada vez mais próxima do orgasmo.

— Estou documentando tudo — prossegue Darius, tenso. — Ela está deixando rastros digitais a cada passo. Todos os caminhos levam até ela. – Um gemido baixo de rendição escapa de mim. Ele me estimulou com as mãos e me excitou com palavras. Seus dedos já não são o bastante. — Tire a calcinha e apoie aqui — ordena, as mãos me abandonando.

Eu tiro a peça de roupa, observando enquanto ele desafivela o cinto e abre o zíper de sua calça social cinza-claro. Estendo as mãos para o outro lado da bancada no centro do closet. O mármore frio refresca a palma de minhas mãos enquanto arqueio as costas para me oferecer a ele.

Darius rosna, segurando seu pênis e esfregando a cabeça contra a umidade de meu sexo. Em seguida, ele se inclina mais, entrando em mim num deslizar lento, torturante. Meus olhos se fecham num ofego, a mente se enchendo de lembranças ardentes de outro encontro sexual, com outro homem. Kane não foi gentil nem lento. Ele virou-me, puxou-me para a ponta da cama e arremeteu para dentro de mim, rápido e com força.

Meu marido enrola os dedos em meu cabelo e puxa minha cabeça para cima.

— Olha enquanto eu te como — exige, rouco, como se soubesse para onde meus pensamentos traiçoeiros haviam vagado.

Eu encaro-o, analiso-o assim, de pé atrás de mim — a gravata azul com um nó primoroso, a camisa branca muito bem passada. Visto da cintura para cima, parece um empresário trabalhando. Em vez disso, é um homem metendo seu pau duro em uma mulher depravada, ansiosa para chegar ao clímax. Estou fora de meu corpo, observando. A cena é tão erótica que estremeço de desejo.

— Quando chegar o momento, usarei tudo isso contra ela como trunfo para retirar o que resta da Social Creamery da Baharan — diz, entredentes, pontuando suas palavras com investidas ritmadas. — Daí vou garantir que Kane descubra o que ela anda aprontando. Quando ela estiver fora do caminho, posso planejar os próximos passos.

Minha boca se entreabre enquanto luto para respirar. O puxar incessante que ele aplica em meu cabelo para me manter imóvel a seu bel-prazer está me deixando maluca. As arremetidas e os recuos dentro de mim são uma delícia. Tudo em mim se aperta e contrai, faminto pela satisfação. Mais, sempre mais. Mais forte. Mais violento.

Tento me mexer, acelerar o ritmo, mas ele me mantém imóvel, usando-me para aliviar a excitação de sua ambição ciumenta. Fico excitada em ser usada, da mesma forma que pensar em acabar com Kane e sua mãe deixa Darius mais duro do que aço.

Inflamado pelas fantasias de destruição do próprio irmão, meu marido me fode até me dar um orgasmo de estremecer.

CAPÍTULO 16

Lily

A cobertura carrega o pesado suspense de uma respiração quando caminho por seus corredores espelhados. Depois de dias de fisioterapia que pareceram uma infinidade, aninhar-me neste refúgio sedutor é paradisíaco. Um quadrado perfeito, ela se esparrama por quase setecentos e cinquenta metros quadrados, com as artérias — elevador, lixeiras, escadaria e dutos — passando pelo centro. Os quartos se agarram às paredes externas, cada qual com uma vista de tirar o fôlego.

Conforme me movo pelo silêncio mortal, o cheiro de lírios me envolve, rodeando-me desde meus pés descalços, que tocam os pisos aquecidos, e erguendo-se para sussurrar em torno de meu colo como um amante ciumento. Sob essa fragrância está você, as notas revigorantes lembrando brisa marítima e madeira tostada. Respiro fundo e suspiro de prazer. Minha pulsação se acelera num ímpeto extasiante que parece medo.

Meia dúzia de pessoas estão na biblioteca com você, mas a cobertura se encontra silenciosa como um túmulo. Nada ecoa ou se espalha. Apenas os sons da cobertura em si ficam evidentes: um leve gemido com o golpe da brisa, um estalo quando a torre oscila como uma bailarina ao vento. Embora não consiga detectar movimento algum, o edifício me conta sobre sua luta. É um junco delgado, surrado pelas forças da natureza, e, no entanto, estou aninhada e a salvo dessa turbulência.

Por enquanto, as ameaças que enfrento estão dentro destas paredes, não fora delas.

Será que você escolheu a cobertura como lar porque ela faz ruídos que lembram uma embarcação num mar tempestuoso? Lily afundou com seu barco. Você ficou deitado à noite em sua cama, fitando a imagem dela e escutando a torre, imaginando os dois navegando *La Tempête* juntos, e, quando o mar devora o barco, ela também o devora?

É uma ideia de morbidez romântica, sugerindo um amor insondável; e, ainda assim, você me evita.

Sou simplesmente incapaz de aceitar esta nova realidade; a cobertura é tão distinta do cenário em que eu o via. Será que precisava desta perspectiva para acreditar em si mesmo, para provar seu valor? O desenho do prédio me impede de olhar para o chão lá embaixo, um truque feito para evitar que as asas de cera e as penas dos bilionários caiam, não por subirem alto demais, mas por causa da luta e do suor da vida dura no térreo.

Não que eu não ame o que jaz no interior das paredes que nos cercam. É uma gaiola dourada, tão sombria e bela que quero trancar a porta por dentro, para que mãos ávidas não consigam me pegar e levar embora. Ou me empurrar para a queda até lá embaixo.

É surreal, assim como você. Com frequência, ouço minha própria voz, mais nova e mais suave, dizendo que isso tudo é apenas um sonho lúcido. Abano a mão, desejando que o piso de obsidiana se transforme em vidro transparente cobrindo as águas retintas que fluem por baixo. Toco a parede, mandando-lhe mudar de cor. Nada do que eu faça, pense ou diga pode alterar os arredores, mas aparenta ser impossível me encontrar aqui, num lar que parece meu desejo mais profundo, mas não é, com um marido que se parece com meu amor, mas não é.

Cuidado com aquilo que deseja.

Isto não é tudo o que sempre quis? Você retomou o controle de seu legado, a Baharan. Eu uso a aliança e ostento seu nome. Nós moramos nesta cobertura deslumbrante. Viver essa vida com você é como um pacto com o diabo, e aonde isso vai nos levar? Você tem a Baharan, mas a família que o abandonou veio com ela. Estamos casados, mas não passamos de estranhos. E temos um ninho resplandecente acima das nuvens, que, no entanto, é desprovido de amor e riso. Eu sonhei com este paraíso. Em vez disso, encontro-me no inferno.

A vista se abre quando entro na sala de estar principal, exibindo o que há de melhor na cidade de Nova York. Paro por um momento, absorvendo o clima do cômodo. Faz-me pensar numa floresta à noite, com a lua cheia brilhosa em musgo verdejante e um lago particular e tranquilo. É opulento, misterioso e despudoradamente sensual.

Faço a curva na sala de jantar formal, com sua mesa de madeira de formas naturais, irregulares, e cadeiras de couro verde, e entro na cozinha, que parece um lugar à parte do tempo.

A bancada é uma peça de antiquário revisitada. Madeira escura, uma pletora de gavetas, puxadores de latão — possivelmente de um boticário ou uma biblioteca. Os amassados e as marcas lhe dão personalidade, enquanto o topo de granito preto com veios dourados traz elegância. O fogão é enorme, com funções modernas, um acabamento preto e visual lembrando ferro fundido vintage. Os gabinetes superiores são de madeira envernizada, combinando com o acabamento da bancada, enquanto os inferiores estão pintados num preto brilhoso. Prateleiras expostas exibem ervas e temperos em potes de vidro iguais, com rótulos escritos a giz.

Chego a uma porta fechada e giro a maçaneta. Sei, pelo cheiro masculino, que o quarto é de Witte. Eu o fecho sem entrar. O mordomo bonitão com o olhar penetrante e avaliador não é quem me interessa neste momento. Contudo, a decisão que vocês dois tomaram de abrigá-lo na cobertura, em vez de no andar dos funcionários, abaixo, é intrigante.

O quarto seguinte é um de hóspedes. Com uma cartela de cores em verde-escuro e dourado, ele se conecta à vista do Central Park pelas janelas. O quarto de hóspedes seguinte exibe tons de ametista e lavanda, e é somente os vendo assim, em rápida sucessão, que os pensamentos nebulosos quase inconscientes ganham forma. Os dois são incrivelmente similares aos quartos de hóspede na casa de praia de Lily, em Connecticut, e ao apartamento dela no West Village. É impossível deixar passar despercebida a semelhança. Sua memória é vívida assim? Ou será que meus sonhos é que são?

Onde está *você* nesta casa suntuosa? Não consigo ver nenhum traço seu.

Quando flagro sua silhueta alta andando pelos corredores, é como se as paredes em si se afastassem, desconfortáveis com a energia inquieta, que se agita em seu rastro. Minha mente o apagou? Será apenas minha obsessão a imaginar os breves vislumbres que pego de você, uma espessa coluna de fumaça que logo se dispersa?

Será que é o amor que se enterrou como uma raiz espinhosa em minha própria alma que o conjura nesta existência fantástica que estou explorando?

Abrir a porta seguinte expõe um quarto sufocado no odor de tinta. Da entrada, reparo nos plásticos e nas escadas, baldes e rolos de pintura. As paredes de um branco ofuscante serão de um safira profundo quando a pintura terminar. Seu estado incompleto me deixa confusa. Por que eu criaria um espaço inacabado, se isso é um devaneio? O que pretendo fazer com isto?

Passo pela academia sem parar, mas sinto como se, por fim, eu o encontrasse quando entro em seu escritório. Aqui há cor e coisas vivas. O acabamento queimado da escrivaninha traz para cá a escuridão do restante da cobertura, mas essa é a única peça que poderia estar em outro cômodo. As poltronas laterais são revestidas de couro na cor conhaque aberto, enquanto veludo castanho-avermelhado cobre um sofá com pés finos de latão. Sorrio ao ver a minicesta de basquete pendurada acima da lixeira.

Dando a volta em sua mesa, noto que os puxadores laqueados possuem lírios. No canto, há uma foto emoldurada dela. É uma foto fechada do vento soprando o cabelo dela em seu rosto, os olhos risonhos, a boca curvada num sorriso amplo. Até aqui, ela o assombra.

Sinto o frio do hálito dela em minha nuca, mas não ouso dar meia-volta.

Talvez eu não seja a única dentro da gaiola.

Talvez a gaiola seja dela, e é você quem está preso lá dentro. Comigo.

CAPÍTULO 17

Aliyah

Sobre a borda de minha taça de martíni, analiso discretamente meu filho do meio e sua esposa.

Há uma familiaridade ali que me perturba. Darius e Amy geralmente se sentam juntos, mas mantêm uma reserva gélida. Hoje, ele está empoleirado no braço do sofá ao lado dela, o quadril contra seu ombro.

Ele está de braços cruzados, suas feições bonitas expressando tédio. Ela parece um tanto sóbria, embora também tenha um martíni nas mãos. Está usando um vestido tubinho sem mangas azul-marinho de um comprimento respeitável; o que o torna interessante são as alças, deliberadamente torcidas. A cor mais escura combina melhor com ela do que a paleta neutra que copiou de mim. Seus cabelos compridos estão levemente ondulados, drapejados sobre um ombro.

A maioria das pessoas acharia que ela tem classe, mas eu sei da verdade. Uma ratazana de esgoto calçando um par de sapatos Louboutin continua sendo uma ratazana de esgoto.

Ramin está na outra ponta do sofá, olhando o celular. Seu cabelo está comprido demais, mas isso não o deixa menos atraente, as ondas escuras caindo sobre os olhos, de modo que ele as afasta repetidamente. Ao contrário de Darius, que veio num terno cinza-claro bem-feito, Ramin compareceu vestindo uma calça jeans escura e uma camiseta de gola careca com estampa militar.

Minha caçula, Rosana, veste um macaquinho tomara que caia que realça os braços graciosos e as pernas curvilíneas. É uma das novas peças da coleção especial que criamos em parceria com o maior site de vendas do mundo. Em tom nude e cheio de brilhos, ele esgotou em minutos.

Ela o combinou com tênis que ainda não foram lançados. As fotos dela usando-os hoje impulsionarão a pré-venda.

Ensinei Rosana a não desperdiçar oportunidades. Influência pode ser passageira. Com parcerias como a ECRA+ — que ela também está usando no momento — e coleções de moda, espero prepará-la para manter seu estilo de vida no futuro. Ela jamais será obrigada a depender de homem algum para nada.

— Onde raios está ele? — pergunta Ramin. — Não tenho o dia inteiro para ficar por aqui.

— Você não precisa nos lembrar de que preferiria não fazer porra nenhuma em outro lugar. Nós sabemos.

Darius se levanta e estende a mão para a taça de Amy, agora vazia, numa oferta silenciosa de mais um. Meu filho é um facilitador, tentando manter sua esposa codependente para salvar seu casamento.

— Vá se foder, maninho.

Estou tão impaciente quanto Ramin. Tem algo de diferente na cobertura. Embora pareçam exatamente iguais, as paredes de vidro restringem uma energia frenética, a expectativa que precede o *crescendo*. Todos nós a sentimos percorrendo nossa espinha, e a tensão é de enlouquecer. Será o dinamismo de Kane, contido aqui por sua própria escolha de ficar em casa? Será o *dela*?

Lily. Uma presença inquietante, mesmo invisível.

Só conversei com meu filho mais velho em videoconferências ao longo desse último mês. Meu medo de que algo — ou alguém — possa ser mais valioso do que a Baharan lhe parece infundado. Ele não deixou passar nada no trabalho. A saúde precária da esposa não afetou sua ambição. Mesmo assim, seu recolhimento à cobertura é preocupante. A equipe tem um desempenho melhor quando se alimenta da energia dele.

Gelo tilinta na coqueteleira quando Kane entra na biblioteca vestindo um terno cinza-grafite, camisa branca e gravata prata. Sua postura é perfeita; o passo, autoritário. Ele assume o comando da sala no mesmo instante, e aqueles olhos escuros — os olhos de Paul — são impenetráveis.

Kane é um homem duro, sem emoções, distante. Seu belo rosto mistura todas as melhores características minhas e de seu pai, e nenhum de nossos defeitos. Aquela combinação de corporalidade impressionante e reticência sempre nos foi vantajosa. Se sinto uma pontada de remorso por ter contribuído para sua indiferença brutal, é apenas momentânea. A Baharan não seria o que está prestes a se tornar sem seu calculismo impiedoso.

Witte se junta a nós no encalço de meu filho, feito uma sombra.

O uniforme de camisa branca com mangas longas e colete e calça pretos cobre o corpo alto e robusto do mordomo. Seu cabelo de um branco puro é espesso e cortado rente nas laterais e mais comprido no topo da cabeça, criando um volume que, penteado para trás, enfatiza sua altura. Sua barba grisalha está mais branca do que preta e exibe uma manutenção soberba. Há uma sugestão de músculos flexionando conforme ele se movimenta, tentando as mulheres a imaginar a boa forma do corpo sob as roupas apropriadas e provocantes. Ele é extremamente atraente e muito sexy.

Mas entrou na sala sem um carrinho de bebidas e não faz menção de nos servir. Logo, Kane lhe pede que fique por perto apenas para dar apoio. A ideia de precisar dos reforços de um criado contra sua própria família me enfurece.

— Desculpe por mantê-los à espera — diz Kane, sem sombra de remorso, afundando numa poltrona de couro com tachinhas e nos encarando com uma calma estudada.

— Não peça desculpas se não está arrependido — comenta Ramin, sem se dar ao trabalho de tirar os olhos da telinha. — Mas, agora que está aqui, vamos logo com isso. Qual é a grande emergência familiar?

— Não há emergência nenhuma. Agora temos uma noção mais consolidada da situação de minha esposa, e é mais simples explicar de uma vez só, para todo mundo, do que falar com cada um de vocês individualmente.

— Basicamente, é mais conveniente para você. Quem liga para os nossos planos?

Ramin guarda o celular e se debruça para a frente, repousando os cotovelos nos joelhos, de súbito concentrado e pronto para falar sério.

Ele pode reclamar do esforço envolvido, mas, quando se trata de família, Ramin é o primeiro a aparecer com uma pá para enterrar os corpos. Essa lealdade demonstra o modo como o eduquei.

— Você sabe que estamos todos à sua disposição — diz Amy, futilmente.

— Que lembrete adorável, Amy — digo a ela, num tom suave e meigo. — Ainda que totalmente desnecessário.

Meu sorriso se amplia quando ela me lança um olhar assassino.

— Vamos nos encontrar com a nova cunhada ou não? — pergunta Ramin. — Ou seria *ex-cunhada*? Ela foi declarada morta? Ou divorciada *in absentia*?

— Ela está terminando de receber uma visita, mas se juntará a nós em breve — responde Kane. — E não, ela não é nova nem está morta ou divorciada. Estou casado há mais de seis anos.

— Quem é a visita? — pressiono, ríspida.

A gravação do atropelamento de Lily, captada pela câmera de tráfego, foi mostrada em canais locais de notícias na semana após o acidente, junto a um pedido da polícia de pistas para identificar o motorista e o veículo, cuja placa estava registrada para um carro diferente, o modelo de outro fabricante. Por sorte, a identidade de Lily não foi revelada. É da maior importância mantermos tudo isso em sigilo até sabermos o suficiente para neutralizar qualquer revelação explosiva. Tentei discutir a necessidade de discrição com Kane, mas fazer contato em particular com ele tem sido uma luta, e, quando consigo, ele tem sido breve.

Ele ignora minha preocupação com um gesto irritado de mão.

— Alguém para buscar as coisas de que ela precisa.

— Por que Witte não pode fazer isso?

— Por que você não deixa o gerenciamento da minha casa para mim?

Minha pulsação acelera. Essa superproteção defensiva não é um bom sinal de que ele vá voltar a ser razoável. Se está convencido de que ela é mais importante do que a Baharan e sua família, terei que mudar isso.

— Posso perguntar onde Lily estava esse tempo todo?

Darius retorna à sua posição anterior junto de Amy, formando uma frente unida com a esposa.

Kane dá de ombros, negligente, como se isso não importasse muito.

— Não sabemos.

— Como assim, você não sabe? — exijo a resposta. — Ela não quer contar?

— Ela foi diagnosticada com amnésia dissociativa.

— O que significa "dissociativa"?

Rosana coloca as pernas no sofá e as abraça junto ao peito.

Kane brinca com sua aliança, girando-a em torno do dedo. Essa inquietação não lhe é natural. Muito tempo atrás, sim, mas não desde que retomamos contato.

— No período em que esteve distante, acredita-se que ela não tinha lembrança de sua vida anterior. Agora, ela sabe quem é e recuperou a maioria de suas recordações, mas tem vivido como outra pessoa e não tem lembrança alguma desse período.

Ramin se apruma.

— Então ela tem problemas mentais.

Kane eviscera o irmão com um olhar penetrante de soslaio.

— Eloquente como sempre, Ramin. Estamos discutindo uma condição psicológica que afeta a memória autobiográfica da pessoa, geralmente como consequência de um trauma.

— Bom, essa explicação veio diretamente da boca de um médico — retruca Ramin, devagar. — O cérebro dela está bem, então; ela só está biruta. Entendi.

— Ramin.

Há um alerta em meu tom de voz.

— O quê?

Rosana franze o cenho.

— Não tenho certeza se entendi direito. Algo aconteceu com Lily, algo tão terrível que a mente dela a fez se esquecer de você e da vida que tiveram juntos...? Por que você achou que ela estivesse morta, mesmo sem um cadáver? —A expressão de Kane se torna selvagem.— Desculpe — acrescenta ela, rapidamente. — Não queria que soasse assim.

Ele precisa de um momento para refrear seu temperamento antes de se dirigir à irmã.

— Tudo bem, Rosie. Lily saiu em seu veleiro e não voltou. O dia começou lindo, mas estava prevista uma tempestade para a tarde, que veio mesmo. A Guarda Costeira deu início a uma busca que durou dias e, no final, encontraram destroços, mas só isso. Depois de uma análise demorada, eles a declararam oficialmente perdida em alto-mar.

— Uau. Ficar isolada no oceano durante uma tempestade... — Rosana estremece. — Aterrorizante. Ela se lembra disso?

— Sua lembrança mais recente antes de recuperar a consciência, há duas semanas, aconteceu vários dias antes de ela desaparecer. — Ele faz uma pausa. — Quando ainda estávamos namorando.

Amy se inclina para a frente.

— Ela não se lembra de *ter se casado* com você? Não sabe que é sua esposa?

— Agora sabe, mas não se lembra dos detalhes.

— Uau — repete Rosana. — Mas que loucura isso tudo!

— É insano. — Ramin se joga para trás no sofá preto de couro e cruza a perna por cima do joelho oposto. — Uma das coisas mais doidas que já ouvi.

Mentalmente, organizo a linha do tempo que ele nos deu.

— Ela desapareceu dias depois de vocês se casarem?

— Isso.

A cada palavra dita, ele foi se tornando mais duro, mais inalcançável.

— Por que você não estava com ela? — pergunta Amy.

— Eu tinha aulas o dia todo e, depois, treino. Não era incomum ela sair de barco sozinha. Ela velejava com frequência.

— Ai, isso parte meu coração! — lamenta-se Rosana. — Vocês tinham acabado de se casar. Deviam estar tão felizes, e aí ela sumiu. É tudo tão triste, Kane! Sinto muito que você tenha passado por isso. Sinto muito que os dois tenham passado por isso.

— Obrigado — agradece ele, baixinho. — Eu também sinto.

Estou sem palavras, chocada que algo tão bizarro tenha acontecido a nós dois — um cônjuge desaparecido.

Ele continua:

— É possível que a terapia a ajude a acessar as memórias ou elas podem ressurgir naturalmente com o tempo... mas limitar qualquer estresse ou esforço será fundamental para a cura. Estou pedindo a vocês para, por favor, minimizarem qualquer conflito enquanto ela se recupera.

— Foi por isso que chamou todos nós aqui? — Darius pisca, incrédulo. — Está preocupado em protegê-la? E que tal proteger sua família? Ou, no mínimo, a Baharan?

— Exatamente o que eu estava pensando — diz Ramin, assentindo depressa. — Vocês têm um acordo pré-nupcial? Se não tiverem, precisamos discutir um pós-nupcial.

— Parem. Todos vocês. — Estou vibrando de nervosismo e o clima na cobertura só piora tudo. — Você disse que Lily velejava bastante... Ela era dona do barco?

O olhar dele está concentrado em meu rosto.

— Isso, o barco era dela.

— Não que uma coisa tenha a ver com a outra, mas... ela era rica?

O silêncio cai tão completamente que a biblioteca se torna um túmulo. O edifício estala ao se mover com o vento, um som que aprendi a ignorar mas que, de alguma forma, hoje me parece dolorosamente perturbador.

A resposta dele é brusca.

— Extremamente. Nenhum de vocês se perguntou como a Baharan se tornou o que é hoje?

Exceto por Kane, todas as pessoas na sala ficam rígidas como pedra. Amy é a primeira a se recuperar, virando o copo para engolir o restinho de seu drinque.

— Ai, minha nossa! — arqueja Rosana.

— Temos investidores — argumento, como se algo que pudesse dizer fosse alterar os fatos. — *Eu* investi. Ryan disse que você vinha cultivando contatos de negócios durante toda a faculdade...

Mas nunca perguntei. Eu não ligava para como ele tinha conseguido o dinheiro. Só queria retomar a Baharan. Eu queria o máximo que pudesse conseguir de tudo o que Paul tirou de mim. Vendi minha alma para isso.

Kane chacoalhou a cabeça de leve.

— Lily é o alicerce da Baharan, ponto.

E Kane é dono de cinquenta e um por cento das ações, o que significa que, como esposa dele, Lily tem as mãos firmemente em torno do pescoço da empresa.

O quarto oscila. Agarro os braços da cadeira. Ninguém mais se sacrificou tanto pela empresa do que eu, e ninguém jamais o fará. Eles não têm coragem para isso. Eles não a merecem.

— Isso fica cada vez melhor — resmunga Ramin.

Kane se volta para ele.

— Respondendo às suas perguntas, Ramin: não, Lily e eu não tínhamos um acordo pré-nupcial e nunca faremos algo assim. Ela me fez gestor de sua empresa de sociedade limitada, que cuidava de seus bens, e essa empresa é dona das ações da Baharan. A Baharan existe por causa dela; ela tem o direito de participar da empresa.

Ramin ri.

— Depois de todo esse tempo, ela *ainda quer* continuar casada com você? Talvez queira apenas seu dinheiro de volta, e não você.

Rosana sacudiu a cabeça com violência.

— Você é um cuzão às vezes, sabia?

— Na verdade, sabia, sim.

Estou tão enjoada que temo que o gim e o vermute queimando meu estômago tentem fugir de lá. Lily levantou a mão de uma sepultura aquática para tomar, ao mesmo tempo, meu filho e a obra da minha vida. Não vou aceitar isso. Não vou.

— *Desculpem o atraso.*

Ficamos todos surpresos pelo som de uma voz desconhecida e espantosamente aguda. Ela é sussurrada, inconfundivelmente sexy e desconcertantemente juvenil.

Kane se põe de pé no mesmo instante. Darius e Ramin o imitam, atrasados pelo choque. Witte, já de pé, apenas vira a cabeça.

Meu mais velho encara a esposa com uma luxúria tão violenta que temo por ele. E por todos nós. Ela o enfeitiçou. Os irmãos dele estão todos paralisados pelo espanto. Amy lambe o interior de seu copo.

Meu olhar se volta para a figura esguia entrando a passos largos na sala, subindo das unhas do pé pintadas num vermelho sangue até os cabelos pretos lustrosos e macios. Seus braços e ombros estão desnudos, e a pele lembra mármore, irrepreensível. Nenhuma pinta, nenhuma ruga acomete aquela carne perfeita.

Seu corpo, longo e esbelto, está envolto em veludo, seda e renda pretos. E ela desabrocha como a flor que inspira seu nome sob o calor da atenção feroz de meu filho.

Toda a tensão na cobertura se comprime no interior da biblioteca. Levo a mão ao pescoço, massageando-o com os dedos para aliviar a constrição.

Lily não é o que eu esperava, especialmente considerando a frequência com que eu estudara sua foto. Especialmente conhecendo meu filho como conheço. Ele está mudado, mas já foi muito parecido com o pai. E, assim como Paul, Kane teria se atraído por uma mulher cheia de aconchego e ternura. Eu não sou mais essa mulher.

E Lily também não.

CAPÍTULO 18

Lily

O homem que conheci numa praia em Greenwich e o homem que você é agora não são a mesma pessoa. Isso ficou evidente no momento em que acordei no hospital. Você se tornou muito diferente. Poderoso. Irradia autoridade. Não dá satisfações a ninguém. Seu lar paira acima do resto da população do planeta, coroando a torre que é o edifício residencial mais alto do mundo.

Você é o nexo de seu mundo.

Entro despreocupadamente na sala, como se não estivesse ouvindo tudo escondida desde pouco depois do início dessa reunião de família.

A biblioteca é flanqueada por estantes pretas embutidas cheias de livros coloridos e janelas massivas nas duas extremidades da sala, uma com vista para o Central Park e, a outra, para o espigão do Empire State Building. Enquanto caminho até você, observo a lareira bordejada de mármore calacatta e coroada com uma fotografia ampliada das costas esguias e pálidas de uma mulher. Uma tatuagem extraordinária começa em seu quadril e sobe até o ombro, uma fênix nascendo das chamas. Também há lírios blacklist aqui, e eles combinam lindamente com as estantes reluzentes.

É espantoso o que você realizou em tão pouco tempo; não que não esperasse isso de você. Você tinha uma ambição ardente, um impulso inexorável por *mais*. Eu sempre soube que você era capaz de forjar impérios. Excedeu até essa visão ao construir uma mansão no céu.

Parece que nós dois fomos feitos para nos reerguer das cinzas de Lily.

Você está de pé, imóvel e assustadoramente belo, como uma estátua esculpida por um artista apaixonado. Um arrepio de alerta me percorre.

Você é um daqueles homens que exalam sensualidade e ferocidade de todos os poros. Sua atração feroz é sombria, faminta e viril demais para algum dia ser domada. Seu olhar é de derreter. Ele desliza sobre mim, tocando em cada ponto.

O desejo entre nós lateja, ardente como o estalar de um chicote.

Odeio viver como temos vivido, conversando por meio de Witte. Você é um estranho que me evita, e, sem você, estou à deriva.

Sua família fica em silêncio enquanto elimino a distância entre nós. Apartado dos outros, você faz lembrar um leão num ringue de gladiadores, encarando adversários unidos. Witte serve como juiz e Rosana como espectadora. Agora eu chego para me postar ao seu lado.

Quem inventou o mito da família que vai amá-lo e protegê-lo a qualquer custo? Por que nos dizem para perdoar comportamentos tóxicos só por causa da genética? Apesar disso, você não precisa mais lutar esta batalha, e nenhuma outra, sozinho.

E, em muitos sentidos, sou muito mais perigosa que você.

Não sei como nem por que você acabou de volta a este ninho de cobras, mas elas terão que passar por cima de mim para pôr as presas em você.

Colocando a palma de minha mão sobre seu coração, inclino a cabeça para o alto e lhe ofereço meus lábios.

Sua mão esquerda me segura possessivamente pelo quadril; a direita se encaixa em meu maxilar, com a ponta dos dedos em minha nuca. Você exerce uma pressão gentil para que eu incline a cabeça do jeito que prefere e, então para, seu olhar deslizando por meu rosto numa provocação. Estou sem fôlego. O sonho tão acalentado de estar em seus braços, com você me olhando exatamente assim, está se realizando.

— Como sempre — murmura, sua voz rouca e baixa —, vale a pena esperar por você.

Seu cheiro me sobe à cabeça, assim como suas palavras, agitando meu sangue e partindo meu coração outra vez. Seu polegar acaricia meu maxilar e, então, você abaixa a boca sem pressa, como se saboreasse cada beijo depois de tanto tempo longe.

É uma atuação ímpar, acertando tudo em cheio. Familiaridade. Carinho. Paixão. Nosso público pensará que temos sorte e estamos felizes com esse reencontro. Você é um ator tão perfeito; devo relembrar a mim mesma que isso é tudo falsidade.

Seus lábios resvalam nos meus. A castidade do gesto é um contraste agudo com a demanda erótica que pulsa de seu corpo, golpeando meus sentidos como a tempestade se avolumando no litoral. Você começa a recuar e a fúria se acende dentro de mim, porque isso não é o bastante. Meu desejo me deixa oca. E o papel que está interpretando para sua família me faz querer você ainda mais.

Desesperada por seu gosto, deslizo rapidamente a ponta da língua por seu lábio inferior. Seu coração dá um pulo debaixo da minha mão. É o motor que impulsiona a máquina azeitada de seu corpo, e eu posso fazê-lo disparar. Não me oponho a tomar tudo o que conseguir. Não é por isso que estou aqui?

Estou vacilante quando me viro para a sala. Queimando.

Você passa o braço sobre meus ombros, a mão pousando acima da clavícula. Seus dedos se curvam levemente em torno de meu pescoço, o polegar afagando a nuca em movimentos verticais. A carícia dissolve qualquer pretensão de compostura. Sinto-me nua e vulnerável. Minha pulsação dispara sob o toque de seus dedos, traindo-me.

Terei que me fortalecer se pretendo manter essa farsa por um tempo. Por outro lado, talvez você esteja apenas esperando que eu me recupere, e, então, tudo estará terminado entre nós.

Apenas alguns segundos se passaram desde que entrei e nós nos abraçamos, mas estou profundamente mudada.

— Olá, pessoal. Eu sou a Lily.

Witte, sombrio e atento, puxa uma cadeira para mim.

— Eu não vou ficar, Witte. — Suavizo minha recusa com um sorriso rápido.

Gosto dele. Sua aparência, digna de um modelo, engana; claramente, existem profundezas dentro dele. Ele tem olhos de policial, afiados e vigilantes. E o fato de um homem como este ter escolhido construir a vida dele ao redor da sua diz muito.

Você cuida rapidamente das apresentações, dando-me tempo para avaliar todos os atores principais. Rosana está enrolada em si mesma numa ponta do sofá preto de couro, estudando-me com olhos azuis muito arregalados. Ela é adorável e curiosa a meu respeito daquele jeito ingênuo de quem ainda não teve muitas decepções na vida. Amy se senta no sofá oposto ao dela, a perna cruzada balançando num ritmo agitado. Minha atenção se demora nela por um momento. Ela não consegue sustentar meu olhar e se remexe, desconfortável com meu interesse. Olha para seu marido e, então, para Aliyah. O olhar passa apressadamente por você, mas leio a mente dela naquele breve segundo; ela anseia por você tanto quanto eu.

Seus irmãos estão de pé, tão parecidos um com o outro e tão diferentes de você. Darius, em seu terno cinza, é obstinado — quase desafiador. Ramin exibe um sorriso malicioso e projeta arrogância. Ambos são belos e sombrios, mas desaparecem ao seu lado, diminuídos por sua presença.

Rosana me saúda com um abraço hesitante. Seu sorriso, contudo, é acolhedor. Darius e Amy lançam-me olhares avaliadores quando oferecem apertos de mão firmes e secos. Puxo Amy para perto, envolvendo-a num abraço caloroso. Afago suas costas de maneira tranquilizadora enquanto nossas mãos conectadas ainda estão presas entre nós. Conheço o tormento dela e me compadeço. De início, ela fica tensa e, então, abraça-me de volta com a ferocidade de uma criatura desesperada por conforto e afeto.

Antes de soltá-la, cochicho em seu ouvido:

— Frank diz que você vinha me visitar com frequência. Adoraria que fizéssemos disso um hábito.

O rosto dela está corado quando me volto para Ramin. O aperto de mão dele é sedutor, o polegar afagando as costas de minha mão, a ponta dos dedos acariciando a minha palma quando me afasto. Ele é claramente o pestinha, sempre testando os limites para verificar se eles se mantêm. O filho mais novo que não consegue encontrar seu lugar, dominado pelos irmãos mais velhos e negligenciado por causa de sua irmã, a caçula.

— Lily.

Sua mãe finalmente se levanta, então volto a atenção para ela. Ela está de calça social creme e um suéter do mesmo tom, um ombro exposto pela modelagem larga. Seu cabelo tem a cor do trigo, mas as sobrancelhas e a íris são escuras; o olhar, calculista.

— Você passou por uma provação e tanto. Sente-se, por favor.

De maneira alguma eu vou ficar. Permanecer aqui seria muito menos eficaz do que deixar uma impressão forte.

Com um ruído baixo de negação, balanço a cabeça. Ela me ouviu recusar a cadeira antes, mas não pôde resistir a uma tentativa de jogada de poder, convidando-me a sentar em minha própria casa, como se fosse *ela* a dona da casa, não sua esposa. A Lily pendurada na sua parede seria encantadora e graciosa. Ela teria petiscos à disposição, música tocando baixinho discretamente ao fundo e presentinhos para todo mundo.

Mas eu não sou sua primeira esposa, e essa vida de sonhos cintila no limiar de um pesadelo.

— Nunca é uma boa ideia se intrometer quando estão falando de você — digo a ela, sustentando seu olhar. — Isso só leva às conversas mais constrangedoras.

— Mas você já se intrometeu — de modo agradável.

— Eu intercedi — corrijo, com um sorriso amplo. Palavras são armas; é sempre essencial usar a mais precisa. — E, agora que já conheci a todos, pedirei licença e me deitarei um pouco antes do jantar.

Seus dedos apertam um pouco mais meu pescoço, e tremores ínfimos correm por meu corpo em ondas. Meus mamilos se enrijecem e seu olhar desce um pouco, assim como o tom de sua voz.

— A *stylist* já foi?

— Já, mas vai voltar carregada de sacolas daqui a algumas horas.

Eu me demoro um instante olhando para você, torcendo para que me beije de novo.

— *Stylist*? — pergunta Aliyah, cortante.

Meu sorriso volta ao notar o olhar estreitado dela. Está preocupada que eu vá gastar o seu dinheiro; ela não consegue evitar.

— Kane guardou todas as minhas coisas. Tudo. Não em um depósito, mas penduradas no closet, guardadas nas gavetas. É tão romântico e, ao mesmo tempo, de partir o coração... Ainda assim, eu precisava de algumas coisinhas.

Você captura meu queixo em seus dedos e vira minha cabeça para si outra vez, seus lábios tomando os meus antes que eu me dê conta de sua intenção. Eu não ligo se isso é para mim ou para nossos espectadores. Desta vez há pressão, calor e a carícia suave da sua língua ao longo da junção de meus lábios. Minha alma suspira de prazer ao se unir com sua gêmea.

— Você é bem-vindo se quiser se juntar a mim — sussurro quando nos separamos.

Seus olhos estão tempestuosos quando limpo meu batom de seu lábio inferior com o polegar; olho de relance para sua mãe ao fazer isso, porque é com ela que devo tomar cuidado.

Ela também está me observando.

Ela e os outros membros da sua família são eclipsados por sua sombra. Criaturas que rastejam pelas sombras nunca merecem confiança.

— Vamos planejar um jantar — digo para todos na sala. — Estou ansiosa para conhecer todos vocês.

Sua expressão é indecifrável.

Estou faminta por você. A sensação de tê-lo tão perto é quase desesperadora. Ou talvez eu esteja nervosa após encontrar sua família, novos participantes nesse jogo traiçoeiro. Talvez um pouco das duas coisas.

Sinto seu olhar constante em minhas costas enquanto me afasto e escuto o silêncio pesado que surge com minha ausência.

CAPÍTULO 19

Amy

Cruzo os braços e as pernas para ocupar o mínimo de espaço possível, encaixada como estou entre Ramin e Darius no banco traseiro do carro com motorista. Os dois se sentam com as pernas esparramadas, tomando todo o espaço. Ambos estão em silêncio, a cabeça virada para suas respectivas janelas.

Eu pensei mesmo que poderia ofuscar Lily apenas mudando a cor do cabelo e vestindo roupas mais escuras? A própria ideia é risível agora, embora o nó em minha garganta e o ardor em meus olhos me façam pensar que estou prestes a chorar.

Ainda posso sentir suas unhas pressionando firmemente meu pescoço enquanto ela me mantinha presa contra seu corpo. Ela tem uma aparência delgada e delicada, mas aquela mão era uma garra, e sua voz aguda e feminina estava carregada de ameaças. Medo retorce minhas entranhas. Ainda posso sentir o perfume dela — *dela*. Eu a abracei de volta, submissa. E, quando ela se afastou, resisti ao impulso de pressionar meus lábios nos dela como Kane havia feito, para conferir se eles eram macios como pareciam ser.

Uma risada ansiosa fica presa em minha garganta. A habilidade que Kane tem de me intimidar não é nada perto da dela.

— Kane vai ter trabalho com aquela lá — diz Ramin, alegremente. — Ela é um arraso.

— Magra demais — resmunga Darius, e lanço um olhar agradecido a ele.

— Magra como uma modelo — corrige Ramin. — Posso garantir que ela deve ser um sonho de fotografar. Precisamos colocá-la a bordo da ECRA+. Criar uma campanha com ela e utilizá-la em algumas das embalagens.

— Ela nos tem nas mãos. Mais valeria colocá-la para trabalhar e fazer com que se interesse pelo sucesso da empresa.

Minhas mãos se fecham, as unhas se enterrando nas palmas. A vadia do Kane faz uma aparição de dez minutos, e Ramin já quer atrelar o rosto dela ao empreendimento que deve elevar a Baharan a novos patamares? Usando a minha empresa, o meu trabalho duro, para fazer dela fonte de inveja e inspiração para mulheres no mundo todo?

De jeito nenhum. *Nem fodendo.*

— Não é o mais inteligente a se fazer — digo, tensa. — Ela não bate muito bem.

— Não mesmo — concorda meu marido.

— Estou falando de usar a imagem dela — responde Ramin —, não de enviá-la como representante numa turnê internacional.

— Nós nem sabemos ainda qual o estado do relacionamento deles — argumento.

— Sabemos, sim. — Ele lança um olhar lascivo. — Você viu os dois juntos. Você *a viu*. Ela é o molde que todas as outras mulheres tiveram que tentar seguir. Posso garantir que ele já a comeu em todas as superfícies planas daquela cobertura. Múltiplas vezes.

Espremo os olhos para afastar a onda de imagens indesejadas em minha mente, mas isso só piora as coisas. Olho fixamente adiante, observando o vaivém insano de carros e táxis nas faixas à nossa frente. A pedra de gelo em meu estômago derreteu, sendo substituída pela fervura da fúria. Eu me imagino jogando ácido no rosto de Lily e observando-o se derreter em nacos de carne fumarenta e riachos de sangue e batom escarlate.

Quero visualizá-la gritando e chorando, horrorizada pela perda daquele rosto que Kane venera, mas a Lily que imagino apenas me encara, seus olhos um verde malévolo nas órbitas afundadas desprovidas de pálpebras. E, então, ela avança sobre mim com uma velocidade sobre-humana...

Eu me aprumo no banco traseiro, assustada, com o coração martelando.

— Ele vem tentando matar essa vontade faz tempo — diz Darius, dando tapinhas distraídos em meu joelho, como se isso fosse me acalmar. — Lembra como ele era quando adolescente, Ramin? Sempre dando um jeito de dormir com alguma garota, e então passando para a próxima. Essa, por acaso, tinha um dinheiro no qual ele queria botar as mãos, mas agora não precisa mais dela para isso. Em breve, vai ficar entediado com a xota dela e trocar por outra. Para ele, o que vale é a conquista.

— Maninho, se tem uma coisa que não queremos é que ele fique entediado. Nem ela. Como foi que ele disse? Ela é o alicerce da Baharan. Precisamos que aqueles dois continuem juntos. Kane vai fazer que o relacionamento dê certo, desde que ela faça com que ele e a empresa pareçam bem. Se ela estiver fazendo dinheiro para ele, ele com certeza vai mantê-la por perto.

Ramin aperta a pele exposta de meu joelho.

— Você está com aquele cantil? Uma bebida cairia bem agora.

Solto minha bolsa em seu colo.

— Obrigado, amor.

Ele começa a revirá-la.

Tenho vontade de perguntar para ele por que nunca me sugeriu para a ECRA+. E odeio meu marido por não ter pensado nisso. Busco lá no fundo a coragem para me sugerir como modelo, mas a ideia de que riam de mim é insuportável.

Puxando a barra do meu vestido para baixo, penso no visual de Lily. Eu me senti tão confiante quando entrei na biblioteca, tão certa de ter escolhido o equilíbrio perfeito entre Aliyah e Lily. Quando vi minha sogra, senti-me ainda melhor sobre minha escolha, sabendo que eu parecia mais jovem e sofisticada. E, então, Lily entrou vestindo calça social de seda preta e um corpete preto rendado com bojo de veludo. Escancaradamente sexy. Descontraidamente elegante. Totalmente confiante. O corte de cabelo curto chique, os olhos esfumados e a boca em vermelho vivo eram laços atrevidos no pacote completo.

Kane não desviou a atenção dela, como faz com qualquer mulher que se pareça com ela, mas havia algo a mais nos olhos dele. Uma faísca, em vez do vazio habitual. Algo sombrio e quente. Ou era uma luxúria tão feroz que fazia dele um escravo, ou era fúria.

Nosso motorista pisa no freio de súbito, lançando-nos para a frente. Ele faz um pedido de desculpa rápido, ao mesmo tempo em que aperta a buzina longamente, xingando baixinho. O tráfego está todo travado, com carros trocando de faixa sem dar seta, torcendo para encontrar um caminho mais rápido que o de todo mundo.

Lily perdeu vários anos de sua vida e, no entanto, não havia hesitação tímida, nenhuma perda de propósito ou controle, nenhuma cautela. Nunca me saí tão bem desde que cruzei o caminho de Kane. De alguma forma, entrei numa casa de espelhos, e a vida que vi refletida ali é exatamente a que eu sempre sonhei, mas distorcida. Sou casada com uma máquina sexual, um homem lindo e bem-sucedido, com uma família muito próxima. Minha empresa está mudando vidas. Tenho uma casa épica e posso comprar qualquer coisa que desejar. Mas está tudo errado. Eu não desabrochei como Lily; em vez disso, murchei até virar um nada. Não sou ousada. Não tenho poder nenhum. Até meu corpo não me pertence.

Como é que Lily saiu de um vácuo com tudo, enquanto eu vivo um sonho e não tenho nada?

Ramin joga a cabeça para trás para tomar um gole. Quando ele abaixa o braço, pego o cantil e tomo um gole generoso. Ofereço o cantil a Darius.

— Estamos no meio da tarde, droga! — dispara.

Dando de ombros, dou outro gole.

Sinto vontade de tosar meu cabelo. Colocar uma sombra mais escura nos olhos. Rasgar uma fenda na barra do vestido para expor mais minha coxa. Antes, eu navegava pela vida como Lily faz, sentindo-me linda, sexy e no comando. Ela caminhou diretamente até Kane, colocou as mãos nele e o encarou quando ele colocou as mãos nela. Sem medo, sem hesitação.

Não sei o que eu esperava. De maneira abstrata, devo ter presumido que ele era diferente com Lily. Franco, em vez de fechado. Terno e gentil. Brincalhão. Mas talvez o amor se manifeste assim em Kane. Intenso, abrasador, aterrorizante.

— Vocês dois nem querem cogitar que talvez eles realmente se amem.

Minha voz sai rouca, meu peito está apertado. Kane nunca foi meu, e eu nem gosto dele, mas pensar nele apaixonado por outra pessoa é excruciante.

Ramin dá de ombros.

— Não faria diferença de um jeito ou de outro.

Não. Kane não pode ter tudo. A esposa linda, a cobertura, a empresa valiosa às vésperas de um crescimento explosivo.

O carro balança gentilmente quando o táxi atrás de nós encosta de leve no para-choque. Nosso motorista mostra o dedo do meio para ele pelo vão entre os bancos dianteiros.

Como é que Lily é tão destemida, caralho? Como ela pôde abordar Kane como se não estivesse nem aí, enquanto ele a olhava como se quisesse perfurar sua jugular com os dentes? E a forma como ele a puxou para si, a dominância e a possessividade... Ela não ficou nem um pouco acovardada por aquilo, enquanto as outras que Kane fodeu e deixou fodidas da cabeça ficaram todas abaladas. Primeiro extasiadas, depois esperançosas, depois confusas e, então, diminuídas.

Era por isso que ele procurava esse tempo todo, mais do que a semelhança física? Essa sexualidade provocante? A confiança intrépida? Será que ele viu essas qualidades em mim quando nos conhecemos?

Eu me lembro de Erika naquele vestido vermelho sofisticado, os ombros para trás, o queixo erguido. Ela sabia quanto era desejável quando se dirigiu diretamente para ele.

Ela me ligou algumas vezes desde então, mas eu sempre deixei cair na caixa postal. Não é comigo que ela quer conversar; é com Kane, que nunca dá seu número pessoal — o único jeito particular de falar com ele. Tudo o mais passa por seu assistente administrativo no trabalho ou por Witte. Eu já estive no lugar de Erika. Sei que já não está tão confiante agora e nunca mais voltará a ser na mesma medida.

— Lily também vai ter bastante trabalho — penso em voz alta. — Seu irmão não é mais um moleque universitário se virando com as bolsas de atletismo e o salário de um bartender. Kane era administrável quando ela era rica e ele era pobre.

— Ainda assim, ela já está bem à vontade. — Ramin chama minha atenção e pisca como se partilhássemos algum segredo. — Passou logo a gastar dinheiro, encher o closet, dar ordens a Witte e colocar mamãe no devido lugar.

O prazer de assistir àquelas duas mostrando as garras se dissipa agora. Aliyah já deixou cicatrizes em mim depois de anos de patadas e gentilezas ácidas. Lily cuidou dela com habilidade e parece que não pensaria duas vezes antes de declarar guerra abertamente.

— Esposa feliz, vida feliz.

Darius tenta pegar minha mão como se nosso casamento, de alguma forma, fosse assim. Eu aperto o máximo que consigo, apenas por um instante, mas é gostoso machucá-lo um pouquinho.

Eu me lembro do modo como Kane observou Lily quando ela chegou. Aquela encarada brilhante, feito uma lâmina abrasadora recém-saída da forja. Seis anos como viúvo, trepando com qualquer uma que quisesse, gastando dinheiro do jeito que preferisse. Agora ele tem uma esposa de temperamento difícil e prepotente a quem precisa manter feliz. Isso vai deixá-lo ocupado por algum tempo, pelo menos enquanto eu me recomponho.

Agora sei o que vinha faltando em meus planos: *eu mesma*. Está na hora de virar esses espelhos distorcidos na frente da família Armand. Aí eles verão o que eu vejo quando olho para eles.

Talvez então saibam por que preciso destruir todos eles.

CAPÍTULO 20

Witte

Com as mãos enluvadas, coloco a pedra quente junto ao prato do jantar sobre o conjunto americano que arrumei na mesa do sr. Black. Um bilhete de Lily no papel com seu monograma jaz sobre o mata-borrão de couro. O nome dele está escrito na caligrafia ousada e feminina dela, as letras inclinadas para a esquerda. A assinatura dela é um L reto e de tamanho exagerado, curvado em cima e embaixo, com as outras letras apoiadas nele. Não há mensagem nenhuma, apenas a impressão dos lábios dela em seu indefectível batom vermelho e dramático. A foto dela em sua moldura prateada está deitada ao lado do bilhete.

Meu patrão mais uma vez faz sua refeição sozinho no escritório. Sua esposa tentou recusar o jantar, mas consegui persuadi-la a comer uma sopa de preparo rápido que ela ajudou a fazer.

Notei que Lily é uma mulher competente em muitas coisas, grandes e pequenas. Ela lembra minha filha em vários sentidos — a beleza e a postura, o comedimento. E a dureza e a proficiência que vêm de ter sido criada por uma mãe que é mais criança que adulta. Não sei se esse é o caso de Lily, porque não sei quanto tempo de sua vida passou como órfã. Talvez simplesmente tenha tido que criar a si mesma.

Ela continua sendo um mistério para mim, assim como para o homem com quem se casou. É uma mulher que prefere ouvir a falar, especialmente sobre si mesma, então os detalhes que compartilhou com ele muito tempo atrás eram escassos, e ele — preocupado em não reabrir feridas antigas — questionou pouco.

— Como ela está?

O sr. Black está de pé, o horizonte faiscante de Manhattan destacando sua silhueta, o olhar fixo lá fora pela janela, fitando sem nada ver. As luzes da cidade lá embaixo iluminam o céu noturno, tornando-o cinzento. Ele se encontra absolutamente imóvel, mas passa a *sensação* de estar fazendo a sala em pedacinhos. Seu turbilhão interno nunca fica à mostra, mas ouço o ruído imaginário de vidros se partindo e madeira rachando. Uivos de fúria e agonia autoinfligida.

Como um raio, a esposa dele carregou eletricamente a cobertura e retirou o sr. Black de seu enfado. Num período curtíssimo, ela se tornou vital para esta casa. Não consigo imaginar voltar à nossa vida de antes, da mesma forma que não consigo imaginar a remoção de seu retrato do quarto de meu patrão. É uma particularidade, algo que simplesmente sempre esteve ali. Sua presença na cobertura passa a mesma impressão; ela é física agora, mas sempre esteve aqui.

— Parece imperturbada pelo interrogatório — respondo casualmente, embora esteja preocupado.

Os detetives passaram por aqui sem aviso para conversar mais um pouco com ela, apesar de já a terem entrevistado quando fazia fisioterapia no hospital. Nas duas ocasiões, ela dispensou a sugestão de ter um advogado, dizendo que era desnecessário.

— Ouvi risos, e os investigadores pareciam estar de bom humor quando foram embora.

— Ela os conquistou — diz ele, soando cansado. — Ela os encantou e os atordoou. É o que ela faz, e é muito, muito boa nisso. Você a viu em ação.

— Perdão?

Olhando por cima do ombro, meu patrão ri baixinho.

— Ela usou uma abordagem diferente com você, Witte, mas você foi tão atropelado quanto eles.

Não sei se deveria me sentir ofendido.

— Senhor?

— Num momento ela é uma desconhecida; no outro, você a ama. — Ele vira de costas para mim outra vez. — Existem pessoas que iluminam um lugar ao chegar. O dom dela é levar toda a luz consigo quando vai embora.

Compreendo de súbito quanto essa afirmação é perceptiva. Não é apenas o carisma da sra. Black que é notável. É quanto as pessoas ficam relutantes em se separar dela, e a intensidade com que se sente a falta dela quando ela não está.

Ele vai até o carrinho metálico de bebidas. Erguendo o decantador de cristal lapidado, retira a tampa e serve dois dedos de Macallan Fine & Rare. Levanta o uísque em uma oferta silenciosa.

— Não, senhor, muito obrigado. — Espero um pouco, e então: — Tomei a liberdade de dar um dos tablets para a sra. Black, para que ela possa se divertir e se informar.

Nenhum dos dois mencionou a necessidade de providenciar um celular para ela. Talvez o sr. Black apenas não tenha pensado nisso. Por que sua esposa não expressou o desejo de se conectar com velhos amigos é algo mais curioso.

— Tudo bem — ele me diz. — Ela sabe se comportar.

Franzo a testa olhando para as costas dele, sem saber o que quer dizer. Entretanto, não cabe a mim questioná-lo. Aconselhar, sim; bisbilhotar, nunca.

Ele pega seu copo e se aproxima da mesa, afundando na cadeira com elegância ensaiada. Praticou aquela postura por meses; vi como ele se largava nos assentos como se fosse um saco de pedras. Sentar-se com elegância é agora natural para ele.

Enquanto o sr. Black dá um gole generoso, seu olhar capta algo que não consigo enxergar.

Por acaso, eu o vi na sala de estar compartilhada dos dois na noite passada, com a palma das mãos e a testa pressionadas contra a porta que levava do closet de Lily até o quarto dela. Compreendo o fascínio dele. Sua esposa é intrigante e adorável, uma rival digna da juventude de Elizabeth Taylor, Vivien Leigh ou Hedy Lamarr — beldades clássicas, atemporais, com uma sensualidade tórrida e sorriso de menina.

Suspeito que, em algumas noites, ele a observe dormir; uma cadeira no canto do quarto dela foi reposicionada para encarar a cama. A mudança de posição ficou evidente apenas quando ela acordou. Ele relutava em entrar no quarto dela enquanto ela estava em coma, como se temesse estar presente quando recobrasse a consciência. Depois da reação dela ao vê-lo na rua, sua cautela era ponderada.

A saudade dele era realmente uma coisa horrível. Ou seria culpa? A mulher cuja lembrança o assombrara aguarda, e, mesmo assim, ele nega satisfação aos dois. Ela não é a mulher que encontramos atravessando a rua, uma mulher que fugiu dele branca de terror. A Lily que compartilha a suíte principal o receberia de braços abertos. Ela lhe diz isso com os olhos, de um verde abrasador quase sobrenatural. Ela o incita com seus sorrisos tentadores e mensagens provocantes. A tensão sexual entra em ebulição quando eles estão perto um do outro, evidente para todos. Já censurei as criadas por cochicharem a respeito, e a família do sr. Black ficou de sobreaviso pela força dessa tensão.

Pigarreio para relaxar a garganta. O amor cura algumas pessoas; para outras, ele é uma agonia.

— Vocês poderiam confortar um ao outro — sugiro. — Se o senhor a procurasse.

— Lily nunca foi um conforto, Witte. Júbilo, sim. Êxtase. Cada momento com ela era eufórico, mas, por baixo da onda, sei que ela é um vício que está me devorando vivo. Sempre vou precisar de outra dose e aceitarei qualquer condição para obtê-la.

Tenho noção de que um homem nas garras de uma obsessão — em especial por uma mulher — é capaz de tudo. Meu patrão é um homem a quem o amor foi negado a vida toda, até conhecer Lily. Foi amaldiçoado com um pai que o abandonou na pobreza, uma mãe que o abandonou para satisfazer o segundo marido e irmãos doentes de inveja. O amor de Lily por ele é seu tesouro mais raro e mais precioso. Mas ela fugiu quando o viu. Por quê? Não consigo parar de me fazer essa pergunta.

A verdade se encontra nos sete dias antes de ela desaparecer, na semana em que eles se casaram e o sr. Black herdou a fortuna dela com a sua morte.

Ele beberica de seu copo, mantém o olhar na impressão dos lábios dela.

É uma dispensa silenciosa, mas meus pés não se movem. Sua inação nos deixa suspensos como insetos em âmbar. Isso não pode seguir adiante indefinidamente.

— O senhor precisa saber que ela está comendo menos a cada refeição. É difícil convencê-la a tomar uma tigela de sopa antes de se recolher.

O olhar dele se aguça, alarmado, e me encontra.

— Ela não vai se curar se não comer.

— Talvez ela tentasse, se o senhor se juntasse a ela.

— Não.

A obstinação dele me leva a perguntar:

— A quem o senhor está punindo, a ela ou ao senhor mesmo?

— Droga! Ela fugiu quando eu a encontrei! Não vou impor minha presença a ela. Se ela me quiser, sabe onde estou.

Prendo a respiração. O sr. Black nunca mencionou a reação dela ao vê-lo, nem para os médicos, nem a mim... até agora.

Surpreso e preocupado, eu o encaro. Estou ciente de que a raiva é um dos estágios do luto e que, às vezes, a raiva é direcionada para a pessoa falecida, por abandonar seus entes queridos em tamanha dor. Mas transformar a maneira como ela desapareceu em uma rejeição pessoal não é nada saudável.

— O senhor não deve culpá-la.

— Por que não?

Os olhos dele estão frios e distantes.

— Seria injusto.

— Injusto? Foi justo que ela me moldasse num homem capaz de construir esta vida para nós e depois me deixasse vivê-la sozinho? Se acha que não estou sendo justo com ela, que deveria absolvê-la de toda responsabilidade por suas escolhas, bem... não posso fazer isso.

Ele fala tão raramente da esposa. Há tanta coisa que não sei. Sobre ela e o jovem que meu patrão foi quando estava com ela.

— Eu a conheci na casa de praia em Greenwich — diz ele, do nada, num tom estranhamente normal, como se divorciando-se do sentimento presente na memória. — Ela dava uma festa e me convidou porque estava namorando Ryan. Eu já lhe contei isso? Que ela foi namorada dele antes de ser minha?

Assinto.

— Sim, o senhor mencionou.

— Eu não queria ir até lá por ser longe, mas, como estudava administração com foco em consultoria, Ryan me convenceu de que era uma boa oportunidade para conhecer pessoas de que talvez precisasse no futuro. Nunca vou me esquecer de sair do táxi que havia pegado na estação de trem e ver meia dúzia de manobristas correndo para estacionar carros de luxo que juntos valiam milhões de dólares. Nunca pensei que conheceria alguém que vivesse assim, que tivesse amigos que pudessem bancar carros assim. Era como estar num filme.

Se eu quiser desempenhar meu serviço de forma eficaz, não podem existir segredos, nada pode ser escondido. Não posso administrar a casa se algum membro dela me surpreender. Até aqui, tudo sobre Lily Black foi uma revelação, e a mais chocante foi que ela é a fonte da fortuna do sr. Black.

Ele se levanta de novo, inquieto, e retoma seu lugar diante da janela.

— O tempo estava virando. Ainda me lembro do céu. Preto como piche. Eu a encontrei dançando na praia, os cabelos longos açoitando com o vento. Ela parecia uma deusa pagã invocando a tempestade. Antes que visse o rosto dela, sabia que precisava tê-la.

Eu a perdi onde a encontrei.

— Ela estava tão fora do meu alcance, Witte, e era namorada de Ryan. Sabia que seria melhor ficar longe dela, mas ela me escolheu. Minutos após conhecê-la, estávamos andando de braços dados pela praia varrida pelo vento, e ela enchia minha cabeça com pensamentos malucos. Foi como um sonho febril. A mulher mais linda, mais sexy que eu já tinha visto, de alguma forma, sabia tudo a meu respeito: a situação da minha família, que meu pai tinha ido embora e destruído a Baharan. Com apenas algumas palavras, ela virou meu mundo de ponta-cabeça. Quando ela terminou, já havia me feito pensar na Baharan como meu legado. Naquele dia, fui embora possuído por uma ambição totalmente nova. Eu queria aquela casa de praia e aqueles carros de luxo. Eu queria a Baharan. E, acima de tudo, queria *ela*. Mais do que já havia desejado qualquer outra coisa na vida.

O sr. Black enfia a mão no bolso e dá outro gole lento. Ele gira o líquido na boca, depois engole com força.

— Nos dias que se seguiram, ela me ligou. Encontrou-se comigo. Ela não apenas tinha a visão, como também tinha o plano. Foi meu Svengali, meu Pigmalião. Uma feiticeira que, com um acenar das mãos, transformou toda a minha vida.

— Ela reconheceu seu potencial — digo, embora esta seja uma palavra pragmática demais para o magnetismo incendiário de meu patrão.

— De início, decidi me encontrar com ela apenas por polidez, para rejeitar sua oferta de emprego em pessoa, pois seu pedido fora muito fervoroso. Acabei saindo de lá aceitando a oferta. Ele tem o dom de conseguir o que deseja e de fazer com que os outros se sintam gratos por ceder a suas vontades. Ela é uma musa, Witte, uma fazedora de reis, embora os pouco inspirados a chamem de investidora-anjo. Seja lá como quiser chamar, ela tem uma habilidade incrível de julgar desconhecidos e encontrar aqueles que pode moldar em titãs. De modo egoísta, eu queria ser o único, mas havia outros. É apenas quem ela é, o que ela faz.

Ele fica em silêncio, mas a sensação de turbulência e destruição na sala atinge um ponto febril. A torre estala nesse exato momento, e parece que as forças contra as quais ela luta vêm de dentro, não de fora.

— O senhor duvida que ela o ame? — pergunto, baixinho.

— Amar? — Ele olha para mim por cima do ombro, depois se vira de frente para mim, encolhendo os ombros. — Estamos falando de justiça, Witte, não de amor.

— Não vejo como o senhor conseguirá o que deseja sem falar com ela.

— *Ela* não tem explicação nem respostas! — diz ele, entredentes. — Não sei como tratá-la nem como *abordá-la*. Ela não é a mesma pessoa, muito menos a mulher com quem me casei.

— E o senhor não é o homem com quem ela se casou — argumento. — Vocês terão que redescobrir um ao outro, talvez se apaixonar outra vez como pessoas diferentes. Com amor, a confiança virá, e, por meio da confiança, o senhor terá as respostas.

Os olhos dele parecem insanos.

— Você presume que ela queira a mim, e não a Baharan ou o dinheiro.

A sugestão me espanta. Parece não haver lógica no tormento dele. — Eu já disse, o conhecimento que ela tinha da Baharan era bizarro. E era profundo. Ela sabia de coisas que eu mesmo não sabia. Que a minha mãe detinha os direitos a todas as patentes das fórmulas e até a porcaria do logotipo. Confie em mim, Witte. A Baharan estava na mira de Lily desde o começo.

— Mas o que ela iria querer com uma empresa farmacêutica, ainda mais uma com uma história desafortunada?

— Essa é a questão que menos me preocupa. Nosso casamento foi uma surpresa total para mim. Voltei para casa como sempre, e ela estava com um juiz de paz, os vizinhos como testemunhas e um smoking à minha espera. Ela me acrescentou à sua sociedade limitada e a contas bancárias escondendo a papelada entre os documentos do casamento, então eu os assinei sem saber. E, então, saiu para navegar, apesar da previsão de tempestade, dias depois. Pense em tudo isso, Witte. Pense no que isso sugere. Não consegui parar de pensar nisso por seis anos.

— Eu... — Fico sem palavras.

— Exatamente — diz ele, pétreo. — Ela me deve respostas, mas para obtê-las, não posso nem vou acossá-la e lhe causar mais estresse. Ela me conhece melhor do que ninguém. Sabe do que preciso e onde estou. Só posso esperar.

Há muito medo e dor entrelaçados com o amor deles. Não importa se reconheçam ou estejam cientes disso, seus instintos estão alertas ao perigo.

O que isso estava fazendo, ou ainda faria, com Lily?

— Eu poderia matá-la por me fazer necessitá-la desse jeito — murmura ele, fitando seu copo como se fosse encontrar algo ali.

Sua confissão me faz gelar.

Será que a ganância, esse monstro faminto, seria um fator? Ou seria sua beleza incrível, alimentando o ciúme e o desejo devorador de possuir? Talvez seja um pouco de ambos. Talvez o dinheiro dela seja uma consolação por tudo o que ele não pôde ter com ela.

Essas dúvidas acabam comigo.

O sr. Black termina seu drinque e olha para o carrinho de bebidas. Em silêncio, estendo a mão para pegar o copo dele. Ele o deposita em minha palma estendida com a sobrancelha arqueada e zombeteira. Fico aliviado em tê-lo impedido de beber mais. Ele já está instável demais; sua esposa, vulnerável demais.

— O senhor deveria comer — digo a ele.

Dando-me as costas, meu patrão retorna à janela.

— Aproveite sua noite, Witte. Não precisarei mais de você hoje.

Saindo de lá, meu relógio sinaliza o recebimento de uma mensagem de texto.

Pego o celular enquanto vou até a cozinha.

> Identidade confirmada Midtown West. Investigação continua.

Parando no limiar da sala de estar, cogito voltar ao escritório de meu patrão para compartilhar a atualização.

Descobriu-se que o endereço na identidade falsa da sra. Black era um mercadinho em Gramercy. Passamos dias investigando a área enquanto a busca por reconhecimento facial foi delimitada às câmeras no Edifício Crossfire e em torno dele, onde fica a sede da Baharan, e ela foi descoberta. Ficamos sabendo que Lily Black vinha passando por lá com regularidade, e, uma vez identificada, foi possível seguir a rota que ela fazia.

Investigações clandestinas agora levaram a alguém que a reconheceu numa foto. Logo saberemos onde e como ela tem vivido, com sorte, abrindo novos rumos na investigação. O avanço é lento porque a discrição é fundamental. É sempre um exercício de paciência quando uma busca por segredos enterrados requer também sigilo.

Eu me pergunto se as respostas obtidas pela investigação trarão paz ao sr. Black. Temo que apenas as confissões de Lily vão tranquilizá-lo.

Encontrar sentido na natureza confusa do regresso dela é difícil e agora complicado, pelas questões relativas a como — e talvez por que — ela partiu, para começo de conversa. O medo que testemunhei no rosto dela, o reconhecimento chocado e o murmúrio do nome dele ainda estão sem explicação. Não há dúvidas de que vê-lo a encheu de terror e a fez fugir, desatenta ao perigo. Então, por que espreitava as cercanias do Crossfire com regularidade, arriscando quase que diariamente ser descoberta?

Por fim, deslizo meu celular de volta no bolso e sigo em frente. Amanhã chegará logo, e poderei discutir as notícias mais recentes com meu patrão. Ele já tem demônios que bastem para enfrentar esta noite.

CAPÍTULO 21

Lily

Ouço uma batida discreta na porta do quarto que deixo entreaberta como um convite que ainda não foi aceito. A cadência da batida me diz que não é você.

A noite caiu além de minhas enormes janelas, transformando a selva de concreto de Manhattan em um tapete de estrelas. Perdi a conta dos dias que se passaram desde que fui liberada do hospital, mas a distância entre nós faz parecer uma eternidade.

— Pois não, Witte?

Saio do closet cavernoso. Gastei uma pequena fortuna em roupas e acessórios; no entanto, mesmo com todos os trajes, bolsas e sapatos de Lily — é uma conveniência dolorosa que você tenha guardado tudo —, há cabides e mais cabides, prateleiras e mais prateleiras que seguem vazios.

Witte espera na porta, a própria definição de afabilidade. A considerável sofisticação dele contagiou você ao longo dos anos, ajudando a criar um homem que pode frequentar todos os círculos sociais. Não obstante, suas arestas não foram totalmente aparadas. Você continua sendo um homem perigoso; só é perigoso de outras formas.

— A senhora tem uma saída planejada para amanhã cedo, partindo às dez para se reunir com seus médicos. O sr. Black a acompanhará.

— Chamar uma ida ao médico de "saída" faz com que pareça muito mais charmosa. Uma escolha astuta de palavras, Witte.

O bigode dele se remexe num sorriso reprimido.

— Obrigado.

Tenho que bater papo e manter a calma, senão vou chorar. É agoniante que não possamos passar informações tão cotidianas um ao outro diretamente, como se você não pudesse tolerar um segundo sequer da minha presença.

Todavia, estou exultante em ouvir que passaremos algum tempo juntos amanhã.

Já estamos morando juntos há semanas, dando voltas em torno um do outro pela cobertura e conseguindo nunca estar no mesmo espaço ao mesmo tempo — exceto quando você me visita no meio da noite, esgueirando-se por meu quarto para me observar enquanto finjo dormir. Como se você pudesse ficar perto de mim sem que meu corpo despertasse, alerta, formigando.

Sofro, devastada pelo desejo, o bico dos seios rígidos e doloridos, o vão entre minhas pernas molhado e pulsando. É uma reação instintiva que não consigo controlar. Meu corpo é agudamente ciente de sua proximidade e, por isso, prepara-se para ser montado e cavalgado, arrebatado e regozijado. Sua presença furtiva é a tortura mais diabólica a que já fui sujeita, e anseio por ela. Compelida a repousar ali, imóvel, posso apenas controlar a respiração enquanto seu olhar cobiça meu corpo.

— A senhora fará a ceia na sala de estar esta noite? — pergunta Witte, fazendo-me voltar ao momento.

Meus braços se cruzam. A cobertura é perfeitamente climatizada, mas, de súbito, sinto-me gelada.

— Kane vai jantar no escritório de novo?

Witte assente.

— O sr. Black pede desculpas, mas ainda tem muito trabalho por fazer.

— Claro que tem. — Dou um sorriso fraco. — Você já comeu?

— Ainda não. Depois que servir a sua refeição, farei a minha.

— E se comermos juntos? Na cozinha, a menos que você prefira em outro lugar.

Se ele tem alguma reação adversa à minha sugestão, ela não fica aparente.

— Seria um prazer. Daqui a dez minutos?

— Perfeito.

Observo quando ele gira sobre os calcanhares e desaparece, oferecendo-me uma visão sem obstáculos do meu reflexo no corredor espelhado onde se encontrava. Mas não é a mim que vejo. O cabelo está comprido demais, uma cortina lustrosa de tinta que passa da cintura. O rosto é sutilmente diferente. O maxilar é mais anguloso, os malares mais esculpidos, os olhos não são tão fundos. Ela sorri.

Pisco, e ela se foi. Resta apenas eu.

Tocando meu cabelo, eu me arrependo de seu comprimento — até o queixo. O corte é moderno, mas me envelhece. Claro, a passagem do tempo também ajudou nisso.

Volto para o closet em busca de algo para vestir por cima do vestido longo preto em camadas que estou usando. Meu olhar vaga pelas gavetas cheias de roupas de baixo, lingerie e pijamas. Não sei se você guardou as roupas íntimas de Lily em outro lugar. Tudo que já vesti e ainda vou vestir é novo e foi recém-lavado e bordado com o monograma "LRB". A seleção é luxuosa e voluptuosa, sem tanto a ver com modéstia e mais com provocação. Você construiu a coleção ao longo do tempo, e as iniciais bordadas comprovam que foram adquiridas para Lily. O monograma também serve como uma marca, a marca de sua posse. Faz lembrar que, quando pensa em Lily, pensa no quarto. Sua cama. Pele nua. *Sexo*.

Também me faz lembrar de *mim mesma* num momento em que me coloquei no lugar de um fantasma, uma mulher cujos memória, estilo e gosto se espalharam malignamente por sua vida, consumindo por completo o homem que você já foi.

Você não confia em mim nem em *si mesmo* em minha presença. Será que a sua distância denota desejo? Estará tão voraz por mim quanto estou por você? Ou será que não tenho como competir com sua primeira esposa, a mulher que ainda o obceca seis anos após sua morte?

Por que você ainda me evita?

Vestindo um blazer de veludo molhado num tom safira escuro, sigo pelo corredor até a cozinha.

— O cheiro está incrível — digo a Witte enquanto me ajeito no banquinho que ele puxa para mim.

De repente, estou faminta por algo que não é você.

— Apenas metade da equação. — Ele coloca um guardanapo preto em meu colo. — Vejamos se o gosto também está.

Ele retira pratos com saladas já prontas do refrigerador industrial. Pelas portas duplas de vidro, diviso prateleiras organizadas com precisão.

Witte rega o molho num padrão ziguezagueante com a maestria e a rapidez de alguém com prática. Ele já serviu taças de vinho tinto e água com gás, e me pergunto como conseguiu preparar nossos lugares de forma tão robusta com tão pouca antecedência.

Enquanto coloca o prato com um lírio pintado à mão em meu conjunto americano de linho preto, toco em seu punho e ele congela.

— Obrigada por cuidar de Kane.

Ele sustenta meu olhar por um momento, como se avaliando sua resposta.

— É o meu trabalho.

— *Também* é o seu trabalho — corrijo, pegando o garfo de salada enquanto ele se senta no banquinho do canto à minha direita. — Claramente, é muito mais do que isso.

Emito um som de deleite ao provar o sabor ácido e suculento do vinagrete de limão.

Notando meu prazer, Witte abre seu guardanapo com um estalo e pega seu talher.

— A senhora está certa; muito astuto de sua parte. Exatamente como no outro dia, na biblioteca. — Ele faz uma pausa. — A sra. Armand prefere quando ela está certa.

Dou risada.

— Esse é o jeito mais educado que já ouvi de dizer que alguém odeia estar errada.

Ele levanta um ombro num gesto descuidado tão contrastante com a formalidade de seu porte e sua aparência que não consigo evitar adorar.

— Agradeço o alerta diplomático — digo a ele. — Mas é desnecessário. Compreendo o tipo de mulher que a mãe dele é. Com que frequência ela lhe fez propostas ou avanços sexuais?

Claramente espantado, ele se recupera depressa.

— A senhora é muito observadora.

— Kane está ciente?

— Sou perfeitamente capaz de lidar com tais questões por conta própria.

Solto o garfo.

— Então você nunca contou a ele, e ele está cometendo o erro de não observar a própria família com o cuidado necessário. Estou supondo que ele não reparou.

Witte seca o bigode com o guardanapo.

— Eu diria que a senhora é uma mulher que deduz, não supõe.

Meu sorriso sai amplo e satisfeito. Eu amo quando a palavra certa é utilizada. De fato, faz toda diferença. E ter Witte acompanhando a brincadeira… é, a um só tempo, divertido e necessário. Seu bem-estar é o propósito dele, e preciso que ele acredite que estamos alinhados nesse objetivo.

Retomo o jantar. A salada está extraordinária, com pedaços de toranja vermelho-rubi, laranjas, pecãs caramelizadas e gorgonzola.

— Meus parabéns, Witte. Esta é a melhor salada que já comi.

— Obrigado. — Apanhando sua taça de vinho tinto, ele saboreia a bebida antes de engolir. — O sr. Black despendeu um esforço tremendo para se refinar. Entendo por quê.

— Porque eu gosto de salada? Ou porque sou astuta e observadora?

— Porque essas qualidades, entre outras, tornam-na formidável.

— Ah… Bem, agora eu também estou lisonjeada.

Deslizo o garfo entre os lábios antes de devolvê-lo ao prato, desfrutando da última gota do molho. Meu olhar passeia pela cozinha, notando a mesa informal à minha direita e o reflexo das luzes da cidade às minhas costas, nas inserções de vidro dos armários.

— Imagino que seja quase impossível alguém ter acesso à cobertura sem autorização — comento com naturalidade —, mas há dois guardas armados do lado de fora da porta principal.

Segurando sua taça no ar, ele me analisa por cima dela, sem demonstrar surpresa por eu ter explorado além da cobertura.

— Há, sim.

— Também havia guardas no hospital.

Witte anui, despreocupado, como se eu tivesse feito uma pergunta, mas uma leve expectativa substituiu sua calma anterior.

— Kane está seguro fora da torre?

— Nós mitigamos riscos.

— Tais como...?

Ele areja o vinho com um giro ensaiado do punho, mas, embora seus movimentos sejam descontraídos, seu olhar é intenso e vigilante.

— Por que esta linha de interrogatório, sra. Black?

— Parece que ele está em perigo.

— A senhora está? — O bate e volta tenso sinaliza que passamos das gentilezas.

Estudamos um ao outro. O mordomo prestativo se foi. O homem sentado diante de mim é outra pessoa, em absoluto. Abruptamente, torna-se intimidante em todos os sentidos. Sua fisicalidade passou de em forma para formidável. Seu olhar passou de observador para capaz de uma sondagem perturbadora. O fato de ele poder se diminuir quando quiser para desaparecer no cenário e passar despercebido, quando seu eu verdadeiro é tão claramente perigoso, deixa-me muito mais tranquila.

Sorrio; a atitude dele respondeu à minha preocupação subjacente.

— Como poderia estar? Estou sob guarda também.

— É sempre melhor ter cautela.

— Bem... É um alívio saber que ele está a salvo. — Lanço um olhar expressivo para ele sobre as bordas de minha taça de água. — E que você está preparado.

— Para o quê?

— Para qualquer coisa. — Dou de ombros, retomando minha aparência anterior de despreocupação. — Absolutamente qualquer coisa.

Depositando sua taça na mesa, ele retira o guardanapo do colo e o dobra com elegância na bancada. Não tira os olhos de mim.

— O sr. Black está preocupado com a sua segurança.

— É disso que se trata? Suponho que eu poderia ter me envolvido em sabe-se lá quantas situações duvidosas ao longo dos últimos seis anos. — Minha voz soa cuidadosamente leve e divertida, mas meu pulso se acelerou. Ele é esperto e vai levar minhas palavras escolhidas a dedo como o alerta que são, além de se tornar ainda mais cauteloso. — E aqui estava eu, torcendo que ele apenas não quisesse que eu fosse embora.

— Acredito que ele não poderia suportar isso.

— Poderia, sim — respondo de modo abrupto. — Ele já suportou. Se conseguisse simplesmente parar de pensar em mim como sua linha de chegada, seu prêmio por todas as realizações, desfrutaria de seu sucesso apenas porque fez por merecer. Ao menos gosto de imaginá-lo assim.

— Há um fundo de verdade nisso. — Com os dedos em torno da haste de sua taça, Witte a gira devagar, sem parar. Ele não é um homem dado a movimentos inquietos, então o gesto é proposital, projetado para me deixar à vontade. — Disseram-me que você se transferiu para o programa de honra de Psicologia da Columbia durante o segundo ano da faculdade.

Assinto.

— Do sudoeste para o nordeste, e que aclimatação foi aquela!

— Pelo que sei, menos de dez por cento dos pedidos de transferência são aceitos devido à alta taxa de retenção. Você foi uma das raras escolhidas.

— Quem não quer um diploma de uma universidade da Ivy League? — digo alegremente, sem querer entrar numa discussão sobre a vida de Lily. Coloco a mão sobre a dele outra vez. — Existem apenas duas outras coisas que precisa saber sobre mim, Witte: que eu quero o melhor para ele e que me dediquei a me tornar a esposa que ele merece.

Ele me avalia por um longo momento. Então seu rosto desanuvia e retoma a expressão gentil de sempre. Ele dá tapinhas nas costas da minha mão, levanta-se e junta nossos pratos, colocando-os na pia. Calçando luvas, Witte abre o forno. O cheiro que paira no ar quente é delicioso.

Observo enquanto ele serve porções individuais de bife Wellington, batatas gratinadas e vagens com amêndoas.

— Como é que você continua solteiro, se não se incomoda de eu perguntar?

— Eu nunca disse que era solteiro — retruca ele com um sorriso.

— Bem... — Há uma expressão diabolicamente travessa nos olhos dele. — Conte, conte!

— A senhora me lembra dela, na verdade. Linda e tentadora como uma serpente, e tão perigosa quanto uma.

— Ah, Witte! — Rio, contente por nos entendermos agora. — Essa é a coisa mais gentil que alguém já disse a meu respeito.

Tomo outro gole de água, mas noto a leve névoa de condensação nas taças de vinho, o que me diz que o *syrah* está perfeitamente gelado. É claro que ele saberia disso; vinho tinto servido em temperatura ambiente é uma tragédia. Mas resfriá-lo até a temperatura *exata*, precisamente quanto é necessário... bem, isso é uma arte.

— Witte.

Minha pulsação salta ao som de sua voz grave e ressoante. Você aparece da sala de jantar, carregando a taça e o prato vazios com os talheres equilibrados no topo. Para de supetão quando me vê.

— O que está fazendo? — pergunta, franzindo o cenho.

— O que parece que estou fazendo? — devolvo, lançando um olhar longo por cima do ombro. Finjo indiferença, mas sua aparição súbita me deixa abalada.

Suas narinas inflam. Arqueio uma sobrancelha, sabendo que o desafiar sempre faz seu sangue ferver do melhor jeito possível. Permito que veja a ferocidade e a urgência com que preciso de você; *quero* que você saiba.

Por dentro, estou bem menos estável. Você é lindo de tirar o fôlego. Sua pele tem um tom bronzeado natural, que combina à perfeição com o lustro escuro de seu cabelo e a melancolia de seus olhos castanhos aveludados. Suas sobrancelhas estão franzidas, mas as marcas do tempo apenas o calejam de forma lisonjeira. A sombra da barba crescendo contorna sua mandíbula retesada, rígida. Angulosa e esculpida, ela ancora um queixo forte e equilibra a sensualidade dos lábios cheios e firmes.

Você realmente é uma obra-prima.

— Deixe-me pegar isso — diz Witte.

— Eu dou conta, Witte.

Você afasta as mãos bruscamente para fora do alcance dele, levando o prato e a taça, mas deixando os talheres suspensos no ar.

Esticando o braço, consigo pinçar a lâmina da faca entre a ponta dos dedos. Ao mesmo tempo, Witte pegou o garfo, movendo-se com a velocidade de uma cobra dando o bote. Por um instante, contemplamos a destreza um do outro. E, então, coloco a faca e minha taça na mesa e enxugo os dedos no guardanapo.

— Que diabos você estava pensando? — você dispara, largando o prato e a taça na pia com muito menos cuidado do que os itens delicados exigem. — Poderia ter se machucado!

— Foi instinto — rebato com simplicidade. — Qualquer um teria feito o mesmo.

Você pega minha mão e a examina minuciosamente, massageando a palma e os dedos para ver se sangue brota em algum lugar.

O toque inocente tem um efeito profundo em mim. O alerta se espalha, fervendo, por meu braço.

— Estou bem. — A emoção em minha voz trai minha reação a você. — Foi um golpe de sorte.

Acaricio seu maxilar com a mão livre. Você fica paralisado, encarando-me de modo feroz. Afasto a seda espessa de seu cabelo da testa, traçando, em seguida, seu cenho com a ponta dos dedos. É uma alegria tocar você, e é devastador quando você se apoia na palma de minha mão, afagando-a por um instante breve demais.

Você recua abruptamente. O olhar de censura que me dá poderia derreter asfalto.

— Gostaria de se juntar a nós para a sobremesa? — Witte lhe pergunta, colocando seus talheres na pia. — Fiz pudim indiano.

A voz dele sai tranquila e inabalável enquanto pega uma taça de vinho limpa num armário e a coloca no lugar ao meu lado. Como todas as outras taças de cristal, ela tem gravação de lírios.

Suas costas se retesam diante da presunção gritante de que você dará uma resposta positiva. Seu maxilar está tão tenso que é um espanto seus dentes não racharem com a pressão. No final, porém, você puxa o banquinho ao lado do meu. Senta-se e empurra a taça que acaba de receber para o lado. Seu olhar está travado no meu, focado e fervendo de ira enquanto toma do meu vinho.

Uma das sobrancelhas grisalhas de Witte se levanta numa censura silenciosa. Ainda está olhando para mim quando diz a ele:

— Lily não bebe, Witte.

— Ainda posso brindar — atenuo. — Lembra do brinde?
Erguendo o braço, saúdo vocês dois com um sorriso.
— A vocês.
Uma inspiração rápida, e você se junta.
— A mim.
— Que nunca discordemos.
— Mas, se discordarmos, eu sangraria por você. — Sua voz fica mais grave, mais áspera.
— A mim — termino, tocando minha taça na sua e na de Witte.
O fino cristal retine e ressoa no silêncio que se segue.

CAPÍTULO 22

Aliyah

— Gata, você tá quase? — arfa ele, o suor de seu rosto pingando em minhas coxas. O cheiro de sua colônia, algo almiscarado e quente, preenche o ar entre nós.

Cerro os dentes.

— Não para!

Rosnando, Rogelio começa a arremeter com mais força, mais rápido. Terei que chegar ao orgasmo a despeito de seus esforços, não por causa deles, mas isso não é novidade. Sempre tive que providenciar minhas próprias preliminares se quero chegar ao clímax com ele. Com idade para ser meu filho, o chefe da segurança da Baharan tem energia de sobra, mas lhe falta finesse.

Segurando na borda da mesa com uma das mãos, levo a outra entre minhas pernas para massagear o clitóris enquanto a ereção dele se move em mim. O prazer de meus dedos irradia para fora e meu sexo se contrai. Rogelio rosna.

— Ainda não — ofego, sentindo a pressão aumentar. Eu me acaricio freneticamente, minhas pernas se retesando em expectativa.

— Deus, você está me apertando como um punho — geme. — Eu vou gozar.

— Espera...!

A cabeça dele descai para trás e ele geme, apertando meus quadris com as mãos. E, então, seu ritmo muda quando ele se solta, a velocidade reduzindo para uma, duas, três arremetidas profundas e demoradas enquanto ele se alivia.

O som bestial de seu prazer me estimula o suficiente para que eu o acompanhe, um ofego suave que me escapa enquanto a tensão acumulada é liberada numa onda de endorfinas.

Ainda estou arfando quando ele recua alguns passos, trôpego, e se larga na cadeira da escrivaninha, o pênis coberto de látex brilhante e ainda meio duro. Atrás dele, o centro da cidade é uma explosão de luzes piscando na penumbra.

— Caralho, como você é gostosa, Aliyah — diz, olhando lascivamente para minha vagina enquanto enxuga suor da testa.

Disfarçando minha repugnância por sua crueza, fecho as pernas e escorrego para fora da mesa, plantando a palma das mãos em cima dela para me equilibrar conforme minhas pernas se ajustam a se fecharem depois de passarem trinta minutos escancaradas.

— Deixei você de pernas bambas? — provoca ele, rolando a cadeira para a frente e jogando a camisinha na lixeira.

— Não fique se gabando, Rogelio. Não é nada atraente.

— Ainda bem que meu pau é — retruca ele, nem um pouco ofendido.

A verdade é que o pênis dele é mediano. É o resto que é atraente. Ele mantém seus cabelos escuros cortados rente na lateral e mais compridos no topo, o que pode não ser o estilo mais lisonjeiro, mas não prejudica sua boa aparência juvenil — sobrancelhas e olhos escuros, um queixo firme, um maxilar sólido e uma boca volumosa que está sempre sorrindo. Seu corpo é mantido meticulosamente, músculos espessos e proeminentes sem o tornar muito grandalhão.

Mas, na verdade, foram seus olhos que me fizeram querer trepar com ele. O jeito como me olha é levemente desdenhoso e descaradamente sexual. Acho esse olhar impertinente e lascivo. Colocá-lo em seu lugar como garanhão reprodutor vale o esforço.

Ele se levanta e se espreguiça, perfeitamente à vontade e confiante em sua nudez.

— Vou me lavar — diz, dando a volta na mesa e saindo do escritório para cruzar o mar escuro e sobrenaturalmente silencioso de cubículos até meu banheiro particular.

Existe alguma coisa tão desconcertante quanto um espaço enorme desprovido de vida e energia?

Rogelio costumava tentar me convencer a foder em minha escrivaninha — como se eu fosse algum dia lhe dar esse poder —, dizendo que era mais conveniente, já que o banheiro ficava logo ali. Ele precisará apagar a filmagem das câmeras de segurança, mas isso não é nada para ele. Apesar de todos os seus defeitos, ele é agudamente inteligente e um predador natural. Não apenas administra o pessoal de segurança e o sistema que protege a Baharan de espionagem, como também ajudou a elaborar o sistema e o mantém atualizado. Assim como Amy, ele já foi dono de sua empresa. Agora trabalha para a Baharan, embora eu desconfie que ele faça alguns bicos só pela emoção. Com o que lhe pagamos, certamente não precisa do dinheiro.

Espero a porta se fechar atrás dele, então abro a gaveta da prancheta para descobrir seu usuário e sua senha. Ele muda ambos com tanta frequência que não consegue mais se lembrar e anota tudo num Post-it. Copio a senha em minha coxa com uma caneta e então me visto apressadamente. Estou molhada entre as pernas, mas posso viver com esse fato.

Darius tem trabalhado longamente desde que Kane parou de vir ao escritório. Ele não está cobrindo nada, pois Kane não deixa nenhum vácuo. Meu filho mais velho comanda o navio de sua residência, realizando todas as reuniões virtualmente ou em pessoa no escritório de casa quando necessário. Portanto, Darius está aprontando alguma coisa, e eu preciso saber o que é. Uma vez que cada caractere digitado e cada ligação feita nos equipamentos da Baharan ficam registrados, eu só preciso da senha de Rogelio para ver o que meu filho do meio anda fazendo nas últimas semanas. Poderia usar meu próprio nome de usuário, mas aí deixaria um rastro. Não posso fazer isso.

Quando Rogelio retorna, ainda está todo molhado e gloriosamente nu. Eu o observo, tentada, e ele se anima com meu olhar.

— A esposa tá esperando — diz. — Temos que ser rapidinhos.

Embora a ideia de uma esposa mofando enquanto eu desfruto do marido dela me excite, a menção da pressa anula esse pequeno prazer. Além disso, seria impossível explicar a senha dele em minha coxa.

— Outra hora — digo, dando tapinhas no rosto dele como faria com uma criança pequena. — Também tenho que ir para casa.

Vou me divertir mais analisando os registros de segurança. Um banho, uma taça de vinho, meu notebook pessoal... Uma noite bem aproveitada.

Vou até meu escritório para pegar minha bolsa e deixo a cabo de Rogelio apagar qualquer evidência de nosso encontro.

CAPÍTULO 23

Lily

Sabendo que você sempre toma banho quando acorda e antes de ir dormir, entro escondida em seu quarto quando escuto o barulho de água. Eu me aproximo de sua cama sem pressa, o olhar passeando e catalogando tudo. Mesmo em seu espaço privado, não há nada do seu estilo pessoal. Suspiro.

Seu quarto não poderia ser mais estéril. Apenas a foto de Lily acrescenta um pouco de cor.

Fito a tela massiva. É tão grande que deve ter sido montada no local.

Será que você se ressente de mim por me colocar entre você e ela, a Lily idealizada que venerou por mais anos do que os que passaram juntos? Por que escolheu esta imagem? Acho que sei. O ângulo do punho dela mostra a tatuagem de escorpião. Será que a visão dele, o símbolo de seu signo, oferece-lhe algum conforto ou será que só aumenta seu tormento?

Olho pela porta entreaberta do banheiro e noto a ausência de vapor. Posso ver toda a extensão de seu corpo magnífico pelo box de vidro. Uma onda quente de desejo aquece minha corrente sanguínea. Os músculos poderosos de seus ombros e braços se flexionam conforme você passa os dedos pelos cabelos. Rastros de espuma deslizam pelas linhas esculturais de suas costas, deslizando sobre as curvas de suas nádegas antes de seguir para as coxas e as panturrilhas fortes e cair no ralo a seus pés.

Registro com avidez as diferenças entre você e sua versão mais jovem, cujo corpo cobicei com tanta ferocidade. Você era devastador, mesmo naquela época. Eu me pergunto se posso suportar o poder e a elegância amplificados ou se simplesmente vou arder até virar cinzas em seus braços.

Você faz um ruído que reconheço como um calafrio causado pela água fria.

E aqui estou, em chamas por você. Você está torturando a nós dois.

Witte já arrumou sua cama e eu me deito nela, nua. Rolando e me revirando, espalho o cheiro de meu hidratante e meu perfume por seus lençóis e travesseiros. Você vem ao meu quarto toda noite, mas não posso arriscar que vá resistir hoje. Também espero apressá-lo um pouco. Já é quase meia-noite. Depois das últimas semanas, era de se imaginar que um punhado de horas não faria diferença, mas, depois de você reagir ao meu toque com tanto desejo, não posso esperar mais.

Saio da mesma forma como entrei, passando pelo closet e pela sala de estar. Acho que este é, possivelmente, meu lugar preferido da casa. É uma caixa de joias escondida, acessível apenas a partir do seu closet e do meu, aninhada entre os dois com sua própria vista adorável da cidade. Há uma lareira do lado oposto à janela, embutida numa parede coberta com um mosaico espelhado e amarelado. Acima da fornalha, há um espelho emoldurado que é, na verdade, uma televisão. O resultado é uma parede inteira adornada apenas por um reflexo envelhecido de uma Nova York que parece perpetuamente tempestuosa.

A área de descanso é dominada por um sofá modular de tamanho exagerado em veludo num tom suntuoso de safira. Ele não apenas é lindo, mas bastante confortável, adequado para se aninhar com um livro, deitar para um cochilo ou uma rapidinha, ou se esparramar enquanto assiste a um filme. Um pufe quadrado capitonê do mesmo tecido encontra-se no centro da sala, exibindo uma bandeja espelhada grande cheia de revistas recentes, blocos de notas com nossos monogramas, um porta-canetas de cristal lapidado e esferas de quartzo sobre bases de latão. Se eu o acender, o lustre *sputnik* lançará raios de luz sobre o teto e as paredes.

Dos dois lados da porta dos closets, o meu e o seu, aparadores espelhados se escarrancham pesadamente, adornados com abajures combinando com o lustre. Espelhos com a mesma moldura da televisão pendem de fitas e laços em tom safira. Paro diante do mais próximo de seu closet, examinando meu reflexo.

Sob o brilho indulgente do luar, posso ser confundida com a mulher que você deseja. Magra demais, sim, além de lábios mais angulosos.

A sombra esfumada em torno dos olhos esconde a profundidade deles, mas nada pode diminuir a experiência presente de meu olhar. Longos fios de cabelo escuro se curvam sob meus seios.

Eu me viro, apanhando o penhoar preto translúcido que deixei caído sobre o braço do sofá. Vestindo-o, amarro a faixa na cintura e ajusto o peso das plumas de avestruz que espumam desde meus joelhos até a barra. Em seguida, arrumo o cabelo, soltando-o em torno dos ombros e afofando as madeixas que vão até meus quadris.

Meu coração martela, ritmado, contra minhas costelas. O que farei se você me rejeitar? Como vou aguentar?

Aquietando-me na ponta do sofá, brinco com o cinto do robe. Talvez esteja mostrando minhas cartas cedo demais. Em questão de horas dividiremos um carro, a caminhada de ida e vinda de nosso "passeio" com os médicos e a volta para casa. Isso poderia ser um começo, uma oportunidade para conversar, uma sugestão de que podíamos desfrutar de um almoço na cidade. Se eu pudesse simplesmente abrir a porta, poderia cortejá-lo, encantá-lo, seduzi-lo. Poderia ao menos tentar.

Também é possível, porém, que você esteja só esperando um atestado de minha boa condição de saúde. Talvez sua consciência não lhe permita estressar uma mulher enferma com discussões sobre separação e divórcio. Talvez seja por isso que vai me acompanhar, para ouvir em primeira mão que já é seguro terminar essa farsa de casamento. Se for assim, estas horas são tudo o que eu tenho antes que você me lance à deriva, e não posso desperdiçá-las.

Não sei quanto tempo eu espero. O tempo desacelera até gotejar. Minha pele se resfria e eu olho fixamente para a lareira, querendo acendê-la, mas relutando em banir a escuridão que me abriga.

Por fim, a porta de seu closet se abre e você entra na sala de estar como uma tempestade de fogo, enfurecido. Seu olhar febrilmente brilhante está travado na abertura de meu closet, e suas pernas compridas devoram a distância em passos irados.

Por um momento, fico em transe. Calças de seda preta se assentam baixas em seus quadris. Seu tronco e seus pés estão nus. A sombra escura de pelos meticulosamente bem cuidados cobre os peitorais rijos antes de se estreitar numa trilha acetinada que mergulha para além do cordão na cintura da calça. Seus bíceps são espessos e duros, tensos pelas mãos fechadas na lateral do corpo. Seu abdômen se contrai em fileiras profundamente definidas que se afunilam nos sulcos cavados do cinto de Adônis e destacando a estreiteza de sua cintura.

Você está quase do meu lado quando consigo me levantar num impulso ansioso, prendendo a respiração devido à covardia. Sua cabeça se vira em minha direção enquanto você para, espantado. Seu peito sobe e desce num ritmo elevado.

Erguendo o queixo, jogo o peso do corpo para os calcanhares, um movimento ensaiado que transforma minha postura num convite sinuoso. Sua mandíbula se retesa em resposta.

Seu olhar me penetra, afiado e acusatório.

— Quem é você?

Suas palavras são fumarentas, chamuscadas. Como um incêndio descontrolado, você aqueceu a sala. Eu estava gelada, agora estou desconfortavelmente quente.

— Isso importa? — Minha voz também está mais grave, mais rouca. Minha boca está seca, a garganta se fechando. — Serei quem você quiser que eu seja.

Seu olhar incisivo me prende por longos instantes. Suas mãos se contraem e relaxam, o movimento inquieto flexionando músculos por todo seu torso. Você é uma obra de arte erótica, fervilhando de paixão.

Praguejando baixinho, você volta a se mover, mais devagar, mais metódico. A abordagem focada e polida de um predador. Contorna o sofá e um reflexo instintivo de presa insiste para que eu me vire e mantenha os olhos em você. Em vez disso, conforme você sai de minha visão periférica, eu me mantenho de costas, fingindo ter coragem e controle. Desamarro o cinto e encolho os ombros para que o penhoar caia e fique pendurado nas dobras dos cotovelos. Você inspira num sibilar súbito.

Minha pulsação dispara. Meus lábios se partem num ofego. A expectativa e o medo sobem e descem por minha coluna. Posso senti-lo atrás de mim. Posso ouvi-lo. Sentir seu cheiro — fresco e vivamente limpo, potente, masculino. Não o ver é a pior tortura.

— Existe apenas uma mulher que eu queira — você diz, roucamente, enquanto levanta um cacho escuro de meu ombro e esfrega os fios naturais com a ponta dos dedos. Sinto-o levar essa mecha até o nariz e ouço-o inalar. Sua mão se afasta. — Tire a peruca.

Seu tom é brusco e frio. O calor que vinha se acumulando em minha pele se dissipa repentinamente.

Minha garganta se fecha, bloqueando o ar de que tanto preciso. Eu não basto, mesmo quando tenho a mesma aparência que ela? Você ficou ofendido por minha tentativa ou decepcionado por meu fracasso?

— Tire isso, *Setareh* — diz, mais suavemente, porém inflexível.

Eu faço um som, um gemido baixo de esperança dolorida. Sorte. Destino. O significado do nome que você usa como apelido carinhoso. Meus olhos ardem e eu os fecho, tentando administrar a abundância esmagadora de emoções. *Sim, meu amor. Eu sou o seu destino.* O universo o amaldiçoou comigo.

— Não é simples assim — digo. Levaria algum tempo para tirar o adesivo e mais tempo ainda para devolver meu cabelo ao estado original.

Com um gesto da mão, você move a pesada massa de cabelo por cima de meu ombro, expondo minhas costas. Seus dedos contornam as asas da fênix tatuada em minhas omoplatas. Estremeço em resposta, cada músculo se retesando com antecipação e alarme. Seus lábios pressionam meu ombro desnudo com firmeza. O calor de seu beijo se irradia por todo meu corpo suplicante.

E, então, seu calor, seu cheiro, sua energia se distanciam. Viro a cabeça e assisto, horrorizada e incrédula, a você retornar para seu quarto.

— Kane...?

Você para no meio de uma passada, as mãos de novo contraídas, a respiração acelerada e superficial como a minha. E se mantém de costas enquanto fala.

— Se você me quer, venha até mim com a verdade e deixe suas mentiras de fora. Já me cansei delas.

A porta do seu closet se fecha. O clique do tranco ecoa como um tiro.

CAPÍTULO 24

LILY

Estou na esquina da Quinta com a 47th, saturada em sombra; o calor e a luz do sol matutino devorados pelas torres apinhadas do centro de Manhattan, uma selva de vidro, pedra e aço. Um arrepio perpassa minhas pernas e meus braços desnudos. O calafrio vem de dentro de mim, irradiando-se para fora. Não estou longe do lugar onde uma vez vi você. Um vislumbre e mais nada, como se você evaporasse enquanto eu permanecia ali, tonta e petrificada na rua. Um pesadelo que não posso esquecer nem ignorar.

Sempre que deixo meu apartamento, estou ciente de que você pode me encontrar. Num bairro cuja população infla a quase quatro milhões durante os dias úteis, ainda há o risco de que o reconhecimento facial vá trair meu paradeiro.

Por outro lado, será que eu sou ao menos uma lembrança tardia? Você descarta as pessoas com tanta facilidade, mas fica enfurecido quando outros escolhem se distanciar primeiro. Ou você me descartou por completo ou está obstinado pela ideia de me encontrar, cego a tudo o mais. Você nunca gostou de deixar nada ao acaso e cobiça a riqueza com uma fome mortal. Algum dia me amou de verdade? Talvez o máximo que é capaz de amar. Talvez enquanto eu pertencia a você. Eu era uma realização, afinal.

Defronte a mim, táxis amarelos sujos e utilitários pretos entopem as artérias da cidade. Atrás de mim, nova-iorquinos convergem num grupo impaciente na calçada, esperando pelo momento em que todos poderemos nos deslocar apressadamente pelo asfalto fumegante como baratas. O ruído dos carros ressoa de todos os lados, mas meu coração martela mais alto.

Em apenas alguns instantes, passarei bem em frente à entrada do edifício que me atrai, contrariando todo o senso de autopreservação.

Eu poderia evitar aquela torre de safira cintilante. Pegar a próxima rua. Sair da cidade, do estado, do país. Mas a perversão da obsessão me força a correr o risco. É simplesmente irresistível. Venho me escondendo há anos, mas estou aos poucos ficando mais descuidada. Fugir não me rendeu uma nova vida. Estou morta em todos os sentidos relevantes, exceto por estar respirando.

Talvez tenha cansado de esperar pelo último adeus.

O semáforo pisca. Eu me movo sem pensar, meus ridículos saltos altos encontrando cada reentrância e buraco na rua, mantendo-me literalmente na ponta dos pés. As outras mulheres ao meu redor são mais razoáveis, calçando sapatilhas ou mules com salto quadrado. Os odores vindos dos escapamentos dos carros e dos carrinhos de comida na calçada reviram meu estômago. Ninguém faz contato visual. Ninguém troca sorrisos. Numa cidade tão viva que sua pulsação ataca nossos sentidos como um aríete, somos todos autômatos.

Meu nome explode no ar como o estalo de um tiro de rifle. O choque me inunda. Não consigo respirar, não consigo pensar.

O desafio tem um preço — a descoberta.

CAPÍTULO 25

Lily

Acordo antes do amanhecer, despertando de um sono sem sonhos. Pego o tablet que repousa ao meu lado na cama, no espaço que esperava que fosse preenchido por você, e desligo o despertador. Não me lembro de ter caído na inconsciência. Recordo apenas de chorar até meu peito doer, arrasada pela retirada célere de seu toque e seu desejo. Eu apostei e perdi; entretanto, a possibilidade de que talvez você me quisesse se eu o tivesse abordado como eu mesma é uma esperança tentadora. Agora é de manhã, e transformei meu desejo em arma; é ele que me empurra para fora da cama.

Em instantes, encontro-me debaixo do jato punitivo do chuveiro, cercada por peças massivas de mármore cobrindo as paredes e o chão. Os veios pretos parecem galhos espectrais de árvores sufocados em teias de aranha, e não consigo pensar numa escolha melhor.

Seu banheiro espelha o meu, e me espanto com sua escolha de criar uma suíte principal dividida ao meio, uma separação que contradiz sua necessidade de dormir e acordar debaixo de uma foto de Lily. Não consigo entender por que escolheu viver do lado oposto da cobertura, quando tudo dentro dela serve como memorial a Lily.

Com eficiência rápida, eu me apronto. Você tornou essa rapidez possível. Catalogou tantas minúcias sobre as preferências de Lily, desde os produtos de cuidados femininos que ela preferia até o sabor do creme dental. As escovas cosméticas de cerdas naturais são suntuosas, e os cabos desgastados as entregam como as preferidas de sua senhora antiga. A maquiagem é a única anomalia, tudo da ECRA+, com as cores que uso com mais frequência, exibindo nomes claramente inspirados por Lily.

Sinto-me perfeitamente em casa aqui, como se sempre tivesse morado neste espaço. É espantoso, encantador e estranho, tudo ao mesmo tempo.

Algumas mulheres talvez não fossem capazes de lidar com uma obsessão como a sua, mas eu não sou normal. A totalidade do seu amor é tudo o que quero, tudo de que preciso.

Estou vestida e contemplando minha parca coleção de joias quando ouço a batida brusca de Witte na porta do quarto, uma batida dupla rápida.

— Estou aqui, Witte.

Levanto a cabeça quando ele preenche o vão da porta com sua silhueta esguia e musculosa.

— O desjejum será servido quando a senhora quiser.

O closet tem a largura do quarto massivo, uma vez que atua como passagem entre a sala de estar e meu quarto, por isso uma distância considerável permanece entre nós dois.

Ele dá alguns passos em minha direção. Olhando para minhas roupas, toca uma das etiquetas penduradas num cabide.

— Obrigada por encomendá-las — digo a ele.

— Um método de organização único — murmura, estudando o papel rígido do tamanho de um cartão-postal.

Há duas versões: o desenho de um sol ou de uma lua denota se é para o dia ou para a noite. Na frente, anoto quais peças combinam com aquele item. No verso, anoto que peças de joia, sapatos, cintos e bolsas seriam os melhores acessórios. Descobri os cartões de Lily guardados com esmero numa gaveta — um golpe de sorte —; tive apenas de ordená-los. Para os acréscimos recentes, pedi a Witte que entrasse em contato com a gráfica cujo logo aparecia na caixinha que acompanhava os cartões.

Agora existem aplicativos para organizar o guarda-roupa, mas este método já está estabelecido e é inestimável.

— Minha mãe usava esse sistema para as roupas dela — explico. — Ela acreditava que montar um visual na última hora era falta de consideração. Dizia que "estar bem-vestida e bem cuidada é a armadura de uma mulher".

— Armadura — repete ele baixinho, examinando minhas anotações escritas à mão.

— Ela me disse que não faz parte da natureza humana ser gentil com coisas belas; queremos possuí-las ou destruí-las. Ela me criou para ser vigilante e usar camadas de proteção. Roupas são uma delas.

— Tristemente pertinente. Conte-me sobre ela, se não for um incômodo.

Por um momento, fecho os olhos imaginando-a. O corpo longo e ágil. A cortina de espessos cabelos pretos. Os olhos de gata, de inteligência aguda e de um verde luminoso. A boca ampla e muito móvel, pintada num vermelho luxuriante. Nem consigo imaginar como seria a aparência de meu pai, já que só consigo enxergar minha mãe quando olho no espelho. Quando eu era jovem, acreditava que ela sozinha era responsável por ter me criado e não ligava por não ter um pai como as outras crianças. Eu não precisava de um. Eu a tinha.

— Para mim, ela era a mulher mais linda do mundo — murmuro, abrindo os olhos para encarar as mãos e a pedra brilhante que você me deu. Decido que isso é tudo de que preciso no quesito joias. Daquilo que tenho, nada mais combina mesmo.

Queria poder deslumbrar você, meu amor, e enchê-lo do mesmo orgulho que sinto de você. Talvez eu tenha a chance algum dia. Posso apenas torcer para que aconteça.

— Parecia natural para ela ser tão estonteante — prossigo, resignada com minha aparência em vários sentidos —, mas ela trabalhou duro em si mesma. Era autodidata. Considerada brilhante por quem a conhecia, e eles tinham razão.

Ele passa para o cartão seguinte.

— Ela soa tão formidável quanto a filha.

— E era, com certeza. Ela me disse que a beleza abre portas. Que eu teria certo privilégio somente por ser bonita e que deveria fazer uso dele.

Reviro minha aliança com dedos inquietos.

Witte olha para mim.

— Sinto muito por sua perda.

— Obrigada.

O olhar dele avalia meu modelito, desde a blusinha verde-bandeira sem manga com laço na gola e a saia de couro no mesmo tom até os saltos Valentino Rockstud de couro legítimo em nude.

— A senhora estava decidindo sobre os acessórios?

— Estava, mas preciso me dedicar um pouco mais à minha coleção.

Fechando a gaveta forrada de veludo, abandono a sensação de que estou nua sem brincos.

— Se me permite, tenho algo para lhe mostrar.

Witte estende o braço na direção da sala de estar.

Hesito apenas por um momento, relutando em encarar o cenário da mortificação e do fracasso da noite anterior. Contudo, já que não posso explicar isso a Witte, respiro fundo e saio na frente dele.

Assim que passo pela porta, desacelero para que ele possa passar por mim. Ele vai até o aparador mais próximo de meu closet e fica de pé na frente do espelho, pressionando o polegar de leve num pequeno painel de reconhecimento de digitais que me havia passado despercebido até então, embutido na moldura. O espelho desliza para cima em silêncio, revelando, ao mesmo tempo, que as fitas que o mantêm pendurado são uma ilusão e que o espelho esconde um cofre. Mais um identificador de digitais e ele retira de lá bandejas forradas de veludo preto. A superior sobe e, então, inclina-se para baixo, revelando fileiras de brincos incrustados de joias. A gaveta do meio exibe braceletes num arco-íris de cores. A inferior inclina-se para baixo e ostenta colares que vão desde o delicado até peças de chamar a atenção.

Exalo. Milhões de dólares em pedras preciosas cintilam na minha frente.

— Esta é... uma bela coleção.

Minha voz é um suspiro; não posso evitar. A coleção que você reuniu só pode ser chamada de monumental.

— A cada sucesso alcançado pelo sr. Black, ele comprava uma peça de joia para celebrar. — O olhar de Witte revela a profundidade da afeição dele por você. Ele sofre por você. — Foram selecionadas para a senhora.

— Ele teve um número considerável de sucessos.

Pretendia soar desinteressada, mas falhei nisso também. Não me movo; não sou capaz de me mover. Consigo apenas segurar minha garganta dolorida e conter mais lágrimas. Poderia haver prova mais definitiva de seu comprometimento com a memória de Lily?

Não posso competir com sua primeira esposa. Ela será eternamente inalcançável para nós dois.

— *Use as esmeraldas.*

Como já estou vibrando com emoções grandes demais para serem contidas, o som de sua voz me abala violentamente. Eu me viro e vejo você cruzar a sala, caminhando até mim com a mesma elegância predatória, singular, que exibiu quando estávamos banhados pelo luar. Você arrasta seu olhar abrasador lentamente sobre meu corpo, um olhar que é tátil e... possessivo. Eu me sinto tão nua agora como estava naquele instante.

Por dentro, lá no fundo de meu corpo, sinto-me despertar para você. O nervosismo e a esperança fazem minha alma palpitar como as asas de uma mariposa. Você veste calças sociais pretas, camisa cinza e suspensórios e gravata no mesmo tom. Deixou o terno em outro lugar. Os trajes perfeitamente apropriados, o cabelo habilmente domado e o maxilar impecavelmente barbeado só enfatizam a crueza de sua sexualidade.

É uma bela jaula, mas há uma fera lá dentro, perigosa e indomada.

A decoração da sala tem a frieza de um diamante, e a paleta de cores de suas roupas também é fria, mas você traz o fogo consigo. A temperatura da sala aumenta. Eu vi como sua sensualidade dinâmica afeta as pessoas ao seu redor. As mulheres são atraídas à sua órbita, impotentes, arrastadas por essa virilidade pujante. O universo despendeu uma bela quantia de energia para fazê-lo perfeito e, então, garantiu que fosse irresistível para que pudesse propagar esses dons.

Você vem até mim. O reconhecimento físico é imediato e profundo. Meu corpo reage, indefeso, aquecendo-se e suavizando. Não consigo desviar os olhos de seu rosto, adorando a beleza devastadora que você maneja com tanta simplicidade.

— Elas são quase tão bonitas quanto seus olhos.

Você pega um par de gotas retangulares de esmeraldas montadas em ganchos incrustados de diamantes.

O elogio me deixa tonta de alívio. Não ligo se você só disse isso por causa de Witte. Depois de ontem à noite, qualquer sinal de afeto vindo de você é vivificante.

Você apanha um dos brincos espetaculares, coloca meu cabelo para trás da orelha e encaixa o brinco no lugar, fechando-o atrás. Estou ardendo de desejo; a sensação de seus dedos roçando meu maxilar e meu pescoço é tão íntima quanto se sua mão estivesse entre minhas pernas. Você está tão próximo que ocupa todo meu campo de visão. Não existe mais ninguém no mundo. Apenas você.

O processo se repete do outro lado, sua respiração agitando de leve meus fios de cabelo. O seu cheiro me sobe à cabeça. Sinto-me lânguida, inebriada.

É estranha a sensação de pegar emprestadas as joias de outra mulher. O lar de outra mulher. O marido de outra mulher. Estranha, mas estou intimamente familiarizada com tudo isso, com *você*. Suponho que se assemelhe mais a um sonho. Um lugar onde tudo é novo, mas tomo posse depois de hesitar apenas por um instante.

— E o bracelete — você me diz, separando-o do gancho onde está pendurado.

— Ah, por que não?

De alguma forma, consigo fingir a indiferença que não consegui antes.

Você o fecha em meu braço, seu toque espalhando calor por todo meu corpo. Seu polegar afaga a tatuagem de escorpião, protegendo meu punho, e eu estremeço. Observo, sem fôlego, enquanto você levanta minha mão e abaixa a cabeça para pressionar um beijo no aracnídeo tatuado com clareza, sua língua deslizando rapidamente, provocante e maliciosa, por cima do seu símbolo e lembrete eterno.

Sinto aquela língua em todo lugar ao mesmo tempo. Meus mamilos se enrijecem visivelmente, incontidos pela seda macia do sutiã.

— Kane... — Quero que você encaixe meu rosto nas mãos e me beije, me abrace. — Obrigada. Eu amei.

Eu amo você.

Você sustenta meu olhar por um momento demorado. É uma expressão questionadora, penetrante e grave.

— Você dá vida a elas, *Setareh*.

E, então, você me deixa, voltando ao outro lado da sala, atravessando para seu closet e seguindo para o quarto adiante.

CAPÍTULO 26

Amy

Mantenho-me ao lado da porta principal enquanto uma massa de cachos soltos em tom chocolate passam por mim como um turbilhão.

— Uau!

Magra e esbelta, a consultora de estilo de Lily tem um sorriso brilhante e um excesso de energia vertiginosa. Há uma capa protetora de roupas jogada sobre seu ombro, uma bolsa *bucket* Chanel cruzada pelo corpo repousando no lado oposto do quadril, e ela carrega uma sacola de uma loja de departamentos chique.

— Dá para ver que você e Lily são irmãs, totalmente! Vocês duas são lindas.

Lambo café com Baileys de meus lábios.

— Somos *cunhadas* — corrijo, sarcástica.

— É sério? Não são irmãs mesmo? Vocês são tão parecidas!

O que me mata é ter que levar isso como um elogio, já que Lily é o tipo de mulher linda de morrer que não se vê na vida real. Em fotos com filtro no Instagram? Claro. Em capas de revistas e peças publicitárias cheias de Photoshop? Absolutamente. Mas bem na sua cara, de frente com você? Não.

Mas se o rosto dela vai aparecer em todas as propagandas da ECRA+, eu sou um mico de circo.

— Tovah — ela se apresenta, estendendo a mão. — Seu apartamento é lindo!

— Obrigada. — Devolvo a saudação. — Eu me chamo Amy. Quer um cafezinho? Água? Um drinque?

Está cedo para começar a beber, até para mim, mas, quando vi o alerta do Google em minha caixa de entrada, tudo parou: o tempo, minha respiração, meu coração. Não sei por quanto tempo fiquei ali sentada no escuro, fitando a linha de assunto: "Alerta do Google — Vincent Searle". Alguns dias, minha mente apenas desperta no meio da noite, e voltar a cair no sono é impossível. Eu deveria ler um livro em vez de conferir meu e-mail. Um dos festivais de metelança de Suzanne, talvez me entediasse a ponto de me fazer adormecer outra vez.

Quantas malditas pessoas têm o mesmo nome do meu pai? O bastante para foder meu dia com um alerta sobre um tal de Vincent Searle de Daytona que não tem relação nenhuma comigo, mas que tinha algo a dizer sobre o sistema de bibliotecas num jornaleco de merda daquela área. Não é o meu pai e não é um obituário. O que não quer dizer que meu pai não esteja morto, apenas que não há ninguém em sua vida capaz de escrever algo de bom a seu respeito. Meus pais estavam sempre fodendo ou brigando, com raros intervalos de paz e sossego, o que fazia deles uma companhia inadequada para amigos e familiares.

Sempre imaginei que seria minha mãe quem mataria meu pai, fosse amassando o crânio dele com uma panela de ferro fundido, fosse lhe provocando um ataque cardíaco enquanto o levava além de seus limites durante o sexo. Ela poderia se comportar de qualquer um desses jeitos num dia qualquer, dependendo de quanto estivesse maníaca e quanto ele estivesse bêbado. De qualquer forma, espero que eles deixem este mundo com a mesma violência com que viveram.

Eu mereço a porra de um drinque depois de começar meu dia com aquela bosta de alerta.

— Ai, meu Deus, queria poder aceitar um drinque — responde Tovah com uma risada, os olhos escuros brilhando. — Mas tenho outra cliente depois de você, então não posso. E tenho água na bolsa, então estou satisfeita. Comecei a carregar comigo uma daquelas garrafas de alumínio, para tentar beber mais água e ser mais gentil com o planeta. Posso colocar isto aqui ou é melhor irmos para o seu closet?

Ela dobra a capa protetora sobre o antebraço.

— Meu quarto fica por aqui. — Gesticulo para que siga na minha frente para eu poder analisar como ela se sente de verdade sobre a decoração de meu apartamento. — A última porta à direita.

Enquanto a acompanho, beberico meu café e estudo as roupas dela. Calça jeans mais curta, sandália de tiras e salto alto, uma camisa social branca amarrada na frente e um blazer Chanel em cores pastel. A cabeça vai da esquerda para a direita, olhando para os quadros em cada parede, pinturas abstratas simples em tinta dourada sobre tela branca. Eu queria decorar a casa como a cobertura, com a sensualidade sombria e cheia de texturas do gótico boêmio. Darius não quis nem ouvir falar. Ele não permitiu muita coisa no quesito cores. A maior parte de nosso apartamento tem tons branco, creme e dourado. Quando levantei objeções, ele me disse que esse branco todo destaca minha beleza. Como, diabos, poderia argumentar contra isso?

Agora estou condenada a viver numa casa que me lembra Aliyah. Consegui acrescentar um pouco do que queria com tapetes de juta, mantas de pele e almofadas de macramê — desde que seguissem a paleta "sorvete de baunilha" de Darius. É como se ele *tivesse* que ser o oposto de Kane, o máximo possível (enquanto trepa com exatamente o mesmo tipo de mulher). Solto um suspiro frustrado.

Alguns dias, sinto que estou presa numa cela acolchoada.

Quando Tovah entra em meu quarto, sua exclamação baixa de surpresa me enche de satisfação. Aqui eu redecorei recentemente seguindo meu gosto. Um edredom de pele em tom grafite cobre a cama e couro preto com tachinhas prateadas lustrosas estofa a cabeceira. Um tapete preto com estampa botânica jaz no piso, e uma foto de uma pantera sobre um pano de fundo preto sólido está pendurada sobre a cama. É um quarto sensual, ainda que as paredes sejam marrons em vez de cinza, que ainda não defini qual será. Apesar de seu amor pelo branco ofuscante, Darius veio a preferir me comer aqui.

— Que closet! — diz ela, repousando a bolsa protetora na bancada. — É o sonho de toda mulher! E tons neutros são o alicerce de todo guarda-roupa. Você só precisa de alguns pontos de cor e umas peças mais atuais, que trocaremos a cada estação. Não vai ser...

— Eu gosto do estilo de Lily. — Eu a interrompo porque acho que, se não fizer isso, ela não vai ficar quieta nunca. — Como aquele corselete que ela estava usando no dia em que você foi à cobertura. Eu quero aquilo.

A expressão na cara de Aliyah quando Lily entrou na biblioteca? *Impagável*. Precisei de todo meu esforço para não soltar gim pelo nariz. Horas depois que Darius e eu havíamos partido, consegui ver graça na situação toda e ri tanto que minha barriga doeu por dias. Darius disse que eu estava tendo um surto psicótico, porque ria alto demais.

Quase não me importo que todos os homens na sala naquele dia — exceto Witte, com a empáfia de sempre — ficaram de olhos arregalados, como se nunca tivessem visto uma mulher antes em suas vidinhas idiotas. Fico contente que Lily tenha ficado acordada por tempo suficiente para dar um baita susto em Aliyah. Entretanto, o serviço de Lily já acabou, então ela já pode morrer. As duas podem, na verdade, e fechar tudo com chave de ouro.

— Não é incrível? — diz Tovah, com um suspiro quase de veneração. — Ela estava vestindo aquilo quando cheguei, então não posso levar nenhum crédito pelo visual, infelizmente, mas era uma dessas produções que fazem todo mundo parar para admirar. O corselete era vintage. Na verdade, a maioria do guarda-roupa dela é composto de peças vintage de grife que ela recebeu da mãe ou comprou de segunda mão. Inclusive, a mãe dela morreu, não é triste? Lily certamente sabe onde e como comprar. Tem um faro ótimo. Sabe o que lhe cai bem, e seu closet é o sonho de uma fashionista. E ela é tão linda, e alta, e *magra*. Igual uma supermodelo! Tudo fica incrível numa silhueta daquelas. E na sua também! Mas o estilo dela, aquele gótico boêmio, não está muito *na moda* hoje em dia, sabe?

Pressiono os dedos sobre o olho esquerdo, que se contrai num espasmo muscular insano. Puta que o pariu, será que essa mulher sabe como calar a porra da boca? Como é que Lily aguenta? Acho que eu não consigo. E, considerando-se a incompetência de Tovah em vender sua habilidade de replicar o estilo de Lily, acho que não terei que aguentar.

A mulher revira a bolsa.

— Ela comprou apenas algumas das coisas que sugeri. De qualquer maneira, o que está na moda agora é o Rosa Millennial... que a Pantone chama de Rosa Quartzo, mas é a cor do ano... e ficaria superbem com a sua pele.

— Rosa?! — pergunto, incrédula.

Eu toquei em cada maldita peça no closet de Lily, e não havia nem *um traço sequer* de rosa em lugar nenhum.

Ela abre o zíper da bolsa.

— Olha só essa belezinha! E, com os acessórios que eu trouxe, vai ficar sexy na medida.

É um blazer em rosa pálido, pendurado sobre uma camisete cinza-escuro com decote de renda e um *choker* estreito de veludo preto pendurado na alça do cabide.

— Você está *de brincadeira comigo?!* — solto, engasgando, sentindo o calor subir em meu rosto.

Minha mão esquerda se fecha enquanto a direita segura a alça da caneca com tanta força que temo que ela quebre. Tenho vontade de jogar o café quente na cara dela e, então, bater em sua têmpora com a caneca. Estou pagando a essa vaca tagarela para que me transforme em Lily, e ela me traz algo que a esposa de Kane *jamais* vestiria?

De costas para mim, Tovah deixa a bolsa protetora cair no chão, revelando a calça que faz par com o blazer.

— Não é incrível? E *chokers* estão bem *in* agora. Eu também trouxe uma *clutch* e sapatos de salto em veludo preto. Estão na sacola.

Ela vai até um gancho na parede, pendura o cabide ali e dá um passo para trás, admirando.

— A cor é inconfundivelmente feminina, mas o corte do terno é masculino e muito profissional.

Respiro fundo. O tom do rosa *é lindo mesmo*. Ainda assim, digo:

— Não consigo imaginar Lily usando algo assim. *Nunquinha*.

— A cor? Não mesmo. Talvez nem o terno, mas ela não é uma empresária como você. — Ela se vira e olha para mim, os longos cachos balançando em torno de seus ombros estreitos. Ela é tão mignon; faz com que eu me sinta tão alta quanto Lily. — Mas acrescentei alguns toques góticos, como o veludo preto, a seda e a renda. Ainda assim, a principal mensagem que queremos transmitir é que você é uma mulher no comando. Quando perguntei a Lily o que ela fazia, ela disse que a função dela é fazer com que o marido pareça bem. Não que ele precise de ajuda nesse departamento. Eu o vi de passagem e... uau. Homens não costumam vir de fábrica com todos os opcionais daquele jeito com frequência, o que é uma pena. Inclusive, ele é seu irmão?

— Não, é meu cunhado.

Tomo um golinho de café para tirar da boca o gosto ruim de chamar Kane assim. Eu não quero ser parte da *família* dele.

— Aaaah, então você é casada com o irmão dele. Mulher de sorte. Ele tem outro irmão?

Solto uma fungada.

— Tem, sim.

As sobrancelhas dela se erguem, interessadas.

— Casado?

— Não.

— Argh. Pena que eu sou. — Ela sorri. O canto de seus olhos amendoados é voltado para cima, dando-lhe uma aparência de raposa, o que, por acaso, é muito bonito. — Mas, enfim, uma aparência dramática e sexy faz parte da descrição da função dela. Você, por outro lado, tem funcionários e clientes. Quer que eles vejam a linda mulher que é, mas também que a respeitem e compreendam que é capaz, feroz e está no controle.

— Lily era isso tudo, vestida como estava.

— Não, não. Lily era isso tudo *apesar* de estar vestida como estava — corrige ela. — Confiança é o traje mais sexy que qualquer mulher pode vestir. Ela tem isso em abundância. Assim como você. Meu raciocínio é o seguinte... você trabalha com marketing de redes sociais. No seu negócio, o importante é lançar tendências e ser relevante. Lily é vintage. Você precisa do *agora*.

Meus lábios se franzem. Talvez Tovah saiba do que está falando, afinal de contas. Quem imaginaria?

Merda. Se eu tentasse lançar minha empresa hoje, será que fracassaria? Três anos se passaram num intervalo que pareceu de três semanas, e agora *rosa* é a porra da cor do ano, e não faço ideia do que é tendência. Tenho que parar de sentir pena de mim mesma e levar meu traseiro para o escritório, atualizar-me e fazer meus funcionários se lembrarem de para quem trabalham de verdade. Senão, quando Darius retirar a Social Creamery do guarda-chuva da Baharan e entregá-la de bandeja para mim, vou estragar tudo. De jeito nenhum eu vou dar essa satisfação para Aliyah.

Melhor que isso, porém, serão as comparações com Lily quando isso acontecer. Já posso até ver Lily e eu lado a lado numa das festas de Kane, com todos os convidados cochichando escondido sobre nós.

Elas são irmãs?

Concunhadas.

O que a de cabelo comprido faz?

Aquela é Amy. Ela é a dona e diretora criativa da Social Creamery; eles fazem as marcas subirem de patamar.

E a outra, que se veste de Mortícia Addams?

Aquela é Lily. Ela trabalha de joelhos ou deitada, erguendo e esvaziando o pinto de Kane.

Dou uma risadinha. Minha cunhada é uma vadia que não vale nada.

— Experimente — persuade Tovah. — Se você odiar, terei aprendido algo que vai refinar minhas futuras sugestões para você. Mas acho que você vai amar e vai parecer a chefe mais sexy e fodona que já se viu. E vou montar alguns visuais mais góticos para eventos informais e semiformais.

Tomando o resto do café, dou de ombros e me aproximo do terno. Tão rosa. Tão bonito. Tão *diferente* de Lily. Mas vou dar uma chance para ele.

CAPÍTULO 27

Lily

O elevador assovia de leve ao descer do nonagésimo sexto andar. Observo enquanto os números passam em disparada, mas eles não me distraem de notar seu recolhimento para o canto do elevador, o olhar no telefone, lendo seus e-mails. Você se retirou para sua casca bela e sem vida. Já se arrependeu de sua bondade e seu carinho para comigo?

Estou magoada, mas a raiva sobe como a maré. Está fazendo joguinhos mentais comigo? É difícil acreditar que o marido que acumulou um tesouro romântico para sua amada esposa e o homem que não compartilha uma refeição comigo são a mesma pessoa. Pelo visto, você não suporta nem ficar ao meu lado num elevador.

Há uma aliança de platina em seu dedo e lírios gravados em suas abotoaduras e no prendedor da gravata. Você quer que o mundo saiba, sem sombra de dúvidas, que é comprometido, mas não conectou ainda esse comprometimento a mim. Estou começando a acreditar que nunca o fará. Pior, estou começando a aceitar esse fato.

Quando as portas do elevador se abrem na garagem subterrânea, a Range Rover está esperando sob os cuidados de um manobrista uniformizado. Ele abre a porta de trás para mim, mas você intervém, oferecendo a mão para me ajudar a embarcar. Não é necessário; um degrau se estendeu do chassi quando a porta se abriu. Você está apenas atuando em outra cena, e faço meu papel, abrindo um sorriso agradecido para você e, em seguida, para o manobrista. O manobrista responde com um sorriso daquele jeito cautelosamente polido que se usa com as companhias adoráveis dos homens poderosos. Pelos esforços dele, você lhe dá um olhar frio, que o faz dar a volta no capô rapidamente para falar com Witte.

Você contorna a parte traseira e desliza ao meu lado. O meio do assento traseiro tem porta-copos abaixados, de modo que estamos separados. Não importa. Nossa proximidade basta para aumentar a tensão no ar. Ela estala entre nós, como a descarga de raios invisíveis que confundem todos os meus sentidos.

Deixamos a garagem e adentramos o trânsito. Você volta a olhar para seu telefone, digitando habilmente com os dois polegares. Olho pela janela, absorvendo a cidade. As ruas estão congestionadas como sempre, embora esse horário matutino possa ser especialmente desafiador. Táxis e carros de aluguel dominam, brincando de pega-pega com ônibus estampados com propagandas de séries de televisão e itens de vestuário. Pedestres vão desde os praticantes de corrida até empresários em ternos. Cones na calçada alertam para portas de porões abertas, enquanto um homem de avental carrega caixotes tirados da parte traseira de um caminhão de entregas escadas abaixo.

Há música lá fora. Risadas. Refeições partilhadas com pessoas queridas. Histórias passando de amigo em amigo. Apaixonados se relacionando. Nova York está desabrochando; um milhão de memórias sendo criadas a cada milissegundo. Entretanto, estou distanciada disso tudo. Não faz muito tempo, sonhava em nunca mais deixar a cobertura, em ficar isolada com você lá para sempre. Agora, acho que não consigo aguentar muito tempo mais.

Suspiro pesadamente e desvio o olhar da energia da cidade. Há revistas no bolso de tecido na parte traseira do banco. Deslizo o dedo entre elas, encontrando ali *Forbes*, *Robb Report*, *duPont Registry* e *People*. Esta última destoa tanto das outras que a pego, e noto que é a edição do "Homem mais Sexy do Ano". Dwayne Johnson dá o ar da graça na capa, vestindo uma camiseta branca e calça jeans. Ele é lindo, mas discordo da escolha da revista. O homem mais sexy está sentado ao meu lado e não quer nada comigo.

Enquanto folheio a revista, reparo nos anúncios de casamento de casais que já tinham sido casados com outras pessoas antes, anúncios de séries de televisão das quais nunca ouvi falar e sequências de filmes de franquias desconhecidas. Estou tão concentrada no quanto estive afastada da vida que sua foto nas páginas me pega de surpresa. Você está sentado numa mesa de reuniões num de seus ternos excepcionais. A foto é um close de seu rosto. Seus olhos ardem e sua boca sensual está relaxada, mas sem sorrir.

Fecho a revista de súbito e a enfio de volta no bolso do banco. Em seguida, recosto a cabeça para trás e fecho os olhos.

— Você sempre fica enjoada quando tenta ler no carro — você comenta, distraído.

É a primeira vez que liga o passado ao presente. Esmago a esperança ridícula que floresce dentro de mim. É impossível manter ambas as coisas: remoto e íntimo ao mesmo tempo. Terá que fazer uma escolha.

— Não dormi bem e estou cansada — respondo. — Uma atividade física intensa seria muito útil. Algo que me fizesse suar e me deixasse exausta.

De olhos fechados, ouço-o respirar fundo, rapidamente. Porém o tom de sua voz é tranquilo quando volta a falar.

— Os médicos dizem que você deve descansar.

— Isso é tudo o que tenho feito, já faz semanas. Acho que descansei o suficiente.

— Você estava em coma, não tirando uma soneca — diz, entredentes. Faz-se uma pausa enquanto você controla seu temperamento difícil, e sua voz sai enganosamente agradável quando você retoma o assunto. — E devo lembrá-la que temos uma academia em casa.

— Mas não é a mesma coisa, não é?

Seu silêncio dá calafrios.

— E você? — cutuco, abrindo os olhos e rolando a cabeça no encosto do banco para olhá-lo. — Dormiu feito um bebê?

Seu olhar está fixo na tela do celular.

— Como é que bebês dormem?

— Não sei. Que tal fazermos um e descobrir?

Um músculo se contrai em seu maxilar.

— Eu dormi bem.

Minha boca se curva.

— Mentiroso.

— Guarde suas garras, *Setareh*. — Você está contido, com um traço quase imperceptível de raiva na voz. Esse nível de controle me excita, instigando-me tanto quanto sua fúria incendiária.

No silêncio que se segue, ouço o som abafado de Janis Joplin pedindo que seu amante leve outro pedaço de seu coração. Eu abaixo a mão e aumento o volume com o controle instalado no banco traseiro.

Durante o resto do caminho, considero minhas opções. Tempo é um luxo de que não disponho. Eu consegui um pouquinho, mas meu estoque limitado está se esgotando.

Estou tão concentrada em meu turbilhão interno que mal presto atenção à chegada ao hospital ou ao caminho feito até a sala de reuniões.

— É bom vê-la tão bem, Lily — diz a dra. Hamid, com um sorriso afetuoso.

Ela se senta numa cadeira de escritório na mesa de conferência preta com pernas cromadas. Eu a imito do outro lado. Você nem se senta, tendo recusado a oferta educada da dra. Hamid com um breve balançar da cabeça.

Em vez disso, anda de um lado para o outro com a passada metódica de um predador calculista. Parece ainda mais alto ao assomar sobre nós, e sua inquietude deixa a sala carregada.

Tem medo de médicos, amor? De hospitais? O cheiro de doença e decomposição faz seu estômago revirar? A picada de uma agulha afundando na maciez da carne gela seu sangue?

Isso é algo que não sei a seu respeito, um dos fios infinitos, incalculáveis, que formam quem você é em seu cerne. São esses filamentos, de fobias a fervores, que formam a tapeçaria de um indivíduo.

Passei a aceitar que pedir reciprocidade para meu amor é injusto. Você não ama nem a si mesmo. Eu não amo nem a mim mesma.

Mas que belo par nós somos, destroçados por natureza, mas amarrados um ao outro pelo desejo e pela morte.

— Peço desculpas pelo atraso — diz o dr. Goldstein, entrando na sala com um ar tranquilo que desmente o pedido de desculpas. Ele é o psicólogo que tem me testado e examinado. Puxa uma cadeira próxima à da dra. Hamid, deixando uma vazia entre ambos.

Com um princípio de calvície, barba avermelhada e desalinhada mantida num tamanho que aparenta estar três dias sem se barbear, ele não tem muitas características notáveis. Seu terno xadrez verde-oliva é grande demais e completamente diferente do visual da dra. Hamid; o *shalwar kameez* vermelho que usa por baixo do jaleco branco é vibrante. Ela foi responsável por curar meu corpo, enquanto o dr. Goldstein cavouca minha mente.

Eu não gosto nem um pouco dele. Tem mais anos de formação do que eu, mas é inteligente só nesse sentido, no máximo. Ele me observa como um inseto que quer colocar sob um microscópio, mas não consegue vasculhar meu cérebro. Não tem a força ou a habilidade para enfrentar meus demônios.

— Obrigada por se juntar a nós, dr. Goldstein — diz a dra. Hamid, seu sorriso gentil como sempre, mas respeito o brilho de censura em seu olhar. Por baixo de seu comportamento atencioso e sua feminilidade colorida, está uma médica que leva seu trabalho muito a sério e não espera nada menos dos outros.

Por mais agitado que estivesse antes, você se aquieta de súbito, ficando parado atrás de mim e segurando o encosto da cadeira com as mãos.

A dra. Hamid começa, falando diretamente comigo.

— As múltiplas ressonâncias que fizemos renderam imagens que foram analisadas por diversos especialistas em neurologia, que chegaram à mesma conclusão: seu cérebro está totalmente isento de lesões.

— Fisicamente — interpõe o dr. Goldstein.

— Sim, claro — concorda a dra. Hamid, impaciente. — Estamos discutindo o cérebro, não a mente. Além disso, os relatórios do fisioterapeuta foram extremamente elogiosos. Para uma mulher com a sua aparência delicada, ele diz que a força da senhora surpreende, mesmo após três semanas de imobilidade. De modo geral, a senhora é uma mulher com uma saúde de ferro.

— Fisicamente — o dr. Goldstein delimita outra vez.

De modo abrupto, você puxa a cadeira ao meu lado e afunda nela com uma fisicalidade elegante. É muito sexy o poder que exerce sobre si mesmo.

É só quando ouço você expirar trêmulo e vejo seu corpo derreter no assento desconfortável, pequeno demais para sua estrutura grande, que, por fim, compreendo: não foram os seus arredores que o deixaram tão ansioso. Você pega minha mão e a segura com força.

— Ah. Você estava preocupado — presume a dra. Hamid, com o olhar compassivo. — Desculpe, pensei que tinha sido clara quanto ao prognóstico, que é muito bom. Estávamos apenas sendo cautelosos, talvez excessivamente.

Seu peito sobe e desce, as narinas inflando a cada respiração profunda. Todos esperamos que diga alguma coisa, e, então, percebo que você não consegue.

Dou um grande sorriso para preencher esse vazio.

— Só boas notícias!

Seus dedos se flexionam nos meus.

— Ela tem alguma restrição para atividades físicas?

Lembrando do seu comentário sobre a academia de casa e ao que ele se referia, meu sorriso se esvai e tento libertar minha mão. A sua se aperta ao ponto de eu ter que fazer uma cena se não quiser desistir de me soltar.

A dra. Hamid chacoalha a cabeça.

— Não há restrição de atividades.

— Só para esclarecer — você insiste —, estou liberado para fazer amor com minha esposa sem preocupações?

Minha postura se retesa. Foi isso o que o conteve? Será que pode ser simples assim?

Não. Isso não explica por que me evitou tão completamente.

O sorriso dela é bondoso.

— Eu diria que retomar a intimidade sexual depois de uma separação tão longa e dolorosa só pode fazer bem a vocês dois.

— A disfunção sexual é uma das várias complicações que podem surgir da amnésia dissociativa. — Dr. Goldstein batuca com os dedos na mesa. Ele está com as pernas cruzadas, a cadeira inclinada para trás. — Não tenho como destacar quanto é vital que a senhora comece a terapia de imediato. A senhora tem resistido. Entendo que a autoanálise guiada pode ser especialmente difícil para estudantes de Psicologia, que talvez acreditem ser capazes de analisar e diagnosticar a si mesmos sem ajuda. Entretanto, transtornos como os seus são raros e indicam traumas emocionais graves.

Os dedos de minha mão livre se fecham.

— Estou ciente disso.

— Eu não — você interfere. — Pode me explicar com o que está preocupado?

— A mente não é como uma fita vhs que pode ser apagada e regravada por cima. O senhor sabe o que é uma fita vhs, sr. Black?

— Sei, claro — você diz, irônico. — Nasci em 1983.

— Ah, agora eu me sinto um velho — diz ele, com um sorriso genuíno. — A mente de sua esposa compartimentalizou o trauma, não o apagou. O subconsciente sabe muito bem o que ela sofreu e reagirá de maneira intensa quando acionado. Não fazemos ideia de quais podem ser os gatilhos que vão disparar uma resposta. Uma tempestade. A visão de um barco. Algo tão simples quanto uma música que talvez estivesse ouvindo. Será algo que o subconsciente dela associa com o trauma.

O foco do dr. Goldstein está em você, mas a dra. Hamid me observa.

— A amnésia generalizada é diagnosticada com mais frequência em veteranos de guerra e sobreviventes de violências sexuais — continua ele —, e podemos prever certos gatilhos nessas situações. Nas suas circunstâncias, não sabemos se o estresse extremo da luta pela sobrevivência precipitou a perda da memória ou se foi algo totalmente diferente. Talvez ela tenha sido traumatizada após voltar à praia ou durante o resgate, quando estava mais vulnerável. Nós simplesmente não sabemos o que aconteceu, mas sabemos que foi uma experiência muito além do que a mente dela podia aceitar.

Você aperta minha mão até a borda da aliança parecer uma lâmina. Seus olhos escuros refletem os horrores de sua imaginação. Não quero que você se atormente, mas talvez seja isso o que venha fazendo desde que me encontrou. Talvez esta conversa esteja apenas reforçando seus piores medos.

A voz do dr. Goldstein fica mais alta conforme ele prossegue, os olhos brilhando com uma curiosidade ávida. Algo raro lhe apareceu por acaso e ele está sôfrego para estudá-lo até a exaustão.

— Os últimos seis anos de sua vida podem ser chamados de uma fuga dissociativa — diz. — Essencialmente, seu trauma foi tão grande que a mente reiniciou por completo. Voltar à vida que ela levava antes não foi visto como uma opção viável.

Você pigarreia.

— Ela não pareceu desconfortável em nossa casa, nem comigo.

— A aparente indiferença de sua esposa a uma experiência tão extrema é uma reação muito documentada. — A desconsideração dele é casual; ele está firme em seu diagnóstico. — É uma reação tão normal quanto a aflição ou a confusão. Mesmo sem saber a fonte do trauma, podemos presumir algumas reações aproximadas. Ela pode ter pesadelos e/ou rememorar episódios. Pode desenvolver transtornos alimentares ou do sono. Pode exibir comportamento autodestrutivo. Depressão e ideação suicida são riscos muito reais, em especial se ela não fizer o trauma ressurgir na segurança de um ambiente clínico.

— Nada disso tem sido um problema até agora — argumento.

O dr. Goldstein se apruma de modo abrupto e se debruça sobre a mesa.

— Você teve a sensação de estar deslocada de si mesma ou de suas emoções? Sua percepção dos arredores ou das pessoas em seu entorno pareceu irreal ou distorcida? Sente que algo em sua identidade não se encaixa direito, como se estivesse torta ou borrada?

Meu sangue gela. O medo me atinge feito um rochedo.

— Estou seis anos atrasada, doutor — digo, com toda a calma possível. Deus me livre de demonstrar muita emoção e ser chamada de histérica. — O mundo mudou em muitos sentidos. Sinto-me como uma viajante do tempo, mas me arriscaria a dizer que isso não é inesperado nem desarrazoado.

— Como é que se trata algo assim? — você indaga.

— Tentaremos recuperar as memórias dela por meio da hipnose. Medicamentos também podem facilitar o processo. Então trabalharemos juntos para destrinchar o trauma e lidar com ele.

Rio em silêncio. O tratamento da saúde mental ainda é medieval em vários sentidos. Isso sem dizer o modo como ele se dirige a você, como se eu não estivesse aqui ou fosse incapaz de entender o conselho dele. Joseph Goldstein não vai revirar meu cérebro para edificar a si mesmo.

Você me olha de relance e eu viro minha cabeça em sua direção. Permito que leia o que estou pensando pela vidraça de meus olhos. Seu aperto cerrado se afrouxa um pouco, e, então, você comprime rapidamente minha mão enquanto o sangue retorna aos meus dedos numa onda de formigamento.

— Obrigado pela explicação, doutor — você diz. — E obrigado por seu cuidado excepcional com minha esposa, dra. Hamid. Estou em dívida com a senhora.

— Isso mesmo — concordo. — Muito, muito obrigada mesmo.

Ela sorri.

— Muito de vez em quando, presenciamos milagres. Que você não tenha sofrido nenhuma fratura nem lesões internas certamente é um deles. Foi um prazer fazer tudo que eu podia, Lily, e vê-la tão bem.

— Para quando gostariam de marcar uma consulta? — pressiona o dr. Goldstein. — Posso abrir um horário esta tarde. Nós realmente não deveríamos perder tempo.

Você se levanta com uma graça tranquila e, então, oferece a mão para me auxiliar. Preciso dessa ajuda. Minhas pernas estão bambas, os pensamentos confusos. Nada do que foi dito aqui foi uma surpresa. Eu estava evitando as consequências e não posso mais fazê-lo.

— Nós vamos sair da cidade por um tempo — você explica. — Ligaremos para seu consultório quando voltarmos.

Goldstein franze os lábios.

— Repito que não recomendaria que você e sua esposa tentem superar isso sem o apoio da terapia. Indivíduos com a condição de sua esposa têm uma dificuldade tremenda em manter relacionamentos. Retomar a relação sexual pode impedir a reconexão emocional no casamento de vocês em vez de fortalecê-la.

— Devidamente anotado.

Você torna a agradecer aos médicos, aperta as mãos deles e me conduz para fora da sala de reuniões.

Não diz nada enquanto esperamos pelo elevador, embora estejamos sozinhos, mas me mantém firmemente encaixada na lateral de seu corpo enquanto digita uma rápida mensagem de texto em seu telefone com uma das mãos. Assim que entramos no elevador e estamos descendo, você se posta atrás de mim e me envolve em seus braços.

— Ele é agressivo — murmura — e deixou você desconfortável. Sinto muito por ter sido ele que administrou a bateria de testes a que você foi submetida. Você deveria ter falado alguma coisa.

Eu me reteso, e minha respiração se torna superficial. Comparada ao distanciamento de quando deixamos a cobertura, a proximidade de agora me deixa tonta.

— Não é um assunto que desejo tratar com Witte.

O seu calor derrete o gelo em meu interior. Seu odor ricamente masculino me envelopa, protegendo-me dos cheiros hostis de desinfetante potente e doença embrulhada em temor.

Seu peito se expande contra minhas costas enquanto você me abraça mais à vontade.

— Eu lidei muito mal com tudo, não foi? Fui cauteloso demais.

— É um jeito de descrever — respondo.

Tento me soltar de seu abraço, mas você não me permite.

— Não podia arriscar a pressioná-la demais, rápido demais, em especial quando todos os médicos estavam me alertando para limitar o seu estresse. Nada do que sinto por você é delicado.

— Ou talvez você não sinta nada.

— *Setareh*. — Você pressiona os lábios ardentemente em minha têmpora, agarrando-me com paixão. — Eu a quero demais. Sempre quis. Desculpe.

Não saber se você está sendo honesto é uma tortura insidiosa.

— Você não precisava mentir sobre sairmos da cidade. Eu *queria* dizer que ele não tinha nenhuma chance de conseguir acesso a minha mente, fosse com medicação, hipnotismo ou qualquer outra coisa. Ele quer publicar um estudo de caso e fazer palestras sobre ele. Não vou deixar que alguém colha minhas memórias para ganho pessoal.

— Eu não menti para ele. E concordo, ele é um cuzão presunçoso. — Um sorriso invade sua voz. — Embora a arrogância dele tenha funcionado a nosso favor quando os investigadores o interrogaram. Ele vai defender a validade de seu diagnóstico até a morte.

Mordo o lábio inferior. Será que o dr. Goldstein foi a melhor escolha para mim ou a mais vantajosa, nas atuais circunstâncias? É impossível saber a verdade, ainda que eu pergunte e você ouse responder.

— A explicação dele estava correta? — você pergunta.

Não pergunto a qual parte você se refere, porque tudo foi preciso e porque, agora, estou dominada pela curiosidade. E pela esperança. Aonde estamos indo? Quanto tempo é *por um tempo*?

— Estava.

— Estaria disposta a se consultar com outra pessoa? — Seu tom de voz grave e controlado me acalma. Você já me mesmerizou com essa voz de tenor antes. — Vou precisar que tente.

— Por quê? Vamos tentar salvar nosso casamento? Ou espera que um pouquinho de psicanálise vá me fazer esquecer você e desaparecer outra vez? Afinal, você não deu nenhum sinal de que me quer por perto.

O silêncio que cai é causticante.

— Você perdeu *anos* — você sibila em meu ouvido. — Não quer saber o que aconteceu durante esse período?

O elevador para de modo suave e se abre no térreo. Você pega minha mão e caminhamos até a saída. Você modera o tamanho de suas passadas para atravessarmos o saguão em sintonia. Cabeças se viram e olhares nos seguem. Como poderiam evitar? Você é tão alto e devastadoramente lindo, e meus saltos me deixam com um pouco mais de um metro e oitenta de altura.

Você exala confiança e o calor do fogo que o alimenta. De muitas formas e por muitos motivos, é uma alegria torturante caminhar ao seu lado.

Você me puxa de lado quando saímos do hospital, para uma alcova isolada do tráfego de pedestres que flui pelas portas deslizantes automáticas.

— Eu fiz uma pergunta para você, *Setareh*. Responda.

— O que importa do que eu me lembro? Parece não haver muito o que salvar em nosso casamento. O que você quer de mim, além de servir como modelo para sua coleção de joias? — Seu maxilar escultural se retesa. Desanimada e amarga, continuo. — Você não quer minha companhia. Não quer trepar comigo. Não quer nem dividir um quarto comigo. Está planejando comer outras mulheres? Como você conseguiu fazer isso, aliás, sob o olhar daquela foto minha gigantesca? Ou era esse o ponto? Você gosta que eu observe? Isso não as assusta? Acho que não. Você é tão lindo, sexy e *rico* que elas provavelmente deixariam que trepasse com elas na Times Square.

Faz-se um momento de silêncio furioso, e então:

— Já acabou?

— Terei a mesma liberdade sexual?

Agora o fogo atinge seus olhos. Ainda assim, você se segura e contém a língua.

O fato de que não consigo irritá-lo nem falando sobre dormir com outros homens me diz tudo o que preciso saber. Exceto uma coisa...

— Por que você simplesmente não pede o divórcio? Pode ficar com a porra do dinheiro, a Baharan, tudo. Tudo o que eu quero é paz.

Eu tento me desvencilhar de você, mas em seguida ofego, surpresa pela força com que você me puxa e me põe de volta entre você e a parede da alcova, como se eu fosse uma criança recalcitrante que precisa ser disciplinada. Então você me puxa num abraço apertado. Seu corpo grande e poderoso irradia ferocidade e violência. E eu me dou conta, com deleite aturdido, de que você ostenta uma ereção inconfundível — e impressionante.

Seus lábios, tão firmes e sensuais, não encostam em minha testa por um triz quando você fala num sussurro baixo e veemente.

— Isso é mesmo *tudo* que quer?

Uma demanda quente, sexual, emana de você. Assim como uma energia ansiosa e inquieta.

Ocorre-me que minha resposta é profundamente importante para você, que esperar por ela o deixou tenso. Como se fosse possível que eu não o desejasse mais do que o ar que respiro.

— Eu não sei o que é paz, Kane, para nem sequer ter a esperança de querer isso. *Você é tudo de que preciso. Sempre foi.*

— *Setareh*. — Você me aperta junto a si e pressiona os lábios em minha testa. É um gesto tão simples, e, no entanto, sinto o alívio drenar a tensão de seu corpo. — Era disso que eu precisava: que você me dissesse que ainda me quer.

— Você parecia tão zangado comigo...

Recuando, cerra os dentes antes de emitir sua resposta.

— Você tomou uma decisão que me afastou de você por *seis anos!* Tem razão, estou, sim, fulo da vida.

O gelo em seu sangue por fim se derrete. As marcas de seus dedos vão permanecer por dias, mas não ligo. Eu relaxo em suas mãos e, em troca, elas também relaxam.

Sua voz também se suaviza.

— Eu dormi mal pra cacete, exatamente como todas as outras noites que passei sem você. Se você quiser um bebê, a gente engravida. Se não quiser fazer a terapia, não vamos fazer. Temos quartos separados porque eu não conseguia abrir mão das suas coisas, mas não conseguia funcionar direito vendo, cheirando e tocando tudo aquilo todo dia. — Encaixando as mãos em meu rosto, você repousa sua testa contra a minha. — Nós juramos abandonar todos os outros e abandonaremos. *Você* vai abandonar. *Eu, definitivamente, vou.* Nunca houve outra mulher em meu quarto. E divórcio não é uma opção, nem agora, nem nunca. Esqueci alguma coisa?

Seu polegar agora afaga meu braço, para lá e para cá, acalmando-me e estimulando-me ao mesmo tempo. É uma carícia involuntária, um movimento instintivo.

— E se for melhor não saber o que fiz nos últimos seis anos? — pergunto. — E se eu fiz coisas terríveis?

— Eu não ligo. Isso não muda nada.

— E se eu fui uma prostituta? — Sinto uma fisgada profunda ao vê-lo se encolher. — E se eu vendia armas ilegais ou drogas? Se roubei? Matei? Quem diabos vai saber?

— Quem diabos vai ligar — você devolve, num lampejo renovado de mau gênio. — Já disse, para mim não importa. Você era outra pessoa. Você era Ivy York.

— Mas Ivy York está em mim. Ela não é uma abstração. Ela existiu. Existe. Se eu tiver que ser perfeita para você ser capaz de me amar, o que temos já terminou. — Desvio o olhar e vejo a Range Rover encostar no meio-fio. — É isso o que você quer? Terminar tudo e ficar livre?

— Você não tem que ser perfeita, e eu não quero ficar livre. — Você pega meu queixo para trazer meu olhar de volta ao seu. — Que você pense que eu não a quero, mesmo que apenas por um momento, prova que estraguei tudo, de verdade.

Segurando minha mão, você abre caminho para nós até o carro.

Witte espera com a porta aberta, o olhar atento, vasculhando a rua de cima a baixo com uma vigilância de perito. O corte de seu casaco é tão preciso que apenas um olhar treinado notaria a arma de fogo no coldre axilar.

O céu é de um azul intenso. O sol que se move por ele é refletido de maneira ofuscante nos quilômetros de paredes verticais de vidro envolvendo torres com esqueleto de ferro. O dia está lindo, perfeito demais para permanecer assim por muito tempo.

Meu coração palpita; minha respiração está rápida e superficial. Você foi *você* por um momento. Vi você. Ouvi você. Senti você me tocar.

Não é sexo que eu quero, embora *não* esteja desinteressada. É da sua ternura que preciso. Sua afeição. Farei qualquer coisa para trazê-lo de volta para mim. Até isto.

— Se encontrarmos alguém em quem possa confiar, eu vou — negocio, incapaz de lutar contra a esperança de ter mais. Pode não restar nada que possa me dar além de sua luxúria e os adornos de seu sucesso. O luto é um martelo, despedaçando o ego para reconstruir alguém. Ninguém permanece igual depois que o luto o transformou. Será que Lily segura seu coração com tanta força que ele jamais poderá pertencer a mim? Talvez eu seja sempre uma fonte de dor, e ela a fonte de alegria rememorada.

Posso viver tendo tudo, exceto o seu amor? Terei escolha? Fico dispersa sem você.

Você me encara quando chegamos ao carro.

— Obrigado.

— Gostaria de voltar à cobertura antes? — Witte pergunta a você.

— Não é necessário. Teremos tudo de que precisamos quando chegarmos.

Quero perguntar o que você tem em mente, aonde estamos indo, mas você me dirá se quiser que eu saiba. Ocorre-me a ideia de centro de reabilitação residencial, mas eu me recuso a cogitar isso. Você não poderia fazer isso comigo. Não o faria. Ou faria?

Você me observa com um leve sorriso enquanto deslizo pelo banco traseiro.

— Antes de irmos… gostaria de ver a sede da Baharan?

Se aprendi algo na vida foi a aproveitar os breves vislumbres de felicidade quando eles aparecem.

— Eu adoraria ver o que você construiu.

— O que *nós* construímos — você corrige, as janelas escurecidas atenuando a luz do sol quando você fecha a porta.

CAPÍTULO 28

Amy

Ao me aproximar da entrada do Edifício Crossfire, verifico meu reflexo no vidro safira espelhado e sorrio. Estou prestes a passar pelas portas giratórias com moldura de cobre e assumir o comando de minha empresa e minha vida.

Estou cantarolando "Into You", de Ariana Grande. Já é um dos melhores dias da minha vida. Acordei de cara para o colchão, com o pau de Darius arremetendo dentro de mim. Dois orgasmos depois, ele estava de volta ao quarto dele, tomando banho, e eu bebericava minha primeira xícara de café. Em seguida, Tovah passou por lá. Agora, está na hora de começar a fazer os movimentos que Darius discutiu comigo. Preciso fazer a minha parte e apoiá-lo. E fazer com que sua assistente seja demitida.

Meus saltos agulha estalam num ritmo dominante pelo piso de mármore com veios dourados. Recebo vários olhares. Meu queixo se empina. Por que não venho trabalhar com mais frequência? Sinto-me uma deusa. A rainha da cocada preta. Todos os zés-ninguém perambulando pelo saguão não fazem ideia de como é, de fato, fazer diferença no mundo, já que a Social Creamery é o motivo pelo qual a Baharan é a empresa rentável que é hoje, ajudando pessoas gordas a emagrecer e velhos a ficar de pau duro.

Por meu intermédio, a Social Creamery fabricou uma imagem pública acessível, progressista e atenciosa para a Baharan que nenhuma outra empresa farmacêutica tinha. As grandes do ramo tendem a usar o marketing para falar das pesquisas desenvolvidas, promovendo a ideia de que estão trabalhando duro para encontrar curas. As pessoas não querem ouvir sobre o que *talvez* venha a entrar no mercado daqui a alguns anos. Elas querem ajuda hoje e querem acreditar que alguém lhes dá a mínima.

Apesar de ser um acréscimo relativamente recente ao horizonte de Manhattan, o espigão safira que é o Crossfire já se tornou um marco queridinho de filmes e séries de televisão que são rodadas na cidade. Construir a sede de sua empresa aqui tem um significado, e é a única coisa pela qual posso, ainda que a contragosto, ser grata a Aliyah.

Aceno para os guardas vestidos de preto ao passar pela mesa da segurança. Um deles se levanta com o cenho levemente franzido, como se não me reconhecesse.

Bem, eu também não reconheço esse idiota. É *obrigação* dele saber quem sou. Eu não lhe devo nem um momento sequer do meu dia. Dia este que, por sinal, se aproxima do horário de almoço, o que explica a quantidade de gente no saguão.

Passando meu crachá pelas catracas, desfilo na direção dos elevadores. Aperto o botão para o décimo andar, batendo o pé enquanto espero. As portas do elevador à minha esquerda se abrem, e — ora, vejam só — Gideon e Eva Cross desembarcam, a mão dele na lombar dela enquanto os dois deixam o elevador, agora vazio. Um dos vários benefícios de ser proprietário do edifício é fazer com que os elevadores viajem do térreo até o último andar sem parar para reles mortais.

Movimento os ombros para incorporar meu disfarce de Lily e abro um sorriso para ambos.

— Oi! Indo almoçar?

— Amy — diz Gideon, como cumprimento.

Como sempre, ele se posta logo atrás da esposa, de forma a pairar por cima do ombro dela. Algo fácil de fazer, porque ele é muito mais alto do que ela. Eles são sempre uma frente unida, uma unidade em vez de duas pessoas distintas. Caso clássico de codependência, na minha opinião.

Os lábios brilhantes de Eva, num tom nude, curvam-se num sorriso de gato que pegou o passarinho porque ela trepa com esse homem magnífico em toda oportunidade que aparece. Vadia sortuda.

— Sim, estamos morrendo de fome. Antes que eu me esqueça, você está fabulosa! Adorei seu terninho.

— Obrigada.

Eu me exibo um pouquinho porque realmente estou maravilhosa. Ela está lindíssima, como sempre. Hoje, ela veste um vestido chemisier Versace em branco, preto e dourado cinturado e o inconfundível logo da Medusa. Ele veste um terno preto de três peças, camisa branca e gravata branca com listras douradas. Eles sempre combinam assim. É um nojo. O Senhor e Senhora de Nova York com seu nome de casal de dar engulho, GidEva, e seu cachorrinho fofo.

Há uma horda de paparazzi na frente do prédio, só esperando os dois aparecerem. Quando eu passar pela mesa da recepção da Baharan, daqui a alguns minutos, as fotos mais recentes do sr. e da sra. Cross estarão em todo lugar. Gurus do estilo vão se derramar pelo vestido e pelos acessórios de Eva. Youtubers vão replicar seu rabo de cavalo alto e comprido, ainda que não consigam captar exatamente o tom perfeito de loiro. A grife dos brincos dela, argolas douradas com mais de sete centímetros de diâmetro, vai me bombardear com propagandas nas redes sociais usando a imagem dela. Até onde sei, a Social Creamery pode ser a responsável pela conta da joalheria.

Gideon, cujos ternos são feitos sob medida e caros demais para noventa e nove por cento da população mundial, não é tão fácil de monetizar, mas eles o veneram mesmo assim. Os fios pretos formam uma cabeleira lustrosa que roça seu colarinho, um corte sexy feito um orgasmo explosivo e que ficaria ridículo em qualquer homem, exceto Hugh Jackman ou Keith Urban, que já exibiram um comprimento similar. Os olhos dele têm a cor mais incrível, um azul cerúleo mais chocante do que o azul pálido dos Armand, e o único momento em que convidam terceiros a olhar pela janela de sua brilhante mente de empresário é quando ele olha para sua esposa.

Acho impossível pra caralho imaginar que a vida inteira deles não seja totalmente falsa. Ninguém nasce com os peitos e a bunda que ela exibe. Ninguém está absolutamente perfeito para uma foto toda maldita vez que sai para passear com o cachorro, até no sofrimento que é Nova York durante uma tempestade invernal. Nenhum casal normal mora em casas tão luxuosas que aparecem em revistas de arquitetura nem sai de férias em iates monumentais com nomes como *Angel* e *Ace*. E nenhum casal casado mantém contato físico constante como eles. Talvez no período de lua de mel, mas eles já estão casados há quatro anos. O encanto já deveria ter se desgastado.

Mas, enfim. Dou um passo em direção às portas abertas do elevador à minha frente e olho para as costas deles enquanto se afastam. A mão de Gideon desceu para a curva do quadril de Eva, que balança conforme ela anda.

Ele deve ter um pau do tamanho do meu mindinho e as próteses nos seios dela provavelmente fazem um barulho de colchão de água quando ele mete a bananinha nela.

Sorrio, imaginando a cena.

É, já me sinto bem melhor.

Sinto-me ainda melhor quando saio do elevador para o vestíbulo da recepção da Baharan. Quatro elevadores chegam a este andar, um ao lado do que peguei e outros dois na extremidade oposta do andar. À minha direita, uma vidraça sólida permite avistar a cidade, com suas torres e seus arranha-céus, o vapor subindo e as fileiras de táxis amarelos. À esquerda, fica a mesa da recepção, uma estação de aço inoxidável com curvas modernas e espaço para três recepcionistas, que estão todas no telefone. O logo da Baharan pende do teto de pilares de aparência delicada escrito numa fonte caligráfica feminina e fluida, sendo apenas a palavra "farmacêutica" escrita de maneira direta em letras de imprensa.

Parando, absorvo tudo isso. Uma divisória de vidro jateado atrás da recepção oferece um pouco de privacidade para os vários cubículos que se estendem. O andar todo é nosso, mas, um dia, Darius e eu seremos donos de um prédio ainda melhor que o Crossfire. Empresas disputarão para sediar suas companhias lá. Filmes e séries televisivas usarão filmagens dele para estabelecer o cenário de Los Angeles. Ninguém mais vai se importar com GidEva.

Como vão nos chamar? DarAmy? AmDar? Eu rio e os recepcionistas — duas mulheres e um homem —, olham para mim. Apenas sorrio de volta. Eles trabalham para mim, afinal.

Passo pela mesa e me dirijo ao meu escritório. Eu queria um escritório no canto, mas Aliyah recusou. Ela me disse que os escritórios nos cantos eram reservados para ela e seus três filhos, mas Kane fica num cubículo, então isso deveria ter deixado um para mim. Eu também sou da família.

— Claro que é — arrulhara. — Mas não podemos colocar uma gerente de mídias sociais num escritório do canto.

Como se o que eu tivesse trazido para a Baharan não fosse um divisor de águas para eles. Penetrar um espaço dominado por farmacêuticas gigantes que estão há séculos nessa área não foi fácil. Várias start-ups se voltaram para o marketing direto para o consumidor, impulsionando o acesso a sites de empresas em que um rol de profissionais da saúde realizam consultas on-line e prescrevem receitas, permitindo que a distribuição seja feita por envio direto.

Saber quem é o público-alvo, a melhor forma de atingi-lo e ajustar a mensagem e a criação requer habilidade e uma estrutura prévia. Eu trouxe isso para a Baharan. Fui eu quem fez com que eles fossem vistos e conquistassem confiança e respeito. Antes de mim, eles tinham um punhado de produtos que lutavam para vender de forma eficiente.

Um dia desses, Aliyah admitirá na minha cara que não seria nada sem mim. Eu imaginei esse momento se desdobrando de um milhão de maneiras diferentes. Qualquer uma delas serviria. Eu não me importo. Mas ela vai ter que se humilhar. Vai me implorar para mantê-la relevante. E eu vou rir na cara dela.

Vou para meu escritório, adjacente ao de Darius. Ao passar, algumas das cabeças abaixadas nos cubículos se erguem. Alguns funcionários oferecem sorrisos distraídos. Duas garotas acenam — já saímos juntas para tomar uns drinques, e está na hora de repetir o programa em breve. Talvez esta noite. Por que não? Estou pronta para celebrar; como disse Eva, estou fabulosa. Outros desviam o olhar rapidamente quando os flagro encarando. Podem encarar, ralé. Sei que *estou linda*.

Passando pelo escritório de Darius, dou uma espiada pela porta, que está aberta, mas não o vejo. Sua assistente também não está na mesa dela. A fúria se espalha por mim como um clarão, cobrindo minha pele de suor. Olho ao redor, dando uma volta completa enquanto procuro por eles. Penso em perguntar para minha gerente de contas, Clarice, mas ela não está em seu cubículo. Em vez disso, um funcionário que nunca vi antes está usando o telefone dela.

Decido ligar para Darius de meu escritório, para conferir onde ele está. Dou meia-volta para a porta fechada e a abro, dando alguns passos até perceber um cara sentado na minha mesa, vasculhando minhas gavetas.

— Mas que porra é essa?! — disparo. — O que você está fazendo no meu escritório?

— Oi?

— Você me ouviu, caralho. Cai fora, pare de olhar minhas gavetas! — Olho ao meu redor. — O que você fez com meus quadros? Cadê minhas plantas?

Ele se levanta. É um homem baixinho, o cabelo castanho-claro já mostrando sinais de calvície. Ele tem uma barriga avantajada que se esparrama por cima do cinto e usa uma gravata torta, com estampa feia. Vejo uma placa com nome na escrivaninha: STEPHEN HORNSWORTH, VICE-PRESIDENTE DE P&D.

A sala oscila e eu me seguro.

— Desculpe — gagueja. — Quem é você?

— Este é o meu escritório!

— Hã… — Ele lambe os lábios. — Será que você não desceu do elevador no andar errado?

— Você está *de brincadeira comigo, caralho?!* — grito. — Pareço idiota pra você?

— *Amy!*

Aprumo o corpo ao som da voz de Aliyah. Girando, fico de frente para ela. Ela caminha rápido, cruzando os cubículos que a separam de mim. Ela está num vestido de tricô dourado cintilante, com um colar dourado volumoso combinando com os brincos e o bracelete. Seu cabelo loiro está preso num coque habilmente desalinhado e seus olhos têm um contorno pesado de lápis *kajal*.

— Meu anjo. — A voz dela se mostra cheia de preocupação. — O que está fazendo?

Ela realmente errou de vocação na vida. É uma atriz digna de Oscar, o rosto vincado de preocupação e os olhos refletindo um amor que sei que ela não sente. Todo mundo está olhando para nós. Telefones tocam, mas ninguém atende.

Minhas mãos se fecham.

— O que *Stephen* está fazendo em meu escritório?

Ela se aproxima e lança um olhar de desculpas a Stephen, que desliza o dedo pelo colarinho da camisa.

— Você abriu mão de seu escritório no ano passado, Amy.

— O caralho que abri mão!

Eu luto contra a ardência das lágrimas.

— Faz mais de um ano, na verdade — diz ela com cautela, como se eu estivesse sendo desarrazoada. — Nós conversamos, você e eu, e você me disse exatamente assim: "Para que preciso de um escritório, se não tenho uma empresa para administrar?". Então eu o dei a Stephen.

— Não vou permitir que você pratique *gaslighting* comigo, Aliyah. Desta vez, não. Não faz mais de um ano desde que vim aqui pela última vez. Há quanto tempo você está aqui? — exijo saber, falando com Stephen.

Um peso recai sobre meu peito, o pânico tomando conta de minha consciência, tóxico e apavorante.

O olhar dele dardeja entre nós duas.

— Fui contratado há alguns meses. Estou neste escritório desde então.

Lanço um olhar triunfante para Aliyah.

— Qual é a sua história agora, *mamãe*?

Há um lampejo da Aliyah real, e, então, ela se esconde outra vez por trás da falsa.

— Era o escritório do predecessor de Stephen.

— Eu digo que é baboseira — disparo. Meus dentes estalam devido à pressão. — Cadê o Darius?

Ela desvia o olhar por um minuto, exagerando o constrangimento, e me encara de novo.

— Ele está trabalhando num negócio com a assistente dele.

Meu molar se racha por causa do estresse, o som ecoando como um tiro que assusta visivelmente nossa plateia cativa. Uma dor incendiária irradia por minha bochecha, subindo até o cérebro. Sangue quente, com sabor de cobre, espalha-se sobre minha língua e enche minha boca.

Grito de agonia, cuspindo escarlate na cara arrogante de Aliyah.

CAPÍTULO 29

ALIYAH

— Pare de gritar comigo, Darius! — A necessidade de um banho quase me sufoca. Posso sentir o cheiro do sangue em mim, misturado a grandes quantidades de álcool. Estou fedendo a uma briga de bar, e isso quase me deixa nauseada. — A nossa família já não fez escândalo suficiente por um dia? Você se dá conta da nossa sorte por proibirmos celulares no escritório?

Meu filho anda de um lado para o outro atrás de mim em meu banheiro particular enquanto eu uso uma toalha úmida para enxugar o que consigo do sangue em meus cabelos. Felizmente, tenho todos os produtos da linha de beleza ECRA+, em todos os tons, nas minhas gavetas e pude consertar a maquiagem. Queria voltar para casa, onde poderia lavar a presença de Amy de mim, mas Darius retornou antes que eu pudesse escapar.

— Parece que teria sido bem mais fácil explicar que o novo escritório dela fica do outro lado do meu — dispara. — É menor, sim, mas a vista é melhor. Ela iria adorar.

Contenho o ímpeto de revirar os olhos. Mas que desperdício monumental de espaço! E ele passou dias decorando a sala para ela, usando os pertences existentes e acrescentando outros.

— É claro que eu falei para ela. Até tentei mostrar. Ela não quis escutar.

— Mãe.

Meu olhar se estreita no espelho.

— Não fale comigo nesse tom. Você vai nos fazer passar ainda mais vergonha se perguntar a qualquer um lá fora o que houve, mas sinta-se à vontade se não acreditar em mim. — Gesticulo para o mar de cubículos fora de meu escritório. — Eles viram a cena toda.

Darius prageja baixinho e enfia uma das mãos pelo cabelo. Preocupação e raiva estão estampadas por todo seu rosto bonito.

— Para onde Ramin a levou?

— Não faço ideia. Eu estava um tantinho ocupada com todo aquele *sangue* me cobrindo! Fiquei apenas grata por ele estar no escritório hoje para tirá-la daqui. Você tem sorte por não ter testemunhado aquilo. Ela espumava sangue e saliva pela boca. Foi nojento.

— Aprecio muito sua preocupação com minha esposa — diz ele friamente, pegando o celular.

— Eu apreciaria alguma preocupação *comigo*! Olhe minhas roupas! Você não faz ideia do quanto é traumático alguém cuspir sangue em você.

— Eu deveria estar aqui — resmunga, espetando o dedo no telefone. — Por que caralhos você me mandou ir com Alice até a Cross? Eles já tinham saído para o almoço.

— Queremos mostrar que estamos fazendo a nossa parte, certo? Trabalhamos duro na criação daquela campanha. Já que a empresa da sua esposa está cuidando das peças para mídias sociais para a ECRA+, achei que você deveria entregá-las pessoalmente.

A esposa dele é o problema aqui; pensei que ele veria isso. Quando Amy passou pela catraca, pareceu uma oportunidade de ouro. Mandei Darius e a assistente dele irem até as Indústrias Cross e torci pelo melhor.

Jogo a toalha na pia e me viro de frente para ele.

— Amy apareceu aqui tão bêbada que mal conseguia andar em linha reta e aí teve um surto. Uma crise psicótica, na verdade. Ela estava alucinada! Você não está fazendo nenhum favor a ela ignorando o problema que está bem debaixo do seu nariz. Ela deveria ser internada para observação, depois enviada a um centro de reabilitação para voltar à sobriedade.

O rosto dele está pétreo.

— Você não está me contando tudo. Eu moro com ela, caralho. Eu a conheço melhor do que ninguém.

— Tudo bem. Continue se iludindo até ela cambalear para o meio da rua algum dia, como a garota do Kane, e acabar se matando.

— Olá.

Minhas costas se enrijecem de cima a baixo dolorosamente ao som daquela voz juvenil. Virando a cabeça, avisto meu filho mais velho e a esposa dele de pé à porta do meu escritório. Eles formam um casal deslumbrante: Kane num terno preto com camisa e gravata cinza, e Lily usando esmeralda, o que chama ainda mais a atenção para aqueles olhos de serpente. A altura dele, de algum jeito, consegue deixá-la ainda mais delgada. Uma das mãos dele contorna possessivamente o quadril esbelto dela, enquanto a outra carrega uma bolsa de couro preta. Joias preciosas cintilam nas orelhas dela, circundam seu braço. Ela parece fazer parte da realeza.

Como é possível que este dia continue piorando?

O rosto de Kane está tão fechado quanto o do irmão.

— Minha assistente nos contou.

Lily entra como se fosse dona do lugar, indo até Darius.

— Há algo que eu possa fazer?

— Não sei. O que você *pode* fazer? — devolve ele, irritado. Entretanto, seus ombros descaem quando ela simplesmente fica ali, paciente, exibindo o rosto lindo e os olhos bondosos. — Não sei onde minha esposa está — resmunga. — Preciso ligar para Ramin.

— Deixe que eu cuido disso.

Ela estende o braço para trás e Kane se aproxima, colocando seu celular na mão dela. Lily digita a senha para destravar o telefone enquanto se afasta.

Não existe privacidade entre eles? Nenhum segredo? Deve haver alguma coisa, ou nunca vou conseguir separá-los.

Kane e Darius trocam um olhar e ambos se viram de frente para mim. O mais velho continua com o rosto inescrutável, como sempre, mas Darius tem uma expressão no olhar que nunca vi antes e da qual não gosto nem um pouco.

— Por que vocês dois estão olhando para mim desse jeito? — Faço um esforço consciente para reduzir minha frustração.

Lily fala baixinho no canto da sala. De alguma forma, em um minuto, ela se tornou a heroína, e eu a vilã, quando sou eu quem segura as pontas desta família e desta empresa. Onde diabos *ela* esteve?

Empino o queixo, ressentindo-me de todos eles.

— Ramin a levou para um dentista de emergência na Madison — diz Lily, reunindo-se a eles. — Vai lhe mandar o endereço.

— Obrigado.

O rosto dele se suaviza de gratidão. Ele sai sem dizer uma palavra sequer para mim.

Lily se volta para mim.

— Algo que eu possa fazer por você? Que eu possa buscar? Água, café, talvez?

— Obrigada, Lily — digo a ela, rígida, ofendida por ser tratada como a porra de uma visita. — Estou bem por ora.

O que foi que eu fiz para merecer *duas* noras como Amy e Lily? Se Ramin só chegar a olhar longamente para uma morena esguia de olhos verdes, vou furar os olhos dele.

— Vou esperar lá fora — fala a Kane.

No entanto, quando ela faz menção de sair, ele pega sua mão e a segura por tempo suficiente para beijá-la. Assim como o beijo que lhe deu na biblioteca quando a conheci, é um encontro casto de lábios, adequado para minhas vistas. Mas o beijo se demora um instante a mais do que um selinho, e a tensão sexual aquece o ar em torno deles. Quando se separam, o olhar deles troca promessas que confirmam meus temores: livrar-me dela será problemático.

Ela fecha a porta ao sair e Kane continua olhando, como se não suportasse tê-la longe de suas vistas.

Ele me encara com uma expressão dura, como se preparado para uma tarefa desagradável.

— Sinto muito que tenha passado por isso enquanto nós três estávamos fora do escritório.

Aperto a testa com a mão, lutando contra uma dor de cabeça que se assemelha a uma faca atravessando minhas têmporas.

— Fico tão chateada com Amy. E chateada *por ela* também, claro. Seu irmão não entende quanto ela precisa de ajuda. Talvez você pudesse falar com ele... Ele o admira tanto. Se você sugerisse um programa de reabilitação para Amy, ele ouviria.

— De forma alguma eu me sinto confortável para comentar sobre a vida pessoal dele.

— Ele é seu irmão!

Uma das sobrancelhas escuras dele se arqueia, como se para refutar isso.

Caminho até meu difusor e agito a mão, trazendo a névoa de azaleia na direção do rosto. Respiro fundo, tentando me acalmar. Discutir sobre o relacionamento de Kane com os irmãos é uma batalha para a qual não estou em condições hoje.

— Tudo bem. Mas, por favor, pense nisso. Talvez Lily possa discutir o assunto diretamente com Amy...

— Vou mencionar a ela. Precisa de alguma coisa neste momento? Posso assumir algum compromisso seu para que possa voltar para casa e se limpar?

A amargura travando minha garganta se alivia. Aprecio que ele entende quanto eu contribuo para a Baharan. Irrita-me ter que destacar o óbvio o tempo todo.

— Não, posso resolver tudo de casa. — Uma inspiração tranquilizadora. — Lily parece estar bem. Você vai voltar ao escritório?

— Ainda não. Por acaso estávamos por perto e quis que ela visse o que temos aqui.

Desespero e empolgação guerreiam dentro de mim.

— Alguma ideia de quando, exatamente, você vai voltar?

— Estou planejando na outra segunda, depois da semana que vem, mas isso está sujeito a mudanças.

— Você está afastado há quase dois meses já.

— Estou ciente do tempo em que estive trabalhando de casa. Vou mostrar a empresa para ela agora. — Ele já se dirigia para a porta, como se tivesse cumprido seu dever e estivesse ansioso para partir. — Espero que se sinta melhor em breve.

— Sim, claro que me sentirei.

No instante em que a porta se fecha, aperto as mãos sobre a boca, segurando fisicamente o argumento que borbulha dentro de mim. Cambaleio até o sofá e me largo feito uma pedra. Quero tanto uma bebida que minha boca se enche de água. Ah, não... estou me transformando em Amy.

O pensamento é quase o bastante para me deixar histérica.

De novo, não! Chacoalho a cabeça com violência. Não vou perder o controle de novo. Essa é uma oportunidade que não vou desperdiçar. Continuarei construindo a empresa que Kane não consegue nem visualizar ainda. E aí ele vai ver. Todos eles vão.

Apesar de achar repulsivo ter acabado de receber uma cusparada com os fluidos corporais de outra pessoa, aceito o desconforto e vou para minha mesa. Não é como se essa sensação fosse desconhecida. Abro o vídeo das câmeras de segurança do piso principal e me ajeito para esperar. Eventualmente, minha imobilidade total faz com que as luzes ativadas pelo sensor de movimentos se apaguem, como fariam se eu tivesse ido embora. Qualquer um passando por ali presumiria que eu já fui. Todas as portas do escritório estão em paredes de vidro jateado, uma escolha estética para combinar com os cubículos, mas também uma forma de garantir que a luz natural das vidraças externas ilumine o andar todo.

Não sei por quanto tempo fico ali sentada, assistindo Kane conduzir Lily por todas as salas. Torna-se um ciclo repetitivo: assombro ante a beleza dela, seguido pela expressão de choque universal por ele subitamente ter sua esposa de volta e terminando com a pessoa totalmente encantada por seja lá qual for a interação que teve com Lily. Kane assumiu com facilidade o papel de acessório, permitindo que ela brilhe. Seu olhar nunca deixa o dela, e ele ostenta um sorriso terno de orgulho e apreciação masculina.

Tudo que eu imaginava sobre meu filho mais velho ser imparcial vai por água abaixo.

Eles param no cubículo de Kane. Kane, o CEO e Presidente do Conselho, não tem escritório. Ele comanda a empresa de uma mesa no meio e junto da equipe. É enervante. Se tivéssemos escritórios iguais, passaríamos a mensagem correta. Em vez disso, sua liderança igualitária parece natural e faz com que eu pareça estar forçando algo.

Aprumo os ombros. Não estou *tentando* parecer poderosa. *Sou* poderosa. As escolhas conjugais infelizes de meus filhos não vão interferir nisso.

Kane limpa sua mesa, enfiando pastas e outros itens em sua bolsa. Lily sorri para o funcionário do outro lado da divisória de vidro. Eles começam a conversar. Kane se afasta e conduz a esposa para o espaço dele com a mão no cotovelo dela. Em pouco tempo, ela está sentada no canto da escrivaninha dele, as longas pernas cruzadas, e todos se reuniram ao seu redor. Parece estar contando uma história, com muita animação no rosto e nos gestos. Todos parecem estar se divertindo, e nem um único funcionário está cumprindo a porcaria da sua função, exceto pela recepção, que, pelo visto, está sendo cuidada por uma pessoa, porque as outras duas estão ouvindo Lily.

— Estou vendo você — sibilo para ela, os olhos estreitados.

Não há nada de meigo ou desarmante nela. Lily é uma mulher que compreende o poder de sua aparência. Ela é observadora. Elogia as joias das mulheres e utiliza itens pessoais nas mesas e nas paredes dos cubículos para estabelecer uma relação. Ela sorri e estende a mão para Kane com frequência, tocando a manga dele de tempos em tempos. É um ato que reconheço, uma performance que qualquer mulher atraente dotada de um cérebro conseguiria decifrar logo.

No final, meu filho e sua esposa vão embora e minha atenção se volta para o assistente, Julian. Terei desperdiçado meu tempo se Julian não sair para almoçar. Conforme os minutos vão passando, penso que é exatamente o que eu fiz. Mas aí ele se levanta, alonga-se, coloca seu casaco e parte na direção da saída do andar.

Mando imprimir minha agenda das próximas duas semanas, depois deixo meu escritório para buscar os papéis na sala de cópias. Passo pela copa no caminho e fico aliviada em ver que Julian não está lá. Se ele saiu do prédio, terei ainda mais tempo. Apanho os papéis na bandeja, enfio tudo numa pasta e, então, caminho cheia de propósito até a mesa de Kane.

Isso seria muito mais fácil se ele tivesse uma porcaria de um escritório! O cubículo dele é escancarado para o andar todo, não permitindo discrição alguma. Tudo o que posso fazer é agir como se tivesse todo o direito de usar o computador dele, que é o que faço. Estamos falando da minha empresa. Afinal de contas, eu sou Diretora-Geral de Operações.

O andar está quase vazio, embora um punhado de funcionários comam em suas mesas. Eu me sento no lugar de Kane, largando a pasta sobre a mesa como desculpa para estar ali. Puxando o teclado, desperto o sistema e entro com a senha dele, que está armazenada na base de dados junto a cada caractere digitado e cada telefonema feito nos terminais da Baharan. A indústria farmacêutica é cruel; precisamos estar sempre vigilantes contra a espionagem industrial e roubos cibernéticos.

Assim que entro, olho a agenda dele, repassando seus compromissos. Todas as reunião são videoconferências ou telefonemas. Uma consulta médica estava marcada para esta manhã, o que explica por que ele não está ativamente trabalhando de casa no momento.

Abro o navegador e, então, a caixa de e-mails particulares. Nunca consegui entrar nela antes e talvez nunca mais consiga. Hoje foi a tempestade perfeita e raríssima: ele esteve no escritório, depois saiu sem mim e seu assistente foi almoçar. No futuro, se ele repassar seus registros de segurança, será que vai lembrar se checou o e-mail ainda na mesa quase duas semanas antes? Será que vai se lembrar do horário em que saiu? Acho que não.

Um fluxo constante de adrenalina passa por minhas veias, deixando minhas mãos úmidas. Meus pés batucam para liberar um pouco da energia inquieta. Desço a página rapidamente, os olhos dardejando para lá e para cá enquanto faço uma leitura dinâmica de cada linha de assunto e remetente. Perto do rodapé, há um e-mail ainda não lido que prende minha atenção. O remetente é Rampart Serviços de Proteção & Investigação, e o título diz: Relatório Final e Encerramento de Caso.

Meu coração palpita tanto que começa a doer. Meus dedos tremem ao pairar sobre as teclas.

Ele está me investigando?

Ele é inteligente o bastante para isso. Por que mais utilizaria uma firma externa, em vez da equipe interna da Baharan? Não confia no nosso pessoal? Ele *poderia* confiar neles para me investigar, considerando-se minha posição dentro da companhia? Não posso imaginar que ele saiba que, em algumas ocasiões, incentivei o chefe da segurança a me foder na mesa dele. Rogelio é detalhista demais para ser pego. Por outro lado,

Kane demonstrou seguidas vezes que está ciente de mais coisas do que deveria e que é impiedoso quando necessário.

Exceto no que diz respeito a sua esposa.

Odeio o nervosismo que rasteja em torno e entre meus órgãos vitais, como se um milhão de formigas tivesse invadido meu corpo. Darius é mais vulnerável a acusações de deslealdade que eu; certifiquei-me disso. Entretanto, eu poderia proteger melhor a nós dois se estivesse de sobreaviso.

— Identifique o problema — mando a mim mesma enquanto abro o e-mail. — Em seguida, esmiúce-o.

Reconheço a culpa que recobre minha pele de suor e me leva a conclusões desvairadas sem base alguma. Tenho sido muito cuidadosa, e Kane, muito distraído.

> Caro sr. Black,
>
> Envio anexado o relatório final de nossa investigação para seus registros. Ele fornece um resumo geral e uma análise das descobertas que compartilhei com o senhor anteriormente. O caso está agora encerrado, conforme sua solicitação.
>
> Agradecemos sua preferência e esperamos ter o prazer de trabalhar com o senhor uma vez mais no futuro.
>
> Cordialmente,
> Giles Prescott
> Proprietário/Investigador Principal
> Rampart Serviços de Proteção & Investigação

Minhas unhas afiadas se enterram na carne macia da palma da mão. A dor ajuda a me centrar e relembrar que posso sobreviver a qualquer coisa. Eu já sobrevivi ao pior que pode acontecer com uma mulher. Todo o restante é um aborrecimento, nada mais.

Abro o arquivo anexo, rolo a tela para além da primeira página e sinto um frio na barriga. Mal consigo respirar, capturada e imóvel.

Lily.

Kane andou investigando a esposa. E não apenas recentemente. O relatório da Rampart começa detalhando o escopo inicial da investigação e a data de início, pouco depois de ela ter sido dada como morta. Seis anos. Minha mente luta para compreender a extensão do escrutínio. O que poderia levar seis anos para ser descoberto?

Eu me forço a relaxar músculos que ficaram duros de tensão. Minha boca se curva num sorriso amplo. Não é em Amy que preciso me concentrar; é em Lily. O instinto de fuga se transforma naturalmente no de luta.

Não sou mais a presa; sou a caçadora.

Mando imprimir o arquivo, fecho o e-mail e marco a mensagem como não lida. Faço uma anotação mental: talvez eu precise combinar uma reunião com Rogelio para apagar esses registros reveladores. Se nosso chefe de segurança fosse um amante mais atencioso, eu não postergaria a reunião.

Vou refazendo os passos ao contrário e fechando tudo o que abri antes de desligar o terminal.

Levantando-me, respiro fundo e levo a mão ao cabelo. Parece que corri uma maratona, o pico de adrenalina que se esvai me deixando trêmula e sem fôlego. Empurro a cadeira para baixo da mesa, garantindo que não há nada fora do lugar. Em seguida, vou até a sala de impressão.

Será fingimento a afeição de Kane por Lily? Talvez ela não seja a única interpretando um papel. Há algo nela que ele questiona o suficiente para investigá-la. Considerando o investimento dela na Baharan, tenho o direito de saber do que ele suspeita e quão danoso isso pode ser para a empresa.

A impressora ainda está cuspindo páginas quando chego lá. Quando termina, a pilha de papel tem quase três centímetros. Eu ajeito as folhas, coloco-as num envelope de papel pardo e volto ao meu escritório para buscar minha bolsa. E, então, vou embora.

Tenho muito dever de casa para fazer.

CAPÍTULO 30

Lily

Muito antes de chegarmos à estrada I-287, sei que nos dirigimos a Connecticut. A agitação feliz em meu estômago se aquieta durante o percurso. Minha antecipação e meu entusiasmo estão vivos dentro do espaço confinado da Range Rover. Você está dirigindo; eu estou no banco do passageiro ao seu lado. Witte foi embora do Crossfire com outro motorista.

Antes de sairmos da cidade, você repassou ordens rápidas, às quais mal prestei atenção, pois você estava tirando a roupa na calçada em frente ao Crossfire.

Primeiro tirou o terno, destacando a definição de sua cintura. Os músculos esculpidos de suas costas se flexionaram enquanto você pendurava a peça num cabide articulado preso ao apoio de cabeça do banco do motorista. Sua gravata se foi em seguida; o prendedor e suas abotoaduras deslizaram para dentro dos bolsos do terno. Depois, você desabotoou o colarinho e dobrou as mangas da camisa, os bíceps esticando de relance o tecido luxuoso.

Você foi rápido e eficiente. Seus atos foram comuns, mas seu corpo se move com muito poder e uma sensualidade vital. Você é devastadoramente lindo e urbano. Eu me diverti vendo como estava completamente alheio ao número de olhares cobiçosos que recebeu de transeuntes até o momento em que se despediu de Witte.

Então você me ajudou a embarcar no banco dianteiro e revelou que estava ciente de minha admiração o tempo todo.

— Não chegaremos nem a sair da cidade se continuar olhando para mim desse jeito.

— Se você continuar gostoso assim, a culpa é sua.

É um verniz, é claro, uma camada profissional. Deve ter se dedicado de forma obsessiva para fabricar uma fachada tão perfeita para Kane Black. Mas você sempre foi ávido por aprender, por ascender. Só precisava da oportunidade — e do dinheiro — para tornar a transformação possível.

Agora, estou livre para estudá-lo quanto quiser. O tráfego da cidade já ficou bem para trás, e árvores bordejam a rodovia. Stevie Nicks canta sobre águas a cercando de todos os lados. O banco do motorista foi afastado o máximo possível para trás, para acomodar suas pernas compridas. Você controla o volante com a mão esquerda, deixando a direita repousar de leve sobre sua coxa. Está relaxado e no controle total do veículo potente.

Está sem relógio. Há apenas pele bronzeada dos cotovelos até a ponta dos dedos, sem nada além de uma pitada de pelos escuros e a aliança que declara que você é meu. Algo tão inocente, a exposição de seus antebraços e o adorno minimalista, mas acho tudo em sua aparência profundamente erótico. Sempre achei.

Conversamos sobre algumas das pessoas que conheci na sede da empresa. Fica claro que você tem um interesse pessoal em seus funcionários pelas histórias divertidas que compartilha comigo. Que eles se sintam à vontade para rir e dividir histórias privadas com você revela muito sobre seu estilo de liderança.

— Por que levou sua família para a Baharan? — pergunto.

— Você sabe que eu não tinha escolha com a minha mãe, já que ela criou e era proprietária da marca. Ela concordou em cedê-la à empresa em troca de ações e investiu na compra de uma porção ainda maior, usando os *royalties* recebidos por licenciar as patentes químicas de meu pai até elas expirarem. E, francamente, a empresa precisava de outra pessoa que a quisesse tanto quanto eu.

Você me olha.

— Fiquei em frangalhos depois de perder você. E a companhia era pouco mais do que um logo que precisava ser reformulado e um punhado de funcionários quase tão sem vida quanto eu estava.

Com um suspiro profundo, compartilho de seu luto, embora não pela garota que fui, mas pelo garoto que você era. A imaturidade emocional de sua mãe danificou sua autoestima. Você sempre lutou com sentimentos de inadequação. Trabalhar com ela é a pior ideia possível. Como você vai se recuperar, quando novas feridas são abertas com tanta frequência?

— Por que trazer seus irmãos e sua irmã?

Seus ombros se levantam num gesto casual.

— Eles são funcionários, não acionistas. Minha mãe sugeriu que ter membros da família em cargos essenciais tornaria mais fácil fazer o que eu quisesse, e ela tinha razão. Darius tem lá seus momentos, mas ele obedece. Ramin parece ser preguiçoso, mas é tudo fachada. Ele é o Diretor Jurídico e odeia estar errado, o que é um defeito bom de se ter quando se é um advogado.

Árvores mais antigas ladeiam a estrada interestadual; os galhos quebrados e cobertos por cipós revelam, de vez em quando, bolsões de casas que perderam o otimismo de quando foram construídas. Tinta descasca de acabamentos empenados, janelas se assentam tortas em seus caixilhos. Fios de energia e telefônicos se esticam sobre telhados afundados, tábuas de salvação tentando manter vivo o sonho americano de ter a casa própria. Milhares de olhos passam sobre essas casas todos os dias, mas elas poderiam muito bem ser invisíveis.

A paisagem começa a se borrar e meus olhos se fecham. Acho que sei aonde estamos indo, mas tenho medo de cultivar a esperança.

No rádio, a banda Kansas começa a cantar para um filho perdido, e eu canto junto, baixinho no começo, e, então, você se junta a mim. Um sorriso se esparrama em meu rosto antes que possa impedir. Creedence Clearwater vem em seguida, com sua ode a Suzy Q, e nossas vozes se levantam em uníssono. Abro a janela para sentir a brisa, inclinando o queixo para que o ar flua em rosto.

Sua risada é profunda e autêntica. Você pega minha mão, entrelaçando nossos dedos antes de levá-la até os lábios. Beija o nó de meus dedos.

— Senti saudades de você, *Setareh*. Muita.

Não sei o que mudou para ter ficado tão tranquilo e afetuoso. Não sei por quanto tempo esse humor vai durar. Você é como o sol, quente e vivificante quando reluz sobre mim, porém transitório. Andei entre esperançosa e desesperançada vezes demais ao longo das últimas semanas. E a simples verdade é que você não conseguia ficar longe de Lily, não conseguia se impedir de amá-la, mas foi muito fácil manter distância de mim. Pensei que pudesse vestir a pele dela e me encaixar no lugar dela em sua vida — um lugar que você deixou vazio. Mas essa pele não serve, e eu sou apenas uma versão inadequada de mim mesma.

Lá fora, a paisagem mudou. As cidades são maiores, as casas não mais decrépitas e tristes. Em breve, ficam mais espaçadas, menos visíveis, maiores e mais distantes das estradas menores. Procuro pelo que é desconhecido e estranho, marcos recentes o bastante para serem novos para mim.

— Já chegamos? — pergunto.

— Falta menos de quinze minutos.

Espero um instante e, então, provoco:

— Já chegamos?

Você me lança um olhar engraçado, e o calor de seu divertimento me empolga.

Quando saímos da interestadual, estou ansiosa. A cada curva, fico mais excitada. Logo você está fazendo a curva para a entrada que leva a um chalé de dois andares coberto por telhas de cedro envelhecidas a ponto de adquirirem um tom cinzento. As molduras em branco são novas e claras. O quintal está lindamente cuidado, com hortênsias massivas e espessos arbustos de plantas perenes, exibindo todos os tons e alturas, e bordejando as trilhas de lajotas. A casa se mistura com suas vizinhas, embora pareça única. Sinto a atração que ela provoca, senti essa força durante todo o percurso.

As janelas do segundo andar, cada uma no formato de um quarto de círculo, encaram-nos. Há uma sensação inconfundível de que a casa de praia espera impacientemente pelo nosso regresso.

— Kane — suspiro —, você continuou alugando essa casa o tempo todo...?

— Ela é nossa agora. — Você coloca o carro em ponto-morto e desliga o motor. — Quando seu advogado me contou que ela era alugada, não pude acreditar. E não consegui abrir mão dela. Levei quase dois anos para convencer os proprietários a venderem, mas eles acabaram cedendo.

Quando seu rosto amado se borra, dou-me conta de que estou chorando. Desafivelando seu cinto de segurança e depois o meu, você diz:

— Nós nos conhecemos aqui. Nos casamos aqui. Se tivermos filhos, quero que passem os verões aqui. Eu não podia dar as costas para esta casa.

Fico sem palavras, a garganta latejando como se estivesse ferida. Encontro o olhar vigilante da casa outra vez, e aquela mirada fixa me prende de tal forma que dou um pulo de susto quando você abre a porta do passageiro e me oferece sua mão.

Com o braço em torno da minha cintura, você me conduz pelos degraus que levam da calçada para a porta principal e a destranca com um teclado numérico. Recua como se para me deixar entrar primeiro, depois me pega no colo como uma noiva e me carrega porta adentro.

Aninhando-me em seu abraço, reparo quão maior você está agora, como sua força me aconchega sem esforço e me faz sentir segura.

As cortinas da sala de estar estão escancaradas, e a luz inunda o piso térreo. Tudo está exatamente igual a antes, como uma cápsula do tempo. Cada superfície reluz. Não há uma única partícula de poeira no ar; no entanto, há uma sensação de vazio, de desocupação, um abandono pervasivo.

— Qual foi a última vez que você esteve aqui? — pergunto.

— Fui embora um dia depois que a Guarda Costeira cancelou as buscas, logo ao amanhecer. — Sua voz está tranquila e estável, mas seus olhos escuros revelam uma emoção mais sombria. — Não voltei mais.

Você me coloca no chão junto ao sofá e me abraça por trás. As paredes são pintadas de preto fosco, com molduras de gesso acetinadas no mesmo tom. Há sofás de veludo verde em frente à lareira e uma mesa de jantar de madeira ricamente envernizada, com veios extravagantes.

Mantas e almofadas de pele em tons de carvão e crochê verde recobrem os sofás. Por toda parte, há vasos de plantas e cristais de vários tamanhos e formatos, expostos em mesinhas auxiliares e prateleiras de palha indiana tingida de cinza.

A parte dos fundos da casa abre-se para a varanda, com uma parede de vidro dobrável que pode ser completamente escancarada. Um cartaz emoldurado numa das paredes aconselha a não permitir que alguém roube a sua magia. Do outro lado, mais um diz que Lily era, cem por cento, *aquela bruxa*.

Lá fora, gramados na areia se separam ao meio para formar uma trilha até a praia.

Entrelaçando meus dedos nos seus, apoio-me em você. Meu olhar vaga pela casa. Ao contrário da cobertura, aqui há fotos pessoais em todo lugar, exibidas em cada prateleira e em cada mesa. Acima da cornija está a única mudança em que reparo. Uma única imagem grande substitui as obras de arte de tamanho aleatório que antes eram exibidas ali, dominando o espaço.

É uma aquarela sobre lápis, a imagem de uma sereia sentada num litoral rochoso, de costas para o artista, o rosto escondido. Cabelos pretos cascateiam até seus quadris, flutuando na brisa. Sua cauda começa na cintura como um rosa pálido, que vai se transformando em tons cada vez mais escuros de vermelho até que, no final, as nadadeiras ficam tão pretas quanto a cabeleira. Com a mão esquerda, ela acena para uma escuna de três mastros com velas e casco pretos; com a direita, invoca uma tempestade para afundar a escuna.

Uma imagem tão fantasiosa. Estou curiosa por que ela o cativou, embora concorde que é impactante e perfeita para o espaço.

Seus lábios tocam minha têmpora.

— Preciso me preparar para uma reunião que terei daqui a alguns minutos. Você vai ficar bem?

— Claro.

Eu me preparo para ficar sozinha, mesmo que por pouco tempo. Parece pior porque eu tinha começado a achar que havíamos virado a página.

Aprumo-me, buscando forças lá no fundo, e você recua. Em seguida, você me rodeia, entrando em meu campo de visão, fitando-me com olhos tempestuosos e ardentes. Observo, apreensiva e cheia de expectativa, enquanto o tempo desacelera. Suas pálpebras ficam pesadas, sua cabeça castanha se abaixa e se inclina para encontrar minha boca. Agarro sua cintura.

Não há ninguém nos vendo. Isto não é uma atuação.

Este momento é só meu. Nosso.

Seus lábios roçam os meus. A carícia é leve e muito, muito gentil. Um soluço silencioso de desejo me escapa, e sua mão se mexe em meu quadril, errática, contraindo-se e relaxando.

Sua língua acaricia o ponto em que meus lábios se unem e eu me abro para você, meus dedos se retorcendo no tecido fino de sua camisa. A lambida profunda com que você me recompensa me faz estremecer.

O prazer me inunda numa onda causticante, inebriante. A força se derrete em langor.

Você me abraça mais forte, puxando-me por completo na direção da coluna rija de seu corpo musculoso.

Ah... você tem gosto de uísque com mel. O sabor do seu beijo é extraordinário, intoxicante. Já estou viciada, desesperada por mais. Meus lábios se fecham em torno da sua língua e sugo de leve, buscando sua essência, doce e fumarenta. Estamos alinhados do peito até as coxas. Seu gemido profundo vibra em meus seios.

Com uma das mãos curvadas em sua nuca e a outra segurando a parte de trás da sua cabeça, não vou deixar que você recue, embora nem esteja tentando. Eu o sorvo, devorando, minha língua seguindo a sua nas profundezas quentes da sua boca. Seu abraço fica mais apertado, seu corpo começa a estremecer... ou talvez seja eu quem esteja tremendo. Sons baixos, desesperados, escapam de mim, minha sofreguidão tamanha que não consigo contê-los.

Você encharca meus sentidos. Sua pele está quente de volúpia. Enquanto seu cheiro fica mais forte, eu respiro fundo e fico nas pontas dos pés, reagindo, por instinto e com ferocidade, a suas demandas silenciosas.

Sua mão desce de meu quadril para a curva de minha nádega, e você me puxa para sua ereção. Sinto seu pênis duro e grosso contra minha barriga. Minha língua penetra em sua boca como preciso que seu corpo penetre no meu. Seu sabor de mel fica mais profundo, mais forte. Você retribui com um beijo febril, sua língua é um açoite aveludado. Ela acaricia o interior da minha boca com lambidas furiosas, numa fome voraz. Estamos fodendo a boca um do outro, com línguas frenéticas, enredadas.

É você quem interrompe o contato primeiro. Estamos ambos ofegantes. Meus dedos se entrelaçam na seda densa de seus cabelos enquanto sua testa se apoia na minha. Seu arfar áspero entrega os limites de seu controle.

— Kane...

— Você me despedaça, *Setareh*. — Há um calor erótico em suas palavras. — Estou em cacos.

Cobrindo minhas mãos com as suas, você abre meus dedos com uma força controlada para conseguir se afastar. Dá beijos suaves e demorados nos nós dos meus dedos. E então me solta.

Eu o observo dar alguns passos para trás antes de se virar para o corredor que leva ao único quarto no primeiro andar. Inquieta, ansiosa, cheia de uma energia vibrante, observo meus arredores e debato sobre o que fazer. Estou em chamas, brilhando, ardendo. Sinto ganas de correr, dançar, gritar, rodopiar, trepar com você até não conseguir mais me mexer, nem pensar, nem me torturar.

Tirando os sapatos, desamarro o laço de minha blusa e vou descalça até as portas que dão para o pátio. Eu as destranco e abro os dois lados. A casa parece respirar fundo, o ar parado do interior sendo dispersado pela brisa salgada.

Aqui, nesta casa, somos um casal. Na cobertura, eu existo sozinha, sem você.

Passando para a estante de livros, analiso cada uma das fotos isoladamente. Apanho a moldura grande de prata que contém fotos de casamento. Lily estava de vestido de renda vermelha com frente única, preso no pescoço com três botões de pérola. As costas eram abertas, decotadas, terminando numa cauda curta. Seu cabelo estava preso, com galhos de gipsófilas enfiados entre as mechas pretas, e usava brincos elaborados de pérolas nas orelhas. O buquê era de lírios blacklist e rosas vermelhas.

E você, meu amor. Nenhum homem nunca ficou tão lindo assim num smoking. Mesmo numa fotografia, você tira meu ar.

Tão jovens, tão radiantes e apaixonados. Nenhum indício dos segredos escondidos por trás dos sorrisos.

Devolvo o retrato ao seu devido lugar e sigo estudando os outros. Ouço risos ecoando pela casa, trechos de conversas, gritos sensuais entremeados com gemidos de prazer. Sei que é por isso que você não retornou. Você também escuta os fantasmas.

Quando chego à escada, subo. Dois quartos de hóspedes ficam na parte dianteira da casa, com suas janelas de olhos. O quarto principal, nos fundos, dá para o estuário de Long Island e cheira a você. Sua manta *kantha* colorida está dobrada aos pés da cama.

As roupas de Lily ainda estão penduradas no closet dela e, quando vou até o seu, vejo que todas as suas roupas estão lá. Não os trajes feitos sob medida do Kane Black que vi ao acordar, mas as roupas de brechó do homem que conheci.

Eu me troco, ficando apenas de calcinha, e, então, jogo um vestido camisola vermelho por cima. Ele está um tantinho grande demais, o que me lembra que o horário de almoço já passou e que você não comeu.

Na cozinha, vasculho os armários, a geladeira e a despensa, encontrando tudo muito bem abastecido, o que já esperava, considerando a existência de Witte. Avalio as opções e decido montar uma tábua de frios para você: vários salames, bolachinhas, azeitonas, pimentas e queijos fatiados. Salpico um pouco de mel sobre o queijo e acrescento um fio de uma infusão de azeite de oliva com alho e pimenta por cima das carnes. Coloco um garfo de aperitivo sobre um guardanapo de linho, para você poder manter as mãos limpas, e finalizo com um copo de água com gás.

Carrego tudo até você numa bandeja de vime, parando à porta do antigo quarto para estudar o local. Por vários momentos, simplesmente observo *você*, que está relaxado numa cadeira de escritório de couro azul-marinho, falando num fone de ouvido enquanto gira uma bola de basquete na ponta do dedo. Está confiante e tranquilo, falando com segurança e ouvindo de vez em quando. Sorrio.

Sua escrivaninha é uma peça antiga modernista com sinais de idade e uso frequente. O tapete também é vintage, com pontos desgastados, e o sofá surrado de couro de matiz esverdeado parece pesar uma tonelada. Até os acessórios e as obras de arte nas paredes são claramente de segunda mão. Você tem prateleiras de halteres e bolas medicinais num canto, *kettlebells*, uma corda, elásticos e uma fita de suspensão TRX presa à parede.

É a *sua cara*; estou, num instante, apaixonada por esta sala.

O espaço é bem diferente de seu escritório na cobertura, que — apesar de certamente ser o cômodo mais alegre e colorido da residência — é, sem sombra de dúvidas, sofisticado e luxuoso. As únicas semelhanças entre aquele escritório e este são as paredes claras e os cestinhos de basquete fixados acima das lixeiras.

Você dá uma olhada em minha direção e imediatamente se endireita, e surge uma tensão em sua silhueta que antes não havia, como se eu o tivesse flagrado fazendo algo que não devia. Você coloca a bola numa base de acrílico transparente no canto de sua escrivaninha e acena para que eu entre, mesmo enquanto continua falando. Aproximo-me de você, colocando a bandeja na mesa. Há uma foto emoldurada de Lily ao lado de seu monitor, na qual ela está rindo, os olhos encontrando a lente da câmera em meio aos dedos abertos, como se tivesse acabado de cobrir o rosto para esconder sua diversão em ser fotografada.

Solto um gritinho de surpresa quando você me pega pelo punho e me puxa para seu colo, apertando um botão em seu fone no meio de uma frase antes de me dar um beijo rápido e forte.

— Obrigado — você me diz, tirando-me de seu colo e dispensando-me com um tapa no traseiro.

Você aperta o botão outra vez e retoma a discussão no ponto em que a deixou.

Olho para você por cima do ombro, tão espantada que cambaleio. Você parece um estranho neste momento. Eu me sinto subitamente gelada e apreensiva, as mãos esfregando os pelos arrepiados dos braços.

Uma versão menor do retrato da sereia pende na parede ao lado do closet. Este cômodo é seu em todos os sentidos. É apenas você que inexplicavelmente parece estranho e vagamente sinistro, como se a brisa marinha banisse um feitiço, revelando algo sombrio que estava escondido até agora.

O dr. Goldstein está ferrando a sua cabeça.

Deixo o escritório de maneira abrupta, estremecendo.

Esperava que a mudança de cenário nos libertasse da influência sedutora e arrebatadora de Lily sobre você. Em vez disso, mudamo-nos para uma casa com algo ainda pior.

Não é o fantasma de Lily que enche esta casa de fúria selvagem e incontida.

É o seu.

CAPÍTULO 31

Lily

Acendo a lareira da sala usando o controle remoto que está na mesinha de centro, então me ajeito no sofá largo e jogo uma das mantas de pele sintética por cima das pernas. Levo um minuto para entender que a pintura da sereia é como a televisão espelhada da sala de estar da cobertura; apertando um botão, a imagem dá lugar a uma tela.

— Oi.

Sua voz me faz virar a cabeça na direção do corredor. Com o ombro recostado na parede, você está relaxado e lindo de tirar o fôlego. Por um instante, vejo o rapaz que conheci se sobrepondo ao homem que você é agora. O corpo esguio dele é mais estreito que o seu; o cabelo dele é mais comprido; o sorriso, fácil e arrogante. Os olhos dele brilham com humor, malícia e amor. E, então, ele se vai num piscar de olhos.

— Oi — respondo.

— O que está aprontando? — Seu olhar é sombrio e atento.

Abro mão de meus lamentos pelo rapaz que conheci e me concentro em seu eu presente.

— Bem, parece que eu perdi um filme novo do Jack Ryan, dois do James Bond e um *Missão Impossível*. Imaginei que seria bom me atualizar.

Sua boca se curva num sorriso indulgente.

— Incomoda-se se me juntar a você?

— Minha noite ficaria completa com isso.

— Ah, aposto que posso melhorar a oferta. — Você se apruma. — Que tal uma pizza?

— Quando é que *não quero* uma pizza?

— Quando eu estou dentro de você. — Seu sorriso se amplia ante minha reação espantada com seu jeito brincalhão e atrevido. Deriva de uma intimidade antiga, e devo aceitar. — Vou fazer o pedido. Me dê dez minutos.

Você sai e eu sinto o peso da noite se assentar ao meu redor enquanto vai apagando as luzes pelo caminho. Concentrando-me na televisão, procuro até encontrar *Operação Sombra: Jack Ryan*. Começo e pauso o filme, captando o som distante de sua voz fazendo nosso pedido.

Nas primeiras semanas depois que me encontrou, eu só queria que você me aceitasse de braços abertos. Já estamos bem distantes de nosso impasse anterior, e agora parece que conseguirei obter meu desejo. Mas o nervosismo me faz remexer no lugar, inquieta. Sou uma mulher que consegue ler bem as expressões das pessoas, mas você é um mistério agora, muito diferente do viúvo enlutado com quem eu estava morando.

Existe apenas uma mulher que eu queira, você disse. Serei eu? Ou *ela*?

Este ciclo de êxtase e sofrimento, desejo e temor, começou muito antes de nos encontrarmos. Fomos criados por mulheres machucadas pelos homens em suas vidas, mães inaptas que foram incapazes de oferecer bondade e atenção de forma consistente. Por causa delas, esperamos e ansiamos por um amor não correspondido. Nenhum de nós é emocionalmente maduro. Se fôssemos, saberíamos que devíamos manter uma boa distância um do outro. Ansiamos por segurança, em vez de esse jogo insano a que estamos submetendo o coração e a mente.

Sei que se apaixonar não deveria dar a sensação de cair de um despenhadeiro, mas você e eu nunca estivemos em chão firme, em momento algum de nossas vidas. Será que ainda desejaríamos um ao outro se estabelecêssemos limites seguros ou sentiríamos falta do turbilhão de nossa obsessão entontecedora?

Você desce as escadas e entra na cozinha.

— Vou pegar uma cerveja. Quer alguma coisa? Água? Um refrigerante?

— Não, obrigada.

Escuto você se movendo no coração da casa, mas não o observo. Somos estranhos em mais de um sentido. Não consigo abandonar a apreensão. Estamos muito sozinhos aqui. A casa de praia nos abriga juntos, apartados do mundo.

Contornando o sofá, você se dobra elegantemente sobre as almofadas fofas com uma garrafa de cerveja na mão. Trocou de roupa e agora está com uma calça listrada de pijama e uma camiseta preta. Está descalço, e a aliança é seu único ornamento. Meu corpo se retesa com prazer. O leve cheiro de sua colônia me excita, e o poder irradiando de seu corpo agita minha consciência feminina inata de sua masculinidade viril. Você joga a cabeça para trás ao beber, dando goles relaxados e informais, enquanto eu me sento a centímetros de você, sofrendo com a dor de te querer.

Você se barbeou pela segunda vez hoje. De todas as coisas que minha mente está lutando para reconstituir e aceitar, no momento, a mais difícil é essa cortesia reveladora. Ela sinaliza como você espera que nossa noite termine e os cuidados para evitar marcar minha pele em locais delicados. Minha respiração se acelera.

Você deposita a garrafa num descanso para copos, claramente perdido em pensamentos. Há uma concentração pesada em seu semblante.

— Em que está pensando? — pergunto.

— Em você. Sempre.

Seus cotovelos estão apoiados nos joelhos e você cruzou as mãos. Você encara a televisão. É devastador quanto é lindo de perfil, polido pela luz do fogo, as sombras abraçando o vão sob seus malares e esboçando a força definida de seus bíceps.

Você se move, posicionando-se de frente para mim, dobrando um joelho sobre as almofadas e colocando o braço sobre o encosto do sofá.

— Você é o ar que eu respiro. Nada que alguém possa dizer ou fazer, mesmo você, pode mudar o que sinto a seu respeito.

Por um longo momento, há apenas silêncio. E, então, um soluço me escapa. Fecho os olhos, sentindo-me tonta com a onda repentina de júbilo angustiado.

Você pega minha mão, os dedos brincando com a aliança em meu dedo.

— Não saí do seu lado desde que a encontrei. Estive por perto, esperando por você.

Será que poderia ser simples assim? Apenas procurá-lo na cobertura e dizer alguma coisa? Qualquer coisa?

Não. Você quer respostas, não uma conversa. Revelações que vão mudar tudo entre nós. Mas não é isso o que desejo em segredo? Ser amada como eu sou, não como ela era.

Exalo num sopro. Existe algo mais difícil do que enfrentar uma verdade insuportável? Seus olhos encontram os meus em silêncio.

— Mas como é que pôde ficar longe de mim? — pergunto, fervorosa. — Por todo esse tempo?

— Responda você primeiro — você retruca. — O mesmo vale para você.

Sou tomada de surpresa. Estava tão concentrada em meu sofrimento... Nunca me ocorreu que você pudesse espelhar meu turbilhão.

— Eu tentei.

Sua sobrancelha se arqueia.

— Tentou trepar comigo. Não conversar comigo.

— Você está sendo injusto — argumento, e, então, a luta se esvai de mim. Não quero me desentender com você e preciso admitir meus muitos defeitos. Meus olhos ardem, minha visão se borra. — Eu não sabia o que fazer, como acabar com o abismo entre nós. Você está... mudado. Meus sentimentos não mudaram, mas você, sim.

Você seca as lágrimas de minhas bochechas com a ponta dos dedos frios.

— Vê-la ser atingida por aquele carro... eu senti o impacto. Comecei a me despedaçar ali mesmo na rua, segurando você em meus braços enquanto centenas de pessoas nos espremiam de todos os lados. Pensei que minha punição deveria ser perder você seguidas vezes sem fim.

— Ah, Kane!

— Andei tão concentrado no passado, em quem você foi, em tudo o que não sei ou não compreendo... Você me deve respostas, até você concorda com isso... E tenho uma tonelada de razões para ter cautela em como lhe arrancar essas respostas. Mas esperar que você as ofereça sem antes fazer com que se sinta segura foi idiotice. Você compreende, não? Você não voltou para mim por vontade própria. Fui eu que...

— ... me encontrou. Você me encontrou, e estamos juntos agora. Alguma outra coisa importa? — Sou capaz de convencê-lo a deixar o passado para trás, ou ele é uma prisão para você?

Você acaricia meu ombro nu com dedos reverentes.

— O desejo por essas outras respostas é urgente, *Setareh*, mas eu já sei do mais importante: estou morto sem você. Eu estava morto sem você.

— Não. — *Não, não, não*. Como algo pode doer tanto e, mesmo assim, ser superado? Parece impossível.

Você me agarra com tanta força que quase me sufoca, mas não ligo.

— Vamos recomeçar. Só me prometa que estou a salvo com você, e partiremos daí.

Por vários instantes lentos e dolorosos, reflito sobre suas palavras. Tudo o que disse e o que não disse. Eu recuo para encará-lo e vejo esperança, amor e tristeza.

Pego suas mãos e seguro apertado.

— Você está a salvo — juro baixinho, sabendo plenamente o que este pacto vai me custar. — E vou fazê-lo feliz.

Enquanto você me analisa, suas feições se suavizam e meu medo se esvai.

— Desculpe, Kane. Peço perdão por tudo. Perdão por ter feito você...

— Pare. — Debruçando-se para perto, você beija minha testa e fala contra minha pele. — Eu não quero pedidos de desculpas. Só quero você.

Minha cabeça se abaixa. Brinco com sua aliança. Por baixo dela, vislumbro pele tão pálida que sei de imediato que ela não recebe um minuto de sol há anos.

— Você nunca me esqueceu.

— E nunca vou esquecer. — Você segura minhas mãos. — Não consigo.

Inclinando a cabeça, você pressiona os lábios nos meus. É meigo a princípio; toques breves e gentis. E, então, prova meu sabor. O desejo se incendeia tão depressa que ofego com a potência dele. Sua língua mergulha pela abertura que ofereço, emaranhando-se com a minha e a afagando. Seu sabor de mel e especiarias enche minha boca.

Balanço em sua direção, minhas mãos ainda presas nas suas.

— Deixe-me tocá-la.

— Ainda não.

Quero deslizar meus dedos por seu cabelo e sentir o calor da sua pele.

— Kane. Eu quero...

Tomo um susto com o som da campainha.

Sua boca sorri junto à minha.

— Pizza?

Desvencilhando-se, você fica de pé. Vejo-o desaparecer pelo corredor até a porta principal. Meus lábios latejam. Meus mamilos estão retesados e duros, minha pele arde. A promessa de mais agora está entre nós, e não consigo pensar em mais nada.

Ouço sua voz e uma resposta, e, em seguida, a porta é fechada e trancada. Você retorna com pizza, entregando-me a caixa com pratos e guardanapos de papel equilibrados no topo antes de se dirigir às portas do pátio. Confere a tranca e fecha as cortinas pesadas, selando-nos nas entranhas escuras da casa. Logo depois, digita um código no painel de segurança e termina de trancar o mundo lá fora.

Quando se vira de novo para mim, ainda estou segurando a caixa na mesma posição de antes.

Você me escrutina, o corpo ficando tenso.

— Se está deixando a escolha para mim — você diz, baixinho —, fico feliz em comer pizza fria. Na verdade, até prefiro assim. Depois de horas.

A expectativa borbulha entre nós.

Você vai fazer amor comigo.

Aceitar isso como algo inevitável depois de semanas acreditando que seria impossível me faz tremer. Por fim, vou sentir você por toda parte. Por todo meu corpo. Dentro de mim. Entrego a uma parte de minha mente a tarefa de memorizar as horas que se seguirão em todos os detalhes mais explícitos. Cada arquejo, cada calafrio de prazer, cada arremetida forte de seu corpo elegantemente musculoso devem ser lembrados com riqueza de detalhes para serem saboreados outra vez no futuro. Pode ser tudo o que chegarei a ter.

— Se não me beijar de novo agora mesmo — digo, com voz embargada, engolindo para molhar a garganta subitamente seca —, eu vou morrer.

— Não. — Você se dirige a mim com aquela passada enorme, perigosa. — Da próxima vez, eu vou antes.

Jogo a caixa de pizza na mesinha de centro. Os pratos e os guardanapos escorregam e quase caem da beirada, mas nenhum de nós dois se importa. Você se afunda no sofá ao meu lado, puxando-me para perto. Minha cabeça descai para trás em súplica, eu seguro sua cintura fina e minha boca se eleva até a sua.

No momento em que seus lábios se selam sobre os meus, minhas mãos agarram o tecido macio de sua camiseta. O deslizar lento e profundo de sua língua me incendeia.

— *Setareh* — você suspira, pressionando seus lábios ao canto dos meus —, nosso amor pode sobreviver a qualquer coisa, até à morte. Diga que você sabe disso.

Eu o beijo.

Você segura meu maxilar entre as mãos, os polegares aplicando uma pressão gentil para manter minha boca aberta. Sua língua me penetra com movimentos fluidos e rápidos. Tiro a manta, que agora está revirada em torno de meus quadris, quente demais para ser usada. Fico de joelhos e pulo no seu colo, jogando minhas pernas sobre as suas sem interromper o beijo. Não sou boa ou ruim nos seus braços nem estou certa ou errada. É um alívio imenso não ter que travar essa batalha, ainda que apenas por algumas horas.

Assumo o controle quando suas mãos caem para meus quadris e saboreio você com lambidas exuberantes. Puxo sua camisa para cima, deslizando as mãos por baixo dela para tocá-lo.

Você ofega, arqueando o corpo nas palmas de minhas mãos.

— Isso... Me toque, em tudo.

Meus dedos acompanham as linhas rígidas de seu abdômen e, em seguida, deslizam para sua lombar. Suas mãos afagam minhas coxas, os polegares afundando nos vãos de cada lado do meu sexo.

— Tire isto — ordeno, puxando sua camiseta.

Passando a mão por cima do ombro, você agarra a parte de trás do colarinho e puxa a peça por sobre a cabeça. Joga a camiseta de lado e me agarra outra vez.

— Kane... — Passo as mãos pelos seus ombros largos. — Você é tão lindo.

Você ri, um som grave e deliciado. Também não está mais travando uma batalha interna. Essa é a magia do amor, não é? A permissão de sermos nós mesmos, sabendo que o outro é cego em relação a nossos defeitos.

Toco-o em toda parte, aprendendo as linhas poderosas e sensuais de seu corpo extraordinário. Minha boca segue as mãos, os lábios pressionando sua garganta antes de se moverem para baixo.

— Sua vez — você diz roucamente, amassando a bainha de meu vestido em torno de minha cintura.

Mas não consigo parar de tocá-lo. Seus braços se emaranham com os meus quando você tenta me despir. Levanto as mãos para o alto para facilitar e, em seguida, pressiono meu corpo contra o seu, enquanto você joga o vestido para perto de sua camiseta. Um suspiro trêmulo me escapa. Sua pele esquenta meus seios, os pelos em seu peito são macios e soltos. Suas mãos abertas se movem para cima e para baixo em minhas costas, arqueando-me gentilmente para ficarmos bem juntinhos.

— Segure-se — você alerta.

A sala rodopia quando você me pega no colo e, em seguida, deita-me sob você. Ainda estou usando as esmeraldas e elas balançam, lembrando-me de sua presença. Você as comprou para outra pessoa, mas agora elas são minhas. *Você é meu.* Você se agacha entre minhas pernas. As linhas esculturais de seu rosto magnífico e sua boca carnuda e sexy estão retesadas de luxúria. Uma percepção muito masculina e sensual arde em seus olhos e me faz lembrar da eficiência com que consegue disfarçar esse brilho predatório e mascarar com facilidade sua natureza animal quando deseja.

Você passa as mãos por baixo do elástico de minha calcinha e eu jogo os quadris para cima, esticando, a seguir, minhas pernas para o alto.

— Tenho fantasias com essas pernas compridas. — Você pressiona os lábios em meu joelho, depois lambe a parte de trás dele, fazendo-me estremecer. — E com essa pinta, bem aqui.

— Eu tenho fantasias com cada parte sua.

Você puxa a calcinha por toda a extensão de minhas pernas, depois a joga por cima do encosto do sofá, com o restante das roupas.

— Meu coração está disparado — você me diz, seus olhos reluzindo com o reflexo das chamas da lareira.

— O meu também.

Você me acaricia desde a lateral dos seios até a curva externa dos quadris. Estremeço e rio, sentindo cócegas com o toque fugaz.

Um sorriso se forma em seus lábios. É uma expressão de deleite tão simples, mas vê-la parte meu coração.

— Você também está a salvo comigo — você murmura, curvando-se sobre meu seio.

Novas lágrimas inundam meus olhos.

Você abrasa meu mamilo sensível com o calor úmido de sua boca. Minhas costas se arqueiam, um ofego áspero me escapando ao sentir o açoite da sua língua. Seu grunhido baixo vibra contra minha pele, atravessando-me e estimulando o vão dolorido no meio de minhas pernas. Enquanto sua língua tremula como uma chama, sinto um eco fantasma dela em meu sexo. Meus dedos se enroscam na seda quente de seus cabelos.

Você se move, transferindo a atenção para o outro seio, engolfando a ponta rija com a sucção faminta de seus lábios e as carícias rápidas de sua língua. Quando sua mão se enfia entre minhas pernas, a ponta calejada de seus dedos me encontram molhada e intumescida. Solto seu nome num gemido desavergonhado.

Dois dedos longos me penetram com vigor, enquanto sua boca suga meu mamilo de modo cadenciado. Você começa a mover a mão em investidas profundas, habilidosas, demoradas. Seu polegar esfrega meu clitóris a cada arremetida e recuo. Com destreza, mira num ponto hipersensível dentro de mim, roçando para lá e para cá nesse local delicado com sutileza impiedosa.

Estou arfando, delirante de prazer. Desde o começo eu sabia que sua experiência sexual era considerável e gloriosa. Isso fica evidente em tudo o que faz. Na sinuosidade predatória de seus movimentos. Nas promessas explícitas de seus olhos. Na arrogância confiante de suas seduções. Você sabe o que seu corpo pode fazer com as mulheres, e isso é nítido.

É a reverência que me pega desprevenida, a veneração terna que supera o sexo e transforma o que estamos fazendo num esplendidamente físico ato de amor. Ou seria gratidão? Que dádiva é ser perfeita aos olhos de outra pessoa.

A sensação dos músculos de seu peito, de seu bíceps e de seu ombro se contraindo e relaxando conforme move os dedos em meu âmago é incrivelmente erótica.

O orgasmo vai se formando, tensionando meu corpo.

É totalmente físico e diferente disso, porque minha alma está tremendo e meu coração dói.

Você me observa esmorecer.

— Tem mais, *Setareh*. Me dá esse, e lhe darei o resto.

A promessa ilícita instiga meu desejo. Meus quadris sobem e descem, metendo meu sexo sôfrego em seus dedos. Você aplica pressão conforme combina seus movimentos aos meus, arremetendo sem parar até eu perder o juízo com a necessidade de gozar.

— Kane...

Você cobre minha boca com a sua. Pressionando o polegar e os outros dedos ao mesmo tempo, aplica pressão sobre meu clitóris por dentro e por fora. Meu corpo trava com a brutalidade abrupta de um vagalhão de prazer, e me contorço, gemendo, o sexo se contraindo e envolvendo seus dedos. O orgasmo é violento e atordoante. Ouço o rumor de sua voz, grave e suave, reconfortante, mas o rugido em meus ouvidos abafa o que é dito.

Sem fôlego nem noção de nada, desabo na manta de pele, praticamente em estado líquido. Você cobre meu corpo com o seu, sua pele tão quente que quase me chamusca. Seu peso acalma-me, fornece-me abrigo. Eu me agarro a você, deslizando as mãos para todo lado, beijando-o em qualquer lugar que consigo alcançar.

Sua boca se enviesa sobre a minha por um minuto de parar o coração, e, então, você se apoia com um antebraço e empurra sua calça para baixo, apenas o suficiente para se libertar. Segura seu pênis de maneira firme, deslizando a mão da raiz até a ponta. Sua ereção aumenta ainda mais, crescendo e engrossando. Contenho um gemido. Tudo em você é exagerado, como se o universo estivesse tão cativado pela promessa contida em você que lhe deu mais do que era devido.

Com movimentos fortes e rápidos, prepara seu corpo para o meu, seu olhar quente e feroz sobre meu rosto, como se me desafiando a aceitá-lo no ápice. É bastante sexual assistir a você se tocando, dando-se prazer. Você é mais bruto do que eu seria, os nós dos dedos brancos de tensão, seus bíceps se contraindo com o vaivém.

Seu maxilar está retesado de determinação quando usa a avantajada cabeça da sua ereção para separar os lábios do meu sexo. Você está tão excitado que ela está escorregadia pelo líquido pré-ejaculatório, adicionando um lubrificante que se mistura ao meu. Você a encaixa em minha abertura, e suas pálpebras se abaixam, pesadas, como se o contato o entorpecesse. A pressão de sua entrada é intimidante. Também é deliciosa.

— Vai caber — você me garante, arrastando de leve as palavras. — Fomos feitos um para o outro.

Ajusto o ângulo de meus quadris e sou recompensada quando alguns centímetros me preenchem. Minhas costas se arqueiam e meu corpo se retesa com a sensação.

— Ah... — gemo. — É tão gostoso...

Seu gemido baixo e grave vibra por meu corpo.

Você me levanta deslizando uma das mãos por baixo dos meus quadris, usando arremetidas curtas, encurvadas, para aos poucos penetrar mais profundamente. O encaixe apertado faz com que a grossa coroa da glande se arraste de um jeito delicioso sobre dobras bastante sensíveis, criando uma fricção intensa, deliciosa. Seus bíceps se contraem e relaxam conforme você move meus quadris em círculos, enquanto segue com suas investidas lentas e calmas, provocando meu sexo com a promessa do êxtase. Meu âmago se retesa, tremendo com excitação renovada, e você rosna, o som tão cru e animalesco que eu também entro em desvario.

O desejo erótico corre em minhas veias, espesso e quente. Quero me mover, moldar minhas curvas contra seus planos rígidos, sinalizar a seus instintos de acasalamento que estou desesperadamente no cio, mas você é um monumento, e não sou forte para movê-lo.

Minha única consolação são os sons que você faz, os gemidos graves e a respiração descontrolada. Seu prazer me excita a um ponto febril. Apagar sua dor com prazer vívido, insensato, é um objetivo que me consome.

Você recua por completo, até que a larga cabeça de seu pênis aqueça meus lábios e, então, arremete com força, finalmente afundando até a raiz com um rugido exultante. A pressão é sublime, e prendo a respiração, absorvendo essa sensação secreta de experimentar sua pulsação tão fundo dentro de mim. Você retrocede, submerge de novo, a penetração profunda agora fluida e deliciosa. O prazer espirala, retesa, é levado ao limite, a postos e impaciente. Meu sexo trepida em volta de você, estimulado apenas pelo seu tamanho e pela euforia inacreditável de estar unida a você por completo.

Seus dentes prendem o lábio inferior enquanto meus músculos internos pulsam cadenciados em volta de sua rigidez. Com um gemido baixo de prazer atormentado, você gira os quadris. Meu orgasmo irrompe com tal força que grito. Você rosna, triunfante, e começa a foder.

Meus quadris arremetem freneticamente para cima, acompanhando seus recuos, porque não consigo suportar que você se afaste. Seus quadris se flexionam com força no v formado por minhas coxas. Seu corpo é uma máquina sexual poderosa comprometida apenas com o prazer. Você se perde no momento, voraz e incansável. Enrijece-se, prende a respiração e então grita, rouco, cavalgando meu sexo em clímax com uma luxúria desmedida. Seu orgasmo é demorado e devastador, seu corpo enorme assolado por tremores violentos alinhados ao pulso de cada ejaculação espessa.

Ofegando, pingando suor, você me beija como se estivesse à beira da morte e somente minha boca pudesse salvá-lo. Compartilhamos o próprio ar que respiramos. Seus pulmões sorvem minhas exalações frenéticas, e você ofega seu hálito de volta para mim.

Abraçando-o junto a mim, afago suas costas arfantes, acalmando-o conforme seu corpo estremece na sequência. Estou sustentando todo o seu peso, e é tudo o que sempre quis. Estou dolorosamente ciente de sua deliciosa solidez dentro de mim, sua extensão quente me dominando da forma mais primeva.

Longos instantes se passam. Em que você está pensando? Se alguém ocupa seus pensamentos, serei eu? Deslizo o dedão por sua panturrilha para cima e para baixo, dizendo a mim mesma que não importa.

Por fim, você murmura:

— Eu estava certo.

Em seguida, afaga seu suor em mim até que minha pele o absorva.

— Sobre o quê?

— Você não pensou na pizza em nenhum momento.

Eu rio, aliviada, e o abraço com força, sentindo seus lábios sorrirem contra meu ombro.

— Vamos renovar nossos votos — você murmura, beijando meu pescoço.

Meu corpo reage à proposta, apertando-se ao redor do seu pênis com deleite possessivo. Você murmura sua aprovação.

— Só se sairmos em lua de mel por meses — negocio. — Eu não ligo para o destino, desde que não haja mais ninguém por perto.

Sua cabeça se levanta.

— Fechado.

Seu rosto está corado e há suor em sua testa. Registro como você é incrivelmente lindo, e, então, você mexe os quadris e noto como está duro. Se eu não o conhecesse, acharia que tinha ficado insatisfeito.

— Impressionante — digo, rindo.

— Ridículo — você contrapõe. — Sou um homem na casa dos trinta agora, não um universitário cheio de tesão. Não deveria perder o controle dois minutos depois de começar a foder minha esposa. E deveria precisar de um tempinho para me recuperar, caralho!

Você me beija profundamente, completamente. Quando torna a levantar a cabeça, seus olhos estão turvos e famintos.

— Não consigo sentir as pernas, mas meu pau está pronto para a segundo rodada.

Erguendo-se com a ajuda do antebraço, coloca a mão entre nós até tocar o ponto onde estou distendida para receber você. Estou encharcada com seu sêmen e você o massageia para que seja absorvido por minha pele, fazendo círculos com meu clitóris sem pressa alguma. A cintura da sua calça roça áspera a parte interna das minhas coxas, relembrando-me que estava tão desesperado para me penetrar que mal abaixou a calça.

Você morde o lábio inferior quando sente meus músculos internos se contraírem. O movimento de seu polegar é infatigável; a pressão, leve como uma pluma. Meu sexo se constringe até você rosnar de prazer.

— Continue me apertando assim, *Setareh*, e isso não vai durar nada.
— Ah!

Começo a me remexer sob você, desesperada para cavalgar sua ereção, mas seu peso me mantém imóvel.

Você esfrega e pressiona, estimulando incessantemente, e, então, acelera o ritmo. Estou tremendo. Seu beijo toma conta de mim, e a carícia de sua língua é demais para suportar. O clímax irrompe numa onda de sensações borbulhantes, irradiando por meu ser de uma forma que até a ponta dos dedos formiga.

Ofegante, olho para você, piscando em meio a uma névoa sensual.

— Você é tão linda — você me diz, roçando os lábios nos meus de um lado para o outro. — A coisa mais deslumbrante que já vi.

— Então você não deve se olhar no espelho.

Você sorri descarado quando se afasta de mim, aprumando-se. Eu emito um choramingo quando você me deixa, meu sexo se contraindo em protesto. A luz do fogo forma um halo em você quando se levanta e abaixa a calça do pijama até o chão.

Ah, mas você é magnífico!

Você me ajeita até ficar satisfeito: posiciona uma de minhas pernas entre seus joelhos, a panturrilha da outra apoiada em seu ombro. Segura seu pênis.

— Kane, você não pode estar falando sério.

— Seis anos — você diz, inflexível, encontrando o ponto certo outra vez e me penetrando com um ronronar brutal. — Ansiei por você esse tempo todo e ainda não estou satisfeito.

Ofego. Meu sexo o aceita com mais facilidade agora, escorregadia como estou com seu sêmen, mas suas proporções ainda beiram o avassalador. A posição em que me colocou permite que pressione ainda mais fundo. Inquieta, eu gemo e me mexo, deliciosamente preenchida.

Um ondular dos seus quadris move seu pênis dentro de mim. Estou inchada e hipersensível, então o movimento sutil tem um impacto nada sutil. Você se retrai de maneira fluida, deixando apenas a pontinha lá dentro. Agarrando o braço do sofá acima de minha cabeça com as mãos, sua arremetida seguinte atinge a profundidade máxima em mim. É um êxtase, e solto um gemido, subitamente cobiçando mais.

Você me encara, suas feições retesadas de paixão.

— Ainda sou apaixonado por você. —Meus olhos se espremem em meio à sua dor e à minha. — Não me exclua — você ordena, brusco. — Mantenha os olhos abertos.

Assistir a você fazendo amor comigo é tão erótico quanto experimentar isso. A aparência de seus músculos poderosos se flexionando de esforço, seu corpo viril devotado a excitar e saciar o meu tantas vezes quanto eu for capaz de aguentar é uma provocação única, e você sabe disso. Você explora impiedosamente sua perfeição física como outra arma de seu extenso arsenal sexual.

Recua e arremete de modo súbito, esfregando-se em mim por um longo momento antes de outro recuo e arremetida rápidos. O ritmo irregular de entrada e saída acelerados, somado à penetração demorada, acende um desejo incandescente.

A posição em que você me colocou — uma perna equilibrada em seu ombro, a outra encaixada entre as suas — garante que eu não tenha como alcançá-lo. Posso apenas permanecer deitada e receber as investidas habilmente cronometradas de sua ereção extravagante. A cabeça túrgida e ampla do seu pênis massageia o delicado canal do meu sexo. A sensação de estar preenchida e, então, esvaziada em rápida sucessão é alucinante. Meu corpo oscila para a frente e para trás, seguindo as carícias deliberadas e intensamente estudadas; a manta de pele sob meu corpo sendo um estímulo a mais.

Estou arrebatada. O prazer se torna insuportável. Eu choramingo, não consigo parar; a sensação é maravilhosa demais. É um exagero. E então, você me move um pouquinho, e a arremetida seguinte desliza sobre o ponto dentro de mim que ameaça minha sanidade.

— Kane... — Minhas mãos se fecham na pele sob mim, como se me segurar ali fosse tornar tolerável o clímax que se avizinha. — Eu... vou gozar.

— Eu sei.

Toda a intensidade abrasadora do seu foco está em mim: seus olhos são uma piscina de um negror profundo, seus malares estão marcados pelo rubor. Sua língua desliza pelo lábio inferior carnudo num gesto explicitamente erótico. Seus quadris são incansáveis, seu abdômen tenso e marcado enquanto você fode com arremetidas brutais, concentradas. Seu primeiro orgasmo o pegou de surpresa e retirou a fera da jaula. Desta vez, você busca a satisfação com deliberação furiosa.

— Eu também estou quase lá.

São necessárias apenas mais duas investidas para me lançar num orgasmo. Suspiro seu nome enquanto meu corpo trepida com violência, as pernas tremendo numa abundância de prazer. Ouço seu gemido, e, então, sua cabeça descai para a frente como um suplicante entre os bíceps retesados, sua testa úmida repousando na minha. Sua respiração sai como um sibilo enquanto seu clímax o domina, seu corpo estremecendo, os quadris se movendo num ritmo constante.

Momentos depois, desaba sobre mim, arfando.

— Deus do céu — você deixa escapar, ofegante. Seu tom é, ao mesmo tempo, pasmo e mortificado, o que me faz rir. — Pare com isso — você ordena, de modo seco. — Vai me deixar duro de novo, o que definitivamente vai me matar.

Saindo de mim num deslizar pesado e lento, você se coloca entre meu quadril e as costas do sofá, e, então, vira-nos para me colocar por cima de você.

— Nem você aguentaria mais uma vez.

Levanto a cabeça para encontrar seu olhar, porque não tenho muita certeza se isso é verdade.

Sua sobrancelha se arqueia.

— Se você tivesse me perguntado hoje cedo se eu achava que conseguiria trepar até a morte, teria dito que esses dias tinham ficado para trás. Agora entendo que meu pau não tem espírito de equipe. Ele não está nem aí se vai me matar. E, embora morrer fazendo amor com você seja exatamente a maneira que eu escolheria partir, tenho vários itens na minha lista para fazer com você antes disso.

Descanso o queixo por cima dos braços cruzados.

— Como o quê?

— Como nos atualizar em todas aquelas franquias de filmes de espionagem que você adora e comer pizza fria.

— Você não os tem acompanhado?

— Sem você? — Sombras passam rapidamente por seus olhos iluminados pelo fogo. — Eu ficaria arrasado só de tentar.

A palma de minha mão aperta seu tronco, bem sobre seu coração. Analiso seu rosto. O orgasmo suavizou suas feições, e há o brilho líquido do amor em seus olhos. Quero tocá-lo em todos os lugares, tomar para mim cada centímetro dessa pele de seda áspera.

— Um beijo, minha rainha — você murmura, lambendo o lábio inferior. — Meu reino por um beijo.

Afagando seu nariz com a ponta do meu, sussurro:

— E se tudo o que eu quiser for o rei?

— Ele já é seu. Sempre foi.

Eu tomo sua boca, minha pele quente e sensível, como se eu estivesse queimada de sol. Dancei com fogo em seus braços e sinto os efeitos.

Eu morri por isto, por você.

Agora, terei que matar por isto.

CAPÍTULO 32

Amy

Uma língua quente, molhada e com um cheiro horrível passa por meu rosto. Meus braços se debatem, empurrando um corpo pesado e musculoso coberto de pelos.

— Mas que caralhos...?

Deus do céu, minha mandíbula dói como se eu tivesse levado um golpe de picador de gelo.

A língua lambe meu braço e meus olhos se abrem de súbito. Espremo as pálpebras contra o clarão do sol.

— Droga! Sai de cima de mim, porra!

Apoiando-me sobre os cotovelos, vejo que estou num sofá modulado creme rebaixado e espaçoso. Demoro um instante analisando o espaço até descobrir que estou na sala de Suzanne. Tapeçarias de paisagens e máscaras esculpidas em madeira pendem de alegres paredes amarelas, intensificando a luz do sol que já faz meus olhos arderem. Um ganido agudo volta minha atenção para o labrador preto sentado ao meu lado, impaciente e cheio de expectativa.

— Ah, porra. Desculpe, Ollie. — Esfrego a cabeça dele como um pedido de desculpas. — Não sou uma pessoa matinal. Além disso, seu hálito é horrendo. Mas eu ainda o amo.

— A manhã já acabou — diz Suzanne, irônica, vindo da cozinha. Um lenço colorido envolve seus cachos escuros. Ela está de cara limpa, e um caftan de seda esplendoroso recai sobre sua figura voluptuosa. — São quase três da tarde. E estou dando a Oliver os probióticos que a veterinária passou para o hálito dele. Está melhor, sem dúvida.

— Argh. Se isso é melhor, devia cheirar podre antes. — Eu me sento e esfrego os olhos para afastar o sono. — Que diabos estou fazendo no seu sofá? E cadê minha bolsa? Preciso dos meus remédios.

Ela pega minha bolsa Dionysus, da Gucci, no aparador espelhado ao lado da entrada do apartamento e a traz para mim.

— O que está tomando? E por quê?

— Tive que fazer um canal de emergência alguns dias atrás. Eles me passaram Norco e uma megadose de ibuprofeno.

Jogo o cobertor longe e me sento. Estou vestindo o pijama que coloquei na manhã de ontem, as calças de boca larga o mais próximo que pude encontrar daquilo que Lily vestiu na reunião de família na biblioteca de Kane. Meu conjunto de lingerie inclui um top combinando cujas costas são no estilo de um corselete, deixando minha barriga à mostra. Na verdade, meu visual é mais sexy e mais confortável do que o que a vadia do Kane usou.

Levantando-me, vou até o carrinho de bebidas de vidro e latão de Suzanne e me sirvo um gim e tônica. Mantendo a cabeça baixa, escondo minha expressão horrorizada. Estou dolorida e melada entre as pernas. Não há como negar que eu fiz sexo, mas não me lembro disso.

Por favor, Deus, tomara que tenha sido com meu marido.

— Você não deveria beber junto aos analgésicos — ela me diz.

Virando-me, olho nos olhos dela enquanto tomo os comprimidos. Gim e tônica em temperatura ambiente deveriam ser repugnantes, mas, para mim, tem o sabor de um manjar dos deuses.

— Darius jogou fora todo o álcool em nosso apartamento. — Ao menos tudo o que conseguiu encontrar... — Preciso de um maldito drinque.

— Também precisa comer alguma coisa. Tomar esses comprimidos de estômago vazio vai fazê-la vomitar por horas.

Eu lhe lanço um olhar, mas Suzanne já deu as costas para mim e retornou à cozinha. Com um movimento rápido e experiente, viro meu primeiro coquetel e então preparo outro, bebendo o suficiente para deixar o copo no mesmo nível do anterior para que ela não repare.

Deixando o copo pela metade sobre o baú que serve como mesa de centro da sala de Suzanne, entro no banheiro e observo meu corpo.

Minha respiração sai trêmula. Há uma quantidade copiosa de sêmen em minha calcinha misturado a resquícios de sangue. O cheiro me dá ânsia. Verifico meu odor, mas não estou fedendo a puta. Devo ter tomado banho em algum momento, e o que está me encharcando agora deve ter vazado depois disso. Sou tomada por ondas de repulsa.

Meus olhos ardem de tão secos que piscar chega a doer. Eu me sento na privada e, quando termino de me aliviar, a água está rosada.

— Não é incomum que Darius seja meio grosseiro — cochicho. Ele é um amante passional e dominador. Já fiquei dolorida muitas vezes depois de fazer sexo com ele.

Uso os lenços umedecidos de Suzanne para me limpar e enfio a calcinha — uma das novas, um modelo shortinho de renda lindo — no fundo da lixeira, empilhando os lencinhos e outros detritos por cima dela.

Lavando as mãos, olho para meu reflexo. Há vincos profundos emoldurando minha boca. Rugas começam a arraigar suas marcas pela testa. Já passou da hora de reaplicar o Botox, mas não tive tempo de ir. No entanto, são os meus olhos o que mais me abala. Cercados por sombras, o verde das minhas íris escureceu até formar dois buracos negros densos, e por eles vejo um horror tão profundo que faz meu sangue gelar.

Arranco a toalha do suporte, pressiono-a sobre a boca e grito no tecido até minha visão ficar cheia de pontos pretos.

Quando saio do banheiro, alguns minutos depois, tenho os ombros jogados para trás e a cabeça bem erguida. Pego meu drinque e tomo outro gole generoso, tentando amortecer o latejar de meu maxilar, que piorou depois do meu pequeno surto. Não posso mais evitar; está na hora de instalar câmeras escondidas por meu apartamento. Tenho uma dúzia delas enterradas debaixo de roupas em uma das gavetas do meu closet, onde estão há mais de um ano. Tive coragem de comprá-las, mas não de usá-las de fato. Tinha medo do que veria.

Agora, tenho mais medo do que *não estou* vendo.

Suzanne colocou um croissant na mesa de jantar.

— Venha e forre seu estômago com algo.

Eu me junto a ela, estudando-a por cima da borda do meu copo. Sua pele é irretocável. Ao contrário da minha, não há uma linha de expressão ou ruga ali. Seus olhos escuros são voltados para cima e, no momento, uma expressão preocupada os recobre.

— A que horas cheguei aqui? — pergunto.

— Pouco depois das cinco da manhã de hoje.

— Isso é cedo pra caramba. Desculpe.

— Tudo bem. Darius ligou por volta das sete procurando você. — Ela franze os lábios. — Eu disse a ele que você esteve aqui o tempo todo.

Solto um suspiro aliviado.

— Obrigada.

— Ele está a caminho. Está tudo bem com vocês dois?

— Claro. — Quando ela simplesmente continua me observando com aqueles olhos de cílios espessos, elaboro minha resposta. — Como Kane tem estado fora do escritório, ele anda fazendo hora extra. Kane está viajando com a patroa agora, então Darius está fazendo *muita* hora extra.

Também conhecido como cuidando das coisas que ele não quer que Kane — ou a bruxa da mãe deles — fique sabendo. E provavelmente trepando com a assistente todos os dias da semana, em vez de apenas às sextas. Ele volta para casa tão tarde que de jeito nenhum isso é apenas trabalho, sem nada de diversão.

— É mesmo? — Ela se anima. — Para onde eles foram?

— Ninguém sabe direito, mas Lily ligou para saber como eu estava e o número tinha o código de área de Connecticut. Eu procurei, mas consta como não listado. — Corto um pedaço do croissant com as mãos e o enfio na boca. — Tenho certeza de que Witte sabe exatamente onde estão — acrescento enquanto mastigo —, mas ele também sumiu.

— Foi com eles?

— Talvez. Talvez estejam fazendo um ménage agora mesmo.

— Você não pode estar falando sério.

— Não? — Dou outra mordida enorme no croissant. Está amanteigado e delicioso, e me dou conta de que estou morrendo de fome. — Witte está tão agarrado ao saco de Kane que com certeza já virou outro membro do homem.

— Ai, meu Deus, mulher!

Ela ri, fungando, e se recosta em sua cadeira. Seu caftan tem uma estampa floral linda em cobre e turquesa que contrasta lindamente com a pele da cor de achocolatado. Ela tem um quê majestoso que detesto com todas as forças. É uma nobreza discretamente feroz que parece natural.

— Lily é bonita? — pergunta.

— É estúpido quanto ela é linda. — Limpo a boca. — Tipo, ela não parece real quando você está de frente com ela. É como se fosse um androide ou algo assim.

— A família gosta dela?

Dou risada e percebo um traço de histeria no som. Lembro da sensação dos braços de Lily ao meu redor, o sussurro de sua voz no meu ouvido. Ela quase me fez chorar, e não consigo entender o porquê. Mas a odeio por isso.

— Ela conquistou Ramin — respondo, mastigando. — Ele não para de falar em torná-la modelo da nova linha de maquiagem. Não sei como Darius se sente, na verdade. Ele não confia nela, mas, até aí, ele não confia na maioria das pessoas. Rosana acha que Lily é a heroína de uma trágica história de amor. Tenho certeza de que Aliyah só quer que ela morra de novo. Não suporta que seus meninos tenham mulheres de quem gostem mais do que dela.

— Sua sogra parece ser um pesadelo.

— Ela é o anticristo, a porra do inferno na Terra.

— Como você se sente sobre Lily?

Olho pelas janelas venezianas de madeira. Os prédios do outro lado da rua são mais baixos, e consigo enxergar o céu azul e limpo por cima deles. Em algum lugar lá fora, Lily passou *dias* tendo Kane só para ela. Conhecendo Kane, imagino que ela esteja tão inchada e dolorida quanto eu me encontro agora. Tive dificuldade para andar por dias depois de ele me foder.

A caixinha mental contendo a vontade de gritar se destampa ao pensar em sexo. Minha garganta dói pela vontade de chorar que engulo junto ao croissant, que agora tem gosto de papelão e serragem.

— Ela é bacana. Não a conheço de verdade. Ela deixa Aliyah maluca, então tem isso a seu favor.

— Onde você esteve ontem à noite — indaga Suzanne —, entre o momento em que Darius a viu pela última vez e a hora que você apareceu aqui?

— Eu só precisava sair de casa. E de um drinque. Fui até um bar, aí me juntei a um grupo de amigas viajando sozinhas e fui para o hotel delas fumar maconha. — A mentira deixa meus lábios com facilidade e, assim que vê a luz do dia, torna-se verdade. Reescrevi os eventos dessa noite, o desconhecido apagado para sempre de minha narrativa. — Acho que isso, mais a bebida e os analgésicos, acabou comigo.

— Você bebe demais, Amy — diz ela baixinho, com uma crítica no olhar. — Digo isso como sua amiga.

— Bem, como minha amiga, cuide da sua vida. Eu me diverti. As garotas eram ótimas. Acho que elas disseram ser de Minnesota. Ou Michigan? Algum lugar assim.

Desencavo meu celular da bolsa. Há dúzias de chamadas perdidas e mensagens de texto de Darius.

A campainha toca. Espero Suzanne se afastar antes de me levantar e correr para o banheiro outra vez. Jogo água no rosto, depois belisco as bochechas para ganhar um pouco de cor. Suzanne é atenciosa o suficiente para manter alguns produtos de higiene pessoal em tamanho viagem num cesto de vime para seus convidados, incluindo enxaguante bucal, que luto para abrir e usar antes que Darius sinta o cheiro de álcool em meu hálito.

Quando saio do banheiro, ele espera por mim no corredor curto, tomando muito espaço com seu físico alto e em forma. No mesmo instante, sinto-me claustrofóbica. Fico ofegante e arquejo.

— Você sabe quanto eu fiquei preocupado, caralho? — dispara ele, agarrando-me pelos braços e puxando-me para perto. Ele está lívido, mas mantém a voz baixa o bastante para que Suzanne não nos escute. — Com o que diabos você está chateada agora? Seja lá o que for, fez merda em sumir e ignorar minhas ligações.

— Desculpe.

Eu me arrependo assim que o pedido me escapa. Por que não posso fazer o que eu quiser? Nesse momento, porém, vejo aquela expressão nos olhos dele, um desejo sombrio, e meu estômago se embrulha. Sempre que quer que eu me comporte de outra maneira, ele me fode até obter obediência com seu pau talentoso. Considerando o estado atual de minha vagina, acho que eu literalmente ficaria ensandecida se ele tentasse essa abordagem comigo agora.

— Não é culpa sua. Você trabalha o tempo todo, e eu apenas senti que precisava conversar com outro adulto, sabe? Estou menstruada. Minha boca dói, porra. Estou com princípio de anemia e tomando analgésicos... peguei no sono no sofá da Suzanne. Só isso.

Ele me encara com olhos desconfiados, estreitos. O grito que estou segurando naquela caixinha precariamente fechada dentro de mim começa a querer escapar outra vez. Meus olhos se enchem de água com o esforço de não uivar na cara linda e furiosa dele, e uso essas lágrimas em meu benefício.

— Amor.

Ele suspira e me puxa para um abraço.

O cheiro dele é tão bem-vindo e reconfortante que não consigo mais conter o dilúvio de lágrimas. Elas formam riachos, e, então, a emoção explode de meu peito em soluços destruidores.

O abraço dele fica mais apertado.

— Por que não conversa comigo sobre esse tipo de coisa? Você sabe que estou trabalhando pelo nosso futuro, mas sempre consigo arranjar tempo para você.

Eu choro em seu peito rijo e musculoso até estar tão exausta que mal consigo manter os olhos abertos.

Nós nos despedimos de Suzanne e Oliver. Dou em Suzanne um abraço tão apertado quanto o que recebi de Lily, e posso ver que ela fica surpresa. Ela tem sido uma boa amiga, apesar de eu desprezá-la.

Darius e eu vamos embora, seguindo pelo corredor até o elevador. Ignoro a areia em meus sapatos até os grãos começarem a esfolar meus pés.

CAPÍTULO 33

Aliyah

O segundo andar de um prédio de fachada de tijolos com cinco andares em Tribeca abriga o escritório da Rampart Serviços de Proteção & Investigação. Vejo um hotel de luxo, um café, um salão de beleza e uma agência de *branding* mais adiante na mesma rua. Desconfio que esta última seja a responsável pela proliferação de logotipos comerciais muito semelhantes numa paleta de cores terrosa com ornamentos de folhas e flores para obter escassas distinções. A vizinhança parece coletivamente ter como público-alvo consumidores que valorizem o respeito pela ecologia e ingredientes naturais. Não consigo atinar como detetives particulares se encaixam nisso, mas também não ligo.

Os transeuntes estão vestidos e arrumados de acordo com as últimas tendências. Um *mix* de estilos musicais paira no ar, e o clima é de juventude, vitalidade e criatividade. A seriedade da Nova York consolidada está, figuradamente, longe desta comunidade de start-ups.

Entro pelas pesadas portas duplas de ferro pintadas de um vermelho-alaranjado e me encontro num vestíbulo minúsculo, com uma porta sem identificação à esquerda e uma escadaria e um elevador à direita. Desenrolo a echarpe com que cobri o cabelo e a enfio em minha bolsa de mão. Um homem negro de aparência feroz, com ombros largos e um olhar frio, está sentado num banco bem no cantinho ao fundo do elevador; um bastão de beisebol ao alcance de sua mão. Ele me analisa inexpressivo e aguarda.

Não parece que a vizinhança precise de um ascensorista tão intimidador, mas muitas coisas neste mundo mudam de cara nas sombras.

— Segundo andar, por favor.

Ele puxa calmamente uma cordinha que, ao mesmo tempo, abaixa um portão do alto e faz subir sua contraparte do chão, como uma boca se fechando. Ele aperta o botão e começamos a subir.

Saio em outro vestíbulo, mais apropriadamente descrito como patamar, e passo pela porta de metal com uma placa indicando que a Rampart fica do outro lado.

Uma bela ruiva com um óculos de armação nada discreta, num azul vivo, cumprimenta-me.

— Oi! Em que posso ajudá-la?

A mesa dela é uma peça metálica de aparência vintage, reminiscente de uma mesa de professor. Ela está espremida junto à porta, mas há um espaço amplo e aberto diante dela, com janelas em todas as paredes de tijolos, exceto a que está atrás de mim, e colunas dão sustentação aos andares superiores. Há quatro fileiras de mesas, duas acompanhando as paredes externas e duas no meio, compostas de mesas lado a lado e frente a frente.

Ao contrário da Baharan, a Rampart não oferece a ninguém a privacidade relativa de um cubículo. Em vez disso, é um espaço compartilhado, as mesas ostentando tampos de madeira envernizada que podem se transformar em estações para se trabalhar de pé com o uso de suportes alavancados. Na extremidade oposta, um aquário delimita uma sala de reuniões. As janelas estão todas abertas, dando passe livre aos cheiros e sons da cidade.

— Tenho uma reunião com Giles Prescott — respondo.

Ela confere a tela.

— Sra. Armand?

— Isso. Tris, não é?

Ela abre um sorriso enorme para mim, incrivelmente contente por eu me ter lembrado do nome que ela disse ao telefone.

— Isso mesmo.

Ficando de pé com uma energia excessiva, ela dá a volta na mesa e vai me conduzindo.

— Eu a levarei até a sala de reuniões e avisarei Giles que a senhora chegou. Como vai?

— Tão bem quanto se poderia esperar.

Não consigo imaginar ninguém vindo até a Rampart com um motivo agradável para a visita.

— Aliás, adorei seu vestido.

— Obrigada.

Num estilo vagamente grego, o vestido franzido com uma alça só, vermelho Ferrari, é uma das poucas peças de roupa do meu armário que não é neutra. Ele marca minha cintura e acentua minhas curvas. Com brincos de argola dourados e sapatos nude de salto gatinho e abertos no calcanhar, ele dá o tom perfeito de sexy, mas de maneira relaxada e natural.

Vou trocar de roupa antes de ir para o escritório, mas o vestido é perfeito para minha reunião inicial com o sr. Prescott. Quero que sexo tempere a primeira impressão que ele terá de mim; isso o deixará mais maleável. Jovens com a idade de meus filhos, ou até mais novos, preenchem a sala, mas seus olhos brilham quando entro e as cabeças se viram para me acompanhar.

— Posso lhe oferecer algo para beber? — pergunta Tris. — Café? Água? Refrigerante? Se preferir, posso trazer o cardápio do restaurante de vitaminas do outro lado da rua.

— Você tem água com gás?

— Tenho. Pode ser Perrier?

— Perfeito.

Contrariando minha natureza, eu me sento numa das cadeiras na lateral da mesa, perto da cabeceira. Ele terá que se sentar diretamente ao meu lado ou na minha frente. É essencial assumir uma posição de poder em qualquer interação, por isso eu tipicamente escolheria a cabeceira, mas adotar um temperamento mais vulnerável é a meta neste caso.

Giles Prescott é um policial aposentado. Ele é programado para o heroísmo. Uma donzela em apuros deve disparar esse instinto protetor inato. Se eu puder disparar também seu instinto de acasalamento, melhor ainda. O vestido vermelho tem uma taxa de sucesso de cem por cento até agora.

Dou uma olhada em meus e-mails enquanto espero, mas não é por muito tempo.

— Sra. Armand. — A voz grave prende minha atenção. — Aqui está sua água. Sou Giles Prescott. Desculpe pela demora. Tive uma reunião externa mais cedo e levei mais tempo do que o previsto para voltar ao escritório.

Um punho forte deposita uma garrafa de Perrier à minha frente, junto a um copo e um guardanapo. O punho grosso está enfeitado com um Rolex de ouro. Mangas de camisa dobradas exibem antebraços poderosos, os músculos se flexionado sob a pele num tom de café com leite. Reparo na largura dos ombros antes de, por fim, permitir-me analisar seu rosto e encontrar seus olhos. Esperava ter que fingir um interesse, mas minha admiração é genuína. Giles Prescott é um homem atraente.

— Obrigada. E a espera não incomodou em nada. Eu agradeço por seu tempo.

O sorriso dele é juvenil, o que suaviza a aspereza de sua masculinidade. Sua ascendência é miscigenada, e o resultado é atraente, ainda que não tenha uma beleza clássica. Um barbeiro talentoso corta seus cachos e modela sua barba. Seus sapatos são respeitáveis, a calça social é comprada pronta, mas ajustada. Ele abre mão do terno e da gravata e deixa o colarinho da camisa social desabotoado. Usa uma aliança, mas isso não quer dizer que não esteja disponível...

Espero até que ele assuma sua posição ao meu lado, na cabeceira da mesa.

— Sr. Prescott, sou a mãe de Kane Black.

Ele anui.

— Eu sei. Pesquisei sobre a senhora hoje cedo. Uma forma de preparação. Foi ele quem nos recomendou?

— De certa forma. Quero entender melhor a investigação feita sobre a esposa dele. Isso se eles forem mesmo legalmente casados, considerando-se que ela utiliza um nome falso. Eu li seu relatório final, mas ele não parece estar completo. Ela usava o primeiro pseudônimo descoberto por vocês no final da adolescência. E antes disso?

— Antes disso, ela estava sob a responsabilidade de um responsável adulto. Ela...

— A mãe.

— *Se é* que ela diz a verdade a respeito disso — comenta ele e, com isso, sua postura se altera, o charme tranquilo se endurecendo até se tornar o olhar inexpressivo de um policial. — É difícil acreditar em qualquer coisa que diga, considerando as raras ocasiões em que foi honesta. Até onde sabemos, os pais dela podem estar vivos e bem. Temos que presumir que qualquer informação fornecida por ela é uma mentira.

— Ela foi diagnosticada com amnésia dissociativa e estava usando outro nome falso. Seria possível que suas identidades fossem sintomas dessa doença mental? Falando de modo grosseiro, podemos determinar se ela é uma vítima ou uma criminosa?

— Um psicólogo seria mais capaz de decifrar *por que* ela é como é. Posso apenas dizer o *como*.

— Justo. — Meus dedos batucam no tampo da mesa. — Kane encerrou a investigação. Vocês chegaram a um beco sem saída ou ele agiu de forma precipitada? Será que poderiam ter desenterrado mais coisas?

Ele me analisa.

— Ele não contou para a senhora?

— Francamente, sr. Prescott, não posso acreditar em nada do que ele me fala no que diz respeito a ela. Ele é obcecado por ela há anos, de modo nada saudável.

Ele assente, como se isso não fosse surpresa.

— Acho que poderíamos ter descoberto mais. Ela é inesquecível e difícil de confundir com qualquer outra pessoa. Uma vez que chegamos a uma localização, as pessoas têm lembranças consideravelmente detalhadas dela.

— Sim, eu já a vi em ação. Ela é incrivelmente charmosa, o que a torna um terrível ponto cego para Kane. Um ponto cego potencialmente perigoso, pelo que entendi. Seu relatório sugeria conexões com organizações criminosas...?

— Ela não vive modestamente. É preciso passar por verificações detalhadas de antecedentes para alugar o tipo de mansão pelo qual ela tem preferência. Como a senhora viu, sempre são tiradas cópias da identificação dela, mas só isso não seria o bastante. Uma investigação profunda no histórico dela seria algo rotineiro, e ela teria que passar por esse escrutínio. Alguém, e poderia muito bem ser ela mesma, é habilidoso o bastante para inserir informações falsas nas bases de dados do governo e depois deletar essas entradas, quando essa identidade não é mais necessária.

O relatório dele era detalhado, então eu já sabia disso tudo. Ivy, Lily, Daisy... ela gostava de nomes botânicos, não? E o próprio padrão não sugeria premeditação? Ou talvez o contrário fosse verdade. De qualquer forma, era duplamente preocupante ouvir isso exposto verbalmente.

— Eu não entendo como Kane podia saber de tudo isso e abrir mão da investigação.

— Ele não abriu mão da investigação — corrige ele, recostando-se na cadeira. — Ele abriu mão *de nós*. Acreditamos que ele tenha contratado os serviços de outra empresa.

— Ele contratou outra pessoa? Por que faria isso? O senhor pisou na bola?

O sorriso de Prescott é sarcástico.

— Não. Eu comando a Rampart com mão firme. Minha equipe é composta de agentes da lei aposentados: ex-policiais de diferentes departamentos, agências federais e militares. Tenho uma penca de advogados e estagiários de várias disciplinas. Não cometemos enganos, sra. Armand.

— Aliyah, por favor.

Uma sirene corta o ar abruptamente. O som alarmante, bipes e assovios mecânicos projetados para serem impossíveis de ignorar, despeja-se pelas janelas abertas, irritando meus nervos e deixando-me ainda mais ansiosa. O som frenético fica mais alto a cada segundo, conforme o veículo se aproxima.

Os olhos dele se enrugam nos cantos enquanto seu sorriso se amplia e ele levanta a voz.

— Aqui, nós trabalhamos de maneira direta. Batemos em portas, fazemos perguntas, desenterramos coisas. Eu documento tudo minuciosamente, e agimos dentro do escopo da lei. Embora alguns dos profissionais em minha equipe sejam familiarizados com trabalho infiltrado, não somos especialistas em serviços secretos.

Pego a água e tento abrir a tampa metálica, mas minhas mãos não estão muito firmes. Prescott estende a mão e gentilmente tira a garrafa de mim, abrindo-a e servindo o conteúdo no copo.

— Por que Kane precisaria de um agente infiltrado?

— Existem duas maneiras de se ficar rico: honesta ou desonestamente. Para uma mulher tão jovem quanto a sua nora ganhar sua fortuna de modo honesto, significaria que ela herdou tudo, e, neste caso, haveria a papelada para comprovar, ou fez por merecer. Essa quantia de dinheiro não surge sem que muita gente fique sabendo, entre elas, os agentes da Receita Federal. Não descobrimos nada que legitimasse a fortuna dela.

A sala gira e eu respiro fundo, bem devagar. Gideon Cross jamais faria negócios com um criminoso, especialmente alguém que tenha roubado ou desviado dinheiro. Ele faz vista grossa para as transgressões de Paul porque se compadece de Kane, tendo também sofrido pelos pecados de um pai. Mas Lily? Uma mulher com participação majoritária na empresa ao lado de Kane...? Nós perderíamos todo o investimento feito na ECRA+ se Cross se retirasse da empreitada. Seria um golpe quase fatal para a Baharan.

— Seu filho usou os bens dela para construir a empresa dele — prossegue Giles. — Se um crime for conectado a esses bens, eles serão devolvidos. Sempre que uma investigação sobre o histórico dela é feita, alguém fica ciente de que ela está sendo procurada. Quando muitas perguntas são feitas, muita gente fica sabendo. Ela vem mudando de identidade há anos. As pessoas não fazem isso a menos que estejam se escondendo, então tentar uma abordagem mais discreta... talvez saindo dos limites da lei, coisa que não fazemos aqui na Rampart, ajudaria a minimizar o risco de procurar no lugar errado e deixar que algo perigoso de verdade escape.

Ah, não... Sinto gosto de bile na boca, um ácido ardente que devasta minha garganta. Engulo com força, pressionando o estômago num esforço fútil para impedir que ele se revolte.

Não é só a parceria com Cross que podemos perder. É a própria Baharan. Tudo.

— Isso é um pesadelo.

— Há muitas peças neste jogo, mas seu filho ainda está procurando as respostas. Ele só levou a busca para a clandestinidade. Está seguindo o dinheiro, traçando-o de volta às origens. Se descobrir de onde veio o dinheiro, terá algo ou alguém... talvez várias pessoas... em quem ficar de olho.

— E se eu pagasse para continuarem investigando?

— Por que correria esse risco?

Minha sobrancelha se arqueia.

— Ele é meu filho. Eu o conheço. E sei que é incapaz de ser objetivo quando se trata dessa mulher.

Meu sangue ferve ao entender que tudo que possuo está em perigo, cada membro de minha família. A fúria entra em ebulição.

Eu me afasto da mesa, as pernas da cadeira rangendo feito pregos arrastados num quadro-negro. A sirene passa logo abaixo da janela, ensurdecedora.

Será que Kane está trabalhando para salvar a empresa? Será que seu foco ainda está na Baharan? Será que o julguei mal? Eu certamente não errei minha avaliação de como ele olha para ela, a menos que seja tudo fingimento. Será por isso que ele a levou para longe? Está construindo uma relação para obter a informação de que precisa?

A escolha dele é entre a Baharan e seja lá como ela se chama. Qual ele escolherá? Ou está tentando ficar com as duas?

Vou até a janela e olho para a rua estreita lá embaixo. O tráfego impede que o deslocamento da ambulância supere um rastejar. Alguém está esperando por ajuda em algum lugar da cidade e vai levar algum tempo até que a receba. Talvez chegue tarde demais.

A Baharan não pode esperar até que seja tarde demais.

Começo a pensar em como posso levantar o dinheiro para pagar a Lily e mandá-la embora com todos os seus problemas. Não tenho nem ideia de como executar uma aquisição dessa magnitude, mas, se eu conseguir, Kane deixará de ser o sócio majoritário. Eu só tenho que garantir que nenhum outro membro da diretoria seja mais rápido e assuma o controle. Vou confiar em Ryan. Kane é amigo dele; ele jamais faria nada que o prejudicasse, e garantirá que cuidemos disso da forma que for melhor para minha família.

Meu ódio crescente por Kane aquieta meu nervosismo e me dá forças. Ele deveria se preocupar em arranjar o dinheiro. Poderia apenas entregar a cobertura para sua esposa fajuta, e isso provavelmente bastaria. Poderia até interná-la numa instituição psiquiátrica — para o próprio bem dela, é óbvio. Depois de pesquisar sobre o trabalho do dr. Goldstein, inclusive assistindo a suas palestras no YouTube, tenho certeza de que ele argumentaria zelosamente a favor dos benefícios da internação. Lily e Amy poderiam ser mandadas juntas, para fazer companhia uma para a outra.

Em vez disso, teremos que depender da lealdade de amigos para manter a Baharan. Preciso deixar tudo preparado e, então, reunir-me com Lily e livrar-me dela.

Prescott estende a mão por trás de mim e abaixa cortina, reduzindo marginalmente a algazarra.

Olho de relance para ele. Estou vibrando com uma energia violenta que precisa ser extravasada.

— Tem um hotel logo aqui nessa mesma rua.

As sobrancelhas dele se levantam. Vejo o instante em que compreende o convite.

— Sou casado.

— Parabéns. A oferta continua de pé.

— É uma oferta lisonjeira, mas amo meu marido e não traio.

— Ah. — Dou a volta nele para recolher minha bolsa. — Uma pena.

— Devo presumir que a senhora decidiu continuar a investigação? — Paro, considerando. Ele cruza os braços. — Sra. Armand, a senhora claramente é uma mulher formidável, acostumada a ter tudo o que quer, mas insisto para que deixe seu filho cuidar disso. A mulher que a senhora conhece como Lily tem se safado com habilidade há anos, de uma maneira que sugere uma grande ameaça. Seja lá o que for que a senhora pense que pode utilizar como ameaça, será improvável que supere o que ela evitou com destreza até o momento. A senhora, francamente, não está no mesmo nível dela.

— Agradeço sua franqueza, sr. Prescott. Pode me dizer o valor total dos bens da sociedade limitada que meu filho herdou?

— Ela alugava as propriedades em que residia e seus carros. Quanto às contas bancárias, não tenho acesso a extratos antigos, apenas aos bens que constam nas contas atuais.

— Acho que simplesmente terei que perguntar a ela. — Eu me viro para a porta de vidro e ele, com agilidade, ultrapassa-me e abre a porta. — Realmente, é uma pena — repito.

Passo apressada entre as fileiras de mesas até a saída, ansiosa para pôr em prática um mecanismo de proteção.

CAPÍTULO 34

LILY

Estou parada na praia em Greenwich, encharcada de luz, o calor e a luz do sol matinal cintilando nas ondas do estuário de Long Island. Um arrepio se espalha por minhas pernas e meus braços nus. O frio vem de dentro de mim, irradiando para fora.

De todos os erros que cometi em minha vida, o voto de matrimônio se revelou o pior. Como posso ter falhado em enxergar o monstro dentro de você?

Isto é uma mentira. Eu sabia que ele existia. Eu me reconfortava com ele, sabendo que repousava por perto, protetor e feroz. Meu erro foi acreditar que o seu amor evitaria que essa fera se voltasse contra mim.

Não me ensinaram a acreditar em contos de fadas. Fui criada para entender que o Príncipe Encantado é o figurino usado pela fera. Não existem castelos nas alturas nem cavaleiros de armadura brilhante. Criar raízes é para aqueles sem imaginação. Relacionamentos são para os fracos demais para se manterem sozinhos. Mas aqui estou eu, usando uma aliança fina de ouro no dedo. E agora alguém tem que morrer.

Não estou mais cega. Sei o que devo fazer.

Água salgada lambe os dedos de meus pés, tão calmante e estimulante quanto a carícia de um amante. Algo em minhas profundezas emerge em resposta — algo que precisa escapar.

Um tremor devasta meu corpo. Nossa discussão se passa em minha mente num ciclo infinito. Sua voz sibilante, o fogo em seus olhos. Seu mau gênio, sempre rápido em surgir, ardendo descontrolado.

Seus golpes verbais foram chocantes. Se tivesse me golpeado com seus punhos, eu não teria ficado tão machucada quanto suas palavras mordazes e seu asco violento conseguiram.

A ganância não foi uma surpresa. Não era você que sempre queria mais, subir na vida, ganhar o poder e o controle, tornar-se alguém? Você nunca escondeu sua ambição. E eu não admirei isso desde sempre? Entretanto, perceber que sua ternura era fingida despedaça minha alma. Não havia amor nenhum entre nós. Como pude ter me convencido do contrário?

Não consigo acreditar que já pensei que você não ligava para dinheiro. Estava tão certa de que me amava... Mas estava mesmo? Em retrospecto, posso admitir que mentia para mim mesma.

Você jogou a cabeça para trás com um riso sonoro e sombrio. "Não ligar para dinheiro? Eu passei vergonha usando roupas usadas, me matei de trabalhar, fodi só para ter uma desculpa para assaltar a geladeira de outra pessoa, me humilhei tentando estabelecer contatos e me rebaixei de inúmeras outras formas. Dinheiro significa que nunca mais terei que passar por isso outra vez. Dinheiro é poder. Se você não aprecia o fato de ter dinheiro, bem... eu apreciarei."

Havia uma luz intensa e forçada em seus olhos, e ela penetrou minhas entranhas como uma lâmina letal. Todo o charme, o encanto de sua virada de cabeça e a afeição tranquila se foram como se nunca tivessem existido. Naquele momento, eu vi você. Você de verdade. Errado e esquisito. Insano. Capaz de qualquer coisa.

Faz apenas alguns dias desde que fiz votos que deveriam valer por toda a vida, sem saber que as areias do tempo começaram a deslizar num fluxo desenfreado no momento em que eu disse sim.

Ouço meu nome e dou as costas para a água. A casa de praia aguarda, suas janelas e portas emoldurando uma escuridão profunda, como se entrar nela fosse o mesmo que entrar no vazio. Cada passo na direção dela fica mais pesado, meus pés sendo gradativamente sugados pela areia. O mar forma uma piscina em torno de meus pés. Não consigo me mover enquanto o perigo assoma, um tsunami que não me permitirá deixar a beira da água.

Estendo a mão para a casa, gritando, e ouço aquele riso sonoro e sombrio enquanto o mar me carrega.

CAPÍTULO 35

LILY

A amada melodia de sua voz me desperta outra vez. Mais cedo, você me acordou com beijos quentes e mãos sôfregas, até me deixar tremendo de exaustão e drogada de prazer orgasmático.

— Você tentaria o diabo em pessoa — murmura, afagando minha têmpora com o nariz enquanto afasta os cobertores de mim.

Piscando, rolo até ficar de barriga para cima; você retorna para a cama e monta por cima de mim. A luz do sol entrando pela janela me diz que a manhã ainda está no início.

Meu olhar sonolento se arrasta por seu corpo nu. Você é uma visão estonteante de linhas esguias e músculos ondulantes. Seu cabelo ainda está molhado de um banho recente que deixou o ar úmido.

— Olha quem fala.

Seu sorriso é uma reminiscência, um lampejo do divertimento arrogante de sua versão mais jovem. Você está rejuvenescendo a cada minuto, seu rosto se suavizando e a rigidez do ombro desaparecendo. O excesso de atividade sexual combina com você. Você fica mais energético a cada dia, como se não precisasse de sono algum, apenas de orgasmos.

Sua pele está fria; como a minha, está ficando sem o isolamento do edredom, e seu rosto está liso e macio. Você adotou o ritual de acordar antes de mim para se barbear, voltando em seguida para a cama e as profundezas escorregadias de meu sexo. Fazer amor está agora na agenda para antes de seu primeiro banho, uma atividade diária programada tão obrigatória quanto as de higiene. Como anotaria esse compromisso se precisasse, meu amor? *Manter esposa cooperando?* Ou talvez *Engravidar esposa?* Você certamente está se esforçando ao máximo para garantir que eu me mantenha sempre encharcada com seu sêmen.

Não estou reclamando, não apenas por me encontrar muito satisfeita, mas também porque sua natureza animalesca está à altura da minha. Quando crescemos lutando por um lugar neste mundo, desprovidos da rede de segurança oferecida pelo apoio dos pais, o luxo da civilidade não existe. Sei que sua alma reconhece sua gêmea em mim e se regozija com a consciência de que pode ser tão feroz quanto quiser, e eu vou gostar.

— Diga-me a verdade — digo, olhando para seu rosto e seu corpo, devastadoramente belos —, você é um íncubo.

Sua risada grave e rouca me penetra e acaricia aquele lugar escuro e quieto cuja existência eu desconhecia antes de você. Mais do que qualquer coisa que você faça ou diga, é a sensação de ser tocada na parte mais profunda do meu ser que me inflama.

Sorrio.

— É por isso que você está ficando mais forte e mais jovem, e eu estou de pernas bambas.

— Gosto de você assim.

Você se abaixa para me beijar com tanto fogo que os dedos de meus pés se dobram.

Ainda tento processar o fato de que tivemos um punhado de dias assim. Nós nos refestelamos um no outro a ponto de o desejo voraz ter se amainado a uma insaciabilidade luxuriante. Você é cálido e brincalhão, a imagem de um homem perdidamente apaixonado.

Mas esse disfarce não me engana nem um pouco. Minha mãe não suportava gente tonta.

Além de sua fachada tranquila e charmosa, existe o calculismo predatório. Eu flagro esses olhares incisivos que me lança quando acha que não estou prestando atenção. Entendo que embora você seja, intrinsecamente, um homem altamente sexual, a frequência com que fazemos amor tem muito mais a ver com controle, algo de que necessita desde o dia em que nos conhecemos. Você está catalogando minha reação a cada carícia, a cada posição. Cada novo encontro aprimora sua técnica. Você já era um amante consumado, mas agora está focado em ser perfeito de modo específico para mim.

Mesmo que minha mente conheça sua intenção, meu corpo se tornou cativo. Quando você se juntou a mim na cozinha ontem, olhando por cima do meu ombro para os sanduíches que eu preparava, pareceu uma curiosidade inocente. E, então, seus lábios tocaram meu ombro, sua mão deslizou para o meio de minhas pernas e, em menos de cinco minutos, eu estremecia num orgasmo, meu corpo mantido de pé apenas por sua mão em meu seio e seus dedos dentro de mim. Em seguida, tão depressa quanto havia aparecido, você voltou para seu escritório. Fiquei ali largada contra a bancada fria, tentando reunir neurônios suficientes para terminar de fazer o almoço.

É um cerco. Venho ponderando qual é o objetivo de sua estratégia. Acredito ser uma mistura de orgulho e castigo. Você não consegue parar de tentar se provar para Lily, mesmo enquanto busca puni-la por deixá-lo. Certamente está tentando limitar sua obsessão ao viés do desejo. Entre o trabalho e a cama, você mal tem tempo de examinar o que é que de fato o prende a mim e como isso é aterrorizante.

Agora, você me olha com tanto carinho que não consigo respirar. O júbilo permeia meu coração como a luz do sol ilumina o cômodo. Sou querida, adorada e desejada por um homem incrível.

Esta perfeição não pode durar. Existimos numa bolha criada por nós mesmos, mas a realidade se espalha pelas bordas numa camada fina e oleosa cuja iridescência esconde um horror crescente. O murmúrio da separação está eternamente entre nós, a premonição de que estamos vivendo uma ilusão.

— Você é perfeita — você me elogia, num reflexo distorcido de meus pensamentos. Suas mãos afagam meu torso e eu me espreguiço sinuosamente sob suas palmas quentes. — Acho que nunca vou superar quanto sou sortudo por tê-la.

Abaixando a cabeça, você sela os lábios aos meus.

A doce carícia de sua língua aveludada me faz suspirar de prazer. Eu me derreto na delícia exuberante de seu beijo meticuloso. Seus lábios são firmes, mas macios. Suas lambidas profundas e lentas me saboreiam. De sua garganta sobe um murmúrio de prazer que lembra o ronronar de um felino. Você aninha minha cabeça em suas mãos e invade minha boca, como se meu gosto fosse tudo de que você precisasse, agora e para sempre.

Demonstro minha gratidão por seu amor com veneração, passando minhas mãos adoradoras sobre cada centímetro de seu corpo imenso ao meu alcance. Você se arqueia em direção ao meu toque e prende meu lábio inferior entre os dentes, puxando-o.

Estendendo-se sobre mim, segura firme ao se virar de costas, levando-me consigo. Seu peito serve de almofada para meu rosto. Seus dedos se enroscam em meus cabelos.

— Se eu não me levantar e começar a trabalhar, acabarei ficando na cama com você o dia inteiro.

— Ainda não.

Estendo a mão para pegar seu telefone na mesa de cabeceira. Ajeitando-me na curva entre seu ombro e seu pescoço, abro a câmera e seguro o celular bem alto.

Você solta uma risada.

— Estou surpreso que ainda haja memória livre, com a quantidade de fotos que você tirou.

Bato uma foto enquanto beijo seu rosto. Daí olho para cima e abro um sorriso amplo, não apenas para a posteridade, mas porque está com a expressão sexy e satisfeita de quem acaba de ter um sexo excelente e, então, completa a expressão com um sorriso tão cheio de felicidade que preenche meu coração. Tiro uma saraivada de fotos, o que faz nós dois rirmos.

— Eu vou me vestir — você diz —, e você vai revisar as propostas de propaganda para a ECRA+ e me dar sua opinião durante o almoço.

Não é uma pergunta. Ao longo dos últimos dias, quando estava saciado o bastante para manter o corpo parado, você me atualizou sobre os acontecimentos, tanto grandes quanto pequenos. Foi uma inundação de informações, como se eu estivesse estudando para uma prova na qual você não quer que eu seja reprovada.

— Falei que faria isso — concedo —, mas ainda estou esperando que explique por que quer minha opinião. Você tem funcionários contratados para lidar com o marketing; confiou no instinto deles antes.

E esse projeto é da sua irmã. Tenho certeza de que ela fez um trabalho maravilhoso. Tenho certeza de que sua mãe se certificou disso.

Seu peito sobe e desce pesadamente sob minha bochecha.

— Quero que se envolva com a Baharan. Ela é tão sua quanto minha.

— Eu não quero.

— Você não tem esse direito — você retruca, puxando meu cabelo de brincadeira.

— Por que não?

— Este era o seu plano, o motivo pelo qual você me preparou. Você...

— Preparar não é a palavra certa — digo, mordaz.

Você me lança um olhar.

— Eu nem pensava na Baharan antes de você aparecer. Você a trouxe à tona e sugeriu que eu a reativasse.

— Eu *perguntei* se você já tinha cogitado reativá-la.

— Semântica.

— Elucidação.

— Isso é irritante pra caralho!

Sorrio.

— Você sabe como gosto de usar a palavra certa. — Cruzando os braços sobre seu peito, repouso o queixo sobre os antebraços. — Venda sua parte se não a quiser.

— *Nossa* parte. E eu nunca disse que não a quero. Eu quero que você participe.

— E eu disse não, e você disse que não tenho esse direito.

Sua mão se enfia em meu cabelo para agarrar minha nuca.

— Por que você não quer trabalhar comigo? Você é tão boa em ler as pessoas, ver o potencial e as habilidades delas. Por que não compartilhar esse dom comigo?

— Compartilharei tudo o que puder com você, Kane. O que é meu é seu, o lado bom e o mau. Peço perdão pelo que for mau. É só que...

— Não faça piadinhas. — Seu rosto está severo, o rosto do homem que despertei tendo ao meu lado semanas atrás. — E vá direto ao ponto.

— Você não precisa da minha aprovação. Tenho um milhão de razões para ter orgulho de você que não têm nada a ver com seu trabalho ou sua conta bancária. Você está se saindo de modo brilhante sem mim.

— Eu não quero fazer nada sem você, brilhante ou não. E é sério que você está me analisando? — você dispara. — Eu peço para trabalhar comigo e você analisar minha psique? Tá bom.

Você desliza para longe e se levanta. Eu caio de costas na cama e encaro o teto.

Começa a marchar para o closet, mas para no meio do caminho. Ergo a cabeça para estudá-lo. Você fica imóvel por um momento, as mãos fechadas com força. Sei que está irritado, mas a visão de você de costas é tão gloriosa que não posso evitar admirá-la.

Praguejando baixinho, você volta e se senta na beirada da cama. Seu rosto está austero e lindo quando pergunta:

— Por que eu?

Sei que essa pergunta é uma das mais importantes, e é a primeira que me fez. Que você seja capaz de questionar por que alguém enxergaria seu potencial e investiria em seus sonhos parte meu coração. Isso também me coloca na terrível posição de ter que glorificar Lily.

— Você é esforçado — começo. — Sabia viver com os recursos de que dispunha. Não era desleixado com nada: como vivia, como cuidava de seu corpo, nem como lidava com as mulheres com quem saía. Você não se sentia intimidado nem menor do que homens bem-sucedidos como Ryan Landon, os amigos dele, nem por mim, aliás. Você sempre tem boas ideias. As pessoas pedem e valorizam suas opiniões. Eu poderia continuar, mas você entendeu.

Seu olhar está apertado, numa expressão de calma ameaçadora.

— Você não poderia saber sobre como eu lidava com as mulheres com quem dormia, porque não fui para a cama com mais ninguém depois de colocar os olhos em você. Eu não queria mais ninguém.

Franzindo os lábios, volto a olhar para o teto.

— Você sabe o que eu quis dizer.

— Não sei, não. — Você se debruça para entrar em meu campo de visão. — Quanto tempo antes de eu saber da sua existência você decidiu que me queria?

Estou tão imóvel quanto você, agora cautelosa. Você é inteligente demais. Chega a uma conclusão longínqua, mas correta, com apenas um deslize de minha parte. Agora está exibindo a expressão atenta de um atirador de elite que tem o alvo na mira.

— E isso importa? — pergunto, cuidadosa. — Essa não é a questão.

— Ah, querida — você sussurra ameaçadoramente —, você não poderia estar mais equivocada. Cada minuto que poderíamos ter tido juntos importa. Tudo isso são momentos que você me deve. Tudo isso é tempo que você roubou, e estou contabilizando cada segundo para cobrar o que é meu.

Puxo o edredom sobre mim, sentindo-me demasiadamente exposta. É muito mais fácil me esconder com maquiagem e roupas.

— Sou uma investidora que põe a mão na massa, digamos assim. Lendo a respeito, só é possível aprender até certo ponto. Se acho alguém interessante, gosto de conhecer a pessoa e ver como ela se comporta quando não está tentando impressionar ninguém.

Suas sobrancelhas se erguem.

— Você me espiou?

— Eu não diria isso.

Você continua me lançando um olhar duvidoso.

— Bem, desembuche, então. Diga qual a sua palavra preferida para acompanhar o que eu fazia à distância sem que eu soubesse.

— Prospecção.

— Ahã... Tá bom. Onde foi que você me prospectou?

— Em seus turnos no McSorley's. Em jogos. Coisas assim.

— Coisas assim... — Seus olhos ficam sombrios enquanto você me examina. — O que você viu?

— Todas as suas conquistas e fãs. — Dou risada quando você faz uma careta. — Você não precisa ir trabalhar?

— Por quanto tempo me seguiu?

— Não muito. Algumas semanas antes de nos conhecermos aqui na festa. — Suspiro. — Eu sabia que estava encrencada na primeira vez que o vi. Você estava flertando com uma garota. Riu de algo que ela disse e... uau. A sua aparência... relaxado, confiante, sexy... me tirou o fôlego. Eu sabia que queria que você olhasse para mim daquele jeito todos os dias, pelo resto da minha vida.

Rolando para longe, tento deslizar para fora da cama. Você se lança sobre mim, puxando-me de volta para debaixo de seu corpo.

A expressão no seu rosto parte meu coração.

— Setareh... O que é que vou fazer com você? — Você suspira pesadamente. — Se você tivesse chamado minha atenção, eu teria começado a olhar para você desse jeito bem ali, naquele exato instante.

— Eu fiquei com medo. Você me apavorava. — Afasto um cacho de seu cabelo da testa. — Num mundo perfeito, eu teria me colocado diante de você e deixado que o destino tecesse sua magia. Você não teria a Baharan. Nós teríamos feito as malas e deixado o país. Você provavelmente seria pai a essa altura, levando tudo em consideração. Talvez morássemos numa praia e você trabalhasse de casa, já que seu apetite sexual não deixaria espaço para fazer muita coisa.

Eu o provoco para deixar o clima mais leve, e parece fazer efeito. Suas feições se suavizam e seus olhos se aquecem com ternura.

— O que você estaria fazendo?

— Ah, sabe como é, repelindo seus avanços amorosos porque estou ocupada perseguindo pequenas cópias suas.

Você repousa sua testa na minha.

— Você ficaria maluca. Suas ambições são grandes demais.

— As suas também.

— Não. Eu nunca quis o mundo. Eu quero respostas, e quero você, só isso. Sou um cara muito mais simples do que pensa.

Eu discordo, mas não digo nada. Você é filho de uma narcisista e por isso precisa sempre se superar. Sempre se esforçará para ser bem-sucedido e perfeito, para ganhar a validação de uma mãe que pode demonstrar orgulho num dia e decepção virulenta no outro. Uma paixonite complicada e instável com uma quimera o enredou por anos. A obsessão, nascida da insegurança, consumiu-o. Mas, uma vez que nosso destino estiver determinado, você buscará outros desafios. Vai precisar deles.

— Queria que tivéssemos passado todo esse tempo juntos — você murmura.

— Você nunca desejou que não tivéssemos nos conhecido?

— Jamais. E sei que você também não mudaria isso. — Você me estuda com atenção. — Você disse que eu não teria a Baharan. Estava falando sério? Não ligaria se eu vendesse nossas ações?

— Não, se você ficar feliz com isso. Isso é tudo o que eu quero. Se reconstruir a Baharan não o faz feliz, livre-se dela.

Você me beija intensamente. E então me solta.

— Se eu não resistir a você agora, vou perder todas as minhas reuniões da manhã. Talvez até as da tarde.

Balanço a cabeça, divertida.

— Vá. Conquiste o mundo. Eu cuido do café.

Você salta da cama com uma energia ilimitada e se dirige a seu closet com passadas longas e tranquilas.

— As peças estão no tablet — você comenta por cima do ombro —, no aplicativo de compartilhamento de arquivos. Você vai achar. Certifique-se de olhar nas pastas de marketing e de mídias sociais.

Eu me ergo, apoiada nos cotovelos.

— Por que elas ficam separadas? As mídias sociais não deveriam se encaixar como marketing e ser desenvolvidas pela mesma equipe criativa, por uma questão de coesão?

Você para na entrada do closet e se vira para mim, apoiado no batente. Está despudoradamente nu. E por que não estaria? Você tem a forma masculina mais perfeita. É um sonho materializado.

— Duas divisões diferentes — você responde. — A equipe de marketing é interna. Mídias sociais também é, mais ou menos. Era a empresa de Amy, que se fundiu à Baharan depois que ela se casou com meu irmão. Nós não a integramos por completo ainda, até onde sei, então tratamos como frentes distintas por enquanto.

Minhas sobrancelhas se arqueiam.

— Até onde sabe?

Um de seus ombros poderosos se levanta num gesto descuidado.

— Minha mãe supervisiona essas questões. Como sabe, ela criou o nome e o logotipo da Baharan, então *branding* é algo que deixei por conta dela.

Eu me lembro dos olhares gelados que as duas trocaram na biblioteca e a reação de Aliyah à emergência de Amy no trabalho. Também me lembro de outras coisas.

— Ela gosta de você.

Uma máscara sem emoção recai instantaneamente sobre suas feições, escondendo seus pensamentos.

— Minha mãe? Isso é discutível.

— Você sabe que não estou falando de sua mãe — repreendo-o.

Você esfrega a mão no rosto.

Espero que responda ou me dê as costas. Não vou forçá-lo. Não preciso: eu vi como Amy reage a você.

— Por uma fração de segundo — você diz, ríspido —, ela me lembrou você.

Eu sabia, mas ainda me encontrava despreparada para o golpe de ouvir isso. Volto a me deitar e retorno o olhar para o teto ornamentado, onde meus pensamentos caóticos se prendem à simetria perfeita.

— Você não me deve uma explicação, Kane.

— Eu a vi de relance num dia difícil — você prossegue. — Um daqueles dias em que você era a única coisa em minha mente. Foi uma noite. Menos do que uma noite. Ela acabou conhecendo Darius por causa disso. Minha decepção é feroz. Mas não pelo motivo que você poderia supor. — Você tem todo direito de ficar aborrecida — você me diz.

— Não tenho, não.

— Tenho desejos homicidas só de pensar em você com outra pessoa. — As palavras pingam com uma fúria vulcânica.

Ambos ficamos quietos por um longo tempo. Por séculos, parece, enquanto meus pensamentos dançam com meus demônios.

— Pode me perdoar, *Setareh*? — você pergunta baixinho.

— Kane... — Balanço a cabeça. — Você está pedindo perdão para a mulher errada. Deveria estar se desculpando com ela.

Você exala num sopro audível.

— Parece justo.

— Não posso absolvê-lo de nada, mas sua esposa estava morta e você se sentia solitário. Seja um pouquinho mais compreensivo consigo mesmo; você é humano. Dito isso, tente não esquecer que você é como uma droga para as mulheres. Vá com cuidado.

— Estou ouvindo você.

Assinto.

— Acho um milagre que não esteja casado e com filhos.

— Eu jamais me casaria outra vez nem constituiria família.

— Você não pode ter certeza disso.

Seus braços se cruzam.

— O caralho que não. Eu nunca me conformaria com menos. Nunca criaria um filho com menos.

Faço uma careta. Não é o ciúme normal que nos atormenta. Não tememos a alienação de um afeto; nossa afinidade é intensa demais para isso. Nós invejamos o toma lá, dá cá de prazer porque nosso relacionamento é definido pela dor.

Meus lábios tentam se curvar num sorriso.

— Você poderia estar com outra mulher, mas, em vez disso, eu estou aqui. Fico feliz com isso. E é tudo o que importa.

— Eu jamais traria outra mulher para cá ou a levaria a algum outro lugar. Nunca houve ninguém especial. Quem poderia competir com você?

Desvio o olhar rapidamente, escondendo as lágrimas.

— A saudade que sentia de você era paralisante. Aprendi a conviver com ela, mas alguns dias pareciam um pesadelo. — Você se contém, preso por um momento em uma lembrança que provoca agonia. — Houve dias em que eu não conseguia me impedir de procurá-la, buscá-la em todas as mulheres que via. Se alguém conseguisse reter minha atenção, me desse *esperança* por ao menos um segundo, eu ficava meio ensandecido. A decepção me enfurecia. — Você faz uma pausa. — Então, eu as fodia.

Inspiro depressa e cubro o rosto com as mãos. Quando o conheci, você não era capaz de tanta insensibilidade. Não, isso não é verdade. Todos somos capazes; você era apenas bondoso demais para se entregar à crueldade. O coração partido te deformou e recriou.

— Sexo motivado pela fúria é algo catártico — você continua, as palavras marcadas pelo mau gênio. — Daí eu me odiava por ser fraco. Odiava você por me tornar fraco. Por fazer eu me conformar com mulheres que não tinham seu cheiro, seu gosto, seu toque. Mulheres que jamais enxergariam em mim o que você enxerga. Então eu as fodia de novo porque me dava repulsa fodê-las, e eu merecia sentir os arrepios por ser tão patético. E aí não suportava voltar a vê-las de novo.

Dou as costas para você, encolhendo as pernas junto ao peito. No momento seguinte, sinto o edredom se levantar e o colchão afundar. Sua pele fria pressiona a minha enquanto você se encaixa atrás de mim, curvando seu corpo em concha para imitar minha posição fetal. Seu braço pesado paira sobre mim e me puxa na sua direção, seus lábios pressionando meu ombro, contritos. Você queria machucar-me como foi machucado, punir-me como foi punido. Isso é o mais maluco no amor: ele é o ódio virado do avesso.

Você não era um homem capaz de tamanha crueldade aberta quando nos conhecemos. O amor por Lily o deformou, e eu aceito a responsabilidade por isso; não posso fazer nada menos que isso. Pego sua mão na minha e entrelaço nossos dedos.

Não dizemos nada. O abraço em si é reconfortante para nós dois. Jazemos assim por um longo tempo. Os raios do sol se movem nas paredes e no teto.

— Você está bem? — pergunta, por fim.

Assinto.

— E você?

— Eu me sinto um merda. Tirando isso, vou ficar bem, se nós estivermos bem.

— Vamos ficar.

Você começa a se mover.

— Vou ligar para Julian e tirar o dia de folga.

Olho para você por cima do ombro.

— Não faça isso.

Seu olhar se estreita.

— Por que não?

— Por que estou bem — insisto. — Estamos bem. De verdade. E você precisa diminuir a pilha de afazeres para podermos tirar aquela lua de mel que me prometeu.

Seus olhos dardejam pelo meu rosto, escrustinando-me. Ao que parece, fica satisfeito, porque deposita um beijo rápido e intenso em meus lábios.

— Eu te amo.

Respiro fundo, e então suspiro.

— Eu sei.

É um tipo de amor louco, sufocante, cruel. Você já buscou sentimentos mais suaves, mais gentis, mas se adaptou. Lamento pelo rapaz terno que você já foi, mas estou apaixonada de maneira louca, sufocante e cruel pelo homem que se tornou.

Nada é belo sob todos os pontos de vista.
— Horácio

CAPÍTULO 36

Lily

Ouço os cabides deslizando enquanto você vasculha o closet, procurando e considerando as opções. Saio da cama, apoiando a mão com força no colchão quando me dou conta de que minhas pernas estão bambas. Você faz isso comigo por razões físicas e também muito mais profundas do que a carne.

Vestindo um quimono vermelho de seda, eu o amarro na cintura e parto para as escadas. Estou na metade da descida quando a campainha soa e me dá um susto.

— Eu atendo — aviso. — Fique tranquilo.

Instantaneamente vigilante, desço apressada, virando a cabeça de lado por um segundo para espionar pelo vidro da porta. Visitas surpresa têm uma conotação totalmente diferente para nós do que para todas as outras pessoas. E, se alguém representar uma ameaça, essa pessoa terá que passar por mim até chegar em você.

Fazendo uma pausa no último degrau, escrutino mentalmente a imagem que absorvi de relance. Um homem imponente se encontra na varanda segurando um buquê enorme de rosas vermelhas com suas mãos grandes e cheias de cicatrizes. Ele não é tão alto quanto você, mas tem mais de um metro e oitenta. Com os ombros de um zagueiro de futebol americano, domou o cabelo loiro-acinzentado num corte militar e mantém os olhos escondidos atrás de óculos escuros estilo aviador. Seu maxilar é quadrado e delineado. Seus trajes, uma camiseta preta com calça social preta, tornam difícil confundi-lo com qualquer outra coisa que não seja um guarda-costas. Se a ideia é que o buquê sirva como fachada, isso é terrivelmente ineficiente.

Amaldiçoo o fato de estar vestida de forma inadequada. Também estou cada vez mais molhada entre as pernas, conforme a evidência do seu prazer cede à gravidade. De modo geral, a situação está muito aquém do ideal. Não estou preparada para lutar nem para fugir, embora saiba que o homem deve estar entre os seus. Qualquer ameaça autêntica seria sagaz o bastante para nos pegar desprevenidos.

Entrando no vestíbulo descalça, sorrio pelo vidro.

— Que surpresa boa! — digo, alegremente, notando a van da floricultura se afastando do meio-fio. — Poderia colocá-las na varanda, por favor?

Ele faz o que eu peço e, então, apruma-se. Os óculos escuros escondem seus olhos, deixando-os totalmente indecifráveis.

— O sr. Black está ocupado?

— Você trabalha para nós?

Pergunto, apesar de já saber a resposta. Infelizmente, às vezes é mais vantajoso para uma mulher esconder sua inteligência, e aprendi a me distinguir na dissimulação.

— Sim, senhora.

— Vou avisar meu marido que você está esperando. Eu o convidaria a esperar aqui dentro, mas não estou vestida de modo adequado, como pode ver.

— Sem problemas.

Observo enquanto ele deixa a varanda na frente da casa, seus passos silenciosos a despeito de seu tamanho e das solas grossas de seus coturnos. Um segundo camarada, vestido de maneira semelhante e conspícua, surge no patamar de nossa casa de hóspedes, do outro lado da rua.

Então estamos sob vigia aqui também. Interessante… Você não mencionou isso. Está mantendo as pessoas afastadas ou apenas me vigiando?

Apertando o cinto na cintura, concentro-me na entrega. Abro a porta e solto uma exclamação suave de deleite. O arranjo é extravagante. O cheiro das rosas, suntuoso e sensual, engolfa-me. Sinto uma palpitação de júbilo por você me enviar flores. Elas são um símbolo adorável e meigo do namoro.

O buquê é tão imenso e pesado que preciso das duas mãos para levantá-lo com segurança. Fechando a porta com o pé, carrego o vaso de cristal lapidado para a bancada da cozinha. Pauso um instante para admirar a perfeição de cada rosa, as pétalas mais macias que seda. Puxo o cartão preso e abro o envelope para retirar o papel dobrado. A mensagem está impressa numa fonte caligráfica.

> *Você está sempre em meus pensamentos.*

O sorriso que curva meus lábios é tão amplo que é quase doloroso. Deixo o cartão de lado e estendo as duas mãos para envolver as pétalas sedosas. A manga larga do quimono bate no papel e o faz esvoaçar para o chão. O cartão se desprende do envelope e, ao me agachar para pegar os dois, vejo o nome do destinatário. Congelo, bloqueada pela descrença.

As flores não vieram de você e não são para mim.

Contenho um soluço angustiante. Apanho o envelope com dedos trêmulos e, então, pego o cartão. Torno a me sentar no chão enquanto releio a mensagem, as pernas fracas demais para me sustentar. A casa está fria, como o hálito de um fantasma, e fica abruptamente escura. A praia ensolarada lá fora é outro mundo, um lugar de faz de conta com calor e claridade.

Não sei por quanto tempo fico ali no piso frio da cozinha. Poderia permanecer ali o dia inteiro, com os pensamentos acelerados, se não o ouvisse descendo as escadas. Não quero que me encontre fraca e abalada.

A bancada funciona como uma âncora onde eu me agarro até conseguir ficar de joelhos, depois me seguro no tampo para me puxar até me erguer.

Quando viro de costas para o buquê, quase trombo com você.

Você assoma sobre mim. Está vestindo uma camiseta cinza-escura e uma calça jeans preta desbotada. Seu closet tem peças de vários anos atrás, compradas pelo homem que você costumava ser, de modo que a camiseta parece apertada sobre seus bíceps e toda a largura de seu peito. Eu me acostumei a vê-lo assim esta semana, mas ver seu corpo de trinta e dois anos nas roupas de sua versão de vinte e poucos é estanho. De súbito, sinto-me como se eu tivesse permanecido imutável por todos esses anos, com minha vida sem interrupções, e você fosse o *doppelgänger* do homem que amo, em descompasso com o tempo e comigo.

— Deixe-me ver isso.

Você retira o cartão e o envelope de meus dedos flácidos.

Vejo suas feições endurecerem quando lê a mensagem primeiro. Seu olhar se estreita de fúria quando vê o nome Ivy York. O bilhete é amassado até virar uma bolinha minúscula em seu punho, que você larga na bancada com desgosto.

— Você está bem? — pergunta, puxando-me para um abraço apertado.

Afundo em seu calor e sua força.

— Estou bem.

Olhando para trás, as rosas vermelhas são um cartão de visitas facilmente identificável, apesar do anonimato escolhido pelo remetente. O conhecimento do nome Ivy York é assustador, mas, além dele, reside a mensagem oculta da entrega: você é um alvo.

Você pressiona um beijo ao topo de minha cabeça.

— Eu te amo. Você está segura comigo.

Que você repita esse sentimento agora me abala até o cerne. Desta vez, você se refere à minha segurança física, e um nó apertado de alerta com o qual convivo há muito tempo se afrouxa um pouquinho. Garantir minha segurança sempre foi uma responsabilidade minha. Aprendi a me proteger e me defender, e consigo fazer os dois muito bem, mas saber que você está do meu lado... bem, eis aí um presente tão precioso quanto as joias no seu cofre.

Você se afasta, afaga meu rosto e me dá outro golpe.

— Eu não fui o que você precisava antes. Agora sou.

Você pressiona seus lábios aos meus e, então, afasta-se, o maxilar retesado e os olhos ardendo de fúria. Pegando as chaves no aparador do vestíbulo, sai pela porta da frente. Pela vidraça da cozinha, vejo o especialista em segurança esperando por você na calçada. Vocês atravessam a rua juntos e desaparecem para dentro da casa de hóspedes.

O santuário de seu amor zeloso transformou minha existência. Meu maior fracasso é não ter lhe oferecido a mesma segurança.

Meu passado bate à porta. Mais que isso: ele me encontrou em meu refúgio mais seguro e também o coloca em risco. Volto o olhar para os fundos da casa, para as portas do pátio que dão na praia. Eu poderia ir embora agora. Desaparecer.

A picada de um espinho chama a atenção para minhas mãos. Não me lembro de ter tirado uma tigela do armário, mas há uma ao lado do vaso à minha frente, cheia até a metade com pétalas. O sangue assoma de um furo em meu polegar e cai na pilha viçosa, parecendo uma gota de orvalho matinal. Eu estava decapitando as rosas e colocando seus caules perversamente afiados de lado numa pilha asseada. A fragrância é assombrosamente linda, uma promessa jubilosa e sensual que me provoca com uma fantasia que não combina com a minha realidade.

O que estou fazendo? Quanto tempo se passou?

Preciso tomar um banho. Vestir-me. Preparar-me.

Preparar-me para o quê?

O ronco do motor potente da Range Rover me traz de volta ao presente. Vejo você sair de ré, depois disparar pela rua. Abandonando as rosas, corro escada acima. Estou inquieta e, pela primeira vez, sentindo-me presa. Começo a desatar o nó em minha cintura. Há uma mala pequena no closet. Não levarei muito tempo para guardar o que preciso.

Um movimento de canto chama a minha atenção para o espelho de corpo inteiro na parede... Faço uma pausa.

Meu rosto está exangue, os olhos são dois buracos negros machucados. Fito o reflexo de uma mulher assombrada e, então, espio a cama logo atrás dela. Eu troco os lençóis toda manhã e você dobrou o edredom em camadas no pé da cama, removendo as fronhas. O serviço de tirar a roupa de cama provavelmente foi interrompido pela notificação de sua equipe de segurança, avisando sobre a entrega. Ainda assim, é como trabalhamos juntos, encontrando-nos no meio do caminho. O que temos é ímpar e precioso. Vemos o melhor um no outro e, por consequência, lutamos para nos aprimorar e sermos mais do que pensávamos possível, mesmo enquanto aceitamos as partes que mais escondemos dos outros.

Meus joelhos bambeiam de novo e vou para a cama, afundando-me nela. Minhas mãos se fecham nos lençóis. Seu cheiro está no ar. Assim como o nosso cheiro.

Tudo o que quero está bem aqui. Embora minha proximidade o ameace, ela também me oferece a melhor chance de protegê-lo. E existem promessas entre nós que talvez não sobrevivam caso sejam rompidas. A questão mais crucial é: será que *você* vai sobreviver se eu ficar?

Seis anos se passaram, e você está vivo e próspero. Não seria esse um argumento convincente para minha partida?

Um suspiro pesado murcha meus ombros. Você não era próspero, era bem-sucedido, e uma coisa é diferente da outra. O fogo dentro de você vinha se apagando aos poucos, a chama ardente tornando-se incapaz de continuar acesa enquanto você se transformava em pedra. Mais um ou dois anos e ela teria se apagado por completo. É por isso que levamos tanto tempo para sanar o abismo entre nós. Você estava trancado dentro de si mesmo, vivendo sem viver. Eu não tinha como alcançá-lo.

Não posso fazer isso com você — com *a gente* — por motivo algum, mas principalmente porque não acredito que faria diferença. Estou com você. Sua importância para mim tornou-se indiscutível.

Tomo banho e coloco um vestido reto e longo de cetim preto. Ele pende de meus ombros em alças finas e tem um decote tão profundo nas costas que não posso vestir nada por baixo. Consigo fazer minha maquiagem até de olhos fechados. Como a uso todos os dias, preciso apenas de alguns minutos. É outra camada da armadura e outro hábito instilado em mim por minha mãe.

Quando me sinto pronta para encarar o que der e vier, refaço a cama e coloco os lençóis para lavar. Estou ansiosa. Sinto a necessidade de agir, mas o que posso fazer?

Quando saio da casa, sinto as lajotas do pátio quentes demais contra meus pés descalços, mas a areia gentilmente aquecida logo engolfa os meus dedos. A água cintilante mais à frente me chama, e não posso resistir ao convite. A brisa salgada acaricia minhas costas desnudas como um amante ilusório e dedos fantasmas penteiam meus cabelos. Alcanço a orla, e a areia se torna mais úmida e firme. Ondas lambem meus pés, persuadindo-me a chegar mais perto, a ir mais fundo. Atrás de mim, sinto a atração da casa de praia instando meu regresso.

Atribulada, eu me viro e caminho para desanuviar a mente. Você está a salvo com sua equipe de segurança, e nunca fui eu quem estava em perigo. O ar está fresco, a brisa mantendo no ar as gaivotas cujos gritos parecem se originar dentro de mim. À distância, um navio sai para um mar cheio de pontinhos brilhantes, como milhões de pontas de adagas flutuando nas águas cor de safira.

Paro na frente da casa mais bonita da orla, pintada de um rosa bem suave com um arremate em cinza-claro. Os dois andares têm uma sacada e um deque da mesma largura e profundidade, criando uma varanda coberta onde ficam duas cadeiras de balanço e uma mesa de ferro fundido com lugar para quatro pessoas. Um homem se encontra sentado na mesa, uma figura amada e familiar.

Aceno. Ben se levanta devagar e com dificuldade. Dói-me testemunhar seu declínio, mais notável por causa do fosso profundo de tempo desde a última vez que o vi. Corro até ele.

— Oi, Ben! — Subo os degraus e o abraço. — Senti saudades de você.

Ele treme enquanto retribui o abraço.

— Você veio me levar para o céu, anjo?

Eu recuo. O rosto dele está mais vincado que antes, os olhos mais fundos. Ele está com sua boina, e o tweed cinzento escureceu com o tempo. Ele está mais baixo agora, as costas curvadas numa corcunda.

— Ah, Ben... Sou uma mulher casada, e você é lisonjeiro demais para usar uma cantada dessas.

— Bem, vai me levar para o outro lugar, então. — Ele anui, sabiamente. — Não posso dizer que esteja surpreso. Talvez não por você também acabar lá no final, pensando bem. Nós dois desfrutamos de um ou outro pecado, não foi?

— Um ou outro. Você se incomoda se eu filar um cigarro seu e me sentar um pouquinho?

Ele franze a testa.

— Anjos não fumam.

— Como é que você sabe?

Seus olhos opacos me espiam, cheios de dúvida, mas ele gesticula para que eu me junte a ele na mesa. Eu me sento e ele me acompanha, observando conforme eu me sirvo de um cigarro e o acendo com seu isqueiro. A primeira tragada é profunda, meus olhos se fechando em resposta à onda desejada e conhecida.

— Ah, isso é bom! Você é um santo, Ben.

— Sou? — indaga ele, ansioso.

Abrindo os olhos, eu o analiso.

— Você sabe que não estou morta, né?

Apesar de eu dizer isso, não tenho certeza se eu mesma acredito. Parece que estou num globo de neve, presa num instante artificial.

— Dizem que está, sim. Afogada no seu barquinho bonitinho. Isso me preocupava, você velejando sozinha o tempo todo. Partiu meu coração quando Robby me disse que você não ia voltar.

— Ah, Ben. — Coloco a mão sobre a dele. Os nós de seus dedos são grossos, a pele quase translúcida, marcada pelo tempo. — Desculpe.

— E o coitado do seu marido. — Ele chacoalha a cabeça. — Também me deixou preocupado. Acho que ele não dormiu nada em todos os dias que ficamos procurando por você. Na noite em que Robby me contou, eu me sentei aqui no deque e chorei, mas Kane... Aquele garoto foi até a beira da água e gritou tudo o que podia.

Ai, meu amor... Você sofreu tanto por causa de minha fraqueza por você...

Ben esfrega o queixo, pensativo.

— Soou como algo que parecia, ao mesmo tempo, um uivo de lobo e o berro de uma *banshee*. Foi a coisa mais assustadora que já vi ou ouvi, um homem de pé sob a lua e despedaçado daquele jeito. Você conseguiu ouvi-lo lá de cima quando ele fez isso? Acho que ele estava chamando você.

Minha mão está cobrindo a boca. A dor em meu peito parece um ataque cardíaco, e talvez seja. É possível que meu coração não consiga sobreviver à imagem que Ben gravou em minha mente.

Aceitarei se existe uma parte de você que vai me odiar para sempre por causa do que teve que suportar. Qualquer um que o magoe deve pagar por isso, inclusive eu.

A porta telada se abre com um rangido, e o neto de Ben, Robert, sai da casa.

— Ai, céus! *Lily?*

— Você também consegue vê-la? — pergunta Ben, alarmado.

Encaixo meu cigarro no cinzeiro e enxugo o rosto, sabendo que minha maquiagem deve estar um horror por todas as lágrimas que derramei.

— Oi, Robby.

Eu me levanto e estendo os braços para ele.

— Como é que você está aqui? — pergunta por cima de meu ombro, abraçando-me com força. — Por onde esteve?

Robert me ajuda a visualizar como Ben deve ter sido no passado. Ele tem mais ou menos a minha altura e é magro; seu rosto, quadrado e franco. Sardas se espalham pela ponte de seu nariz. Ele tem quase a minha idade, mas parece muito mais novo. Assim como seu avô, Robert é encantador, o tipo de cara que nunca se aquieta com uma garota só, mas é tão meigo que nunca há discussões.

— É uma longa história — digo a ele, retomando meu lugar e dando outra tragada no cigarro. Meus dedos estão tremendo, mas sinto que fumei maconha em vez de tabaco. Tudo está nublado e estranho, distante e parecendo um sonho.

— Você não está morta mesmo? — pergunta Ben, estreitando os olhos.

— Acho que não. — Mas os dois olham para mim de um jeito bem esquisito. — Que foi?

— Você voltou para a casa da praia?

— Sim, estamos de volta. Moramos na cidade, mas vamos ficar aqui por um tempo, e espero que possamos voltar com frequência.

Robert passa uma das mãos por seu cabelo ruivo.

— Preciso de um trago. Vô?

— Sim. Eu também.

Ele volta para dentro.

Ben se recosta, balançando a cabeça.

— Se você está viva mesmo, deveria saber que a sua casa é assombrada.

Pauso no meio de uma exalação, a fumaça presa em meus pulmões.

— Como você sabe?

— Nós a vimos lá, Robby e eu. Primeiro foi só Robby; ele caminha pela praia mais do que eu. Ele viu você pelas portas do pátio, olhando fixamente para ele. Eu disse que era algum truque da luz e do luto. Ele gostou de você por muito tempo. Mas aí ele a viu na janela do andar de cima, dois anos depois.

Ele faz uma pausa para acender um cigarro, exalando pesadamente.

— Eu vi você no ano passado. Estava escuro e a luz do andar de cima estava acesa. Você ficou na janela com um brilho em torno da cabeça. Feito um halo. Deu um susto daqueles em Robby toda vez, mas eu me senti muito em paz com isso. Como se tudo fosse terminar bem.

Robert retorna com um copo em cada mão e uma garrafa de água debaixo do braço. A porta se fecha com estrondo após sua passagem e, apesar de ser um som familiar e esperado, faz-me dar um pulo. Cheia de energia ansiosa, eu me levanto para ajudar, pegando a água para mim e um dos drinques para Ben, que coloco na mesa diante dele.

— Uau. — Robert me encara. — Por que cortou o cabelo?

Esmago a ponta de meu cigarro, apagando-o.

— Não sei.

— Você ainda tinha o cabelo comprido quando a vi, no ano passado — diz Ben.

— Sobre isso... — Eu me concentro em Robert, pois sua mente ainda não está nublada pela idade. — Pode me contar mais sobre o que viu?

Ele toma um longo gole de uísque, esticando-se em sua cadeira. Em seguida, dá de ombros.

— Não sei o que dizer. Nunca contei para ninguém além do vô porque é uma loucura.

— Você viu uma mulher na casa. Por que pensou que fosse eu?

— Ela era alta como você. Magra como você. Eu estava perto da água, então não é como se ela estivesse bem na minha frente, mas era linda, como você.

Aceitarei se existe uma parte de você que vai me odiar para sempre por causa do que teve que suportar. Qualquer um que o magoe deve pagar por isso, inclusive eu.

A porta telada se abre com um rangido, e o neto de Ben, Robert, sai da casa.

— Ai, céus! *Lily?*

— Você também consegue vê-la? — pergunta Ben, alarmado.

Encaixo meu cigarro no cinzeiro e enxugo o rosto, sabendo que minha maquiagem deve estar um horror por todas as lágrimas que derramei.

— Oi, Robby.

Eu me levanto e estendo os braços para ele.

— Como é que você está aqui? — pergunta por cima de meu ombro, abraçando-me com força. — Por onde esteve?

Robert me ajuda a visualizar como Ben deve ter sido no passado. Ele tem mais ou menos a minha altura e é magro; seu rosto, quadrado e franco. Sardas se espalham pela ponte de seu nariz. Ele tem quase a minha idade, mas parece muito mais novo. Assim como seu avô, Robert é encantador, o tipo de cara que nunca se aquieta com uma garota só, mas é tão meigo que nunca há discussões.

— É uma longa história — digo a ele, retomando meu lugar e dando outra tragada no cigarro. Meus dedos estão tremendo, mas sinto que fumei maconha em vez de tabaco. Tudo está nublado e estranho, distante e parecendo um sonho.

— Você não está morta mesmo? — pergunta Ben, estreitando os olhos.

— Acho que não. — Mas os dois olham para mim de um jeito bem esquisito. — Que foi?

— Você voltou para a casa da praia?

— Sim, estamos de volta. Moramos na cidade, mas vamos ficar aqui por um tempo, e espero que possamos voltar com frequência.

Robert passa uma das mãos por seu cabelo ruivo.

— Preciso de um trago. Vô?

— Sim. Eu também.

Ele volta para dentro.

Ben se recosta, balançando a cabeça.

— Se você está viva mesmo, deveria saber que a sua casa é assombrada.

Pauso no meio de uma exalação, a fumaça presa em meus pulmões.

— Como você sabe?

— Nós a vimos lá, Robby e eu. Primeiro foi só Robby; ele caminha pela praia mais do que eu. Ele viu você pelas portas do pátio, olhando fixamente para ele. Eu disse que era algum truque da luz e do luto. Ele gostou de você por muito tempo. Mas aí ele a viu na janela do andar de cima, dois anos depois.

Ele faz uma pausa para acender um cigarro, exalando pesadamente.

— Eu vi você no ano passado. Estava escuro e a luz do andar de cima estava acesa. Você ficou na janela com um brilho em torno da cabeça. Feito um halo. Deu um susto daqueles em Robby toda vez, mas eu me senti muito em paz com isso. Como se tudo fosse terminar bem.

Robert retorna com um copo em cada mão e uma garrafa de água debaixo do braço. A porta se fecha com estrondo após sua passagem e, apesar de ser um som familiar e esperado, faz-me dar um pulo. Cheia de energia ansiosa, eu me levanto para ajudar, pegando a água para mim e um dos drinques para Ben, que coloco na mesa diante dele.

— Uau. — Robert me encara. — Por que cortou o cabelo?

Esmago a ponta de meu cigarro, apagando-o.

— Não sei.

— Você ainda tinha o cabelo comprido quando a vi, no ano passado — diz Ben.

— Sobre isso… — Eu me concentro em Robert, pois sua mente ainda não está nublada pela idade. — Pode me contar mais sobre o que viu?

Ele toma um longo gole de uísque, esticando-se em sua cadeira. Em seguida, dá de ombros.

— Não sei o que dizer. Nunca contei para ninguém além do vô porque é uma loucura.

— Você viu uma mulher na casa. Por que pensou que fosse eu?

— Ela era alta como você. Magra como você. Eu estava perto da água, então não é como se ela estivesse bem na minha frente, mas era linda, como você.

Ele dá de ombros outra vez, claramente embaraçado.

— Era você — insiste Ben. — Eu a reconheceria em qualquer lugar.

Suas palavras ecoam por minha mente. *Não voltei mais.*

— Lily!

O vento carrega sua voz até mim, esparramando meus pensamentos em turbilhão. Que você esteja gritando por Lily é um choque de abalar a alma, já que é a primeira vez que me chama o nome dela desde que acordei.

Empurrando a cadeira para trás, levanto-me de um salto. Procuro pela praia e o avisto correndo.

— Kane!

Sua cabeça se vira para mim e você dispara com a velocidade espantosa e a graça que já admirei nas quadras de basquete, seus pés voando pela areia. Seu lindo rosto está pálido. Seus olhos são moedas escuras, um pagamento a Caronte para que ele o transporte pelo rio Estige até mim, seu inferno particular. A culpa se assenta em minhas entranhas. Corro até você, encontrando-o no meio do caminho. Você me agarra, apertando-me tão forte que temo que uma costela se rache. Aceito a dor de bom grado.

Sua mão se enfia em meu cabelo, ancorando-me contra você. Meus pés pairam acima da areia. Você treme violentamente, e eu o abraço com toda força, mantendo-o sob controle. A imagem que Ben descreveu de você na orla arrasado pelo luto está nítida em minha mente. Ter encontrado a casa vazia deve ter revivido aquela dor em você, e eu imploro por perdão.

— Perdão — digo, com a garganta embargada. — Eu deveria ter deixado um bilhete.

— Você não pode simplesmente sair desse jeito. Preciso saber onde está.

— Eu sei. Desculpe. — Acalmo-o com as mãos, afagando suas costas. — Não parei para pensar.

Meu olhar escaneia a praia em busca de perigo. Assusta-me estar com você assim, em campo aberto. As flores são uma revelação zombeteira de que nossa localização é conhecida, assim como meu passado recente. Estamos expostos de todas as formas possíveis, e você é o alvo.

A voz áspera de Ben ressoa:

— Você não fez um funeral, rapaz. Ela está presa no purgatório, mantida entre esta vida e a próxima.

Seu peito se expande numa inspiração trêmula.

— Vou segurá-la com força então, Ben — você grita de volta —, assim ela fica por aqui.

CAPÍTULO 37

Witte

Descalço e sem camisa, com suor do esforço secando lentamente ao ar da tarde, eu me reclino na amurada da sacada e leio a mais recente mensagem de texto enviada a meu celular.

> Pago em dinheiro. Anônimo. Sem placa. Chassi raspado. Vídeo completo enviado em anexo. A Range Rover tinha um aparelho de rastreamento conectado ao chassi.

Analiso a foto granulada em preto e branco de um cavalheiro saindo de uma floricultura em Greenwich. A cabeça está raspada e o rosto bem barbeado, os olhos escondidos atrás de óculos escuros. É um homem grande e musculoso — em alguns meios, seria conhecido como "os músculos" —, bem-vestido num terno com o casaco largo o bastante para esconder uma arma.

A movimentação pelas portas francesas com moldura preta atrai meu olhar para Danica recolhendo as roupas que descartei no carpete branco de sua sala de estar. Minha amante de muitos anos arruma as coisas para mim, cozinha para mim e me mima. Tudo isso é desnecessário, mas adorável. Minha filha diz que é fortuito eu ter encontrado uma mulher disposta a aceitar as exigências de minha carreira. Que Danica seja uma beldade deslumbrante que me encanta com sua sagacidade e seu companheirismo tranquilo é um bônus.

Sinto o cheiro dela em minha pele, e um desejo primitivo se espreguiça dentro de mim.

Abrindo meu e-mail, passo os olhos sobre o relatório e, então, assisto ao vídeo. Ele começa na rua, cortesia de uma câmera na esquina em frente. Ele chega numa Bugatti preta, um veículo tão distinto que é evidente que não se importa que alguém repare nele. Desdobra-se para sair de trás do volante, abotoando o terno antes de entrar na loja. Embora seja grande demais para ser ágil de verdade, ele sinaliza perigo e ameaça pela fluidez de seus movimentos e pelo modo como avalia por completo os arredores em busca de riscos antes de se afastar do carro.

Encaminho o e-mail e ligo para o sr. Black. Ele atende de imediato e eu começo, sem preâmbulos:

— Sugiro voltar para a cobertura. A casa de praia é exposta demais.

— Discutirei isso com Lily.

Danica vestiu um quimono branco transparente, sua nudez perfeita ainda totalmente à vista. Ela se move com a elegância sinuosa de uma gata, seu cabelo platinado caindo até a cintura.

Mesmo depois de anos juntos, ainda me sinto ansioso e lascivo com ela. Acabo de possuí-la no chão, que foi o que ela demandou no instante em que entramos, correndo e rindo, pela porta da frente, desejosos feito dois adolescentes. *Me fode agora, Nicky*, foi o que ordenou, puxando-me por cima dela num emaranhado de braços e pernas. Nada poderia ter me impedido de reagir àquele comando. E, quando me retirei de seu corpo satisfeito apressadamente para atender ao telefone, ela não demonstrou ressentimento em ser abandonada tão depressa depois do orgasmo.

— Revisei o vídeo de vigilância. O sujeito é, sem sombra de dúvida, um profissional.

Meu patrão exala asperamente.

— Mas é claro.

— O senhor já deve ter recebido o material.

Ele fica em silêncio enquanto assiste.

— A Bugatti deve ser fácil de rastrear — murmura, com a distração de quem se concentra em muitas coisas.

— Estamos trabalhando nisso — garanto a ele.

— Ele rastreou meu carro?! — Ele xinga com violência quando cruza com essa informação no relatório. — Como isso aconteceu?

— Vamos checar as imagens da garagem da cobertura, mas teria sido mais fácil instalar o aparelho enquanto estávamos na cidade, em várias ocasiões.

— Por que brincar com ela desse jeito? — Há uma fúria impotente na voz dele. — Rastreá-la. Provocá-la com aquelas flores.

— Um recado. Só ela sabe o significado e se eram destinadas a ela ou ao senhor.

Danica se aproxima, seus seios fartos e quadris estreitos ondulando conforme ela anda com graça sedutora. Ela abre a porta, seus lábios se curvando num sorriso felino enquanto coloca um copo de uísque com uma bola de gelo na mesa da varanda. *Almoço em meia hora*, cochicha, antes de voltar para dentro e fechar a porta. Embora tenha acabado de desfrutar dela por completo, meu pau se anima ante a exuberância de sua silhueta exposta de maneira tão tentadora. Estou com ela há dias e mal me separei de seu corpo esse tempo todo. Por mais prazeroso que tenha sido, não consigo evitar sentir que não estou onde deveria estar.

— Você acha que eu não deveria confiar nela — declara o sr. Black. — Já viu o jeito como ela olha para mim, Witte? Ela não é uma ameaça.

Essa análise é displicente demais. O relacionamento deles não foi, em grande parte, fonte de agonia para ele? Seu sofrimento foi tão terrível que apenas o desejo maníaco em se transformar num homem de substância o fez continuar. Ele não teria uma distração tão grande assim outra vez. Se Lily partir seu coração agora, creio que ele não sobreviveria.

Chamo a atenção de Danica enquanto ela se move pela cozinha integrada. Ela é uma criatura generosamente cativante, deslizando com elegância pelo espaço, uma aparição sedutora arrastando uma cauda branca transparente e cabelos platinados e brilhosos que vagam como neblina ao redor de seus ombros esguios. Ela me dá um sorriso convidativo, seu olhar lânguido e quente.

Existe algo tão intoxicante quanto ser o objeto do desejo de uma mulher de beleza estonteante? Existe algum homem capaz de ser racional em tais circunstâncias? Antes de conhecer Danica, eu teria dito que amor e desejo inconsequentes são desatinos da juventude. Acreditava estar pessoalmente acima dessas bobagens. Posso julgar o sr. Black, censurá-lo, quando minha circunstância espelha a dele?

— Deixe-me lhe contar sobre Lily — diz ele, tenso. — Certo dia, Ryan me enviou uma mensagem de texto me convidando para passar a noite na casa dele. Fazia algumas semanas que não nos encontrávamos, porque eu a vinha evitando. Não conseguia suportar nem a possibilidade de vê-los juntos. Sabia que ela estava parcialmente apaixonada por mim, e me deixava maluco o fato de ela ficar com ele só para me manter longe. Ela tentou confundir-me, convencer-me de que eu estava enxergando nela uma reação que não existia, mas o amor era evidente toda vez que ela olhava para mim. Assim como o medo.

Abruptamente, a primeira visão que tive dela na cidade assume outra conotação. Será que o medo dela vem de seus sentimentos por ele, em vez de ser um medo *dele*? Algo assim seria possível?

— Uma escolha difícil para uma mulher — murmuro, os pensamentos em turbilhão. — Vocês dois são homens excepcionais.

— Na época, eu não era, não. Ryan já estava chamando atenção com a LanCorp, mas, para mim, adquirir o que restava da Baharan era apenas um sonho. — Ele suspira pesadamente. — Aceitei o convite dele porque sentia falta de nossa amizade, mas também queria ver as fotos dela que ele tinha em casa. Estava tão faminto assim por vê-la.

Olho de soslaio para Danica. Eu também me volto para fotos dela na impossibilidade de estarmos juntos. Às vezes, só as lembranças não bastam para aliviar a dor da separação.

— Eu cheguei bem no horário — continua. — Talvez até um pouco mais cedo. O porteiro me conhecia e sabia que eu viria, então apenas me deixou entrar. Peguei o elevador. A porta do apartamento de Ryan estava destrancada. Entrei e estava prestes a chamá-lo quando ouvi sons vindo do quarto.

A dor na voz dele era tão vívida que me afetou de forma aguda.

— Eu devia ter ido embora — prossegue, a voz áspera, crua. — Em vez disso, fui até o quarto. Não pude me conter. Ela estava lá, debaixo dele. Eles mal tinham tirado a roupa. Ela levantou o vestido, ele abaixou as calças e estava dentro dela, gemendo como se estivesse enlouquecendo. Ele pausa por um longo instante antes de continuar.

— Ela olhou diretamente para mim quando cheguei à porta, e não havia surpresa alguma em seu rosto. Sua mão estava na nuca dele, segurando-a contra seu ombro, virada para a outra parede, para que ele não me visse.

— Sr. Black, eu não...

— Ela planejou aquilo, Witte. Tudinho.

Não quero ouvir mais nada. É meu trabalho me colocar no seu lugar, e, com Danica diante de mim, isso é fácil demais. Nós temos mais ou menos a mesma idade e não queremos nomear nosso relacionamento. Eu sou monogâmico; nunca perguntei se ela me concede a mesma cortesia. Ela é uma mulher sensual e eu não estou disponível com frequência. Nunca a visito sem avisar com antecedência, mas é possível que, se o fizesse, testemunharia uma cena como a que meu patrão descreveu. Só de pensar isso já me atormenta.

— Ela pegou o telefone dele — ele diz entredentes, ainda furioso. — Marcou o horário. Avisou a portaria. Destrancou a porta. E me encarou sem emoção enquanto ele a fodia bem na minha frente.

Eu mexo o peso do corpo, repugnado. Vejo a imagem que ele descreve. A Lily de quem fala é uma mulher que eu não conheço. Não pode ser a mesma que olha para ele com amor e saudade tão fervorosos.

Mas poderia ser a mulher para quem um assassino profissional envia flores e desejos românticos.

— O objetivo dela era terminar tudo antes que nós pudéssemos começar. Porque, apesar de não termos nos visto em semanas, nossa atração imensa continuava crescendo. Era apenas uma questão de tempo. Ryan vinha me dizendo que sentia que ela estava, aos poucos, afastando-se dele. Ela vinha recusando sexo com ele e limitando o tempo que passavam juntos. O que deixou tudo muito pior foi o fato de que vinha juntando esperanças de que ela me procurasse em breve.

Ouço a cadeira de seu escritório ranger conforme ele se ajeita e me vejo anotando mentalmente a necessidade resolver isso passando um lubrificante, uma maneira instintiva de me afastar da conversa. É, ao mesmo tempo, pessoal e doloroso demais.

— Até aquele ponto, pensava que *eu* era o problema. Que eu não era bom o bastante, que minhas perspectivas como parceiro de vida eram limitadas demais para ela. Naquele momento, dei-me conta de que, na cabeça dela, era o contrário. Por algum motivo, ela acreditava que eu ficaria melhor sem ela e estava disposta a fazer mal a nós dois para me proteger de si mesma.

Levo vários segundos para formar uma resposta delicada.

— Não existem muitos homens que fossem chegar a essa conclusão nas mesmas circunstâncias.

— De algum jeito, eu sabia, mesmo naquele momento, que ela me amava. Ela montou uma cena que servia apenas em meu benefício, Witte. Para ela, não havia nada além de sofrimento. Ela não entendia que eu só deixaria de desejá-la se ela parasse de me desejar primeiro. Enquanto ela me amasse, eu tinha que continuar. Pode entender isso?

— Em parte, sim.

Não digo que me pergunto se ela sabia que a cena, como ele a chama, apenas aprofundaria o desejo dele por ela. E a colocaria num risco muito maior: todo homem tem seus limites, e o temperamento do sr. Black pode ser explosivo. Eu certamente não quereria mais nada com Danica se ela montasse uma armadilha tão cruel e deliberada. Porém Lily tinha, talvez, mais percepção sobre Kane Black que qualquer outra pessoa, além de estudar Psicologia.

— Lily não entendia. Ela tentou mudar *meus* sentimentos por ela, porque o amor *dela* era forte demais para ser combatido. E, por um minuto, foi bem-sucedida. — A voz dele se transforma numa lâmina que me atravessa. — Nunca senti um ódio como aquele. Não antes disso, e não desde então. Quis matar Ryan, e com brutalidade, e queria estrangulá-la por me ferir daquele jeito. Desejei colocar as mãos em torno do pescoço dela e apertar. Foi preciso todo meu esforço para me impedir de despedaçar os dois. Eu me lembro de ter pensado que os olhos dela não poderiam ficar mais inertes, nem se eu a matasse. Ela não teria resistido. Teria apenas ficado ali, linda e cruel como uma rosa, enquanto eu a estrangulava até a morte.

Não conheço este homem que pode descrever o ato de assassinar a mulher que ele ama com tamanha naturalidade. Também não conheço a mulher que ele descreve. Sua esposa jamais se renderia à violência. Eu também olhei nos olhos dela, e vi uma mulher que sempre lutará até a morte.

— O plano dela quase funcionou. Pensei que se ela estava tão desesperada assim para me afastar, eu lhe daria o que ela desejava. Virei as costas e fui embora. Se ela tivesse sido capaz de se conter até eu partir, eu teria sido uma ameaça para qualquer um que cruzasse o meu caminho, porque ainda queria matar. Mas ela não pôde suportar me ver partindo. E soltou um... sei lá... um som terrível. Um som de... de angústia. Ainda sou capaz de ouvi-lo.

Resta-me imaginar isso enquanto ele faz uma pausa.

Ele solta o ar.

— Ryan entrou em pânico, achou que a havia machucado. Eu o ouvi implorando a ela que lhe dissesse qual era o problema, enquanto eu saía sem que ele ao menos soubesse que eu estivera lá. Ela terminou com ele naquela mesma noite, o que acabou com ele. Ele já tinha comprado uma aliança de noivado, esperando que isso fosse consertar o que havia de errado na relação deles. Acabou se apoiando em mim no rescaldo, e foi difícil. Eu me sentia um merda de marca maior. Ali estava eu, consolando meu melhor amigo, enquanto escondia que eu era o motivo pelo qual ele estava sofrendo.

— Foram feitas algumas escolhas questionáveis — comento, severamente —, mas o senhor não o traiu.

— As mentiras que contamos para nós mesmos — murmura ele. — Você pode entender um amor como o nosso, Wille? Eu posso sobreviver a qualquer coisa, menos a perder minha esposa, mas ela me deixaria para que eu pudesse sobreviver.

Levantando a mão, esfrego meu pescoço tenso. Não podemos nos preparar para o desconhecido.

— Se ela quer proteger o senhor, precisa ser franca sobre o perigo.

— As coisas mudaram. *Ela* está diferente agora. Terei mais informações pela manhã. — A fúria calcina suas palavras. Ele se manteve no controle por muito tempo, mas já chega. — E nós vamos pensar em voltar para a cidade amanhã. Não vou deixar que um brutamontes numa Bugatti nos expulse daqui. Esta casa é sacrossanta. Eu a deixarei quando *eu* quiser, porra.

— Insisto para que o senhor fique em casa, dentro de casa, até então.

— Não vamos a lugar nenhum — diz, brusco. — Temos muito a discutir. Se alguém a quiser, ou ao dinheiro, ou ambos, quero isso resolvido *agora*. Trabalhei duro demais para construir esta vida. Não vou abrir mão de nada.

Discutir o presente — e o que o futuro pode trazer — é um certo alívio. Não posso corrigir o passado, mas posso fazer planos para o presente e o futuro.

— Não sabemos como ela se portou nos últimos seis anos ou antes de vocês se conhecerem. É impossível abandonar certos estilos de vida por escolha própria. Em certas situações, a única saída é matar ou ser morto.

— Estou ciente disso. — Não há hesitação na voz dele, nenhum remorso. Ele está resolvido e resoluto. — Você é capaz de entender, porém, que só existe uma opção viável para mim.

CAPÍTULO 38

Lily

— O cheiro está incrível!

Entro na cozinha e paro ao lado da bancada. Você se livrou das rosas e a brisa marinha, auxiliada pelo que você está cozinhando, erradicou por completo o cheiro enjoativo delas.

Você está de frente para o fogão, com uma calça jeans que é, ao mesmo tempo, confortavelmente larga e ajustada ao formato de seu corpo. Seus pés estão descalços, o peito nu, os músculos das costas ondulando conforme você mexe o conteúdo de uma panela grande. Seu telefone está na bancada perto do descanso de colher, vapor sobe dos vãos da panela de arroz e Billy Joel canta "She's Always a Woman" pelos alto-falantes estéreos: uma música que você me disse certa vez que o fazia se lembrar de mim.

— É gombô — você diz por cima do ombro, prestando atenção na comida.

— Adoro gombô. — Coloco a mão na maçaneta com naturalidade ensaiada. Quero ser sedutora. Confiante. Finjo as duas coisas. — Mas você deveria usar com um avental.

Essa vida doméstica tranquila, segura, é a sua cara. Tudo o que você sempre quis era Lily como sua esposa e os confortos de um lar de verdade.

— E perder uma oportunidade de seduzir você com o meu corpinho?

Você ajusta sua postura para me manter em suas vistas e dá uma piscadela. Já se barbeou de novo.

Parece relaxado e sereno no momento, e seu sorriso ilumina a cozinha. É como se tivesse apagado por completo a entrega de flores de sua mente. Apagar o dia não é tão fácil para mim. Sei que sou a fonte de seu estresse e de suas preocupações mais profundas. É um truque cruel do universo que eu também seja seu conforto e seu abrigo.

— Estou seduzida.

Você treinou meu corpo a associar o seu com prazer, e o vício nessa dose de dopamina cria uma reação física imediata. Em todos os níveis, estou consciente do que você pode fazer comigo e a proficiência com que o faz. Meus mamilos se distendem contra o cetim preto de meu vestido, visivelmente excitados. Estão sensíveis devido às sugadas frequentes, assim como minha boca e meu sexo. Músculos antes sem uso estão doloridos. Não consigo me esquecer de como sua busca hedonista pela saciedade erótica está moldando meu corpo às suas necessidades específicas.

Você fica muito imóvel quando registra minha óbvia reação a você, seu físico glorioso tornando-se tenso e ofegante. Cada músculo está definido pela rigidez, transformando-o numa obra de arte sensual. Seu corpo se prepara para oferecer os serviços de garanhão pelos quais me condicionou a ansiar.

— Pensei que talvez você quisesse voltar para a cobertura esta noite — digo, baixinho.

Largando a colher de cabo longo, você se vira de frente para mim.

— Está com medo?

— Não.

— Que bom.

Você se recosta na beira da bancada e cruza os braços, exibindo a beleza de seus bíceps densos e a dureza de seu peitoral. Seu jeans mal contém uma ereção proeminente. O primeiro botão está aberto, permitindo que o tecido se assente bem baixo nos quadris. É visível que você não está usando nada por baixo.

Você é, simplesmente, o homem mais sexy que já vi. Erótico, arrojadamente viril. Sou muito grata por você ser meu e por poder tê-lo sempre que eu quiser. O olhar de cima a baixo que me dá é por si só uma carícia — quente, admirador e possessivo. Sempre me olha desse jeito, como se eu fosse, ao mesmo tempo, uma obra de arte inestimável e pornografia excitante.

Você me vê com clareza ou a névoa do sentimento antigo atrapalha sua visão? O que me beneficiaria mais: a aceitação de como sou ou o perdão da nostalgia?

Mudo minha postura, frustrada e inquieta. Meu apetite por você é agudo e urgente. Quero muito mais de você. Quero tudo. E essa voracidade não saciada me leva a aceitá-lo de qualquer jeito, tão frequentemente quanto for possível.

Você se apruma, desliga o fogo e tampa a panela.

— Se sairmos agora, nossa última lembrança daqui será aquela maldita entrega de flores. Não vou permitir que nada nem ninguém mude o que este lugar significa para nós. Não temos que fugir. Sou plenamente capaz de protegê-la.

Como sempre, seu coração passional me comove. Quem teria imaginado que uma mulher criada para desprezar o amor se apaixonaria tão profundamente por um homem romântico?

Você me faz querer, com tanta ferocidade, ser uma pessoa melhor que não consigo imaginar evitar essa transformação. De lagarta a borboleta. Pecadora a santa.

Você avança em minha direção, como uma pantera lustrosa, grande e dotada de elegância fluida. Eu me pego em um passo involuntário para trás quando um pico de adrenalina me percorre.

— Vou te pegar — você avisa baixinho.

Meu coração dispara e meu queixo se empina.

— Não estou fugindo.

Suas mãos circundam meus braços como se, apesar de minha afirmação, você esperasse que eu saísse correndo. Os dedos flexionam, apertando e soltando. O desejo faz seus olhos arderem, mas é a fúria que queima com mais intensidade.

— Você faz de propósito? — murmura, o olhar fixo em minha boca. — 'Tudo em você me dá vontade de foder. Sua aparência, seu cheiro. Só de pensar em você fico de pau duro. Você é uma compulsão, *Setareh*.

Seu polegar sobe até meu lábio inferior e o esfrega. Eu lambo a ponta do dedo, sugando-o em seguida. Mantenho a sucção firme enquanto minha língua acaricia a ponta calejada. Você rosna, pressionando-se contra mim, sua ereção crescendo a cada volta de minha língua.

Eu o solto e seu braço cai para a lateral do corpo.

— Você está bravo — digo, e não é uma pergunta.

— Estou muito mais do que bravo. — Você repousa a testa na minha. — *Seis anos, Setareh*. Seis anos estando tão desesperado por você que achei que enlouqueceria. E agora, justo quando a tenho de volta, alguém a ameaçou. Fúria não é nada comparado ao que sinto.

Seu amor nunca esmoreceu. Penso na pintura em sua parede; você se torturou para manter Lily por perto.

Inclinando-me adiante, pressiono um beijo sobre seu coração. De alguma maneira, vou retirar essa dor e substituí-la por amor. Sua última lembrança de nós nesta casa será alegre, mesmo que seja uma memória nublada por um prazer entorpecedor. É o mínimo que posso fazer, considerando todo o sofrimento que lhe causarei no futuro.

Você geme quando movo minha boca para o disco marrom de seu mamilo e o beijo também. Enquanto minha língua se agita sobre a ponta encolhida, vou soltando os botões metálicos de sua calça, um por um.

Seu jeans escorrega até o chão. Você se desvencilha dele e chuta a peça de lado, descaradamente nu. Tomo seu pênis em minhas mãos, meus lábios formando um sorriso ao perceber um tremor intenso percorrer seu corpo. Há um poder inegável em assumir o controle de um homem tão autoritário quanto você. É extasiante tê-lo em minhas mãos — macio como cetim, grosso e de um ardor febril.

Tem sido estranho e maravilhoso tocar você de maneira tão íntima; entretanto não consigo dispensar a sensação bizarra de estar me intrometendo. É enlouquecedor, inquietante e terrível. Quero acreditar que aquilo que ignoramos vai simplesmente desaparecer, mas sei que apenas a honestidade pode nos libertar.

E nos separar.

Começo a deslizar a mão da raiz até a ponta. Tenho as duas mãos em volta de você, uma por cima da outra, mas a cabeça do seu pênis ainda se estende além de meu alcance. Acaricio-o para cima e para baixo com as mãos, sabendo a pressão que você gosta. Seu gemido entrecortado é a recompensa. Roço os lábios por seu peito para encontrar o outro mamilo.

Deslizando a mão direita entre suas pernas, sinto o peso de seu saco e permito que minha mão esquerda se mova mais depressa sobre seu membro com veias espessas.

— Eu nunca estive tão duro — você solta, a mandíbula se retesando.

— Nem na nossa primeira vez?

— Eu a quero mais agora. — Seus quadris começam a ondular em minhas mãos.

— Me beija — ordeno, tocada por sua confissão de que o afeto como ninguém jamais afetou.

Quando você abaixa a cabeça até a minha, capturo seus lábios numa fusão sem fôlego, deixando-me levar por seu sabor de mel. Minha mão se aperta em torno de você, apenas o suficiente para aumentar a fricção. Você não estava mentindo: está duro feito aço, inchado de desejo. É intoxicante. Você é um homem que poderia ter qualquer pessoa que quisesse, mas só quer a mim, e embora eu esteja à sua disposição, mesmo a rendição total ainda não basta para aplacar sua avidez.

Enquanto minha língua acompanha a abertura de seus lábios, um gemido escapa de algum lugar profundo e sombrio dentro de você. Essa reação extremada me deixa escorregadia entre as coxas, mas este momento é seu, tanto quanto você é meu.

Quero ir com calma e saborear essa rara oportunidade de me dedicar a cada minúcia do seu prazer, mas você agarra meus punhos e me força a te soltar. Antes que eu possa protestar, você nos gira e me propele para o vidro frio da porta do refrigerador.

Seu corpo irradia o calor primal de um macho sadio em seu auge. À noite, você esquenta nossa cama. Quando fazemos amor, quase queima minha pele. Você encurralou-me entre quente e frio, prendeu-me. A única parte do corpo que consigo mover são os braços, e estendo a mão para suas nádegas musculosas, apertando-o e trazendo-o para mais perto.

Seu beijo é frenético, molhado e cobiçoso. Suas mãos se enfiam em meu cabelo, agarrando a raiz para me manter imobilizada enquanto você assume o comando com um rosnado grave e áspero. Um arrepio de medo me percorre, mesmo enquanto os dedos dos pés se curvam de prazer. Sua luxúria insaciável é deliciosa e tem um traço de rudeza.

— Por favor... — Meu anseio por você me domina.

O gemido que lhe escapa recompensa meu desejo, enquanto a carícia magistral de sua língua na minha me relembra do prazer que você dá a meu sexo com ela.

Você segura punhados de meu vestido, puxando-o para cima de minha cintura. Em seguida, agacha-se e lambe a junção dos lábios do meu sexo. Estremeço violentamente — o estímulo direto é exatamente o que preciso. Você segura meu vestido no alto com uma das mãos, enquanto a outra agarra minha perna por trás do joelho e a joga por cima do seu ombro, abrindo-me para o movimento delicado de sua língua sobre meu clitóris. Estou inchada e sensível, e você é gentil e atencioso, usando a extensão da língua para dar lambidas longas enquanto a ponta enrijecida se dedica a meu clitóris. Meu âmago se contrai em protesto a seu vazio, sentindo falta de você dentro de mim.

— Kane...

Todo seu foco tenso e determinado é a razão primordial do meu prazer, e sua habilidade consumada me desmonta, pedaço por pedaço. Você é tudo o que vejo, ouço ou sinto; o calor de sua mão espalmada contra minhas nádegas para posicionar meu sexo no ângulo certo para sua boca talentosa, a sucção suave, seu prazer inegável...

Sua língua penetra em meu canal e o calor se prolifera por minha pele. Estou ofegante, minhas pernas tremem. As arremetidas provocantes são destrutivas. Não é o bastante e, ainda assim, é demais. Nunca soube que esse desejo existia dentro de mim, quanto ele é voraz, nem que somente você é capaz de satisfazê-lo.

Meu sexo se aperta em torno de sua língua e você emite um som animalesco. Arfo em protesto quando você se afasta, estabilizando-me de pé antes de se endireitar para se debruçar sobre mim. Seus olhos escuros estão brilhantes e quentes quando você lambe meu gosto em seus lábios.

— Vou sentir você gozar no meu pau — você diz, cruelmente, curvando-se para me segurar pela parte de trás das coxas e erguendo-me até eu estar sentada em seus braços. Você é uma coluna sólida de força, e eu me agarro a você, grata por tê-lo em meus braços.

Levantando-me um pouco mais, você leva meu mamilo à sua boca, a língua me atiçando por cima do cetim do vestido.

O prazer intenso é quase uma dor. Uma sensação se irradia daquela ponta sensível. A sugada ritmada estimula lugares mais abaixo em meu corpo. Meus dedos se enroscam em seu cabelo. Seu cheiro e seu desejo quase descontrolado me inflamam.

— Não me faça esperar — ofego, quase frenética, enquanto me abaixa para dominar minha boca num beijo profundamente erótico.

Um movimento sutil de meus quadris alinha meu clitóris com seu membro. Começo a massagear aquele feixe de nervos ondulando contra você, esfregando-me para cima e para baixo. Estou escorregadia de excitação. Sons angustiados começam a vibrar em seu peito, e seu controle esmorece. Você me segura com uma força inquebrantável, permitindo que eu o use. Estou no controle do ritmo e da pressão.

— Você está me matando. — Você agarra meu lábio inferior com os dentes. — Está me matando, caralho.

Apertando mais as pernas, eu me ergo o suficiente para posicionar meu sexo contra a extremidade mais ampla e pesada de seu pênis. Você está muito duro, e estou tão molhada que você escorrega sem esforço algum para dentro de mim. Estremeço com a pressão deliciosa de seu pau distendendo minha abertura. Seus dedos seguram minhas coxas com força suficiente para deixar marcas.

Seus quadris começam a se mover, gingando em investidas curtas e arqueadas que oferecem fricção ao mesmo tempo que o aprofundam. Seus bíceps se contraem e relaxam conforme você sustenta meu peso e faz círculos com meus quadris de encontro a suas arremetidas refinadas e profundas. Você rosna com um prazer selvagem quando meu corpo o aceita por completo, um som tão animalesco e erótico que meu âmago se tensiona, excitado.

Vê-lo acaba comigo. Músculos ondulam e flexionam sob a pele bronzeada brilhante de perspiração. Um filete de suor percorre seu peito, subindo e descendo pelos montes rijos de seu abdômen. Seu pênis, tão grosso e comprido, tão brutalmente masculino, é impulsionado poderosamente para dentro e para fora de meu sexo. Você se move com violência, esfregando a cabeça larga sobre tecidos carregados de terminações nervosas. Meu corpo se desconecta de minha mente, servindo apenas a você.

Meu clímax se condensa com uma intensidade assustadora. Seus quadris rebolam a cada arremetida e recuo daquele jeito ensaiado e potente que revela sua destreza. Sua fúria é uma tempestade de fogo, feito o estalar de um chicote que o impulsiona adiante, cada mergulho forte e rápido é uma declaração de posse. Seus movimentos ritmados geram espasmos violentos. Meu corpo todo está retesado e fervendo. Sinto o sangue fluir em minhas veias.

Nada mais existe. Apenas você, eu e nosso desejo voraz.

— Não posso — eu lhe digo com urgência, louca de desejo e com medo de estar abalada demais. O clímax que se aproxima parece grande demais, uma onda quente que vai me afogar. — Não posso... Por favor.

— Pode, sim. E você vai.

Você me muda de posição, abaixando-me um pouco mais, de modo que minhas omoplatas sustentem meu peso e minhas coxas se abram ao máximo. Nada impede sua trepada furiosa, seu pênis se retirando até a ponta e afundando até o talo a cada arremetida rápida. Assisto, hipnotizada pelo vigor e pela potência de seu corpo, a ambos usados puramente para a carnalidade irracional.

Solto um grito quando o orgasmo me domina, gemendo seu nome num alívio cheio de agonia que parece interminável. Você não para, prolongando meu prazer até que meu sexo seja arrebatado outra vez, contraindo-se em volta de si.

— Isso, ah, Deus... Você está me apertando tanto...

Sua cabeça escura descai para trás, os tendões do pescoço esticados, duros. A tensão enrijece seu corpo e seus músculos revelam o esforço. Seus dentes estão cerrados num gemido entrecortado e, então, sinto o jorro de seu sêmen. Você esmaga os quadris contra os meus, preenchendo-me até o fundo. Os sons que emite revelam um êxtase atormentado.

Quando finalmente relaxa por completo sobre mim, eu não me incomodo. Nem um pouquinho.

Pressiono minha boca à pulsação acelerada em seu pescoço.

— Tá bem? — você pergunta, numa voz tão rouca que soa desconhecida para mim.

— Não sei como foi que terminamos desse jeito — respondo, sem fôlego —, mas fico feliz que tenha sido assim.

Sua risada áspera é o som mais lindo que já ouvi.

— Eu sei que a estou esmagando, mas meus joelhos estão bambos e não quero deixar você cair. Me dá um minutinho.

Passo os braços em torno de seus ombros e me seguro firme.

— Sem pressa.

No final, você recupera as forças para se aprumar e me afastar para longe do refrigerador. Ainda está duro dentro de mim, e sei, por experiência própria, que é incansável. Mas a pressão se aliviou um pouco e seus olhos escuros revelam uma afeição de partir o coração. Nós nos distraímos com tanta frequência com a química escaldante que existe entre nós, com essa atração gravitacional irresistível que nos mantém orbitando um ao outro, que é apenas nesses breves momentos de saciedade que reconhecemos o que está surgindo entre nós, essa conexão que vem da aceitação e da estima.

Meus dedos penteiam seu cabelo úmido de suor.

— Eu te amo. As palavras não mudam, mas meus sentimentos, sim. Eu te amo mais a cada minuto. Te amo mais agora do que amava hoje de manhã ou ontem.

Vejo sua garganta engolindo em seco, e seus olhos cintilam, umedecidos. O silêncio paira e acho que você não vai falar nada, e está tudo bem assim. Não preciso de palavras, somente de você. E, então, sua voz ressurge.

— Você só me ama pelo meu corpinho — provoca, as emoções embargando sua fala.

— Bem... de fato, você distribui orgasmos feito uma máquina de venda com defeito.

Seu sorriso é malicioso.

— Segure firme.

Você segue na direção das escadas, e, então, sobe como se eu não pesasse nada. Nós espiralamos para cima na penumbra, a velocidade de sua passada me fazendo quicar em você. Não sei como consegue nos manter conectados. Deveria ser desajeitado ou desconfortável, mas você é tão forte que me sinto segura. Ainda assim, quando chegamos ao quarto, estou rindo tanto que mal consigo me segurar.

Você chega até a cama e me deita de costas. Não está nem ofegando, o que me lisonjeia, considerando-se quanto ficou sem fôlego pelo clímax.

Afastando o cabelo do meu rosto, você me surpreende, dizendo:

— Não quero que se preocupe. Estamos a salvo. Há câmeras vigiando a casa e o perímetro, e monitoramos os detectores de movimento vinte e quatro horas por dia, sete dias por semana. Guardas e *drones* fazem uma varredura do entorno da propriedade a intervalos regulares. Ninguém vai se aproximar de nós sem que saibamos.

— Ah, Kane...

Eu suspiro e pressiono a mão sobre seu coração. Podemos nos esconder, mas ignorar a realidade não será tão fácil. O mundo vai se meter entre nós se assim o permitirmos. Devemos escolher um ao outro acima de tudo, sempre.

— Podemos defender um lugar — concordo —, mas nem sempre você estará em casa. Vai ter que sair por aí em algum momento, e seu dia de trabalho tem vários pontos de vulnerabilidade. Uma injeção na calçada em frente ao Crossfire. Veneno colocado numa bebida durante um almoço de negócios. Até um tiro de rifle de longa distância, bem aqui na praia. Você não pode viver como um prisioneiro.

— Eu poderia, desde que estivesse preso com você. — Seu olhar é tão sombrio quanto sua voz. — Mas você vai explicar por que reagiu daquele jeito às flores, para me dar as informações de que preciso para cuidar disso.

Estou deitada sob seu corpo, rígida de surpresa. Eu me recupero no mesmo instante, forçando meu corpo a relaxar.

— Você diz isso como se eu soubesse.

Um indício tão óbvio revela meus pensamentos, mas, diante de você, minha guarda está abaixada. Você garantiu que ela ficasse assim, mantendo-me perpetuamente no estado mais vulnerável para uma mulher. Mesmo agora, seu pênis enorme está enfiado bem fundo em mim.

Era essa a sua intenção, esse tempo todo? Estou mais do que impressionada se você consegue controlar sua excitação sexual com tanto calculismo e frequência.

Seus olhos escuros se endurecem e se se tornam diamantes negros.

— Sou doido por você, mas não sou idiota.

— Nunca pensei que fosse.

— Você acha que eu me esqueci de ter flagrado você com Ryan? Que me esquecerei algum dia? Você já temia alguém antes de ficarmos juntos e acha que estar comigo me coloca em perigo, então fez de tudo o que pôde para nos manter separados. — O desenho de seus lábios assume uma forma cruel. — Está na hora de me dizer o porquê.

CAPÍTULO 39

LILY

— Por que ficou com medo por mim, mas não por Ryan? — você persiste.

Ryan. Navegar meu passado sempre será difícil.

— Eu não amava Ryan — digo a você, sem fôlego.

Sua sobrancelha se arqueia.

— É óbvio. Depois, você vai me dizer por que isso tem a ver com tudo. Neste momento, quero saber onde o homem que lhe enviou flores se encaixa em sua trajetória. Antes de eu conhecer você ou depois que você virou Ivy?

Eu o analiso enquanto meus pensamentos se aceleram. Você é ameaçador neste instante. Não há nada de suave, confortável ou apaixonado em você. Perversamente, o perigo me excita.

Eu me recomponho para encarar o momento que tanto temia.

— Você chegou a procurar seu pai?

Você fecha a cara, descontente com o que encara como uma mudança de assunto.

— É a sua vez de responder às perguntas.

— O que aconteceu com seu pai tem relação.

Você se retira de mim para se deitar de barriga para cima, sua ereção brilhando, molhada, curvando-se orgulhosamente na direção do umbigo. Empurro a barra do vestido para baixo e rolo de lado, ficando de frente para você. Nada esfria a amorosidade como pensar nos próprios pais.

Você diz, olhando para o teto:

— Encontramos o nome dele e as informações de seu passaporte na lista de passageiros de um voo para a América do Sul mais ou menos na época que ele desapareceu.

Apoio minha cabeça na mão para olhar para você. O sol se põe. O crepúsculo banhou o quarto numa mistura luxuriante de cores quentes e escuridão fria. Seu lindo rosto está meio iluminado e meio banhado na penumbra. Fico feliz pelas sombras e pela cobertura que elas me oferecem.

— Cartagena, não foi? — pergunto. — Você não mandou alguém procurar por ele na Colômbia?

Como eu fiz há alguns instantes, você se retesa abruptamente e sua cabeça se vira para mim. Um calor palpável começa a se irradiar de sua pele.

— Como sabe para onde ele foi?

Saio da cama e vou até a janela. O estuário tem um brilho escuro, como um lago de óleo. Estou com frio agora, separada do calor do seu corpo e com a intimidade molhada. O anoitecer desenha minha silhueta e isso vai afetá-lo, o que talvez me dê alguma vantagem. Estou muito ciente de que, apesar de termos acabado de fazer amor, não estivemos tão distantes emocionalmente um do outro desde que chegamos à casa de praia.

Levanto a voz para que você não tenha dificuldades de ouvir, mas mantenho uma naturalidade proposital. A informação é horrível o bastante sem dramatizá-la.

— Eu estava com minha mãe quando ela se encontrou com um homem para retirar o nome dela da lista de passageiros de um voo para a Colômbia. Estava listada como ausente, mas queria que seu nome fosse apagado e que a condição de seu companheiro de viagem fosse alterada de ausente para a de um passageiro que havia embarcado. Eu me lembro de ter pensado que Cartagena era uma palavra com uma sonoridade muito interessante, uma combinação de dureza e suavidade. Você sabe como eu amo palavras. E Paul Tierney... esse nome ficou na minha cabeça. Eu nem lembro qual pseudônimo minha mãe usava na época, mas o nome do seu pai nunca saiu da minha cabeça.

Desde então, você abandonou os sobrenomes de seu pai e seu padrasto, adotando um que você mesmo escolheu: Black. E então o deu para mim. Você está criando um legado livre das manchas do passado, mas o passado o segue. Nunca conseguimos nos livrar realmente dele.

Ouço o som de movimento no colchão às minhas costas.

— Nossos pais se conheciam?

A casa está imóvel e à espera, mantendo a noite e nosso amor interligados como uma respiração presa.

— Ela pagou o homem em dinheiro vivo — continuo. — Era uma pilha enorme de notas. Não conseguia parar de olhar para o monte, largado como um tijolo verde na mesa entre nós. Fomos pobres por tanto tempo... Era chocante que ela tivesse tanto dinheiro, e ainda mais que estivesse abrindo mão dele. Eu me lembro do tremor de sua mão quando colocou o dinheiro na mesa, mas essa foi a única bandeira que ela deu.

Faço uma pausa, cavoucando minha mente por mais lembranças, mas é como uma projeção sobre névoa em movimento. Existem apenas fragmentos de imagens, impressões. Não posso garantir que não tenha criado detalhes em minha memória para cobrir os buracos. Faz tanto tempo, e eu era uma criança mais devotada à minha mãe do que a qualquer outra pessoa.

Você fica em silêncio. Perspicaz o bastante para saber que não há como arrancar o passado de mim e incapaz de duvidar de mim. É uma dádiva terrível ser vista de maneira tão completa, saber que você está ciente da escuridão que me envolve como um amante. Talvez você até aceite isso. Talvez seja o único jeito de darmos certo: se eu for o lado enferrujado da moeda de ouro de Lily. Parecida o bastante para preservar a fantasia, mas diferente o bastante para manter a memória dela inviolada.

Embora ela não fosse tão virginal quanto um lírio, no final das contas, não é?

Você se levanta da cama. Há luz suficiente emanando da claraboia do banheiro para contornar sua silhueta alta e poderosa no reflexo na janela. Somos duas sombras, parecendo estarmos lado a lado, enquanto, na realidade, o quarto inteiro e uma vida de segredos nos separam.

— Ela havia feito as malas na semana anterior. — A ponta de meu polegar brinca com a aliança. — Como ela não havia feito as minhas nem me mandado fazê-las, sabia que ela ia sem mim. Não era incomum que me deixasse sozinha. Quando já era grande o bastante para ligar a televisão e usar o micro-ondas, ela às vezes passava a noite toda fora. Quando entrei no ginásio, ela começou a se ausentar por mais tempo.

Ela me dava um dinheirinho, deixava comida na geladeira e me dizia para ir para a escola todos os dias para que a diretoria da escola não telefonasse para reclamar de mim quando ela não estivesse em casa para atender. Pensando nisso agora, não sei se ela pretendia voltar da Colômbia. Você sabe quanto seu pai desviou. Ela deve ter pensado que, por fim, sua chance havia chegado. Com certeza, seu pai devia saber que não poderia voltar para casa sem ir para a cadeia.

Um movimento na praia atrai meu olhar para baixo. Encontro meu vizinho, Robert, neto de Ben, encarando-me da orla. Eu não me mexo, consciente de que não passo de uma silhueta escura na penumbra. Lembro o que ele disse sobre ter me visto aqui nos últimos seis anos. Uma sensação esmagadora de *déjà vu* me domina, e oscilo numa tontura súbita.

Sinto mais do que ouço você vindo em minha direção e estendo a mão para impedi-lo.

— Não, estou bem. Deixe-me terminar.

Não poderia suportar se você me tocasse agora. Estou encurralada entre a criança que fui e a mulher que sou agora, nem bem uma, nem a outra, o que me deixa insuportável e assustadoramente vulnerável.

— Você acha que eles eram amantes.

Está mais perto.

— Aquilo não tinha nada a ver com amor, pelo menos, não para minha mãe. Ela era incapaz de amar qualquer pessoa. Acho que ela viu seu pai como um saldo bancário, e seu pai a via como uma mulher irresistível. Os homens passavam por cima de tudo por causa dela, Kane. Ela podia fazer um homem esquecer de seus limites com pouquíssimo esforço.

— Eu acredito.

Observo enquanto Robert dá meia-volta e continua pela praia.

— Não dá para imaginar como ela era.

Você me abraça por trás, afagando minha têmpora.

— Não, é?

— Eu sou uma imitação fraca.

— Você fica radiante quando toco em você. Seus olhos brilham quando olha para mim.

Você disse que eu estava a salvo com você. A paciência com que aguarda a resposta à sua pergunta é uma prova irrefutável. Esboçar como nossas vidas começaram a se cruzar é como arrancar camadas da minha carne. Sinto um beijo ilusório de ar por minha pele, o que é quase estímulo suficiente para me deixar alucinada.

Suas palavras são um sussurro de calor.

— Se ela era incapaz de amar, jamais poderia ser tão linda quanto você.

Sua aceitação é a segurança emocional em que me ensinaram a não acreditar. Ao longe, posso ouvir minha mãe debochando de meu sentimentalismo incorrigível, meu anseio insaciável por você. A musicalidade do riso dela ecoa por mim. Em minha mente, vejo aquele brilho sem piedade nas íris tão verdes quanto as minhas, a expressão que diz que tudo está se desdobrando como ela previu que aconteceria. Ela previa tudo e manipulava tudo. Ninguém escapava dela. Nada a surpreendia, especialmente eu.

Apesar de sua orientação implacável, o amor me pegou desprevenida. Ele ostenta seu rosto e fala com a sua voz. Eu o sinto quando sua pele resvala na minha. Você me arruinou. Outra lição aprendida. E cada lição de vida à qual sobrevivi só me tornava cada vez a própria personificação de minha mãe.

— Há um milhão de respostas que quero de você. — Você inclina a cabeça contra a minha. — O que aconteceu com meu pai não é uma delas.

A sensação de seu peito desnudo contra minhas costas expostas derretem o calafrio que chegou até os meus ossos. Ao ser pronunciada, cada palavra queima minha garganta como ácido quando escapa.

— Seu pai tinha um ponto fraco, mas minha mãe talvez fosse a única mulher capaz de explorá-lo. E é possível que seu pai tenha mudado de ideia. Talvez tenha se dado conta, a caminho do aeroporto, de que não queria abandonar você nem a vida que havia construído, mas minha mãe estava muito perto de colocar as mãos no dinheiro para permitir que ele desse para trás. Algo deu errado, Kane, e nenhum dos dois embarcou naquele avião. Ela voltou para casa com o dinheiro, e ninguém viu seu pai desde então.

Seus braços se estreitam ao meu redor.

— Está tentando fazer com que eu me sinta melhor porque talvez ele não tivesse a opção de voltar? Isso não muda as escolhas que ele fez, de, primeiro, abandonar a esposa e o filho, de destruir o trabalho de uma vida, de roubar e levar o sócio à falência, arruinar o ganha-pão de seus funcionários... Tudo por uma mulher incapaz de amá-lo, mas capaz de matá-lo?

Tudo em você — sua postura, seu tom e suas palavras — transparece um ressentimento e uma fúria supurantes. Sua repulsa queima como uma chama dentro de você, tornando seu corpo ainda mais quente.

Eu me ajeito de encontro a você, minha coluna se curvando para se fundir à rigidez de seu peito, meus braços envolvendo os seus. Volto o rosto para seu coração, oferecendo todo o conforto que posso.

— Isso não significa que ele merecesse morrer.

— Não estou dizendo isso. — Você repousa o queixo no topo de minha cabeça. — Sei como é precisar de uma mulher mais do que o ar que eu respiro, mas ele jamais terá minha compaixão, e eu nunca o perdoarei. Estou à sua mercê porque você me ama. Se não amasse, não importaria quanto eu a amasse, não estragaria minha vida nem a de mais ninguém por você.

— Desculpe, Kane.

— Não se desculpe por ele.

— Estou pedindo desculpa por não ter contado isso antes. Você deveria saber que eu acredito que minha mãe matou seu pai. Eu não tinha nenhum direito de esconder minhas suspeitas de você, mas fiz isso porque sou egoísta. Porque tinha medo de que a história pudesse destruir nosso futuro.

Seu peito se expande numa respiração profunda.

— Essa história é o motivo pelo qual você me localizou e me "prospectou".

— Você me chama de sua sina. Seu destino. Mas isso não começou conosco... começou com eles.

— As ações de meu pai me trouxeram até você, *Setareh*. Como poderia desejar que as coisas tivessem sido de outra forma, quando nosso casamento é o resultado?

— Tudo bem se você desejar.

— Não desejo. — Você me exorta a virar de frente para você. — Não vou desejar.

Jogando a cabeça para trás, olho para seu rosto lindo, de tirar o fôlego. As duas metades de mim — a mulher que minha mãe criou e a mulher que a ama até a morte — pelejam uma com a outra.

— Não vou dar desculpas pela minha mãe, mas você tem que saber um pouco quem ela era para entender o resto. Ela desprezava os homens. Acreditava que vocês são todos inerentemente fracos, facilmente levados pelo pau e nada confiáveis. Ela dizia isso tudo rindo, como se não estivesse falando mortalmente a sério, mas me dei conta depois de como ela tinha problemas graves. Não acho que a morte do seu pai tenha sido premeditada, mas acredito que ela tenha gostado o suficiente disso para desenvolver um apreço pelo serviço sujo. Ele foi o primeiro, mas de forma alguma foi o último.

Minha confissão paira no ar entre nós, pesada e apavorante. Suas pupilas se dilatam e sua pele bronzeada empalidece. Todo o seu corpo se retesa, como a corda de um arco. Seus dedos se flexionam na carne de meu quadril.

Eu o seguro com a mesma força; meus dedos esparramados sobre a rigidez de suas costas como se estivesse mantendo-o por perto, o que, é claro, eu não conseguiria fazer.

— Um dos alvos dela administrava uma empresa de fachada para o crime organizado, então o dinheiro que ela tomou dele pertencia, na verdade, a um gângster chamado Val Laska. Provavelmente foi muito fácil para Val seguir o dinheiro até minha mãe. As pessoas que a conheciam tendiam a não a esquecer. Mas assim que ele a encontrou, apaixonou-se por ela, exatamente como todos os outros, e ela encontrou seu rei. Val a complementava, tornando-a ainda mais perigosa.

Visualizo os dois juntos. Eles tinham respeito um pelo outro, reconheciam suas verdadeiras facetas e sentiam medo. A combinação era um afrodisíaco mortal, feito com precisão para eles.

E, sendo honesta, por acaso somos diferentes?

— Antes de Val, as vítimas dela sempre eram bons homens de família — continuo. — Isso era parte do joguinho dela, ver se um sujeito que tinha tudo ainda podia ser ganancioso e egoísta o bastante para querer mais. Se resistissem a ela, ela os deixava viver; se não, eles morriam. Mas Val não precisou ser atraído para o inferno; ele o governava. Tráfico humano. Prostituição de menores. Assassinato por encomenda. Tortura era um passatempo.

— Parece um partidão. — A ira permeia seu sarcasmo. — Como isso afetou você?

— Na verdade, não me afetou. Minha mãe foi morar com ele, deixando-me para trás e a vida prosseguiu como sempre, apenas com ela menos presente. Ela me dava dinheiro, roupas e comida, e continuou pagando o aluguel do apartamento. Eu cuidava de mim, como sempre tinha feito. Foi só quando fiquei mais velha e comecei a me parecer com ela que ela se interessou por mim.

Acho que estou falando e me comportando sem me deixar abalar, mas algo me entrega. A piedade suaviza seu olhar. Não sei por que continuei falando. Poderia ter respondido à pergunta com um encolher de ombros e dito que eu obviamente me saí bem. Só queria que compreendesse tudo até chegarmos na entrega de flores. Mas eu não segurei a língua e, se me calar agora, você vai imaginar coisas que não deveria.

Talvez, em segredo, eu quisesse contar mais a você.

Empinando o queixo, termino o que comecei.

— Por volta da época em que atingi a puberdade, ela deixou de me ver como um indivíduo à parte. Era como se pensasse em mim como seu clone, um modelo novo e aprimorado que podia levar a vida perfeita dela, sem os erros. — As lágrimas fazem meus olhos arderem. — Eu a amava, Kane. Sempre vou amar, a despeito do que ela fez com você, com a sua família e com tantos outros. No começo, eu a amava como qualquer criança ama sua mãe, mesmo ela não sendo capaz de cuidar de nada, quanto mais de um ser humaninho. Mais tarde, já adulta, eu me dei conta de como as lições dela eram valiosas, e fiquei grata a ela por ter me ensinado. Ela me fez forte. Ela me ensinou sobre as pessoas, sobre os homens. Nunca fui ingênua nem crédula. Nunca estive vulnerável a predadores.

— Você não precisa ter vergonha de como se sente em relação à sua mãe — você me diz.

— Ela me disse que eu poderia ter o que quisesse, então nunca coloquei limites no que podia alcançar. *Viva como quiser*, ela me disse. *Não deixe que o mundo a impeça*. Ainda ouço a voz dela sempre que preciso tomar uma decisão, dizendo-me o que eu deveria fazer, e suas orientações, sejam quais forem, são sempre estimulantes.

Você sustenta meu olhar na escuridão que se aprofunda.

— Você não é como ela, Lily.

— As melhores partes de mim são. As piores também.

— Bom, eu amo cada pedacinho seu. — Sua mão afaga a curva de minha coluna, tranquilizadora, quando é você quem deveria ser reconfortado. — Direi com a frequência que você precisar ouvir: nada pode mudar como eu me sinto a seu respeito. Você também estimula as pessoas. É o seu dom.

Respiro fundo, depois solto o ar. Meu corpo dócil se afunda em seu abraço.

— Então — você começa —, nosso amigo Val... Um cara grandão, alto, careca e que curte carros chamativos?

Sou tomada de apreensão.

— É, esse é o Val.

— Ele enviou as flores pessoalmente. — Você ajeita uma mecha solta de cabelo por trás da minha orelha. — Ele quer você? O dinheiro? As duas coisas?

— Nada disso. Ele quer você... *morto*.

Seu corpo todo se retesa.

— Você precisa entender como eles pensam, Kane. Na superfície, parecia ter alcançado tudo o que minha mãe queria para mim. Eu era independente, homens eram diversão, e eu não respondia perante ninguém. E aí me apaixonei por você e tudo mudou. Você foi o catalisador, portanto, tem que sumir. E, embora minha mãe não faça nem ideia do que é o amor, ela sabia que o matar seria o estágio final do meu desenvolvimento. Eu me tornaria verdadeiramente impiedosa então. — Fechando os olhos, repouso a testa no seu peito. — Se algo acontecesse com você, eu me tornaria o que ela sempre esperou que eu fosse: *ela mesma*.

Seus lábios pressionam o topo de minha cabeça com força.

— Não vai acontecer nada comigo.

— Val vai perseguir os desejos de minha mãe. Esta é a mensagem das flores: ele está vindo atrás de você. Porque, se permitir que eu tenha você, terá falhado com ela, e ele não falhará.

Movimentando-me de leve, analiso se você deixará que eu me afaste. Seu abraço me aperta, mantendo-me no lugar.

— Não se arrependa de ter se apaixonado por mim, *Setareh*. Escolheria ter cinco minutos com você do que cinquenta anos com outra pessoa.

Furiosa, eu o empurro para longe.

— Droga, Kane! Você tem que se colocar em primeiro lugar! Tem que amar a si mesmo antes de qualquer coisa. Não apenas *aceite isso*. Você deveria estar furioso com o fato de que meu egoísmo o colocou em perigo mortal.

Você me olha com uma sobrancelha arqueada.

— Pare com isso. Não estou no clima.

Meu mau temperamento irrompe.

— Eu não passo de um alvo em movimento, algo que você está perpetuamente tentando fazer por merecer porque acha que não merece ser amado. Graças aos seus pais, você não acredita que seja possível que alguém o ame, não de verdade. Quem é você, se não for o homem tentando merecer o amor de Lily?

Você lança uma das mãos para o ar e me dá as costas.

— Não comece com a psicobaboseira.

Mas não posso parar. Você não está reagindo como preciso que reaja. Cadê a repulsa? A raiva? O medo? Cadê a *fúria*?

— Somos codependentes. Tudo em nós reforça comportamentos negativos no outro, você não vê?

— É agora que você me dá um resumo de uma de suas aulas de Psicologia?

— Você acha que vai estar completo se ganhar o meu amor, mas isso se tornou uma obsessão que o corrói.

— Certo, tá bom. Quer brigar? — Você dá meia-volta e fica de frente para mim. — Vamos lá. Estou puto o bastante por causa daquelas porcarias de flores. — Você me agarra pelos braços e dá um chacoalhão firme. — Cada uma das pessoas neste planeta é um pouco doida. Você nunca foi mais feliz do que quando está comigo. Eu nunca teria me tornado o homem que sou sem você. Quem liga se o seu distúrbio reage com o meu distúrbio e reforça seja lá que caralho for? Se funciona, não é loucura.

A noite desceu como um manto. A casa está parada e silenciosa, uma sentinela escura nos protegendo do mundo externo. Você é uma sombra, seus olhos, estrelas reluzentes.

— Pare — você diz, brusco, soltando meus braços para encaixar meu rosto entre suas mãos. — Pare com isso agora mesmo.

Só percebo que estou chorando quando você enxuga as lágrimas com os polegares. Deposita beijos suaves e gentis por todo meu rosto, murmurando palavras de amor e de compreensão que não mereço nem desejo. Eu o seguro pelos punhos, absorvendo seu amor torrencial como terra ressequida, porque você tem razão: nós funcionamos. Nós fazemos um ao outro feliz. Mas isso não é o que queria para você. Naquele mundo perfeito sobre o qual fantasiamos alguns dias atrás, nós nunca feriríamos ninguém, especialmente um ao outro.

No murmúrio enganadoramente persuasivo de um amante, você pergunta:

— Quanto do que me contou é verdade? Uma porcentagem já basta.

Eu empurro seu peito, mas é como empurrar um muro.

— Como pode me perguntar isso?!

Um divertimento irônico curva seus lábios.

— Você mente como respira, sem hesitar.

Isso não é verdade; eu penso bastante a respeito. Irritada, desafio você.

— Talvez tudo o que eu tenha contado seja mentira.

— Ah, tenho certeza de que há pelo menos um pouco de verdade.

Seu polegar afaga meu malar. Seus olhos pairam sobre meus lábios, a parte de mim que dá voz às fraudes. A expressão em seus olhos, porém, ainda é quente e sensual.

Devemos ter sido pessoas incorrigíveis em vidas passadas. Deve haver algum motivo pelo qual o carma achou adequado nos unir num amor sem limites que custou tanto a tanta gente.

— Como você pode me amar, se não confia em mim? — eu o instigo. Seu sorriso fica indulgente.

— Eu confio em você de modo geral. Isso não quer dizer que não saiba que você me disse a verdade em raras ocasiões. Qual foi o último pseudônimo de sua mãe?

— Stephanie. Steph Laska. E antes que você pergunte: não, eu não sei se Val é um apelido ou um diminutivo.

— E o seu nome? É Lily? Ivy? Violet? Rose? Nenhuma das alternativas?

Eu pisco. Minha inventividade chegou ao limite. O silêncio fica ensurdecedor. Os segredos de quem você conseguiu desenterrar?

Ah, meu amor, eu o corrompi. Você se tornou páreo para mim? Eu deveria lamentar ou comemorar?

— Não importa — você me garante, mantendo os lábios na minha testa por um longo instante, as mãos roçando meus braços para cima e para baixo, para esquentá-los.

Uma esperança selvagem, jubilosa, amotina-se dentro de mim. Você ainda me olha com um amor furioso. De alguma forma, por alguma razão, você *me ama* — a mulher nada perfeita que genuinamente sou.

— Como a sua mãe morreu? — Sua voz assume um tom feito para acalmar e embalar. — Val a matou? — Importaria se eu mentisse? A quem eu prejudicaria se mentisse? — *Setareh*... Diga-me como a sua mãe morreu.

— Não foi Val. — Suspiro. — Fui eu. Eu a matei

CAPÍTULO 40

Amy

Quase engasgo ao descer do carro, lutando contra o pânico nauseante que me dá vontade de ir a um bar ou rastejar de volta para a cama e jogar as cobertas sobre a cabeça. Odeio o fato de que a mera visão do edifício Crossfire consiga me traumatizar de novo. Aliyah tomou tudo o que já me deu alegria ou orgulho e transformou em coisas das quais quero me proteger.

Ajeitando a saia, paro na calçada e faço um discurso motivacional para mim mesma. Os trajes de hoje são decididamente mais Lily. Tovah combinou uma saia preta longa e fluida com botinhas abertas na frente, camisa social justa e um colete minúsculo e justinho de couro preto. O colarinho da camisa está aberto formando um decote em v profundo, que Tovah disse que era apropriado, considerando-se que o resto do corpo está coberto e que tenho seios pequenos. Camadas de correntes douradas preenchem o vão entre eles, e um pingente paira suspenso sobre o colete. Brincos de argolas douradas e batom "Blood Lily" dão o toque final.

Fiquei pensando no que vestir a noite toda, até amanhecer. Voltar para a Baharan depois de minha última visita é muito difícil. Eu quero um pouco de compaixão, porra, depois do que Aliyah me fez passar, mas também quero aparentar ser capaz de lidar com as baboseiras dela e administrar minha própria empresa. Encontrar algo que alia suavidade e dureza requer mais estilo do que eu tenho, pelo visto. Teria sido muito mais fácil botar um vestido tubinho e brincos. Tendo ou não tendo conseguido acertar o tom, a trilha sonora em minha mente dessa vez não é Ariana Grande, mas, sim, Creedence

Clearwater Revival. Isso é graças a Lily, que me mandou a coletânea de maiores sucessos deles de presente enquanto eu me recuperava de meu pesadelo odontológico.

Como ela também está se recuperando e eu não vou ser a cuzona com menos consideração, enviei-lhe um presente — um exemplar autografado de um dos folhetins de Suzanne. Queria enviar uma garrafa de vinho junto, mas, quando perguntei a Witte se ela preferia tinto ou branco, ele me disse que ela não bebe. Nunca.

— Ela tem alguma alergia ou algo do tipo? — perguntei.

— Acredito que seja uma preferência pessoal já antiga — retrucou ele, naquele tom brusco e altivo.

Ele nem me deu o endereço de onde Kane está enfiado com ela. Mandou um entregador apanhar o livro e levá-lo até lá. Ele me odeia, mas o sentimento é mútuo.

Estou me virando para entrar no Crossfire quando vejo Ryan Landon vindo em minha direção. Paro. Ele abre caminho com rapidez pelo agrupamento de pessoas na esquina, esperando o semáforo abrir. Com um copo de café para viagem numa das mãos e uma pasta de couro preta na outra, ele veste um terno risca de giz de um azul profundo e tem uma expressão preocupada atípica. Como é o homem mais tranquilo que já conheci, aquele vinco entre as sobrancelhas escuras é peculiar.

Espero por ele. Ryan olha na minha direção, com os pensamentos em outro lugar, mas aí repara em mim com atenção alarmante. Um longo instante depois, seu rosto bonito relaxa e ele sorri. Nós nos encontramos no meio do caminho, e devolvo seu minucioso olhar de cima a baixo. Tá, ele não tem as feições dramáticas de Darius nem a intensidade feroz que Kane irradia, mas ainda é um gostoso. Alto e em boa forma, com um sorriso sexy e uma confiança calma.

— Amy. — Ele para na minha frente. — Por um instante, você me lembrou de uma pessoa que conhecia. Você está linda. Como vai?

— Estou ótima, obrigada. — Melhor agora porque sei que foi Lily quem ele viu em mim por um segundo, o que me deixa eufórica. A cor do cabelo, as roupas, o batom... Tudo se encaixa. Empolgada com esse pensamento, tento aparentar a mesma sexualidade confiante que Lily maneja com tanta habilidade. — Você também está muito bonito. Vai passar no escritório?

Ele anui.

— Aliyah quer me mostrar alguma coisa.

— Antes você do que eu. Pode mantê-la ocupada o dia todo? A semana toda, talvez? O resto da minha vida?

Ele ri e o som é cálido e rico. É, ele definitivamente é sexy.

— Talvez eu consiga fazer um estrago na manhã dela, mas vou me encontrar com Angela na hora do almoço. Vamos subir? — Ele caminha ao meu lado, e agradecemos a um cavalheiro que segura a porta aberta para nós. — O que tem na agenda para hoje?

— Vou revisar a campanha para a ECRA+, certificando-me de que o material é abrangente. Em seguida, vou conferir se podemos renovar as redes sociais da Baharan. Temos usado as mesmas imagens, fontes e cores há anos. Está na hora de sacudir as coisas, ainda mais antes de um grande lançamento.

É gostoso falar de trabalho, ainda que eu esteja completamente alheia no momento. Esfrego as palmas úmidas contra a saia. O suplemento que dizia ajudar na desintoxicação do fígado não parece fazer nada. Pelo menos ainda sobraram alguns analgésicos.

— Cross deixou a Baharan fazer todo o serviço pesado — diz ele, tenso, parando na mesa para fazer o cadastro com a segurança.

Olho para o guarda com uma sobrancelha arqueada, desafiando-o a me pedir para me identificar. Ele me olha com uma carranca, mas sabiamente contém a língua. Segurando um aparelho portátil, tira uma foto rápida de Ryan e imprime um crachá de visitante.

— Deixe isso aqui na saída, por favor.

Reviro os olhos.

— Ele não é um idiota. Já esteve aqui antes, ou o nome dele não estaria na lista.

— Tudo bem, Amy. — Ryan sorri para o guarda. — Obrigado.

Passamos pelas catracas e esperamos o elevador.

— Quanto à parceria com Cross — retomo a conversa, sabendo que estou falando depressa demais, mas incapaz de desacelerar —, você sabe que isso é coisa da Aliyah, né? Ela tem que estar no controle.

— Pode até ser, mas Cross não abre mão do controle de nada. a menos que lhe seja conveniente. Aliyah não pode bater de frente com ele. Poucas pessoas podem.

— Você pode?

— Eu tento. Às vezes, ganho.

Ele me lança um sorriso afiado e sinto um lampejo de atração. Sei que a LanCorp não seria bem-sucedida se ele fosse sempre tranquilo e afável, mas acho que nunca me dei conta antes de que ele tinha a capacidade de ser verdadeiramente perigoso.

Posicionamo-nos em frente ao elevador que vai chegar primeiro. Depois que ele se esvazia, outras pessoas entram conosco, e terminamos encurralados num canto ao fundo. Fico consciente de ver como ele está em forma. Sinto a rigidez de seu braço junto ao meu, e a definição é visível mesmo através da manga do terno.

— Vamos descer aqui — diz ele ao chegarmos ao décimo andar, e um caminho se abre para sairmos.

Nós nos separamos ao passar pelo escritório de Aliyah. Não consigo evitar olhar para o cubículo de Kane. O vazio em sua mesa parece um buraco negro. A energia que normalmente emana está ausente. Todos os Armand combinados não podem substituir Kane. Ele é o coração da empresa, sua energia vital. O fogo de Kane acende os funcionários, e ninguém mais tem a mesma centelha de motivação quando ele não está aqui.

Debato ir dar um oi para Darius e, então, decido não ir. Nem contei a ele que viria trabalhar hoje. Apenas me despedi dele com um beijo e o vi sair antes de correr para me aprontar. Não sei por que não lhe falei nada. Suponho que não queria que ele me convencesse a não vir ou começasse uma discussão sobre como lidar com a mãe dele.

As coisas com Darius são assim: o único momento em que ele quer que eu lide com algum atrito é quando seu pau está dentro de mim. Acho que eu deveria me sentir mimada, mas estou sem rumo. Amy, a Sem Rumo. Solto uma risada triste enquanto abro a porta de meu escritório e paro sob o batente.

A verdade que começo a encarar é que fui reduzida a fornecer os serviços de uma boneca inflável. Metade das vezes em que Darius faz amor comigo, eu nem sequer percebo que estou sendo comida, até o orgasmo me trazer de volta à consciência. Venho dizendo a mim mesma há anos que tenho muita sorte por ter um maridão gostoso com uma libido alta, mas ultimamente... sei lá. Algo mudou. Estou inquieta. Com raiva. Sinto que estou vestindo uma pele que ficou apertada demais, e quero sair de dentro dela rasgando tudo. Preciso fazer isso, porque estou sufocando.

As luzes no teto se acenderam quando abri a porta, e eu me familiarizo com o que tenho à minha disposição. Este escritório é ainda menor do que o anterior. Dá para colocar um carro compacto dentro dos escritórios de canto; seria um milagre encaixar uma bicicleta neste. Dito isso, a vista é mais ampla que aquela que Hornsworth roubou de mim. Darius maximizou o espaço instalando prateleiras de vidro no lugar das estantes de livros que eu tinha, deixando espaço para um sofá pequeno e uma mesa de canto. Minha escrivaninha foi reduzida a uma peça pequena e espelhada com uma única gaveta e pernas delicadas. Duas cadeiras de couro cinza para visitantes encontram-se na frente dela. Há também um pequenino carrinho prateado de bebidas com decantadores de cristal para destilados e copos de cristal lapidado. Salivo.

Fotos de mim e Darius em molduras prateadas decoram as prateleiras e meu diploma está pendurado acima do carrinho. As paredes são de um azul frio, assim como a cadeira de escritório de veludo e o sofá. Suspiro. O efeito geral é bonito e feminino e segue mais a paleta de cores de Darius do que a minha. Faço uma anotação mental para comprar alguns cristais naturais para as prateleiras. Se me livrar do carrinho de bebidas e do diploma para o qual só eu ligo, abrirei espaço para uma obra de arte alta e esguia.

Meu olhar se demora nos decantadores cheios de esquecimento líquido incrustado.

— Oi, como você está se sentindo?

Eu me viro ao som da voz familiar e sinto uma onda de alívio.

— Ah, graças a Deus você ainda está aqui, Clarice!

A loira mignon sorri.

— Você está fabulosa, adorei sua roupa! Queria poder usar saias longas assim.

Com mais ou menos um metro e meio de altura, Clarice tem o tamanho de uma criança, mas a energia de três homens adultos. Foi a primeira funcionária que contratei para a Social Creamery, e me sinto uma cuzona por não ter pensado nela.

— Nós sentimos saudade de você — diz.

Eu também senti saudades de mim...

Eu me vejo indo até ela e a abraçando. Tocar nas pessoas não é muito a minha praia, mas aí me lembro de Lily me abraçando apertado com uma força surpreendente com aqueles braços de aparência delicada. O aroma de seu perfume, que estou usando agora, é sensivelmente diferente quando exalado por sua pele. De qualquer forma, quando Clarice me agarra com força, penso que talvez eu devesse usar com mais frequência a tática do abraço. É íntimo, mas também agressivo.

— Bem, eu estou de volta — digo, tão vivamente quanto posso com o nó em minha garganta. Largo a bolsa na escrivaninha, já que não há uma gaveta suficientemente grande. Por mais atencioso que Darius fosse quando montou o escritório para mim, ele não faz ideia das necessidades que as mulheres têm e que não equivalem às dos homens. — Primeira coisa: preciso da senha para o compartilhamento de arquivos. Tentei as minhas antigas, mas nenhuma funcionou.

Ela assente.

— Vou pegar.

Eu me ajeito no sofá e gesticulo para que ela se junte a mim.

— Quem tem gerenciado a direção criativa?

Clarice fecha a porta. Ela está vestindo calças sociais cinza ajustadas, uma blusinha azul-marinho de bolinhas e sapatilhas. Ela reserva a diversão para os brincos; são argolas de acrílico vermelho vivo.

— Aliyah. Se é que se pode chamar manter tudo exatamente como você deixou de gerenciar.

— Eu reparei nisso. E quanto ao lançamento dos cosméticos?

— Passável. Sem riscos. — Ela se senta. — Temos Eva Cross e Rosana Armand, então não é preciso muita coisa para chamar a atenção.

— Seguindo a mesma veia do que vocês já vêm postando como preparativos?

— Isso.

— Eu não quero ser crítica, mas é um tanto... medicinal.

Esfrego as mãos contra a saia de novo, notando que elas começaram a tremer levemente.

Ela revira os olhos.

— Isso porque Aliyah quer *muito* destacar as fórmulas da Baharan. A marca Cross é de luxo, autoindulgência e hedonismo, então a embalagem é linda e requintada. Aliyah está preocupada que a linha aparente ser mais um produto das Indústrias Cross e que a Baharan, que fez a maior parte do trabalho no desenvolvimento dos produtos, torne-se quase uma sócia silenciosa.

— Entendo. Deixe-me ver o que temos até o momento.

Eu a observo se levantar, impedindo a mim mesma de olhar para as bebidas.

Eu não *preciso* da porra de um drinque, porque *não tenho* um problema com álcool. Tenho um problema de memória, e isso porque não como direito, não tomo água suficiente nem me exercito com regularidade. Só preciso passar por esse período de desintoxicação e estarei pronta para enfrentar o mundo — e os Armand.

Em uma ou duas semanas, minha cabeça estará desanuviada. A volta de Lily foi estressante.

— Quantos de nós restaram? — pergunto a Clarice.

Ela faz uma pausa junto à porta, a mão na maçaneta.

— Três. Com você, quatro.

— Três?! — Droga. Éramos em doze funcionários em tempo integral quando a Baharan nos absorveu. — O que houve?

Clarice dá de ombros.

— Aliyah cortou o quadro pela metade bem rápido e não estava errada em fazer isso. Estamos apenas com a Baharan agora, então...

— Espere. Como é que é?

— É. — Ela solta um suspiro pesado e afasta a franja da testa. Seu cabelo está mais curto do que era, na altura do queixo e com as pontas viradas. Combina com ela. — É por isso que perdemos metade do pessoal que não foi cortado por Aliyah. Eles sentiam falta do desafio de assumir novos clientes. Nós nem temos mais uma página própria, Amy.

Meu escritório gira sobre seu eixo. Tudo escurece por um instante. Sinto um zumbido em meus ouvidos. Meu Deus! Por que Darius não me disse nada? Por que disse que vai recuperar minha empresa, quando ela nem sequer existe mais? A Social Creamery gerenciava as contas de estrelas do entretenimento e atletas, celebridades e corporações. Nossa especialidade era o crescimento, e podíamos replicar resultados autênticos com Cada. Cliente. A. Cada. Vez.

Como foi permitido que ela encolhesse até virar nada?

— Ei. — Ela dá alguns passos de volta em minha direção. — Pensei que fosse isso que você quisesse. Que estivesse concentrada nos negócios da família.

— Eles não são a minha família! São uns sanguessugas do caralho, que tiram a vida de tudo. — Esfrego os dedos endurecidos na testa, onde uma dor de cabeça veio se acumulando a manhã toda. — Merda! Deixei que Aliyah me intimidasse e me expulsasse. Aquela vadia idiota. Ela não suportava que eu tivesse construído algo por conta própria. Tudo o que ela fez foi pegar carona no sucesso dos homens naquela vidinha miserável dela.

Clarice fecha a porta apressadamente.

Eu me levanto.

— Não ligo se ela me ouvir. Não ligo que ninguém me ouça. É a verdade, caralho.

— Você não quer se envolver em outra cena daquelas.

— Não, é? Estou prestes a deixar este lugar em pedacinhos. — Enterro as unhas nas palmas das mãos. — Eu vou... Só me dê um minutinho, tá bom?

— Tá. Tá bom. Claro. Eu vou... hã, vou providenciar aquelas senhas para você e o resto das coisas.

— Obrigada.

Dou a volta na mesa, olhando o carrinho de bebidas. Por que caralhos aquilo está no meu escritório, se não estou cortejando clientes? Não tenho permissão para ter destilados em casa, mas posso beber no trabalho...?

— Ei... Amy?

Olho para ela.

Seus olhos castanhos são suaves como veludo, mas seu maxilar está retesado.

— Você conseguiu uma vez. Consegue fazer tudo de novo.

— Certo — escarneço, balançando a cabeça e dando-lhe as costas.

Ouço a porta se fechar atrás de mim. Eu me sento na cadeira de escritório e descubro que a almofada é dura. Pelo visto, não era esperado que a cadeira fosse de fato ser usada.

Meu olhar se vira para a parede que separa o escritório de Darius do meu. A fúria fervilha como lava em minhas entranhas. Ele me iludiu, negligenciou o trabalho da minha vida toda e fracassou em resistir à mãe. Estou tão enojada que minha pele se cobre de calafrios ao pensar em como ele me tocou, apenas algumas horas atrás. Que merdinha patético.

Como, diabos, posso consertar isso tudo? Terei que recomeçar. Quero recomeçar dentro da Baharan? Por um lado, conquistei o direito a usar os recursos à minha disposição. Por outro, repetir um erro e esperar resultados diferentes é o auge da estupidez. O maior problema é que a Baharan, minha "cliente" mais recente, é um péssimo exemplo de como minha equipe pode administrar a comunicação de uma empresa nas redes sociais. Está estagnada, datada e, pior: é entediante.

Porém... posso fazer isso funcionar em meu favor, reformulando tudo. Então teria um estudo de caso recente de melhoria avassaladora. Terei exemplos fortes de duas indústrias completamente diferentes com o lançamento da nova linha de cosméticos. Também ajudarei a Baharan, algo que não quero fazer. Eu já não dei o bastante para eles? Todavia, provaria que Aliyah está enganada de uma vez por todas.

Uma alternativa seria simplesmente dar no pé. Eu poderia dizer que a Social Creamery foi tão bem-sucedida que a vendi para a Baharan e agora estou desenvolvendo algo de outro patamar. Posso utilizar alguns novos recursos e aplicativos. As plataformas, em si, são apenas um componente. O fator mais relevante é entender e entregar a mensagem desejada; eu ainda sei como fazer isso. Clarice pode me ajudar com o resto.

   Minha bolsa começa a vibrar no canto da escrivaninha e a pego, escavando para encontrar meu celular. O rosto do contato na tela é inesquecível, apesar de fazer anos desde que o vi pela última vez. Ele pode ter sido belo em algum momento, mas está muito desgastado pelo tempo. A ponte do nariz é torta por uma fratura que não sarou corretamente, talvez por várias. As sobrancelhas são espessas e baixas, mais notáveis ainda devido à careca acima delas. Os lábios são cheios e firmes, mas os olhos escuros são inexpressivos e gelados. O corpo que acompanha esse rosto é cheio de músculos, de um jeito muito intimidante.

— Amy Armand — atendo.

— Ah... — Faz-se uma pausa. — Estou tentando falar com Amy Searle.

   O sotaque carregado do Leste Europeu transparece numa voz grave.

— Esse era o meu nome de solteira. Eu me casei. É um prazer falar com o senhor novamente, sr. Laska.

CAPÍTULO 41

Amy

— Como vai a academia? — pergunto para meu antigo cliente, tentando não soar muito ansiosa.

— Você se lembra de mim. — Valon Laska parece contente.

Reclinando-me na cadeira, eu me espanto com a sorte. Eu estava almoçando com Laska quando conheci Kane. Laska e eu estávamos voltados para a entrada e acabei encarando Kane de tão espantada com sua altura incomum quando ele entrou com dois outros cavalheiros de terno e se sentou numa mesa próxima. Ele era tão bonito que meu coração parou por um instante, antes de se lançar num ritmo frenético. Seu olhar colidiu com o meu no momento em que ele pisou no restaurante, e o senti sobre mim por toda a refeição. Mal consegui me concentrar em minha apresentação para o sr. Laska.

Visitei a cobertura de Kane naquela tarde, e aquelas horas com ele levaram a este momento: um escritório na Baharan Farmacêutica e a descoberta de que minha empresa havia morrido enquanto eu estava em casa, tentando ser a esposa perfeita.

— As coisas continuaram estáveis desde que você nos ajudou — responde ele. — Meu problema agora é um restaurante. Ele poderia estar se saindo melhor. Torço para que possa me auxiliar como fez antes.

Não tenho ilusão nenhuma quanto a Valon Laska. Seus negócios são suspeitos pra caralho, e isso é óbvio como se ele usasse uma placa com essa informação. Embora fosse polido comigo e sempre charmoso, a falta de vida em seus olhos disparava meus instintos. Kane também podia olhar para as pessoas de um jeito assustadoramente vago, mas eu sabia que havia um fogo nele. Laska irradiava o frio da Sibéria, de gelar o sangue.

Ainda assim, fora um trabalho fácil arrumar as redes sociais da academia. Alguns dias de fotografias e um novo logotipo foi tudo de que ele precisou. Depois disso, várias empresas entraram em contato para uma renovação similar. Clarice comentara que estávamos virando um recurso essencial para os empreendimentos legítimos da máfia. Eu estava um pouco cismada com isso e fiquei aliviada quando as coisas rapidamente ficaram sérias com Darius e me ofereceram um novo caminho. Agora... Bem, as coisas estavam muito diferentes. Seria útil ter um fluxo constante de novos clientes, sem me importar o que os proprietários escondessem sob essas fachadas.

Valon Laska me colocou na estrada que levou aos Armand; ele também podia me colocar no rumo para longe deles.

— Eu adoraria trabalhar com o senhor novamente, sr. Laska.

Procurando um bloco de notas, abro a única gaveta de minha escrivaninha e meus músculos se retesam tanto que fico sem ar. A sala se estreita outra vez em um pontinho de luz. Posso sentir o zumbido em meus ouvidos. Minha respiração está acelerada e curta.

Camisinhas lotam a gaveta larga.

Aquele babaca com quem estou casada anda fodendo com a assistente dele no meu escritório! Que conveniente. Preparam bons drinques, soltam-se e aí fodem feito coelhos. Eu olho feio para o sofá, sentindo-me enojada por ter sentado nele e determinada a me livrar do móvel.

— Amy? — chama o sr. Laska. — Desculpe, eu não me lembro do seu novo sobrenome.

— Amy está ótimo. E me desculpe. Estava procurando uma caneta. Estou de escritório novo e as coisas estão fora de ordem. O senhor poderia me enviar uma mensagem com o site do restaurante? Vou conferir suas redes sociais, depois passo por lá e vejo o lugar pessoalmente.

— Traga o seu marido junto para uma refeição. Vou deixar seu nome com a hostess. Por conta da casa. Você deveria saber o que vai ajudar a vender.

— É muita gentileza, muito obrigada. — Entretanto, vai nevar no inferno quando eu levar Darius até lá. Clarice fez por merecer a refeição por ter continuado aqui e aguentado Aliyah. — Estou ansiosa em trabalhar com o senhor outra vez, sr. Laska. Vou preparar uma proposta e envio para o senhor até o final da semana que vem.

— Ficarei à espera. Adeus.

Devolvendo o aparelho ao gancho, fico encarando a pilha de camisinhas e debatendo apanhar um punhado para jogar na mesa de Alice antes de nocauteá-la. Ou, ainda melhor, irromper no escritório de Darius e jogá-las na cara dele. Já passou da hora de confrontá-lo.

Eu simplesmente não entendo. Abro as pernas para ele sempre que quer. Por que não sou o suficiente?

Há uma batida peremptória na porta antes que ela se abra, e Clarice entra.

— Você não vai acreditar na sincronia — digo a ela —, mas Valon Laska, o cara da academia no Bronx, acabou de ligar com um serviço novo.

As sobrancelhas dela se erguem.

— O gângster?

Fecho a gaveta da mesma forma que contenho minha fúria crescente por enquanto. É como se algo estivesse solto dentro de mim, chacoalhando com tamanha violência que meu corpo todo se agita. Fico de pé sobre pernas trêmulas e me aproximo com cuidado do carrinho de bebidas.

— Não sabemos se isso é verdade.

Ela se recosta no batente da porta e me lança um olhar.

— Claro. O que disse para ele?

— Que vamos aceitar. Quer um drinque?

— Hã, claro. Só um golinho.

Como diabos Lily passa pela vida deliberadamente sóbria? Não é possível. Talvez ela goste de maconha. Óbvio, com Kane metendo orgasmos nela com aquele pau delicioso, talvez ela já tenha todo o barato de que precisa.

Vacilante, eu me sirvo de um dedinho de destilado e aplaudo mentalmente meu autocontrole, depois sirvo a mesma quantidade para Clarice. A tampa bate na boca da garrafa quando a fecho.

Achar as camisinhas me fez perder a cabeça, e preciso me acalmar. Um golinho não viola a regra de "não beber antes das cinco da tarde".

Além do mais, tenho algo a celebrar. Vou tomar aquela porcaria inútil do pó desintoxicante depois da bebida.

— Precisaremos de um site — penso em voz alta — e de um novo nome. Eu vou trabalhar na Baharan e no relançamento separadamente. Preciso da sua ajuda. Está aberta a conciliar dois empregos? Vamos fazer a Social Creamery 2.0 decolar, para podermos ir embora deste inferno.

Ocupando uma das cadeiras para visitantes, ela coloca a pasta que estava em sua mão na beira da mesa.

— Estou sempre aberta a novos desafios, você sabe disso. Mas preciso de um aumento. Pode me pagar pela conciliação?

— Posso, eu cuido disso. — Coloco o copo na frente dela e retomo meu lugar atrás da escrivaninha. Como Diretor Financeiro, Darius é o homem do dinheiro, e vou conseguir o que quero dele. Ele me deve essa. — Vamos precisar de uma equipe externa. Gente que possa trabalhar de casa por enquanto.

— Se forem trabalhar de casa, você pode lançar uma rede mais ampla.

— Isso. Vou postar as vagas ainda hoje. — Eu me forço a bebericar em vez de engolir tudo e, então, suspiro aliviada quando a queimação familiar aquece o lugar gelado dentro de mim que tremia tanto. É tão bom que quero beber um copo inteiro. — Já temos nosso primeiro cliente, então precisamos montar uma equipe depressa.

CAPÍTULO 42

Aliyah

— Ryan.

Eu me levanto quando o belo jovem entra em meu escritório, sorrindo de modo genuíno. Não é apenas sua chegada que me agrada. A segurança também me alertou que Amy se arrastou de volta ao escritório. Tenho que dar algum crédito à garota por demonstrar ter certa determinação. Agora, vejamos se ela vai mostrar sua verdadeira face depois de alguns drinques e se vai se dar ao trabalho de abrir a gaveta da escrivaninha.

— Muito obrigada por vir até aqui.

— Sem problemas. — Ryan Landon abre seu sorriso charmoso e coloca sua bolsa com cuidado sobre meu aparador ao lado da porta. O esplêndido couro em tom conhaque ficou mais caloroso e maleável com o uso. Kane usa a mesma bolsa, só que em couro preto, e deu essa para Ryan depois que ele elogiou a sua. — Eu precisava conversar com Kane mesmo. Ele está em reunião?

Por um instante, fico espantada com a pergunta.

— Não... Não tem falado com ele ultimamente?

— Nós conversamos anteontem.

Ele ajusta a calça e a jaqueta do terno para ficar confortável antes de se sentar numa das duas cadeiras de visitas em frente à minha mesa. Relaxado e alheio a qualquer problema, ele beberica seu café.

Ryan é o tipo de homem que as mulheres gostam de observar. Bronzeado e alto, bonito, com uma fisicalidade poderosa e segura de si. Assim como Kane, é um homem cujo pai foi descuidado com a segurança financeira de sua família. O patriarca Landon investiu e perdeu tudo no esquema de pirâmide de Geoffrey Cross. Ter um pai indigno de confiança, egoísta e imprudente é uma experiência que conectou Kane e Ryan de forma inabalável. Eles parecem confiar um no outro até certo ponto, embora não por completo, o que não é inesperado considerando como ambos cresceram — e superaram — as consequências desastrosas do fracasso alheio numa escala tão massiva.

Eles se saíram bem, embora de formas diferentes. Ryan agora está casado e Kane estava viúvo, limitando as oportunidades de passarem tempo juntos, mas eles sempre vão cuidar um do outro. Algumas amizades da época de faculdade duram por toda a vida, e acredito que a deles será assim.

— Ele falou que estava no escritório? — pergunto.

— E quando é que não está? Ele praticamente mora aqui. — É evidente que Ryan está achando graça em minhas perguntas. Estou igualmente intrigada quanto ao motivo para Kane não ter confiado seu amigo mais chegado num momento de reviravolta. — O que está havendo?

Eu me concentro em minha pantalona creme enquanto a afofo, tentando esconder como meus pensamentos estão em polvorosa. Passei dias me preparando para esta reunião, planejando exatamente como introduziria o assunto do passado de Lily e extrairia a ajuda de Ryan para lidar com a ameaça. Agora, estou com medo de falar demais. Não entendo por que Kane não mencionaria sua ausência do escritório. Talvez os dois tenham se distanciado. Caso seja isso, quanto quero compartilhar com ele?

— Aliyah?

Eu me aprumo e decido me sentar na outra cadeira de visitas, ao lado de Ryan. Posicionamento é tudo e, neste caso, quero que ele se sinta como um confidente.

— Você conhece Kane há muito tempo — começo.

— Pode-se dizer que sim. Parece mesmo que a Columbia foi há uma vida.

— Você conhecia Lily?

— Lily... — O olhar de Ryan dardeja para longe. — Eu a conhecia, sim.

— Conhecia bem?

Ele alisa um vinco imaginário em sua calça social e, então, olha para mim.

— Eu os apresentei quando ela era minha namorada.

— Ah. — E, no entanto, descubro que isso não me surpreende tanto assim. — Você se importaria em me contar por que terminaram?

O olhar dele se estreita em mim de uma maneira nada característica dele — ao menos, do que o conheço.

— Por que quer saber?

Considero como falar de forma honesta sem mostrar minhas cartas. Afinal de contas, Ryan e Kane são amigos que compartilham confidências — ou era isso em que eu acreditava —, e nenhum dos dois sente qualquer lealdade para comigo. Se eu não for com cuidado, vou espantar os dois.

— Ela tem um domínio imenso sobre ele. Se eu simplesmente a entendesse melhor, acho que compreenderia melhor meu filho.

Ele suspira.

— Não vejo como isso pode ajudar, mas... Foi ela quem terminou tudo.

— Para ficar com Kane?

— Não. Acho que não. — A mandíbula dele se retesa por um instante. — Honestamente, eu não sei. Sei que eles não ficaram juntos logo após o rompimento, porque ele passava todo seu tempo livre comigo. Ele praticamente se mudou para a minha casa por vários meses logo depois. Eu não soube lidar muito bem com a perda dela. Passei algum tempo afogando minhas mágoas e sendo promíscuo. Arrastei Kane comigo para me dar apoio moral.

Ele toma outro gole de café e eu reparo em como gira sua aliança de casamento com o polegar. Franzindo o cenho, olha diretamente adiante, com a cabeça em outro lugar.

— Eu sabia que ele a queria — diz, baixinho. — Eu o flagrei olhando para ela algumas vezes, e era óbvio como se sentia. E, então, ele começou a recusar convites para fazer coisas em grupo com a gente. Mas todo cara que eu conhecia tinha uma quedinha por ela. Ele não era o único.

— Isso não incomodava você?

— O que se pode fazer? Com uma mulher linda e sexy do seu lado, é esperado que outros homens vão desejá-la em alguma medida. Kane era respeitoso. Eu me sentia mal por ele, na verdade.

— Você se sentiu mal por ele quando ele acabou se casando com ela? — pergunto, sem rodeios. Talvez haja uma cisão ali. Seria bom saber, de qualquer maneira.

— Eu só descobri depois que ela morreu. Só descobri que eles estavam juntos e casados quando ele me contou que ela havia morrido. — Ele desliza a mão pelos cachos cor de chocolate amargo. — Eu nunca vi nem sequer *pensei* neles juntos, então suponho que como eu me sentia a respeito não vinha ao caso. As coisas já estavam sérias com Angela a essa altura, então...

Eu o analiso, registrando sua inquietude e a resposta ensaiada, como se ele tivesse pensado na morte de Lily com frequência suficiente para ter uma resposta na ponta da língua. Não sei como interpretar nem como usar isso. A Baharan certamente não se beneficiaria de um clima tenso entre Kane e Ryan. Lily já está causando problemas o bastante do jeito que as coisas estão.

— Está dizendo que não o afetou quando descobriu? — eu o instigo.

— Afetou. Claro que afetou. Lily tinha sido importante para mim. O que me lembra, vi Amy na entrada — murmura — e, por um segundo, pensei que fosse Lily. Meio que perdi o rumo. — Ele toma outro gole de café. — Eu não pensava em Lily havia muito tempo, e agora duas vezes na mesma manhã... Mas, enfim, não sei como isso lhe poderia interessar.

— É fascinante.

Não faz muitos anos, às vésperas de se casar com Ryan, um CEO rico e bem-sucedido, Lily decidiu mudar de rumo e se casou com Kane em vez disso, quando ele tinha poucas perspectivas e uma montanha de dívidas estudantis. Isso sugeriria que ela o ama de verdade e que talvez ainda ame. Pode me chamar de cínica, mas eu simplesmente não consigo acreditar. A mulher detalhada na investigação de Rampart não age sem segundas intenções. No entanto, não posso arriscar fazer insinuações ou acusações diretas que possam chegar aos ouvidos da pessoa errada. Melhor fazer com que Ryan tire suas próprias conclusões primeiro.

— Kane tem trabalhado de casa nos últimos dois meses.

— É mesmo? — Ele está visivelmente chocado. — Bem, ele, com certeza, fez por merecer uma licença assim, embora eu não diria que trabalhar de casa constitua um descanso. Se é com isso que está preocupada, posso lhe dizer que ele parecia muito bem ao telefone, como era nos velhos tempos. Ele até riu e me provocou um pouquinho. Disse que deveríamos sair para beber algum dia em breve. Não fazemos isso há séculos.

Minha mandíbula trava. Homens são uns tolos mesmo. Um rostinho bonito e um corpo sinuoso podem afetar o bom senso deles e instintos de autopreservação. Ouvir que meu filho parece mais feliz agora do que esteve em anos incita uma sensação de queimação em meu peito. Eu sinto apenas repulsa por Lily.

— Uma parceira sexual estável geralmente melhora o humor mesmo — digo, maliciosa, incapaz de me segurar.

As sobrancelhas de Ryan se erguem.

— Ele finalmente está saindo com alguém de que gosta? Que bom para ele. Eu estava começando a ficar preocupado por ele. Admito que torci para que a fama de Homem mais Sexy o colocasse no caminho de uma mulher a quem ele não conseguisse resistir.

A cada palavra dita por ele, senti a temperatura cair até estremecer de frio. Minha blusinha é cropped, com mangas curtas e fofas projetadas para que um dos ombros fique exposto. Meu cabelo preso no alto deixa o pescoço sem cobertura alguma. Percebo que arrepios cobrem minha pele. Quase espero ver meu hálito formar nuvens de vapor no ar.

— Pensando nisso agora — prossegue Ryan, cruzando um tornozelo por cima do joelho oposto —, não tenho como ficar zangado com ele por causa de Lily nem que eu quisesse. Ele a teve por menos tempo que eu e lamentou por ela por muito mais tempo.

Ele é compreensivo demais, em minha opinião. De jeito nenhum meu filho simplesmente *se esqueceu* de mencionar o ressurgimento de sua esposa, em especial para seu amigo mais próximo.

Será que Lily é diabólica a esse ponto? Teria ela deliberadamente isolado Kane de todos que gostam dele, arrochando seu controle até ter domínio total sobre ele? Dominando Kane, ela controla o dinheiro e a Baharan. Ela já o afastou de sua casa e de Witte. E foi provavelmente muito fácil fazer isso. Anos dormindo debaixo do retrato dela e se cercando de lembranças dela o prepararam para uma obsessão ainda maior. Assim como o pai dele e como eu, Kane é uma criatura sexual e essencialmente está sozinho há tempo demais, relaxando de maneira infrequente demais com seus casos de uma noite.

Será que ela implorou a ele? *Fique em casa comigo. Eu preciso de você.* Será que sugeriu que eles fossem embora? *Vamos para algum lugar, meu amor. Vamos ficar sozinhos para nos reconectar.*

Como Kane poderia negar, quando tem essa fixação absoluta por ela há tanto tempo?

Ela já tem direito legal a pelo menos metade dos bens dele. Se ficar grávida, será capaz de arrancar ainda mais.

Um bebê. Seria possível algo pior?

Sei que ele não tomará precauções; ela é sua esposa. Usar uma camisinha quando trepa com ela não vai nem passar pela cabeça dele, e toda vez que os vi juntos ficou patentemente óbvio que tudo em que ele consegue pensar é em trepar com ela. Pode ter sido *ele* quem sugeriu que se afastassem, deixando Witte para trás, só para ter menos distrações em seu acasalamento frenético. Ele vai confiar que ela se proteja para evitar uma gravidez, e por que ela se protegeria?

— Alguma outra coisa a preocupa? — pergunta Ryan.

Com seu conhecimento íntimo tanto de Kane quanto de Lily, Ryan talvez seja a única pessoa que poderia falar com meu filho. Por outro lado, talvez Kane não dê ouvidos a Ryan apenas por ciúmes. Não sei o que fazer, que atitude tomar.

— Aliyah?

— Ele está com ela — despejo. — Com Lily, digo. E, por mais preocupada que eu esteja com ela, estou mais preocupada por Kane estar escondendo Lily de você.

— Do que está falando? — Ele se apruma, os olhos amendoados mudando para um verde tempestuoso.

— Kane não vem para o escritório desde que ela voltou. Fica o tempo todo com ela...

— Com quem?

— Lily!

— Isso é impossível — dispara, sua coluna inacreditavelmente ereta. — Não sei do que você está...

— Eu sei. — Falo tudo de um só golpe, inclinando-me para a frente. — Eu também mal pude acreditar. É uma situação tão bizarra, e Kane está...

— Aliyah. — A voz dele estala meu nome como se sua língua fosse um chicote. — Lily está morta.

— *Não está.* Não sabemos o que aconteceu. Ela está com amnésia ou algo assim e...

Ryan fica de pé de modo abrupto.

— Quem lhe disse isso? Kane?

— Sim, claro. Ele explicou isso para todos nós.

A cabeça dele está balançando de um lado para o outro numa negação rápida e violenta.

— Ele está mentindo para vocês. Não sei por quê, mas está mentindo. Vou ligar para ele.

Eu o observo pegar o celular e me levanto de um salto.

—Ryan, espere! Você deveria saber mais antes de falar com ele. Existe um motivo pelo qual ele a escondeu de você. Precisamos descobrir...

— Aliyah, eu sei que ele tá mentindo! — O rosto dele empalideceu. — Tem algo muito errado aqui. Estou cada vez mais preocupado com ele. Ele não deveria estar tão profundamente enlutado ainda. Faz muito tempo. E os lírios que ele coloca em tudo...? É doentio. Ele está doente. Está longe do escritório há *dois meses*? Você *o viu*? *Falou com ele?*

Meu coração bate depressa demais, deixando-me desequilibrada e tonta.

— Eu estive na cobertura, claro, para conhecê-la. E eles estiveram no escritório faz...

Ele me interrompe com a mão estendida, com a palma virada para fora.

— Você conheceu a namorada nova?

— Lily! Ryan, você não está me ouvindo. Lily está de volta. Ela está com Kane.

— Isso é impossível, caralho! — ruge, um rubor quente inundando seu rosto exangue. — Lily. Está. *Morta.* Eu estava com Kane quando ele identificou o corpo. *Eu* identifiquei o corpo com ele. Ela também era minha namorada. Eu a reconheceria em qualquer lugar.

— *Como é?* Não. Não pode ser... Rosana perguntou a Kane sobre o corpo. Ele disse que nunca houve um. Que a Guarda Costeira havia desistido das buscas e a declarado perdida no mar.

Ele deposita o copo na borda de minha mesa, depois segura a borda com as mãos, a cabeça abaixada.

— Inicialmente, eles a declararam como perdida. Mas o corpo dela foi recuperado na rede de um pescador. Estava... — Seus ombros musculosos estremecem. — Tinham-se passado algumas semanas. Seu lindo rosto estava irreconhecível, e já não tinha um dos braços. Mas ela tinha a altura certa. E era esguia, mesmo depois de tanto tempo na água.

— Vocês se equivocaram na identificação... seja lá quem fosse. Naquelas circunstâncias...

— Não! Ela tinha tatuagens. Tinha uma fênix enorme nas costas. E não era uma arte do tipo que se escolhe no catálogo de um estúdio. Um amigo tinha feito o desenho especificamente para ela. Ainda havia partes dela identificáveis no corpo. Não havia como confundi-la com outra pessoa.

Respiro cuidadosamente pela boca, sentindo que talvez vá vomitar. Eu me lembro de Lily na biblioteca, vestida em calças pretas e um corselete. Seu cabelo curto e brilhoso permitia que muita pele ficasse à mostra. Eu me lembro da tatuagem. Não dá para se esquecer de arte corporal daquele tamanho. Eu me lembro de olhar para a fotografia acima da lareira e me dar conta de que elas eram idênticas — a foto das costas de Lily e as costas da mulher que entrou na biblioteca.

— Ela tem a tatuagem — consigo dizer, com a voz rouca. — A mulher que está com Kane.

A cabeça de Ryan se levanta bruscamente e gira para olhar para mim por cima do ombro.

— Preciso vê-la cara a cara. Não existe ninguém como Lily. O melhor cirurgião plástico do mundo não conseguiria recriá-la. Eu saberei de imediato. — Os dentes dele rangem de modo audível. — Seja lá quem for essa mulher, ela está abusando do luto de um homem desesperado.

Concordo repetidamente com a cabeça.

— Isso. Ela é perigosa. Soube disso no instante em que pus os olhos nela.

— Existe um motivo para ele a esconder de mim, Aliyah. Ele sabe que Lily se foi. Ele sabe que eu sei. Se ele me contar sobre essa mulher, a fantasia não se quebra e vai desmoronar. É um estágio do luto: a negação. O primeiro estágio. O fato de Kane não ter progredido além desse estágio depois de todo esse tempo é um sinal de alerta sério. Ele precisa de ajuda.

Engolindo a onda de bile que encheu minha boca, luto para ver sentido nisso tudo. Eu olhei para aquela foto de Lily centenas de vezes. A mulher que conheci na biblioteca de Kane tem o rosto dela. Ryan não será capaz de compreender até vê-la com os próprios olhos. A semelhança é mais do que sobrenatural, embora a passagem do tempo seja clara.

Quem Giles Rampart andou investigando — a mulher retirada do Atlântico ou a mulher que está atualmente dormindo com meu filho?

Batemos em portas, fazemos perguntas e desenterramos coisas. Eles mostraram a fotografia dela e confiaram na lembrança que as pessoas tinham daquele rosto inesquecível. Seria fácil demais confundir as histórias de duas mulheres igualmente estonteantes.

Talvez a mulher com quem ele se casou há seis anos seja exatamente quem ela disse que era. Talvez a mulher que encontrou recentemente seja a que Rampart esteja investigando, na verdade.

Sempre que uma investigação sobre o histórico dela é feita, alguém fica ciente de que ela está sendo procurada. Quando muitas perguntas são feitas, muita gente fica sabendo.

E se essa mulher descobriu que Kane estava procurando por ela, pensando que era sua esposa, e viu uma oportunidade? Será possível que a vida de duas mulheres diferentes se emaranhem tanto? Uma órfã e uma golpista?

Virando, Ryan retoma seu assento e se debruça com os cotovelos nos joelhos. Seu rosto está retesado e solene.

— Comece do começo e me conte tudo.

CAPÍTULO 43

Witte

Seguindo o sr. Black pelo corredor, fico espantado com a mudança. Seu terno é o mesmo usado no dia em que deixou a cidade, mas não é o mesmo homem que o veste. O cavalheiro que voltou de Greenwich com sua esposa está... rejuvenescido. Sua passada é leve e rápida, e seus movimentos têm uma nova fluidez. Seu cabelo está um pouco comprido demais, mas ele está tão bem barbeado como se eu mesmo tivesse realizado essa tarefa.

Antes de entrar em seu escritório, ele olha de soslaio pelo corredor na direção da sala de estar. Sei que está procurando por Lily. Ela não está à vista, mas ele não consegue evitar uma conferida. Ele sofria por estar na mesma sala que ela antes de irem para a casa de praia. Agora, sofre por ficar sem ela.

A sala de correspondência continha vários pacotes endereçados a ela quando voltei à cobertura logo antes da volta deles — embalagens da Tiffany & Co., Hermès, Bergdorf's e outras. Lily está fazendo uma triagem delas agora.

Sentado em sua escrivaninha, o sr. Black gesticula para que eu me sente numa das cadeiras de visitantes. Ele se ajeita, o olhar passando sobre a mesa: o monitor em repouso, a correspondência acumulada que já abri e organizei no mata-borrão, a foto emoldurada de Lily deitada com a face para baixo. Seu olhar se demora ali, mas, curiosamente, ele não arruma a moldura.

— O senhor vai visitar a casa de praia regularmente ao longo da próxima temporada? — pergunto. — Devo mantê-la preparada?

Ele parece perdido em pensamentos por um instante, sem entender. Em seguida, seu olhar se desanuvia. Ele olha para mim e anui.

— Sim, mantenha-a pronta.

Espero que entre em assuntos mais prementes, os que mencionamos durante nossas ligações da noite passada e dessa manhã, embora eu tenha tido menos de um dia para aprofundar a busca.

— Val Laska? — indaga. — Sei que ainda é cedo, mas você tem alguma coisa?

— O nome completo dele é Valon Laska, e confirmei sua identidade como o homem que enviou as flores. A caracterização que a sra. Black fez dele como um gângster é apropriada, embora a amplitude e a depravação de seus crimes faça jus a uma descrição mais forte. Ele esteve sob investigação da Agência de Controle do Crime Organizado por décadas, e o caso continua em aberto. Ele foi preso algumas vezes, cumpriu sentenças curtas, mas parece suspeitosamente afortunado em se evadir de punições mais severas.

Ele se recosta em sua cadeira com os cotovelos nos apoios e a ponta dos dedos unidas como numa prece. Há a insinuação de um sorriso.

— Então ela foi honesta, até certo ponto.

— É uma operação de família — prossigo —, com vários primos, sobrinhos, irmãos e agregados. Não existe nenhuma documentação legal comprovando que Laska tenha sido casado nem informações de que tenha tido filhos. Entretanto, há rumores de uma esposa, e dizem que é mais apavorante que ele.

Saco meu celular, destravo-o e o coloco no mata-borrão com a tela para cima, bem iluminada.

Ele se move com rapidez, endireitando-se e girando a cadeira de frente para a mesa. Estuda a imagem exposta ali com um olhar estreitado.

A foto foi tirada durante a vigilância da ACCO. Valon Laska é inconfundível, puramente por seu tamanho. É um brutamontes.

Eles capturaram sua imagem num dia de inverno. As máquinas de limpar neve do município tinham empurrado gelo sujo para a beira das calçadas. O céu era de um cinza-escuro, tão frio e sem vida quanto um cadáver.

Conseguiram fotografar Laska saindo para a rua atrás de uma mulher meio escondida pelo carro à espera no meio-fio. Ela é alta, com uma cascata de cabelo preto liso que cai além de sua cintura. Um casaco de pele espesso obscurece sua figura e na cabeça dela há uma *papakha* que combina com o casaco. Óculos escuros de tamanho exagerado escondem parcialmente um rosto atraente, que é um mistério familiar. Sua pele é pálida como leite, e seus lábios são curvas sensuais aumentadas por um batom vermelho mortífero.

Meu patrão não diz nada, fitando a foto com olhos escuros e abertos, esvaziados de tudo que não seja choque e horror.

— Com o tempo, receberemos outras — digo a ele. — A Agência foi desmontada alguns meses atrás, por isso eu não esperava ter nada para o senhor tão depressa, mas meu contato conseguiu encontrar essa imagem. Ela foi tirada há vários anos, a apenas um quarteirão do Crossfire.

Ele coloca meu celular na mesa com cuidado, como se pudesse quebrá-lo, e, então, repousa pesadamente no encosto da cadeira. Seus olhos se fecham.

— Ninguém via Laska em Nova York há anos — continuo. — Acreditava-se que um rival talvez o tivesse assassinado ou talvez alguém dentro de sua própria organização que quisesse progredir. Sua reaparição seis meses atrás foi um choque indesejado para o departamento de polícia de Nova York. Até agora, a mulher não foi avistada na cidade, mas meus contatos dizem que ela deve estar por perto, já que os dois são inseparáveis. Nem suspeitam que ela esteja morta. A sra. Black está preocupada com uma retaliação ou teme ser incriminada pela morte da mãe?

— Nada disso. Pelo que entendo da dinâmica da família, Steph Laska esperava que a filha seguisse seus passos e acabasse por matá-la. Laska aparentemente entendia isso e aceitava. — Os dedos do sr. Black batucam incansavelmente nos braços da cadeira. — Você disse que poderia haver uma pista numa loja de penhor?

— Nós entrevistamos os funcionários. Lily foi cliente assídua por um breve período, sempre pagava em dinheiro, notas pequenas. Ela comprava trajes completos. Se comprava a calça jeans, também adquiria sapatos, camisa e acessórios para combinar com tudo, o que se alinha com como ela mantém seu guarda-roupa por aqui. Nenhum dos funcionários se lembra de tê-la visto antes de seis meses atrás. Ela foi assídua por alguns meses, mas não fez visitas nos últimos tempos. Obviamente, porque estava com o senhor.

Analiso meu patrão, sentindo-o perturbado. Indefeso. Zangado. O vigor com que voltou foi drenado dele. Está pálido, sua boca tensa e ladeada por vincos de tensão. Seus ombros se ergueram numa postura defensiva.

Minha voz se suaviza.

— O senhor mencionou ter discutido sua segurança com a sra. Black. Os exemplos que o senhor me deu foram ditos por dela?

— Foram.

— Precisamente?

— Sim, literalmente.

A voz dele sai brusca e dura, transparecendo uma perigosa fusão de frustração e irritação, impaciência e ressentimento.

Meus pensamentos reviram o que ele me contou. Microinjeção hipodérmica, envenenamento em público, atiradores de elite — métodos secretos de assassinato que requerem os meios e o treinamento especializado, e ameaças improváveis de vir de criminosos de rua.

— Acho curioso que ela sugira tais cenários — declaro, francamente, porque ele deve se manter vigilante, algo muito difícil de fazer quando o amor exige que você abaixe suas guardas. — Eu esperaria sugestões menos relacionadas com espionagem e mais com meios imediatos: facas ou pistolas, por exemplo.

— Ela gosta de filmes de espionagem — diz ele, com uma exasperação carinhosa. Ele abre os olhos e me encara, suas feições se suavizando outra vez. — Bourne, Bond, Jack Ryan... esse tipo de coisa.

Isso pode até ser verdade, mas a mulher que conhecemos como Lily não é dada a exageros ou teatralidade. Ela escolhe suas palavras com exatidão para que tenham o maior impacto. Eu queria ter estado presente quando ela disse o que disse, para poder ouvir sua voz e ler seus olhos. O subterfúgio é algo que vem de seu âmago e foi sustentado por toda sua vida adulta, se não por mais tempo. Prever as intenções dela é impossível, e é isso o que a torna especialmente perigosa.

O leve sorriso do sr. Black se desvanece.

— Por que não sabemos onde ela se escondeu? Não a encontramos com uma mala, então todas essas roupas que ela comprou devem estar em algum lugar.

— É possível que ela as tenha descartado depois de usá-las.

Sei que não respondi à pergunta dele.

Ele me encara.

— Talvez alguém tenha removido os itens do local onde ela estava — especulo —, e o imóvel não esteja mais desocupado.

— Alguém como o senhorio ou o zelador — sugere ele, mas com um tom insistente.

— É uma possibilidade.

Ou um amigo, um cúmplice, parceiro ou namorado. Ele sabe disso; é um sujeito astuto. Mas a obsessão o domina. Ele se isolou do amor e da alegria por tempo demais, terminando cada dia e começando o seguinte com uma visão de dor e sofrimento pendurada diante de sua cama. A profundidade de sua solidão e seu luto o deixaram singularmente suscetível apenas à mulher certa.

Uma química tão incendiária é excepcionalmente rara. Alguns casais trocam olhares reveladores. Outros se sentem confortáveis com amostras públicas de afeição. Mas casais que irradiam química erótica, só de estarem perto um do outro, são especiais, fortuitos. Gideon Cross e sua esposa, Eva, são um par assim, como o sr. Black e Lily. A luxúria arrebatadora de meu patrão por sua esposa é impossível de ignorar. Ela tem, no mínimo, três armas secretas: ela o faz rir, sentir-se amado e o deixa feliz. Ele está completamente cativado — poderíamos dizer até enfeitiçado.

Ela mais obscurece do que revela, e o sr. Black permite isso para conseguir o que mais quer: ela. Lily tem todas as respostas que ele procura; no entanto ele espera que ela as revele a seu próprio tempo. Entre eles há quase um jogo de gato e rato. Para que finalidade?

— Ela recebeu diversos pacotes enquanto vocês estavam fora. Um entregador trouxe um de uma joalheria aqui da cidade. O recibo registra que o pagamento foi feito por transferência eletrônica. — Sinto muito por ser o portador de uma sucessão de más notícias. — Não houve transferências nem saques, de qualquer uma das contas, para aquela loja ou naquele valor.

Ele fica imóvel por um instante, depois me espanta com um sorriso feroz de dentes escancarados.

— Ela tem acesso a outras contas. — Seus olhos cintilam enquanto ele torna a se recostar na cadeira. — O que o advogado me contou sobre a sociedade limitada e seus bens não combinava com o pouco que eu sabia. Desconfiei que existissem outras contas. Lily não entregaria, simplesmente, as chaves do reino, nem para seu marido.

— Pensei que pudesse ser um presente — sugiro, cautelosamente. — Como as flores.

Ele rejeita a sugestão com um aceno descuidado da mão.

— Ela já estaria nessa sala nos contando a respeito. Não, tem um tesouro escondido em algum lugar lá fora, Witte, e, por fim, eu a fiz se sentir segura o bastante para revelar este fato.

Não entendo sua conclusão ou sua reação. A alegria feroz. É quase como... ganância, o que não faz sentido. Também não faz sentido sua convicção de que ela revelaria um presente de Laska, quando ele desconfia e sabe de inúmeros outros engodos da parte dela.

Tenho me mantido em meu papel, apoiando o sr. Black em sua aprendizagem sobre tomadas de decisões e assumir o comando. Ser seu tutor em todos os aspectos da vida em meio à elite endinheirada dessa bela cidade é uma faceta primordial de meu emprego.

Contudo, decido, naquele momento, sufocar seletivamente o fluxo de informações relacionadas a Lily. Afinal, outra faceta de meu trabalho é garantir a segurança do sr. Black. Eu o farei a despeito dele, se necessário.

Aprumando-se em sua cadeira, ele começa a examinar a correspondência.

— Mantenha-me informado, Witte.

— É claro. — Eu me levanto, tendo sido dispensado. — A propósito, o sr. Landon fez várias tentativas de entrar em contato com o senhor, inclusive vindo até aqui. Quando ele me telefonou, sugeri que tentasse localizá-lo em seu celular, mas ele disse que não tinha conseguido falar com o senhor. Soou bastante perturbado e perguntou sobre a sra. Black.

— Ele me deixou algumas mensagens de voz. Eu sabia que minha mãe o acabaria abordando, então não pedi a ela que não o fizesse. Ela teria falado com ele antes.

Ele amassa um convite para um jantar de arrecadação de fundos para campanhas políticas, formando uma bola, e o arremessa diretamente pelo cesto de basquete sobre a lixeira.

— O que você falou?

— Como ficou evidente que ele não tinha descoberto sobre a sra. Black pelo senhor, evitei confirmar ou negar qualquer coisa a respeito dela e o aconselhei a dirigir perguntas sobre sua vida pessoal diretamente ao senhor.

— Você é o melhor, Witte. Não sei o que eu faria sem você. — Ele exala de modo áspero e assente. — Continue dizendo isso a ele por enquanto.

Não sei por que meu patrão evitou falar com seu amigo mais próximo. Será porque o sr. Landon costumava ser namorado de Lily? Será ciúme ou esquiva?

— Tem mais uma coisa...

— Porcaria. — Ele volta a se recostar na cadeira. — Pode me lembrar por que saímos da praia para voltar para essa merda?

Com um arquear de minha sobrancelha, ele suspira e parece compreender a repreensão. Eu prossigo.

— A srta. Erika Ferrari perguntou sobre o senhor na recepção em duas ocasiões. Pedi a Julian que me informasse se ela tentasse entrar em contato com o senhor no trabalho, e ela tentou duas vezes.

Ele esfrega a mão pelo rosto. Não é a primeira vez que uma mulher fica atrás dele depois de uma noite juntos. No passado, demonstrou uma falta de consideração cruel pelo que percebia como inconveniências irritantes, e sempre fui eu que lidei com as interações constrangedoras subsequentes. Talvez seus sentimentos por Lily tenham o deixado um pouco mais atencioso.

— Nem sei como entrar em contato com ela — diz, amargo — ou o que diria se pudesse. Ah, isso não é verdade. Eu preciso me desculpar. Minha esposa me colocou na linha nesse ponto.

— Colocou, é? De fato, isso parece ser do feitio dela. Ela vê a feminilidade como uma batalha que requer armas e vigilância.

— A mãe dela a criou assim, e eu forneci o exemplo perfeito de que estava correta. Eu não suporto gente que trai. Não quis nem entrar em contato com Lily até que Ryan começasse a namorar sério Angela, e agora tenho que contar para uma mulher que levei para a cama que eu era — e ainda sou — casado e que apreciaria se ela não voltasse a incomodar a mim ou minha esposa.

— Sua situação é inédita. A verdade é tudo o que o senhor tem a oferecer.

Ele ri, sem achar graça nenhuma.

— Eu não tenho nem isso, não é?

— Eu o avisarei se ela tentar outra vez. E instruirei a recepção e Julian a anotar as informações de contato dela.

Saio e parto para a cozinha para começar os preparativos para o jantar. Faço uma pausa na entrada da sala de estar quando encontro uma das criadas, Lacy, analisando uma foto emoldurada. Ela toma um susto e me olha, culpada, quando nota minha presença.

— Witte, você me assustou.

— Perdão. A senhora estava concentrada.

Desço para a sala rebaixada depois de notar as fotos agora estrategicamente colocadas por toda a área. Uma embeleza uma mesa de canto e outras se encontram em meio aos itens nas estantes de livros que flanqueiam a lareira.

— Ela acaba de colocar essas — diz ela, desnecessariamente.

As molduras são uma seleção de prata de lei, chagrém e madeira preciosa; cada uma posicionada para se misturar com bom gosto à decoração e outros adornos em torno delas. Penso nas entregas da sra. Black e percebo que alguns dos pacotes deviam ser as molduras, depois me assombro por como ela conseguiu rememorar a cobertura de maneira tão precisa.

Segurando as mãos atrás das costas, estudo as imagens. Todas são do casal Black, juntos em momentos de alegria e amor íntimos. Todas são reveladoras de um casal mutuamente deslumbrado, e — o mais peculiar — são todas recentes. Nenhuma delas é uma das fotos antigas que se encontrava na casa de praia, onde ele concentra a história visual dos dois.

A sala está totalmente transformada. Com essas poucas adições atenciosas, o espaço agora é caloroso, pessoal e convidativo. Parece um lar.

Compreendo por que Lacy está cativada. Ficamos os dois imóveis, aturdidos pelo homem revelado nas fotos. Nunca vi meu patrão tão bem, tão vivo. Sua transformação formidável é quase o bastante para me fazer desejar ser tão deliberadamente cego quando ele está escolhendo ser.

Desejei a felicidade dele por tanto tempo. Despedaça-me saber que ele a encontrou com uma mulher que partiu seu coração e colocou sua vida em perigo. Que eu goste dela torna tudo ainda pior.

No entanto, há um detalhe perturbador que ele ainda não revisitou, embora não possa imaginar que ele o tenha esquecido: Lily o reconheceu quando o viu na rua.

A esposa dele o conhecia, lembrava-se dele. E, mesmo assim, não voltou para casa.

CAPÍTULO 44

AMY

O instante em que a vodca gelada bate no fundo de meu estômago vazio é como um orgasmo. Meus olhos se fecham, o ar fica preso, os dedos dos pés se contraem em meus sapatos de salto alto. Escuto a música ambiente sob as dúzias de conversas ao redor. Os cheiros de alho e manjericão, orégano e tomilho esmaecem. Solto um gemido quando o álcool atinge minha corrente sanguínea com tentáculos de um calor onírico. Por um momento curto demais, estou perfeitamente feliz.

— Bom assim, é?

Abrindo os olhos, observo o bartender que sorri e se reclina sobre o bar de um jeito que torna a barreira um tanto quanto inútil. Não é o melhor vodca martíni que já tomei. Tem vermute demais e foi muquirana com as azeitonas. Ainda assim, ele é bonitinho e está flertando, então sorrio de volta.

— Tão bom que vou querer outro.

— Dia difícil? — pergunta ele, girando a coqueteleira vazia no ar e pegando-a de volta habilmente.

— O pior — minto, exagerando, porque conheço as regras.

Um martíni depois do trabalho não tem problema; dois é para um dia difícil ou uma celebração. Três martínis é o ponto em que o sorriso do bartender começa a perder o brilho, e quatro é quando ele para de sorrir de uma vez e pergunta se quer que ele chame um táxi para levar você para casa.

Eu me dou conta de que talvez chegue a três hoje, considerando-se por que estou no restaurante.

— Saindo — diz ele, com uma piscadinha.

O olhar dele passa por cima de meu ombro e eu vejo suas sobrancelhas se erguerem e os lábios formarem um círculo para soltar um assovio baixo. Seu sorriso se amplia o bastante para revelar uma covinha, e o olhar apreciativo que ele me lançou se intensifica para a recém-chegada.

Minhas costas se enrijecem pouco antes de a mão esperada pousar de leve em meu ombro.

— Oi. Desculpe o atraso — diz Lily em sua voz rouca e juvenil, que me faz pensar em Jennifer Tilly. — O trânsito estava uma loucura.

Viro a cabeça quando ela entra em meu campo de visão. Ela está com um minivestido preto estilo camisola e um esplêndido quimono azul safira com bordados florais metálicos. Um único fio de pérolas pende de seu pescoço até os quadris, com um nó pouco abaixo dos seios.

Ela estende os braços esperando por um abraço, e a adrenalina do medo se espalha em meu peito, palpável. Deslizo desajeitadamente para fora do banquinho, quase tropeçando nela. Seu abraço é forte e mais prolongado que perfunctório, mas ela ainda termina sendo a pessoa a soltar. Eu a odeio por isso. Eu a odeio pelo jeito como o bartender olhou para ela e porque ela está com um brilho que vem de dentro, resultado de seu reencontro minucioso com as alegrias do pau excepcional de Kane. Eu já não vi esse resplendor da manhã seguinte em descartes suficientes dele para reconhecê-lo?

Será que Lily se lembra de todos os detalhes perversos que contei enquanto ela estava inconsciente?

— Você está ótima! — exclama ela, lançando-me um olhar amistoso da cabeça aos pés. — Adorei seu casaco.

— Obrigada.

Eu não sabia que ia me encontrar com Lily para um drinque depois do trabalho, então não me vesti para a ocasião. Enquanto ela está em trajes apropriados para um happy hour, eu estou de calça social e blazer. Por sorte, meu visual é um dos preparados por Tovah, e Lily não é a única que elogiou o blazer curtinho de veludo verde.

— Adorei seu quimono — digo a ela, porque, ainda que a contragosto, é verdade, e espera-se que eu diga algo gentil em resposta.

— Ah, obrigada! Eu também adoro. Era da minha mãe.

Ela pendura a bolsa no gancho sob o balcão.

Eu não tenho nenhuma roupa da minha mãe. Acho que ela nem tem nada que possa parecer uma herança de família, como a seda lustrosa drapeada sobre Lily. Minha querida cunhada tem tudo, tudinho. Tá, ela sofreu um acidente e perdeu alguns anos esquisitos dos quais pode tirar sarro em festas, mas, na verdade... a vida dela é perfeita, caralho.

— O que vai ser, linda? — o bartender pergunta para ela, colocando meu novo martíni ao lado do primeiro, que consumi apenas até a metade. — Vocês duas estão fazendo a minha noite. A genética na família de vocês rende uma bela vista.

Espero que Lily o corrija e diga que somos apenas parecidas, mas ela simplesmente agradece e pede a mesma coisa que estou tomando, só que melhor — bem sujo, com apenas um toque de vermute e mais azeitonas.

Então, Witte mentiu sobre ela ser abstêmia? Por quê? Para arruinar minha ideia de presente, para que o dela fosse melhor?

Com um sorriso tenso, acrescento o nome dele à minha lista.

— Tá na mão.

Piscando para ela, o bartender ainda acrescenta uma batida com os nós dos dedos, sem fazer ideia de que sua gorjeta está diminuindo a cada minuto. Sério mesmo, os martínis dele são uma bosta.

Lily inclina o corpo para me encarar.

— Como foi seu dia?

Dou de ombros e tomo outro gole. Eu me forço a dar um golinho, em vez de virar como eu queria. Estou enfrentando cada dia de trabalho me atendo à desintoxicação, mas, quando dá cinco da tarde, não aguento a sobriedade por nem um minuto a mais.

— Trabalhoso.

Colocando o cotovelo no bar, ela apoia o queixo na mão, parecendo elegante, relaxada e hipnotizada no que tenho a dizer. Se ela soubesse o que está na minha cabeça...

— Você se importaria em me contar a respeito? — instiga. — Kane mencionou que você tinha uma agência de gestão de mídias sociais que foi inserida na Baharan.

— Ela não foi inserida. Foi digerida.

Eu a encaro, imaginando qual seu objetivo.

Ela olha para o bartender quando ele lhe serve seu drinque, daí ele coloca uma vela entre nós. O restaurante italiano fica na esquina em frente ao Crossfire e tem três paredes de vidraças que vão do chão ao teto. Durante o almoço, a luz do sol inunda a área o bastante para exigir cortinas, mas a noite está caindo e as velas tremeluzem em todas as mesas. Enquanto Lily se concentra em provar de sua bebida para o bartender, que espera a aprovação dela, aproveito a oportunidade para tomar o resto do primeiro martíni e afastar o copo.

Quando ela olha para mim por cima da borda do copo, estou mastigando minha azeitona solitária.

— Kane me mostrou as peças da campanha de lançamento do ECRA+ — diz ela. — É impressionante.

— Obrigada. — Tento não soar irritada. O que diabos ela sabe? — Eu acho que não é nada fora do ordinário. Estou trabalhando em algo melhor agora mesmo.

— Com o que você não ficou contente? — Lily parece genuinamente interessada.

— Com tudo. As cores, as imagens, a mensagem. Embalagem, fórmula tecnológica e os rostos impecáveis de Rosana e Eva não serão o bastante para competir numa área superlotada de celebridades como a área da beleza, mas é nisso que estão se concentrando.

Fico aliviada quando o bartender leva embora meu copo vazio. Fica muito melhor quando há apenas um drinque na minha frente.

— E como se corrige isso?

Afasto minha irritação com as perguntas incessantes dela. Gosto de conversar sobre meu trabalho, ainda que não goste de conversar com ela. E, até onde sei, se eu responder a uma porção de perguntas, ela terá que fazer o mesmo.

— Mostrando o produto em ação em todo mundo, destacando condições dermatológicas que exibam melhoria. Com fotos e vídeos sem retoques, vibrantes e reais. — Tomo outro gole. Ela seria horrível como embaixadora da marca. — Não se trata de reinventar a roda, mas dizer às pessoas o que elas querem saber: que o produto vai além de apenas uma embalagem bonita e não é usado apenas por influenciadoras que elas admiram; é realmente um bom investimento que vale o dinheiro delas.

O sorriso dela é luminoso.

— Mal posso esperar para ver isso.

Bebi o suficiente para criar coragem.

— Por que você se importa?

Ela se debruça no balcão. Suas pernas estão cruzadas e inclinadas para o lado; com o vestido curto, elas parecem ter um quilômetro. Uma pele pálida assim deveria ser ofuscante, mas ela apenas parece linda, como se estivesse perpetuamente iluminada pelo luar.

— Acho que nós podemos ajudar uma a outra.

Minhas sobrancelhas se erguem. A menos que ela queira me chamar para ser sua dublê para acrobacias na cama com Kane, não consigo imaginar nada que eu queira que ela possa oferecer.

— Como?

— Kane já te disse o que eu faço?

Balanço a cabeça em negação, o que é mais diplomático que dizer que ela é uma vagina conveniente para foder.

— Eu me encontro com as pessoas. Se gosto delas e elas têm um sonho que posso monetizar, eu as ajudo a começar.

— Você é uma investidora anjo — digo devagar. Ela pensa que sou burra?

— Isso. Quando se é inteligente a respeito de em quem escolhe investir, é muito lucrativo. Start-ups precisam de ajuda para formular a mensagem e as propagandas em redes sociais, como você sabe. Posso indicar você para essas empresas; você as ajudará a afinar a marca e a mensagem, e isso seria uma coisa a menos com as quais elas têm que se preocupar.

Meu olhar se estreita.

— E o que você leva nisso?

— Uma taxa de dez por cento sobre o que a empresa gastar em seu primeiro ano a cada indicação.

— Só dez por cento?

Ela sorri, colocando o cabelo para trás da orelha.

— Tenha em mente que também serei recompensada do outro lado da transação com o crescimento acelerado e maiores lucros para meus investimentos.

O cabelo dela cresceu desde que a vi pela primeira vez, semanas atrás, e agora resvala no topo de seus ombros. Ela está com pendentes espetaculares, de safiras e diamantes. As pedras cintilam loucamente, captando a luz ao menor movimento.

— Não se esqueça da trifeta. — Tomo outro gole, meu pé batucando no apoio que contorna todo o bar. — A Baharan também lucraria com esses contratos, e você também receberia uma parte disso.

Algo no sorriso dela esmaece, excitando minha curiosidade e me deixando feliz.

— É — concorda ela, relutante. — Tem isso.

Debato se devo dizer alguma coisa, mas por que não dar com a língua nos dentes? Estou lutando há dias, pesando se quero recomeçar do zero. Ficar com a Baharan significa que meu trabalho duro e meu talento vão enriquecer Kane e Lily. Logo, a decisão é fácil: eu vou dar no pé.

— Bem — começo —, você é a primeira a saber: vou sair da Baharan e começar uma nova empresa.

As sobrancelhas de Lily se erguem, como se estivesse surpresa, mas... ela não parece surpresa.

— Uma empresa nova. Isso é uma atitude ousada.

— Olha, eu não vou deixar a Baharan na mão. O que eles têm planejado é bom, só não é ótimo, e vou consertar tudo antes de me concentrar em novos empreendimentos.

— Mas por que abandonar a Social Creamery? Todo aquele trabalho, a marca, os antigos clientes.

Eu deslizo o dedo pela borda do copo, perguntando-me se isso é o que ela vinha querendo esse tempo todo: me fazer dizer em voz alta quanto fui idiota por ter assinado aqueles papéis e efetivamente entregado minha empresa.

— Você não sabe como funcionam as aquisições?

Ela dá de ombros, e o quimono escorrega de um ombro num movimento tão perfeitamente sedutor que me pergunto se ela o ensaiou.

— É claro, mas eu li seu acordo com a Baharan. Não vejo por que você não tiraria proveito da cláusula de rescisão. Tá, isso não é verdade. Entendo querer recomeçar do zero. Não posso imaginar que tenha sido agradável trabalhar com Aliyah.

Eu me endireito no banquinho, forçando-me a afrouxar a mão em torno do copo antes que quebre a haste.

— Do que você está falando?

O sorriso dela desaparece e seu cenho se franze.

— Qual parte?

Eu solto o copo por completo, porque estou com vontade de jogar o conteúdo na cara dela.

— A parte sobre a porra da cláusula de rescisão!

O franzido se transforma em curvas arqueadas de surpresa.

— Amy, você não conhece os termos do seu acordo com a Baharan? — pergunta, devagar e com cuidado, como se eu fosse uma bomba que pudesse explodir a qualquer momento, que é exatamente como me sinto.

Desvio o olhar. Tenho uma péssima surpresa ao ver Hornsworth, aquele cuzão ladrão de escritórios, tomando drinques com uma mulher bonita demais para ele. Desvio o olhar, enojada, e tomo um susto ao ver Rogelio, o chefe de segurança da Baharan. Ele está tomando drinques com um sujeito exibindo o mesmo corte de cabelo militar, possivelmente outro funcionário da Baharan, mas não sei dizer com certeza. E uma das garotas da contabilidade está jantando com três amigas.

Contenho meus ânimos. Deus me livre de Aliyah ouvir relatos sobre como perdi as estribeiras em público outra vez.

Tomando outro gole, seguido por uma inspiração profunda, respondo:

— Faz um tempinho. E, na época, não achei que algum dia decidiria sair dos negócios da família.

Lily também toma um gole de seu martíni, como se não houvesse motivos para ter presa em me explicar.

— Você tem a opção de retomar a marca Social Creamery em até vinte e quatro meses depois da execução do contrato, se ela não funcionar mais como uma entidade separada. É uma cláusula única, muito interessante, na verdade, mas vantajosa para você. Presumi que sua equipe legal tivesse inserido a cláusula para protegê-la, ou que talvez Darius tivesse cuidado disso.

Sinto a cor fugir de meu rosto. A sala gira como um carrossel. É como se eu tivesse tomado aqueles quatro martínis e estivesse na metade do quinto.

— Amy. — Ela coloca a mão no meu antebraço. — Você está bem?

Com um puxão, tiro a mão dela de meu braço. Eu não tinha uma equipe legal; eu tinha Darius. Por que eu não confiaria no meu marido?

— Estou bem!

— Deixe-me ajudá-la.

— O que você ganha com isso? — disparo, girando no banco para me sentar cara a cara com ela.

— Somos uma família — afirma ela, simplesmente. — Você é minha irmã, mesmo que apenas por casamento. Eu não tenho outras irmãs. Nem primas, tias ou avós. Tenho Kane e, com sorte, você.

Somos uma família. Eu me lembro de Kane dizendo algo parecido. *É bom ter uma família.* Baboseira total. O que qualquer um deles fez para me dar as boas-vindas? Quando é que me colocaram em primeiro lugar ou me apoiaram? Agora Lily acha que podemos nos encontrar para uns drinques e que pode dar nós em minha mente como quem não quer nada por diversão?

— Família — repito, retorcendo a boca de desgosto. — Kane contou a você que ele me comeu? Por umas doze horas direto, acho. A gente perde a noção do tempo quando está presa num orgasmo ininterrupto. Isso faz de nós uma família incestuosa?

Ela está calma e fria, imperturbável por minha raiva.

— Ele me contou, sim. — Tenho ganas de agarrá-la pelos cabelos e bater sua cara no balcão. — Eu sinto muito. — Ela me olha nos olhos para que eu veja sua sinceridade. — E você está correta em chamar minha atenção por ser irônica. Eu quero ajudá-la porque você é uma mulher que perdeu um pouco de poder, e isso é perigoso. Quero ajudá-la porque quero me redimir. Kane a magoou por minha causa. Ele é adulto e responsável por consertar seus próprios erros, mas ainda posso sentir remorso pela dor dele e pela forma como essa dor a afetou.

— Ah, que ótimo. Era bem o que eu precisava. Da porcaria da sua piedade.

Tomo um gole grande, desfrutando do ardor no estômago. Gesticulo pedindo outro drinque.

— Rejeite minha piedade — diz ela. — Mas aceite a minha ajuda. Vou mudar minha oferta. Em vez de pegar uma comissão em troca de referências, vou investir diretamente na Social Creamery, ou posso oferecer um empréstimo.

— Eu mesma posso pegar a porra de um empréstimo!

Os olhos dela não se desviam do meu rosto enquanto ela toma outro gole.

— Foi Kane quem mandou você fazer isso? — Eu me forço a controlar meu temperamento. Ela está totalmente no controle de si mesma e dessa conversa, e quanto mais eu me enfureço, mais pareço não conseguir me defender. — Ou isso é tudo ideia sua? Fazer com que eu saia do escritório para que Kane não me veja todos os dias? É por isso que ele não voltou para o trabalho?

— Eu não ligo que Kane fique perto de outras mulheres. Não digo isso para ser cruel. É apenas a verdade. E um desentendimento entre mim e você só ajuda Aliyah. Eu não sou sua inimiga, Amy, nem sua rival. Podemos nos ajudar e sair na vantagem. Isso é tudo o que estou propondo. Mas também gostaria se pudermos encontrar um jeito de sermos amigas ou aliadas.

Uma voz em minha cabeça me diz que ela tem razão, que seria bom ter alguém do meu lado. E certamente um influxo de dinheiro seria muito bom. Não sei mais o que pensar a respeito de Darius. Quando estou com ele, tenho certeza de que me ama. Mas aí vem toda essa outra merda. Será que haveria como ele não saber da existência de uma cláusula de rescisão? Será que ele vem me enrolando? *Por quê?*

A postura de Lily mudou sutilmente. Não é algo que eu possa identificar, mas tenho a noção de que ela está à vontade. Ela é poderosa, confiante, sexy. Posso ver por que Kane é tão lunático por ela e entendo por que eu nunca mais o terei. Ao menos, não enquanto ela estiver respirando...

— Desculpe por ter sido... cáustica — digo, tensa, sabendo que é melhor usar meu disfarce de Lily. Eu também sou poderosa, confiante e sexy. Jogo os ombros para trás e consigo dar um sorriso quando o bartender leva meu copo vazio e me apresenta um drinque novo. Ele não sorri nem faz contato visual. — Tive alguns dias difíceis recentemente, e isso foi muita informação para digerir de uma só vez.

— Tudo bem — diz ela, dispensando as desculpas com um aceno natural da mão. Aquela pedra que Kane deu a ela capta a luz e eu me dou conta que ela tem a mesma cor púrpura-avermelhada de um coração humano. — Você não precisa se desculpar. A confiança é conquistada, e fico feliz em conquistar a sua.

Imagino o coração dela batendo em minha mão, forte e convicto, nunca ansioso nem assustado. Em seguida, fecho os dedos, sentindo a carne borrachuda ceder sob pressão até que o sangue quente, da cor do batom dela, escorra pelo meu antebraço, pingando do cotovelo.

Por mais deliciosa que seja essa fantasia, minha pulsação está disparada e uma parte distante em minha mente registra meus pensamentos desesperados. Eu preciso ler o contrato. Preciso saber o que ele diz. Lambo uma gotícula gelada de vodca do meu lábio. Nem sinto mais o gosto do vermute, graças aos céus.

— Que horas são? — pergunto.

— Quase sete.

— Ah! Eu tenho que ir — minto.

Porque não posso ficar nem mais um minuto aqui nessa conversa-fiada, sentindo-me inadequada e exposta. Sentindo-me uma idiota. Tenho que agir e assumir o controle.

Tenho que ser Lily.

Deslizando de meu banco, pego meu martíni e viro tudo.

— Desculpe por sair correndo desse jeito. Não tinha me dado conta do horário.

O sorriso de Lily parece incerto.

— Talvez possamos fazer isso de novo em breve? Sem falar de negócios.

— Eu gostaria disso.

Eu me inclino adiante e pressiono meus lábios na bochecha dela. Mantenho-os ali por um instante além do necessário porque ela tem um cheiro ótimo. Eu me pergunto se ela consegue perceber que estou usando o mesmo perfume, se ela sente falta do cabelo comprido e cobiça o meu. Sob meus lábios, sinto sua pele suave e macia. Quando me afasto, ela tem uma marca de lábios em seu rosto no mesmo tom do batom em sua boca.

— Tchau!

Cavoucando minha bolsa, jogo notas de dinheiro no bar e saio correndo como se estivesse com pressa. Aceno com o braço na calçada e um táxi corta várias faixas para me alcançar. Embarco e saco meu celular, vasculhando meus contatos em busca do endereço de Ramin. Como Diretor Jurídico da Baharan, ele pode descobrir o que está no contrato, isso se não souber de imediato. Quando digo ao motorista para onde estamos indo, ele já pôs o carro em movimento.

Ramin mora no badalado Meatpacking District, num prédio de tijolos expostos de três andares que já foi um depósito. Quando o motorista encosta e diz que chegamos, eu procuro o número da rua, porque mal posso acreditar. Esperava algo elegante e moderno como o escritório dele, todo cromado e em cores escuras e masculinas: ferrugem, verde-bandeira, azul-marinho. Este prédio é mais industrial, com janelas basculantes que a maioria dos moradores mantém abertas.

Paro na calçada, reencontrando o equilíbrio e prendendo meu cabelo com uma presilha para retirá-lo de meu pescoço quente. O trânsito estava horrendo, como sempre está a essa hora da noite. Ninguém imaginaria que cruzar quatro quilômetros de carro poderia levar uma eternidade. Levou tanto tempo que o álcool realmente fez efeito agora; entretanto, também tenho a impressão de que meu barato vai desaparecer a qualquer momento. Preciso de outro drinque.

Quando me movo na direção da entrada, o porteiro corre para abri-la para mim.

— Oi, Lily. Como vai?

Tomo um susto ao ser chamada pelo nome errado, sem mencionar a coincidência de ser chamada pelo que ele usou. Olho para o crachá dele.

— Meu nome é *Amy*, Dev. Pode avisar Ramin Ar...

— Já liguei para ele — ele me interrompe, olhando para mim de um jeito esquisito. — Ele está esperando por você.

Meus olhos ardem e eu os espremo por um instante. Tenho de abri-los de novo rapidamente, porque meus saltos me deixam um pouco instável. Por que caralhos Lily não podia ter uma altura mediana?

Começo a atravessar o saguão, mas ele abre para os dois lados, cada um com um elevador diferente.

— Hã... Para qual lado?

Dev franze a testa para mim, seu sorriso enorme desaparecendo.

— Para a esquerda.

— Tá bom...

Aceno para ele por cima do ombro e me dirijo para a esquerda. Torno a conferir em meu telefone o andar e o número do apartamento.

O elevador é mais como um elevador de serviço do que um para moradores e visitantes. Como a mesa do porteiro também é industrial e pesada, acho que essa é a estética. Quando saio do elevador, vejo pisos de concreto tratado para parecer pedra forrando o corredor. Meus saltos estalam como tiros. Levo um minuto para descobrir se deveria ir para a direita ou a esquerda e, então, estou diante do apartamento de Ramin, com o dedo apontado para a campainha.

Antes que possa apertá-la, a porta se abre.

— Oi.

Ramin, com certeza, não está usando cuecas por baixo da calça jeans que ele não se deu ao trabalho de abotoar; o pelo escuro cuidado com esmero de sua virilha está visível.

— Eu estava ficando preocupado de verdade.

— Hein?

Ele dá um passo até colar em mim enquanto ainda estou perplexa demais para o repelir, deslizando um braço em torno da minha cintura e me puxando para si. Seus lábios se selam sobre os meus. Fico congelada, chocada, desorientada, enquanto ele toma minha boca como se ela lhe pertencesse, sua língua arremetendo fundo e dando voltas. Ele geme baixinho e seu peito vibra contra meus seios.

— Faz quase duas semanas — reclama, descansando a testa contra a minha.

— Tire suas mãos de mim.

Pensando bem, ele também andava estranho no trabalho. Passando no meu escritório e perguntando como as coisas estavam. Todo. Santo. Dia.

Ele me puxa para dentro e fecha a porta.

— O que fiz para deixar você brava? Porque não tenho a mais puta ideia e estou cansado de ser castigado.

Eu entro na sala de estar. É um *loft* enorme, com janelas basculantes dos três lados. Ele deve ter comprado o apartamento ao lado e combinado os dois. Em uma olhada, posso ver a cama dele contra a parede mais distante, a mesa de jantar e a cozinha, e o espaço que ele delimitou como sala de estar com um tapete, sofá modulado e um rack aberto que serve como divisória.

Velas faíscam sobre a mesinha de centro e duas taças esperam, com uma garrafa de vinho num balde de gelo.

Dou uma volta completa, querendo sair antes que a próxima vadia dele apareça.

— Eu não vou manter você ocupado por muito tempo.

O olhar de Ramin se estreita.

— É isso o que tem para me dizer? Você não vem aqui. Não liga. Estou preso aqui pensando em meu irmão comendo você, e, quando você por fim aparece, já está planejando ir embora?

Meu rosto todo se encolhe em confusão.

— Você tomou alguma coisa?

— Bem que eu queria.

Ele vai para a cozinha.

Eu o sigo. Ele pega um copo do armário, tira uma garrafa de vodca do congelador e se serve de um drinque. Não me oferece.

— Não sei por quanto tempo posso fazer isso — diz ele, cansado, recostando o quadril contra a bancada com um tornozelo cruzado sobre o outro.

Eu não sou uma freira. Já dormir com esse homem, então sei como é estar debaixo dele. Ramin fode como se estivesse fazendo um filme pornô. Não posso dizer que não achei excitante, à sua própria forma. E ele é atraente, tenho que admitir. Mais bonitinho que Darius, nada como Kane. Ele é mais compacto, seu corpo ostenta músculos espessos. Usa o cabelo jogado sobre a testa e geralmente tem uma sombra de barba por fazer há três dias escurecendo seu rosto.

Estendendo o braço, ele enfia a mão pelo zíper aberto do jeans e se ajusta com um movimento de vaivém provocante.

— Você veio para cá só para encarar?

— Ah, mas que caralho.

Dou meia-volta, observando novamente seu apartamento, apesar de que o que eu quero é a bebida dele. Os ruídos noturnos da cidade se derramam pelas janelas abertas. Tem algo de visceral no barulho. Ele me deixa ansiosa.

— Foi você que escreveu o esboço do acordo para a aquisição da Social Creamery, certo? Ou isso é uma tarefa de outra pessoa no jurídico?

Ele não responde de imediato, então me viro de novo para ele. Ramin se endireitou e abandonou a bebida. A postura preguiçosa e desafiadora se foi.

Ele está agudamente alerta.

— Eu escrevi. Por quê?

Minhas mãos vão até os quadris. Oscilo um pouco sobre os saltos e os retiro, embora saiba que isso tornará ainda mais desconfortável colocá-los de volta. O olhar de Ramin fica mais sombrio.

— Lily me disse que há uma cláusula de rescisão.

Seus olhos se estreitam, e ele vem em minha direção.

— Lily leu o acordo?

— Parece evidente. — Reviro os olhos. — Ela está falando a verdade?

— Kane deu a ela acesso a tudo, então — diz, sua passada descalça fluida e elegante.

Queria ter continuado com os sapatos, porque agora me sinto pequenina e vulnerável.

— Você não respondeu à pergunta.

— Você já sabe a resposta.

— O caralho que sei!

O rosto dele fica corado de raiva.

— Nós discutimos isso uma dúzia de vezes! Venho lhe dizendo para sair de lá há mais de um ano.

Eu o encaro por um longo instante, apavorada com o peso de uma névoa intensa que me espreme de todos os lados. Percebo minha língua grossa e ressecada na boca. Meu coração martela contra as costelas. Conforme Ramin se aproxima de mim, eu o evito e vou para a bancada. Pegando a bebida dele, tomo um gole profundo. O calor gelado desliza por minha garganta e eu me apoio pesadamente no tampo. Sinto-me enjoada. Não como nada desde o almoço. Sinto o gosto de bile no fundo da garganta, ameaçando se espalhar para a boca.

Quando Ramin me abraça por trás, eu nem me movo. Seu nariz e boca afagam meu cabelo.

— Senti saudades suas, amor. Seja lá o que eu fiz para irritá-la, me desculpe.

Subitamente me ocorre: eles estão todos querendo me enlouquecer.

É um esforço conjunto. Kane, Aliyah, Darius, Ramin. Talvez até Clarice. Ela tem sido uma boa soldadinha para a Baharan há anos. Será que Lily também está envolvida? Ela é a única que me contou a verdade. Ou talvez seja mentira.

Por quê? Qual é o objetivo? Qual é o plano deles?

Minha respiração fica presa quando outra possibilidade entra em minha mente. E se Lily também for uma vítima? Talvez Kane a tenha enlouquecido. E se sua amnésia dissociativa foi uma consequência dos jogos que ele fez com a cabeça dela? Não só com sua habilidade campeã de foder com a mente dos outros, mas talvez com alguma fórmula química de seu pai que ele tirou de uma caixa de sapatos empoeirada.

Talvez eu esteja participando sem saber de algum teste clínico para uma droga nova. Algo para a o cérebro. Mal de Alzheimer. Demência. Esquizofrenia. E se eu for apenas um rato de laboratório?

Como podemos escapar? Lily já conseguiu fazer isso uma vez, mas Kane a encontrou. Ela não estava morta. Ele sabia que acabaria a encontrando. Foi por isso que guardou todas as roupas dela. E, quando a encontrou novamente, colocou vigias no hospital e na cobertura, para que ela não conseguisse voltar a fugir.

Como foi que ela saiu essa noite? Eles devem ter querido que ela saísse. Talvez estejam me testando para ver se estou tentando escapar. Terei que ser mais cuidadosa até ter certeza.

As mãos de Ramin me invadem por todos os lados, esfregando entre minhas pernas, massageando meus seios. Ele recaiu no modo astro pornô. Seu pau está bem duro. Está morrendo de vontade de trepar comigo. Precisa da minha bocetinha apertada em volta de seu pau. Mal pode esperar para me encher de porra.

Perversamente, os mamilos que ele está puxando tão bem viraram dois pontinhos duros e um filete de excitação quente desliza por minha boceta. Não quero pensar nisso nem no quanto Ramin é perfumado. Como é que todos os homens Armand têm um cheiro tão deliciosamente, tão sedutoramente masculino? Outro uso sinistro do departamento de P&D da Baharan? Algum tipo de "boa noite, Cinderela" aromático? Minhas pálpebras e meus membros vão ficando pesados.

Não posso deixar que saibam que descobri o que estão fazendo. Tenho que fazer o jogo deles até saber o bastante para poder derrubar a todos. Com isso em mente, eu me movo num semicírculo sinuoso para encarar Ramin e fecho os olhos quando ele me beija com uma força capaz de deixar marcas.

CAPÍTULO 45

Aliyah

— Obrigada — digo ao atendente uniformizado quando ele me conduz até meu lugar num pequeno grupo de cadeiras estofadas entre duas janelas em arco.

Cortinas translúcidas dão privacidade enquanto suas contrapartes pesadas e vermelhas com borlas douradas emolduram as vistas da cidade mais além. É meio-dia, mas lustres massivos drapejados em fios de cristais iluminam o imenso salão. Cornijas e frisos ornamentados enfeitam as paredes, as janelas, o teto e as passagens. Há uma sensação de antiguidade, riqueza e prestígio.

O clube privado é uma instituição que remonta a meados do século XIX. Menos de mil homens podem afirmar ser membros, numa cidade de nove milhões de pessoas. É provável que eu nunca vá revisitar a sede do clube, e estou estupefata e horrorizada que a identidade falsa de Lily não barre sua entrada em estabelecimentos tão elitistas. Quem é o homem que permitiu a entrada dela como convidada?

Pelo salão, reconheço diversas pessoas que vi apenas em filmes ou nos noticiários. Tento permanecer com a mesma calma e tranquilidade, mas estou irritada, e a fúria faz meu sangue ferver. Eu sempre me visto bem, mas tomei um cuidado especial hoje, sabendo que teria essa reunião com Lily. Meu macacão branco com cinto tem calças de boca ampla e mangas três-quartos. A parte de cima é franzida para acentuar meus seios e cai com perfeição sobre minha clavícula, enquanto as costas têm um decote que vai até a cintura. Chique, elegante, sexy. Consigo me virar com qualquer mulher neste salão.

Quando o garçom vem, peço um champanhe para duas pessoas e confiro o horário. Em três minutos, Lily estará atrasada.

Se eu tivesse escolha, teria preferido me encontrar com ela em meu escritório. O campo de batalha ideal é sempre o mais familiar e que apresente uma vantagem tática. Kane, porém, ficaria sabendo, e não estou preparada para lutar contra os dois juntos. Ainda não. Quero sondá-la primeiro, sozinha. Deixar que ela veja o que está enfrentando. Minha segunda opção seria nos encontrarmos em um hotel, um terreno neutro, mas ela me deu este endereço. Eu não sabia para onde estava indo até chegar.

O sussurro de uma perturbação transfere minha atenção para a entrada no instante em que Lily passa por ela. O atendente é sorridente e conversador com ela. Embora ela caminhe com uma passada cheia de propósito, presta atenção ao que ele está dizendo.

Sua saia vermelha de seda acompanha o corpo da cintura até as panturrilhas e, então, abre-se de leve em torno dos calcanhares conforme ela anda. Ela pegou uma das camisas sociais brancas de Kane, trespassou as duas metades na frente e amarrou as pontas nas costas. Rubis balançam de suas orelhas e contornam sua garganta e seus pulsos, e, no entanto, não parece um exagero. É um visual diurno que pouquíssimas mulheres conseguiriam fazer funcionar.

— Aqui está ela — diz o atendente, de modo desnecessário, estendendo o braço em minha direção como se me apresentando.

— É um lugar adorável. Obrigada.

Tinha me esquecido dessa voz. Olhando para ela, seria de se esperar que falasse como Jessica Rabbit, não como Betty Boop. Contudo, uma vez que ela começa a falar, aquela voz não apenas combina com ela, como também consegue soar perigosamente sensual. Ela é como erva-dos-gatos para Kane, e ele fará qualquer coisa, acreditará em qualquer coisa, para se refestelar nela.

O atendente sorri e oferece uma leve mesura.

— É bom vê-la novamente, Lily.

— Você também, Ari.

Ela se ajeita na cadeira à minha frente, coloca uma bolsa tipo envelope de couro vermelho na mesa e cruza as longas pernas.

— Ah... É bom andar pela cidade. Eu não poderia estar mais apaixonada pela cobertura, mas, às vezes, é preciso abrir um pouco as asas.

— Esta é a primeira vez que você se afastou de Kane?

— É. — Ela ri. — Embora ele tenha vindo comigo. Está almoçando aqui com Gideon Cross.

Cross, claro. Embora isso não explique por que o atendente parecia conhecê-la bem. E, pelo visto, somente eu cogitei esconder esse encontro de Kane. Poderíamos ter nos reunido na Baharan. Para mim, teria sido muito melhor.

Dois garçons trabalham em conjunto para trazer o champanhe em um balde de gelo e duas taças delicadas. Lily pede água com gás com limão.

— Pensei que faríamos um brinde ao seu retorno — digo, branda, escondendo minha irritação. Ela é do contra e parece determinada a fazer sempre o oposto do que eu quero.

O sorriso dela tem doçura suficiente para me dar dor de dente.

— Eu não bebo.

Mando o champanhe embora com um aceno e peço um café com leite no lugar dele.

Quando voltamos a ficar sozinhas, ataco rapidamente para colher a vantagem da surpresa.

— Kane sabe o seu verdadeiro nome?

A boca de Lily se curva num sorriso fácil.

— O que torna um nome verdadeiro?

Meus lábios se franzem. Ela nem sequer piscou.

— Eu acho muito estranho — digo — que você não se incomode em ser chamada por outro nome em momentos particulares com o homem que ama.

— Eu já lhe disse que o amo? — indaga ela, curiosa. — Eu e você mal trocamos um punhado de palavras, se bem me recordo, e jamais discutimos sobre Kane.

Eu me remexo, minhas costas se aprumando automaticamente.

— Você gosta de joguinhos.

— Gosto. — A perna dela balança para a frente e para trás. — Sou muito boa neles. Talvez você deva procurar outra adversária.

A água dela e meu café chegam, e ela presenteia o garçom com um sorriso divino.

— O que você quer? — pergunto. — Quanto quer?

Repousando o antebraço sobre o joelho, ela se inclina para a frente, com o olhar esmeralda focado como um laser. Não é a primeira vez que noto como esses olhos são frios e calculistas. Kane não enxerga isso porque ela sempre toma o cuidado de olhar para ele de modo caloroso. Claro, talvez ela não tenha que fingir isso. Kane tem a mesma sexualidade exuberante de seu pai, e as mulheres não conseguem resistir.

— O que *você* quer, Aliyah?

— Proteger meu filho, minha família e meus negócios.

— Suas motivações não são nem de longe nobres assim — descarta ela. — Você consegue controlar Kane muito mais facilmente quando ele está quase morto de sofrimento, quando ele não tinha nada mais a que se agarrar, exceto a Baharan. Você quer que eu suma na esperança de que ele vá voltar a ser um maníaco por trabalho, mas ele se transformou profundamente com a minha volta. Você não tem como fazer essa flecha voltar.

Levo a mão ao pires delicado que contém minha xícara de café.

— Você acha que tem o poder de manipular Kane? Porque o sofrimento dele por outra mulher o deixou desesperado, e você embaçou a mente dele com sexo? Não vai durar. Você vai se cansar de interpretar um papel e ele vai se cansar de você.

As sobrancelhas dela se arqueiam.

— Outra mulher?

— Eu sei sobre os seus nomes falsos. Sei que não há um rastro legítimo para o dinheiro. Sei que você não é Lily, porque a Guarda Costeira recuperou o corpo dela. Você está aplicando um golpe estupendamente elaborado, mas cometeu alguns erros.

Suas narinas se inflam numa respiração funda, e ela escorrega para o fundo da cadeira, ajeitando-se confortavelmente no encosto almofadado. Indícios sutis, mas, ainda assim, um recuo. A satisfação me preenche. Ela já não está tão autoconfiante.

— Você quer o dinheiro dele — pressiono, já que minha primeira saraivada foi tão eficaz — e tem certeza de que consegue botar as mãos em pelo menos parte dele, mas se esqueceu dos amigos de Kane, vários dos quais Lily conhecia bem. E a diretoria e os investidores da Baharan vão garantir que você não afete os lucros deles. E não subestime Gideon Cross. Ele tem uma preocupação quase neurótica com publicidade negativa. Quanto mais tempo essa farsa se estender, mais interessadas as pessoas ficarão em vê-la terminar.

A perna dela recomeça a se movimentar em vaivém.

— Você ama seu filho?

— É claro.

— Diga-me por que ele estava tão completamente sozinho quando eu o conheci na época da faculdade. Por que ele celebrava seus aniversários sozinho. Por que nenhum de vocês comparecia aos jogos dele.

Minha mandíbula se retesa. Não posso acreditar que ele discutiu essas coisas com ela. Uma coisa é ele estar louco de luxúria; outra é estar emocionalmente envolvido de verdade.

— Eu não tenho que me explicar para você.

— Você quer que eu lhe dê respostas. — Ela se inclina para a frente tão depressa que me sinto fisicamente ameaçada. — Eis uma: *você é responsável pela obsessão dele por mim*. Você o descartou quando lhe foi conveniente. Você o deixou sozinho e à deriva, exatamente como Paul. Vocês dois deixaram nele um vazio que deveria ser preenchido pelos pais. Então, aqui estamos nós. Eu o completo.

— Ah, essa é ótima. — Eu rio, sem achar graça alguma. — Kane era adulto quando saiu de casa, e eu estava ocupada com os irmãos dele e com Rosana. Não deveria ser nenhuma surpresa o fato de que ele sempre foi popular. Havia garotas correndo atrás dele já no ginásio, e isso só piorou quando a libido dele atingiu o auge. Não sei dizer quantas vezes o peguei com uma garota em seu quarto. Por que ele iria querer passar o aniversário com irmãos mais novos malcriados, quando podia ter alguém chupando seu pau? Por que sofrer num jantar depois de um jogo com a família que mora em outra cidade, quando todas aquelas garotas faziam fila para celebrar com ele?

O gelo tinge o sorriso dela.

— Você não o vê como um ser humano com sentimentos mesmo, não é? É por ele ser homem ou porque, se não for assim, você não conseguiria viver com a culpa? Essa não apenas é uma desculpa terrível, como também desafia a sua lógica sobre as minhas intenções. As mulheres pegavam senha para ir para a cama com ele, mas eu estou apenas atrás da conta bancária dele? Nunca lhe ocorreu que talvez eu só queira mesmo *a ele*? Como você dá mais valor ao dinheiro do que a Kane, não consegue imaginar que eu não me sinta da mesma forma.

Depositando minha xícara com cuidado no pires, sustento o olhar dela enquanto me levanto.

— Você está cometendo outro erro, pensando que estou no escuro. Seria melhor para você pensar numa quantia que a sustente até encontrar alguém menos isolado que Kane. Você se esculpiu numa mulher linda. Não terá nenhum problema arranjando outra pessoa.

— E seria melhor para você trabalhar comigo para deixar Kane feliz.

Pego minha bolsa e dou a volta na mesinha. Os cabelos em minha nuca e meus braços estão arrepiados. A carícia do ar pelas minhas costas nuas, geralmente tão sensual, dá a impressão de um fantasma pairando no ar.

Paro ao lado da cadeira dela.

— Estou planejando uma festa de boas-vindas para você. Vou convidar todos os amigos de Kane e Lily. Também vou chamar todos os amigos de Sage, de Daisy e de todo outro nome floral que você já usou. Será um evento e tanto. Talvez você queira voltar a chamar aquela consultora de estilo e comprar um vestido novo. Você receberá o convite em breve. Obrigada pelo café.

Há um sorriso tranquilo em meu rosto quando saio do saguão, mas estou tremendo.

— Aliyah.

É preciso um esforço tremendo para me mover com confiança quando me volto para ela. Arqueio a sobrancelha numa pergunta silenciosa.

Os lábios dela se curvam. É tão pequena a mudança. Visualmente, ela parece perfeitamente tranquila. Há um sorriso pequeno e secreto em seu lindo rosto, como se fôssemos duas confidentes próximas desfrutando de um momento de diversão particular. Mas a energia em torno dela mudou; sinto o gelo a alguns passos de distância. Seus olhos, aquelas esmeraldas brilhantes, faiscantes, perderam seu fogo e ficaram sem alma. Ela é perigosa de um jeito diferente daquele pelo qual eu lhe dava crédito.

— Não se esqueça de convidar seus amigos empreiteiros de Seattle — diz ela, de modo agradável. — Tenho certeza que Kane mal pode esperar para conhecê-los.

Eu a encaro fixamente. Não sei por quanto tempo fico congelada ali, meu sorriso solidificado, o corpo rígido. Estou com medo. Lá no fundo, em lugares que evito inspecionar com muita atenção.

Saindo, alcanço a cruz grega que é o salão principal, com sua cúpula de caixotão e duas escadas curvas. Meu filho está almoçando em algum ponto deste prédio com um homem poderoso. Kane provavelmente está corado, cheio de saúde e da satisfação de ter uma mulher deslumbrante pronta para aliviar todo tipo de estresse e tensão. Pode já estar ansioso por esta noite, sem fazer ideia de que está se aninhando com uma cobra em sua cama.

Tiro da bolsa uma echarpe branca transparente e a jogo por cima do cabelo e do pescoço com a velocidade da prática antes de sair para a rua. Penso em chamar um táxi, depois resolvo que preciso de algo mais potente do que cafeína. Vejo um restaurante e bar mais acima na mesma rua e caminho até lá. O tempo está esquentando a cada dia, a umidade do ar aumentando conforme o ano avança. O sol está bem alto, tão claro que lamento não ter meus óculos escuros comigo. Fico aliviada ao chegar no interior fresco do restaurante, e fico de pé um instante, deixando que meus olhos se ajustem.

A hostess, uma jovem num vestido pretinho indefectível, sorri.

— Olá. Você tem uma reserva?

Olho para o bar.

— Só vim tomar um drinque.

— A entrada é liberada para o bar — diz, mas eu já me afastei.

Sento-me num dos banquinhos e tiro a echarpe da cabeça. Estou mais abalada do que gostaria de admitir. Quando voltar para o escritório, farei uma reunião de emergência com Darius, depois ligarei para Ryan.

Menti sobre a festa porque não conseguia suportar a ideia de sair da sede do clube com o rabo entre as pernas. Não serei acovardada por uma mulher inteligente demais para revelar algo de útil e perigosa demais para enfrentar sozinha.

Peço uma taça de *pinot noir*. Eu deveria beber vinho branco se vou me dar a esse luxo no meio do dia, mas vinho tinto parece ter a aura mais apropriada. Suspiro ao dar o primeiro gole. Há uma televisão atrás do bar, e eu assisto a ela.

O áudio está mudo, mas ele é desnecessário, já que legendas transmitem a informação a qualquer um que esteja interessado. Desvio o olhar, reparando na predominância de mesas vazias no bar, apesar de o salão de refeições parecer mais movimentado e a porta principal apitar com frequência.

— Eu bem pensei que fosse você.

Minha coluna se trava, tensa, ao som daquela voz. O suor brota das mãos e do couro cabeludo. Meu coração martela, a onda súbita de medo e pânico me deixando tonta. Giro no banco, rezando para estar enganada e apenas chateada e distraída.

Não pode ser o sócio de Paul. Simplesmente não pode ser.

Quando completo o giro, vejo o rosto dos meus pesadelos. Meu estômago se revira.

Alex Gallagher lança um olhar lascivo daquele jeito de quem sabe demais que faz minha pele se cobrir de calafrios.

— A tintura loira me confundiu, mas esse corpo... — A língua dele desliza sobre o lábio inferior. — Conheço esse corpo *muito bem*.

Minha boca fica seca. Quero gritar, mas não há saliva em minha boca. Ele me provoca de propósito. Minha repulsa violenta o excita. Quanto mais ele me machuca e me rebaixa, mais prazer obtém.

Dou outro gole, minha mão trêmula agitando o vinho na taça. O líquido frio solta minha língua.

— Fique longe de mim.

O antigo sócio de Paul apenas sorri e estende a mão para pegar uma mecha de meu cabelo. Com um puxão do ombro, evito o contato.

— Não me toque.

— Aaah, não faça isso. Somos velhos amigos.

Ele se inclina mais para perto e seu cheiro faz meu corpo convulsionar de aversão. Todas as imagens que tranquei naquele lugar escuro e fundo saem aos tropeços. Lily soltou a tampa; a voz de Alex, seu cheiro e seu olhar desdenhoso a escancaram.

Nosso ódio é mútuo. Brotou depois que ele virou sócio de Paul. Eu estava tão empolgada no começo! Eles formavam uma ótima equipe, dois homens atraentes e carismáticos, sagazes e ambiciosos. Juntos eles revolucionariam uma indústria, e o futuro era muito promissor. Ingrid, a esposa de Alex, e eu lidávamos com a parte social e passávamos todo nosso tempo livre juntas. Ela era uma loira escultural, e sua filha era igualmente resplandecente. Chegamos a imaginar que Kane e Astrid pudessem terminar juntos.

E, então, as coisas começaram a mudar. Paul recebia mais reconhecimento. Pensava que pudesse ser por algo tão simples quanto a atenção que demandava altura a dele, como ocorre com Kane, mas Paul também parecia confortável na própria pele, era humilde e tinha um humor autodepreciativo. Era menos agressivo que Alex, mais descontraído e divertido. Ele começou a receber mais convites do que seu sócio. As pessoas tendiam a olhar para ele durante as reuniões de negócios, apenas relanceando para Alex.

Depois de alguns anos de sociedade, os comentários inapropriados começaram.

Eu sempre preferi morenas.

Gosto de mulheres com curvas.

Você tem lábios lindos. Aposto que Paul adora tê-los em volta do pau dele.

E, então, vieram os toques — a mão no joelho por baixo da mesa e as roçadas não tão inocentes em minhas nádegas e seios. Tinha que evitar ficar a sós com ele e sempre me manter ao lado de Paul ou de Ingrid.

Eu não sabia como contar isso para Paul. Não era pura atração sexual, nem mesmo a fraqueza da cobiça. Era uma mistura tóxica de raiva e um ressentimento que Alex não tinha os culhões de direcionar a Paul. Eu era apenas uma substituta.

E quando Paul me deixou sozinha e indefesa com Kane, eu não tinha nada para oferecer em troca da marca da Baharan e das patentes das fórmulas pelas quais Paul era diretamente responsável. Mas Alex, recém-falido e divorciado, tinha como me fazer pagar por todas as ofensas que sentia ter sofrido.

Ainda estou pagando. E pagarei pelo resto da vida.

A mão dele se assenta em meu braço, e meu corpo todo se revolta com violência. Meu braço se move bruscamente. A taça de vinho em minha mão se vira. O copo se despedaça no balcão do bar, e vinho tinto como sangue se derrama num riacho.

Meu corpo se move por vontade própria, e uma onda incendiária de fúria domina minha mente. Ele grita, um som desesperado e terrivelmente inumano.

Dor penetra em meus dedos e na palma da mão. Instintivamente, afasto a mão da fonte.

E fico boquiaberta, horrorizada ante a visão de taça de vinho pontiaguda, a haste projetando-se da virilha de Alex Gallagher.

CAPÍTULO 46

Lily

Acordo antes de você e fico deitada em silêncio na escuridão, vendo você dormir.

Você jogou um braço por cima da cabeça; o outro está dobrado sobre as ondas de seu abdômen. O lençol repousa baixo em seus quadris e se enreda em volta das coxas, expondo suas pernas compridas. O edredom está amontoado entre nós. Você esquenta quando dorme, irradiando um calor febril. Já eu sinto frio e preciso do peso de um cobertor.

Você é, como sempre, uma tentação altamente sedutora.

Já o fotografei assim antes. Como poderia resistir? Você é sexy e poderoso, mesmo enquanto dorme. Seu corpo é magistralmente esculpido, perfeitamente definido em todos os aspectos. Não sei como sobrevivo à sua força quando a luxúria o domina.

Certa vez, você me disse que fazer amor comigo é como morrer, e talvez essa seja a realidade. Talvez eu não sobreviva ao seu amor. Talvez, como a fênix, eu apenas renasça várias e várias vezes.

La petit mort, meu amor. Como você disse, espero tomar meu último alento em seus braços.

Será um grande dia para nós. O mais distante que estivemos um do outro foi ontem, quando você almoçou num andar diferente do mesmo prédio. Hoje, você vai trabalhar do escritório e eu ficarei sem você do meu lado pela primeira vez desde que acordei. Conjuntamente e sem combinarmos, nós adotamos essa medida de tempo: antes e depois de eu acordar. Em algum ponto, você resolveu se concentrar apenas no depois. Mas ainda guarda segredos de antes, não guarda?

Eu sabia que, assim que você almoçasse com Gideon Cross, seria atraído de volta ao mundo corporativo que rejeitou tão levianamente. A caçada está no seu sangue; o desejo de perseguir e saborear a vitória. Seu conhecimento de si mesmo é rudimentar, na melhor das hipóteses. Espero ajudá-lo a descobrir todas as suas facetas, apreciar sua beleza interior e se amar tão profundamente quanto você me ama.

Sua respiração se altera. O ritmo regular se acelera numa inspiração rápida e profunda. Fechando os olhos, finjo estar dormindo enquanto você se espreguiça, depois se vira para mim. Sinto seu olhar no meu rosto e ouço seu suspiro. Em algumas noites, seu sono é inquieto e, quando você desliza sobre mim, há um toque frenético no seu jeito de fazer amor. Você sonha com os anos em que esteve sozinho? Não sei como tirar essa dor de você.

Você sai da minha cama e ouço o ruído abafado de seus passos indo até meu banheiro. Abandonou seu quarto, com o retrato de Lily, e agora dividimos meu quarto e minha cama. Seus produtos de higiene pessoal cercam minha segunda pia. Você mantém seu closet como antes, mas há uma seção no meu onde guarda alguns itens. Eu gosto de ver nossas coisas juntas.

Meu quarto agora cheira a nós dois. Torço para que tenhamos a oportunidade de refinar nossa suíte principal de um jeito que defina claramente esse quarto como *nosso*. Torço por uma porção de coisas. A cada dia, torço por mais e mais coisas.

Mas essas possibilidades só existem se eu tiver sucesso hoje.

Rolo para o meu lado da cama e coloco uma balinha de menta na boca. Ouço água escorrendo na pia. O que você pensa nesses momentos em que se prepara para fazer amor comigo? Queria poder ler sua mente. Não é o ato de se barbear que lhe dá uma ereção.

A torneira se fecha e meus mamilos se enrijecem. Entre minhas pernas, o sexo se lubrifica, cheio de desejo. Você me treinou bem; meu ritmo circadiano se tornou inextricavelmente interligado com seu desejo. Eu me aninho de lado quando você volta, totalmente nu e excitado. Sorrio enquanto você levanta os lençóis e desliza entre eles.

— Oi — você murmura, correspondendo ao meu sorriso enquanto passa um braço por baixo de mim e me posiciona no meio do colchão.

Você cobre meu corpo com o seu, de pele fria e carne quente. Seu maxilar está úmido e livre de barba por fazer.

Seus lábios se fecham sobre os meus. Eu mergulho na excitação narcótica de seu beijo intoxicante.

Uma hora se passa antes que desabe de costas ao meu lado, ofegante e pingando suor. Meu corpo todo formiga e lateja, até a ponta dos dedos dos pés e das mãos. A abundante umidade cobrindo meu sexo ilustra a intensidade do seu clímax. A luz do sol agora se despeja pela enorme janela sem adornos do banheiro, infundindo o quarto com luz ambiente suficiente para enxergar com nitidez.

Você apalpa o colchão, procurando minha mão, e entrecruza nossos dedos.

— Não há pressa para eu voltar ao escritório. Estou me virando bem daqui mesmo.

Virando a cabeça, sustento seu olhar. Seus olhos revelam preocupação e tanto amor que perco o fôlego. Posso esconder muita coisa de você, mas não posso *me esconder* de você. Você me vê tão bem, lê meus sentimentos de modo tão claro. Deve ter sentido minha agitação. Eu odeio me sentir tão ansiosa sobre as horas que se aproximam, mas sei que seria errado me sentir calma. Essa apreensão vai me manter alerta e é o que me distingue de minha mãe.

Levo nossas mãos juntas até a boca e beijo os nós de seus dedos.

— Só quero que você tome cuidado. Seja exageradamente cauteloso, mesmo que isso o faça se sentir bobo. Faça isso por mim.

Você me encara e afasta as mechas úmidas de cabelo de minha bochecha. Em seguida, dá-me um beijo suave e meigo.

— Faço qualquer coisa por você, boba ou não.

— Obrigada.

— Estou cuidando de nosso problema com Val Laska. Tenho uma porção de homens cuidando disso. E a polícia de Nova York está atrás dele também.

— Eu sei.

A curva de sua boca exibe uma confiança extrema e uma sensualidade inegável.

— Você está bem? De verdade?

— Acabo de ter três orgasmos, Kane — digo, bem-humorada. — Estou mais do que bem. Vá. Se arrume. Talvez eu tenha uma surpresa para você antes que saia para conquistar o mundo.

Suas sobrancelhas se erguem.

— Dê uma pista.

— Não. Se você quer descobrir o que é, mexa-se.

Você dá um suspiro exagerado, sofredor, e se levanta da cama.

— Quando foi que eu fiz suspense para você?

Eu rio.

— Sempre que pôde, e você sabe muito bem disso!

Cheio de consideração, vai tomar banho em seu banheiro para eu poder me arrumar no meu. Seco meu cabelo e me maquio.

Sei que deveria me vestir, mas não consigo reunir forças para trocar de roupa outra vez, como farei depois que você sair. Por isso, continuo em meu quimono. Tenho tanto a fazer e há tanto risco envolvido no ato em si... Terei que usar todo o meu potencial. Devo ser tudo que minha mãe sempre esperou que eu me tornasse.

Quando volto a vê-lo é através do reflexo da minha penteadeira. Witte acaba de aparar seus cabelos, embora agora esteja mais próximo do corte que você usava na faculdade que quando acordei no hospital. Você está usando um terno azul-marinho de três peças, o tecido luxuoso ostentando um leve brilho. A cor é linda, num tom safira bem escuro, e você o combinou com uma camisa e uma gravata cinza-pérola. Os lírios em suas abotoaduras fazem meu coração doer um pouquinho.

Estou tão encantada por sua beleza urbana que me esqueço do que estava fazendo até você tomar a escova de cabo prateado de meus dedos frouxos. Você apanha a gêmea da escova na penteadeira e assume a tarefa, usando as duas mãos num ritmo calmante.

Meus olhos se fecham enquanto você desliza com cuidado as cerdas naturais pelo meu cabelo. Não é a mesma coisa com o cabelo curto, não é? Não há nenhuma necessidade de usar as duas mãos, mas você usa, e é perito na tarefa.

— Eu tenho pena de verdade de todas as outras mulheres do mundo — digo a você. — Elas vão te desejar, mas nunca o terão.

— Você está enrolando. — Sua voz é baixa e cálida, cheia de divertimento.

— Nunca ouviu falar de adiamento de gratificação?

— Já, e não combina comigo.

— Evidentemente. Vamos tomar café da manhã, daí...

Você para de escovar.

— Você testa a minha paciência, *Setareh*.

Nunca o vi assim antes, ansioso e impaciente como uma criança no Natal. É uma delícia.

Rindo, decido não o torturar. É primordial deixá-lo feliz. Eu me levanto e vou até a mesinha de cabeceira. Descubro você logo atrás de mim quando me viro para lhe dar o estojinho de couro. Rio outra vez.

— Você é terrível!

Você sorri, convencido, ao aceitar a caixa.

— Não foi o que me disse uma hora atrás.

— Eu não estava dizendo nada uma hora atrás.

— Eu consigo traduzir os seus gemidos.

Você abre a caixa e sua cabeça se inclina de leve. Com cuidado, extrai o relógio de bolso antigo e sua correntinha.

Pego o estojo para liberar suas mãos e o observo abrir o relógio.

Você lê a inscrição em voz baixa: "Os segundos que lhe devo e muitos mais".

Pensei comigo mesma se você se lembraria do que me disse na casa de praia. Quando engole em seco, sei que se lembra. Você fecha o relógio, tocando com o polegar as imagens gravadas da lua e do céu estrelado que o decoram. Chega de lírios. Sua mão se fecha em torno dele.

— Obrigado — diz você, rouco. — Vou cuidar com carinho.

Puxando-me para perto, você me dá um beijo profundo.

Durante o café, você mostra o relógio para Witte. Ele me olha de relance e sorri, como se o presente o agradasse.

— É uma peça impressionante e um presente adorável.

Com sua permissão, ele prende a corrente numa casa de botão do seu colete e coloca o relógio no bolso. Minha opinião é parcial, claro, mas acho a adição da corrente do relógio muito sexy.

Quando chega a hora de sair, eu o acompanho até a porta e me despeço com um beijo. É uma separação dolorosa para mim, e isso faz você se demorar.

Você analisa meu rosto. Sem os saltos, sou vários centímetros mais baixa que você, e você parece maior do que tudo.

— Você faz com que seja muito difícil deixá-la, *Setareh*.

— Desculpe. Não era minha intenção. — Seguro seus punhos. — Juro que estou bem. Eu tenho Witte e um milhão de coisas para fazer. Antes que eu me dê conta, você já estará em casa.

Você continua a me olhar, claramente dividido.

— Por que não assistimos a um filme depois do jantar? — sugiro. — Veremos até onde conseguimos acompanhar antes de nos distrairmos com amassos feito dois adolescentes.

Seu sorriso não chega a seus olhos.

— Já estou ansioso por isso.

Levantando-me na pontinha dos pés, eu lhe dou um beijo.

— Vá, antes que eu mude de ideia e não o deixe ir. E fique alerta. Olhe sempre para todos os lados. Você está carregando meu coração no seu corpo. Não o machuque.

— Prometa-me o mesmo.

Observo até o elevador se fechar com você. Reparo nos dois profissionais de segurança em ternos pretos flanqueando a entrada, sustentando o olhar de cada um deles antes de assentir brevemente. Em seguida, fecho a porta da entrada e me recosto pesadamente contra ela.

Witte está vindo da cozinha e para ao me ver. Ele parece renovado e cheio de vitalidade. O tempo para si mesmo enquanto estávamos em Connecticut parece lhe ter feito bem. É inevitável me perguntar por quanto tempo mais ele continuará conosco. Agora que você tem uma esposa para cuidar de você, pergunto-me se ele contempla novos desafios. Espero que não. Espero que ele continue aqui por muitos mais anos. Ele o ama tanto, e você deveria ter muitas pessoas assim em sua vida.

O semblante dele está suave quando ele me faz uma oferta:

— A senhora gostaria de alguma coisa? Um chá, talvez? Suco? Mais café?

— Não, obrigada. — Endireito o corpo. Fica mais fácil agora que você não está aqui. — Estou satisfeita.

— Irei à feira hoje, providenciar algumas coisas para o jantar e para o café de amanhã. Gostaria de me acompanhar? Seria muito útil saber do que a senhora gosta.

— Tudo tem estado perfeito. Adorei tudo o que foi servido até o momento. O *Guia Michelin* deveria avaliar você.

Faço a pergunta a seguir como se já não tivesse decorado a programação dele. Witte é uma criatura de hábitos, e eu tenho sido muito observadora.

— Com que frequência você vai à feira?

— Em alguns casos, diariamente. Em outros, só uma ou duas vezes na semana.

— A ideia de andar pela cidade é *muito* tentadora, mas a consultora de estilo vai passar aqui muito em breve. Ela tem mais algumas coisinhas para mim. — Eu me afasto da porta. — Adoraria acompanhá-lo em sua próxima saída.

Ele sorri ante minha escolha de palavras.

— Combinado.

— Você poderia, por favor, ligar para a esteticista que cuidou de mim antes e ver se ela poderia me atender em algum momento?

— Seria um prazer.

Vou para o quarto, seguindo meu próprio reflexo pelo corredor espelhado.

As criadas já trocaram a roupa de cama. Eu me pergunto o que elas pensam de você agora. Depois de anos de viuvez interrompidos apenas por ocasionais casos de uma noite, nossos lençóis agora exibem as evidências de um homem que desfruta de sua esposa múltiplas vezes ao dia. Talvez não seja uma surpresa tão grande assim, considerando-se a contundência de seu apelo sexual. E a criadagem vê tantas coisas íntimas. Não há como manter segredos deles.

A batida de Witte parece vir depressa demais.

— Pois não, Witte?

— A esteticista, Salma, diz que uma cliente que tinha hoje cedo cancelou e que então ela poderia vir para cá agora mesmo. Seria apropriado ou a senhora preferiria outro dia?

Finjo estar deleitada.

— Hoje de manhã seria perfeito. Preciso me ajeitar antes de ajeitar todo o resto.

Ele sorri e anui.

Depois disso, quando volto a encontrar Witte, ele está carregado de capas protetoras de roupas e sacolas de lojas de departamento, entrando em meu quarto no encalço de Tovah, que me espanta novamente com sua energia de tamanho descomunal contida num corpo tão pequenino.

— Bom dia, Lily! Como vai? Adorei esse quimono! Tão elegante e tão sexy.

O sorriso dela é brilhante. Seus cachos compridos cor de chocolate estão arrumados num penteado elaborado de tranças e torções. Seu vestido transpassado sem mangas tem estampa de girafa, e seus saltos são altíssimos.

— Obrigada. Você também está muito elegante e sexy.

Sorrio para Witte quando ele entra em meu closet com seus fardos.

— Estava guardando tudo isso para você desde que você saiu da cidade — diz Tovah, largando a bolsa na cadeira onde você costumava me ver dormir. — Por favor, diga que você ficou estendida numa praia de águas claras acompanhada de bebidas com guarda-chuvinhas.

— Isso parece adorável — concordo —, e você deve ser clarividente. Nós fomos mesmo para a praia, mas não havia todo o resto. Ainda conta?

— Qualquer praia conta, com guarda-chuvinhas ou não.

Witte sai e faz uma pausa junto à porta do corredor.

— Vou sair agora. Já avisei a recepção sobre a chegada da Salma e Lacy vai recebê-la quando chegar. Preparei três saladas de frango desfiado para o almoço, e vocês as encontrarão na geladeira, se forem passar o dia todo juntas. Espero estar em casa por volta das três horas.

— Você pensa em tudo, Witte. Muito obrigada.

Enquanto ele sai, Tovah coloca as mãos nos quadris.

— Onde arrumo um Witte pra mim?

— Você tem que perguntar isso ao Kane.

A porta se fecha, sinalizando privacidade, e nossos sorrisos desaparecem de imediato.

Ela suspira pesadamente.

— Estivemos conversando, e achamos que não é o momento certo.

— É o momento certo.

— Parece precipitado.

Entro no closet.

— Não é precipitado. Estamos planejando isso há anos. Poderíamos executar tudo até de olhos fechados.

— Você acabou de ser atropelada por um carro! — Tovah me segue. — Em circunstâncias suspeitas. Esteve em coma, pelo amor de Deus!

— Eu não me esqueci disso. — Abro a capa e olho os trajes que contém. — Isso aqui está ótimo.

— Claro que está. Sou boa no meu trabalho.

Olhando de soslaio para ela, eu a vejo mordendo o lábio inferior.

— Consigo cuidar disso, Tovah. *Nós* conseguimos cuidar disso. É normal sentirmos nervosismo depois que passamos uma eternidade planejando algo e, por fim, está na hora de colocar tudo em prática. Eu também estava um pouco ansiosa hoje cedo.

Ela joga as duas mãos para o ar.

— É um sinal! Você deveria esperar. Vamos nos recompor. Garantir que você esteja cem por cento.

— Nós já esperamos o bastante. Aliyah vai criar problemas. Precisamos executar os planos antes que ela encontre um jeito de foder com tudo.

Ouvimos outra batida na porta do quarto e, então, a voz de Lacy:

— Oi. Ele já foi.

Volto para o quarto com Tovah.

Lacy está parada no quarto.

— E Salma chegou.

Usando calça jeans e uma camiseta de banda rasgada com minúcia e amarrada na cintura, a voluptuosa mulher de olhos castanhos arrasta uma mala de rodinhas cor-de-rosa em seu encalço conforme entra no quarto. O rosto dela está impecavelmente maquiado, com um delineador elaborado em estilo gatinho e sobrancelhas espessas perfeitas.

— Temos certeza de que Witte já foi mesmo? — pergunto.

Lacy anui.

— Saiu do estacionamento e tudo mais.

Salma me olha feio.

— Você já se maquiou!

— Precisa de mais detalhes — asseguro-a. — E preciso de ajuda com a peruca. Usei adesivo demais quando fiz isso sozinha. Achei que ia arrancar meu couro cabeludo.

Ela balança a cabeça e fecha a cara.

— Ei — protesto —, não me olhe assim. Se eu não me maquiasse, Kane teria ficado em casa, achando que havia algum problema. Já me custou convencê-lo a sair.

Ela prageja em espanhol, baixinho.

— Ele é uma complicação séria.

— Eu sei.

Lacy relaxa contra o batente da porta. Vestida num uniforme cinza de criada, ela prendeu o cabelo ruivo num coque na nuca e estoura uma bola de chiclete antes de me dizer:

— Achamos que ainda não está na hora.

— Fui informada — digo, bem-humorada, voltando para o closet em busca da peruca. Quando volto, as três estão me encarando. Faço uma pausa e dou a elas a atenção que desejam. — Quantas chances vocês acham que teremos?

— No mínimo, mais uma — diz Salma, com uma inclinação desafiadora no maxilar.

Tovah cruza os braços.

— Aliyah já está enchendo o saco dela.

— Maldita — diz Lacy. — Nunca gostei daquela vadia. Quando não está tentando arrastar Witte para a cama mais próxima, nos trata, Bea e eu, como se fôssemos merda de cachorro grudada na sola do sapato dela.

— Como vai Bea? — pergunto.

O nariz de Lacy se franze.

— Está bem. Falei com ela hoje cedo. Eu me sinto mal pelo que fiz com o chá dela ontem. Ela disse que passou a noite toda no banheiro.

— A dor de barriga dela vai passar até a hora do jantar. E, como não queremos deixá-la doente outra vez no futuro, precisamos nos apressar. Não temos muito tempo.

Com expressões severas, mantemos o plano em ação.

Às onze horas, a mulher no espelho tem o rosto da minha mãe. Meus malares e o maxilar foram esculpidos com contorno. Uma sombra pesada deixa minhas órbitas mais profundas. Cabelos pretos caem pelo meio das minhas costas numa trança grossa.

A maquiagem terminou a tarefa de me transformar num reflexo dela.

Uma figura alta e bronzeada atrai meu olhar para a porta aberta para o corredor atrás de nós.

— Oi, você chegou cedo.

Rogelio me estuda ao entrar no quarto, o rosto tenso de preocupação. Ele veste uma calça jeans e camisa dos Yankees em vez dos ternos escuros que usa na Baharan. Seu maxilar, normalmente bem barbeado, exibe os princípios de uma barba; seu cabelo está alisado para trás com pomada brilhosa, e uma corrente grossa de ouro circunda seu pescoço. O olhar inexpressivo e vigilante é a única coisa que o distingue de qualquer sujeito aleatório na rua.

— Não gosto disso. Não parece certo.

— Você também? — pergunto baixinho.

Eu sempre o levo a sério. Estamos juntos há muito tempo.

A mão dele vem pousar em meu ombro.

— Você é linda demais, *cariño*.

— Como se ela não soubesse disso — diz Salma, revirando os olhos, guardando tudo de volta em seu carrinho com cuidado.

— *Ela* é linda demais — corrijo. — Esta não é a minha cara.

Percebo as expressões preocupadas de minha equipe no espelho.

— Vocês todos precisam confiar em mim.

Rogelio percebe minha determinação e suspira fundo.

— Tá bom. Você é quem manda.

Virando-me no banco em frente à penteadeira, eu o encaro.

— Teria mais tempo se você pudesse abrir o cofre das joias. Consegue burlar o reconhecimento de digitais?

— Mas é claro. Minha equipe cuidou da instalação.

— Eu ajudo — diz Tovah.

Ambos saem de meu closet.

Um movimento do outro lado do quarto chama minha atenção e vejo que um lírio blacklist perfeito caiu de seu caule, inexplicavelmente. Ele jaz sobre a cômoda, sob o buquê abundante, de frente para mim. O estame lançou pólen por toda a superfície brilhante, numa explosão de laranja vivo que, de maneira enigmática, lembra respingos de sangue. Há um impacto na janela, e levo um susto. Salma prageja. Um pássaro se agita contra o vidro, buscando apoio, batendo as asas em frenesi até escorregar e sair de vista.

— Jesus, Maria e José! — resmunga Salma, fazendo o sinal da cruz.

Um calafrio desce por minha coluna.

— Vá ajudar Lacy — digo a ela.

A mão dela pressiona a barriga, escondendo por pouco tempo as letras que compõem a palavra PANTERA.

— Você é minha família. Se algo acontecer a você, vou perseguir seu fantasma e chutar sua bunda quando eu morrer.

Trocamos um abraço apertado. Ela cheira a morangos e champanhe. Está fungando quando deixa o quarto com a passos rápidos.

Tovah retorna com Rogelio nos calcanhares. Ela carrega uma bolsa azul pesada e dá tapinhas na lateral.

— Estamos prontinhos.

— Hora de me vestir.

Ela passa a bolsa para Rogelio e me acompanha.

— Posso me vestir sozinha — digo a ela, achando graça.

— Desta vez, não. Se algo der errado, não vai ser por causa do seu guarda-roupa.

Quando terminamos, olho para mim mesma no espelho. A calça social cinza com faixa azul-marinho em estilo smoking é larga e presa pelo desígnio de um cinto fino de couro preto. A blusa de botões de manga longa tem um tom de azul-acinzentado mais claro e o bordado de uma águia no peito. Ela também parece enorme, mesmo com o peitoral de silicone, que me faz parecer ter seios imensos. Meu traseiro também tem um enchimento, e me pergunto como vou me sentar no trajeto.

— Na bolsa tem um boné e óculos escuros — ela me diz. — Coloque-os e fique com eles.

— Entendido.

Ela me agarra pelos antebraços. Uso sapatos baixos ortopédicos pretos. Do alto de seus saltos astronômicos, Tovah mal chega na altura dos meus olhos.

— Ligue para mim assim que estiver livre e desimpedida.

— Ligarei — prometo. — Pare de se preocupar.

Sua boca expressiva se franze, e sei que ela está lutando contra o impulso de discutir.

— Tá bom — diz, por fim. — Tá bom.

Eu a sigo para fora do closet, mas paro no limiar da porta enquanto ela desaparece no corredor. Rogelio anda de um lado para o outro com a fluidez de um homem que treinou o corpo para ser uma arma. Recostando-me no batente, cruzo os braços e o observo.

— Você está ridícula — diz.

— Eu me sinto ridícula.

Ele para e sustenta meu olhar do outro lado do quarto. Em seguida, apanha o saco na cama.

— Pronta?

— Mais do que nunca.

CAPÍTULO 47

Lily

Lacy espera por mim e Rogelio junto à porta da frente, revirando o cabo de um espanador de plumas entre as mãos, nervosa.

— Eu a vejo mais tarde.

Beijo o rosto dela.

— Aproveite esse tempo para pensar no que fará em seguida. Lugares que sempre quis visitar, talvez?

— Eu tenho uma pasta.

Isso me faz sorrir.

— Claro que tem. Eu mal posso esperar para vê-la.

Rogelio segura a porta para mim e nós passamos para o vestíbulo do elevador. Ele olha para os dois homens postados ali.

— Deem um jeito nos vídeos do circuito interno de televisão. Eu nunca estive aqui. Ela não saiu.

Eles assentem, e um sai em direção à despensa.

— Enfie a trança dentro da camisa — Rogelio me diz, olhando para mim outra vez. — E coloque o boné.

Faço o que ele diz.

— Melhor?

— Quase nada. — Ele aperta o botão para chamar o elevador. — Queria que você me deixasse cuidar disso.

— Ninguém mais sairia vivo dessa.

Ele não diz mais nada até atravessarmos a garagem e estarmos a caminho numa van alugada, com placas falsas. O carro que me atingiu também tinha placas falsas. Mas isso é apenas uma coincidência. De forma alguma poderia ser qualquer outra coisa.

— Vejamos o que temos até o momento — diz Rogelio severamente, mantendo os olhos na rua. — A reserva do almoço está marcada para meio-dia e meia. Hoje cedo, Laska enviou uma mensagem de texto para Amy, confirmando. Essa mensagem veio para o número clonado e eu respondi. Disse a Clarice que tinha ganhado um almoço para dois num restaurante localizado perto do ponto de encontro. A oferta expira hoje, e não vou poder ir, então ela vai levar Amy. Meu rastreador no telefone de Amy vai me avisar se elas saírem de lá. Se Amy for seguida, eles pensarão que ela está a caminho por meia hora. Isso nos dá algum tempo, mas não muito.

Acessar os arquivos da Baharan por via remota exige a instalação de um software de segurança próprio no aparelho. Rogelio administrou essa instalação para todos os Armand, e ele tem sido nossa porta de entrada. Por meio dele, vimos nossa chance depois que Val entrou em contato.

Nós o caçamos por anos e, no final, ele veio até nós.

— Já tenho um homem no ponto de encontro — prossegue. — Ele vai engordurar o copo d'água. Esperamos que o copo vá escorregar e cair, mas ainda que isso não aconteça, a gordura tem uma tinta e vai manchar. Você disse que Laska é meticuloso, então usar um guardanapo não será o suficiente. Eu lhe darei o sinal e você começará a ir até ele. Os banheiros são individuais e unissex. Todas as trancas foram preparadas. Uma batida forte com o quadril e você consegue entrar. E aí serão você e Laska, um contra o outro.

Assinto.

— Val terá seguranças espalhados pelo restaurante. Se desconfiarem de você ou do seu homem...

— Eu sei o que estou fazendo. E minha equipe também sabe. É você quem está se arriscando demais.

— Eu não vou estragar tudo.

Fito pela janela, tentando compreender onde estou e o que estou prestes a fazer. Há uma fila de estudantes seguindo a professora pela rua. Um casal troca carícias apoiado em uma árvore. Um entregador grita com o motorista de um carro estacionado em fila dupla. É tudo tão surreal... A cidade iluminada pelo sol, fervilhante, parece um pesadelo.

Uma promessa zombeteira de normalidade cuja intenção é fazer a realidade contrastar com o horror mais profundo.

Olho para minha aliança e não tenho coragem de retirá-la. Eu a giro para esconder a pedra.

— Já repassamos isso um milhão de vezes.

— Seu desespero embota sua perspicácia. Se ele a atacar, você não...

— Ele não vai me atacar.

Rogelio bate com a mão no volante e grita:

— Você não tem como saber disso! Está ignorando o acidente como se fosse algo aleatório, mas ninguém mais acredita nisso. E faz semanas desde que ensaiamos. Você levou semanas para se recuperar. Todos esses anos de espera e planejamento, e você não quer tirar o tempo para se preparar!

— É um tempo para ele se preparar também — argumento, calmamente. — Você acha que o retorno dele à cidade justo agora é uma coincidência? Que ele tenha contratado Amy antes e agora outra vez, por acaso? Que se encontrar com ela num restaurante que não é dele não é algo deliberado? Há mais em jogo aqui.

— Não me diga! Ainda assim, é arriscado demais.

— Nunca será isento de riscos! — Eu me afundo no banco, pressionando a testa com a mão. — Você sabe quanto é difícil ver *todos vocês* dando para trás *hoje*? Por que não em outro dia? Se alguma coisa está atrapalhando nossa chance agora são vocês, deixando-me nervosa quando preciso estar concentrada!

— Não é só hoje. — Rogelio encosta no meio-fio, estaciona e desliga o motor. Soltando o cinto de segurança, ele se vira de frente para mim. Sua boca está rígida e tensa; os olhos, suplicantes. — Temos falado a respeito disso há meses.

— Pelas minhas costas?

— Você não anda exatamente disponível! — dispara. — Não somos as mesmas crianças órfãs que você encontrou. Estamos diferentes agora, e por *sua causa*. Houve um tempo em que todos nós precisávamos da ideia de nos vingarmos de sua mãe e Laska para seguir em frente. Mas aí você nos ajudou a descobrir nossos talentos e forneceu a educação para torná-los vendáveis. Você nos deu uma nova família. Temos uns aos outros agora. Talvez isso baste, *cariño*. Talvez todos nós nos darmos bem seja a melhor vingança.

Eu o estudo. Deixo suas palavras me penetrarem.

— Queria que vocês tivessem dito algo antes. Eu não os teria feito chegarem a este ponto.

— Mas que caralho! — Ele agarra o volante com as mãos e chacoalha com força. — Estou com muita vontade de esganar você agora. Sabia que nós nunca deixaríamos você fazer isso sozinha. Só estou dizendo... Você não tem que fazer isso *por nós*. Não nos deve nada. O que a sua mãe e Laska fizeram a nossas famílias... Isso não é responsabilidade sua.

Concordo, depois pego um tubo de batom tão claro que apaga completamente meus lábios.

— Temos que planejar uma reunião da família depois disso. Discutir isso tudo.

— Você ainda vai prosseguir com o plano.

— Tenho que salvar Kane — digo, simplesmente. — Tenho que tentar.

— Tudo bem. — Ele estende a mão e aperta a minha com firmeza. — O carro com motorista estará à espera bem em frente.

— Entendido.

Ele me entrega uma caixinha que estava no console central.

— Este é o seu ponto eletrônico. Direi quando deve sair. Fique na parte de trás até lá. E coloque a porcaria dos óculos escuros!

Rogelio enfia a mão entre os bancos e pega um boné da Gucci, puxando-o para baixo. Ele confere se há carros se aproximando, depois abre a porta e desembarca. Eu passo para a traseira da van e o observo descer a rua e dobrar a esquina. Em seguida, coloco os óculos no rosto e calço um par de luvas azuis.

— Tem um cara na porta do lado de fora — ele murmura no ponto. — E dois policiais à paisana do outro lado da rua.

Assinto por instinto, depois rio de mim mesma por fazê-lo. A van já está ficando quente. As próteses de silicone intensificam o calor. O suor brota em minha pele, depois escorre em filetes. Minha maquiagem parece oleosa e imagino que também tenha começado a escorrer.

Eu me concentro em meu desconforto, em como minha pele se arrepia. Não posso pensar em você. Não posso me arriscar a duvidar de um plano que foi desenvolvido durante anos. Pode não funcionar, e eu aceito isso. Mas tenho que tentar. Por você. Por nós.

— Ande.

A palavra é sibilada, mas soa como um grito. Eu a escuto até mesmo com minha respiração ofegante e a batida frenética de meu coração. Confiro se há alguém olhando e saio num pulo, deslizando a porta até fechar, depressa. Ajeito a bolsa azul no ombro e traço os passos de Rogelio. Caminho depressa, decidida, mas jogo os ombros para a frente, como se tivesse passado a vida toda sendo desajeitada com minha altura. Reparo as pessoas saindo da minha frente mais rápido do que quando não estou usando um uniforme de carteira. Elas não são amistosas, mas parece haver alguma consciência de que, por regra, a entregadora deveria vencer a disputa de espaço entre os pedestres.

Passo por duas lojas antes de alcançar o restaurante e paro em cada uma delas, largando malas-diretas presas por elástico. Uma senhora na papelaria me pergunta se há como reduzir a inundação de porcaria. Eu digo a ela para jogar tudo no lixo reciclável.

Quando torno a sair, o sol parece ofuscante mesmo com os óculos escuros enormes que estou usando. Não consigo ver o capanga de Val, nem os policiais. As pessoas comendo nas mesas na calçada do outro lado da rua conversam, animadas. Aquelas que não estão conversando olham para seus telefones.

A porta do restaurante assinala quando eu a abro. Já estou com o bolinho de cupons e propagandas na mão. Vejo as costas largas de Val desaparecerem por um corredor bem em frente.

— Obrigada — diz a hostess, pegando a correspondência e a enfiando em sua mesa. É uma mulher de cabelos castanhos pequenina, quase tão pequena quanto Tovah, mas com mais curvas.

— Você se incomoda se eu usar seu banheiro? — pergunto, espichando o maxilar inferior para deixá-lo proeminente, alterando meu rosto e engrossando minha voz.

— Claro. Só ir reto, lá nos fundos. E que tal uma água gelada para levar?

Fico espantada com a atenção dela.

— Estou bem, mas obrigada.

Esse restaurante é mais largo que profundo, com a cozinha acompanhando a parede dos fundos. O piso é de uma pedra que viu mais décadas do que eu verei, e as mesas de sofá são memoráveis por suas telas de privacidade esculpidas com ornamentos e ganchos nas laterais para pendurar casacos e bolsas.

Isso é tudo o que vejo enquanto caminho até os fundos como se estivesse com pressa. Não quero reparar em nada nem ninguém. Não vejo Rogelio, mas não duvido que ele esteja aqui. Não sei qual dos garçons ou assistentes pode ser o homem dele. Chego ao corredor e retiro os óculos escuros e o boné, enfiando-os na bolsa de carteiro. Enquanto minha mão está lá dentro, faço um rápido inventário. Sinto o peso de joias impecáveis embrulhadas em cetim.

— Ele está no segundo banheiro — Rogelio me diz. — Espere pela distração.

Passo o primeiro banheiro. Meus passos desaceleram quando vejo o segundo. Há um terceiro antes da entrada para a cozinha. Ouço um choque atrás de mim e o tinido de vidro se quebrando. Ante o ofego coletivo, bato com o quadril na segunda porta, sinto-a ceder e entro aos tropeços.

O resto se passa num borrão de memória muscular. Eu me jogo para a frente, usando a gravidade em meu benefício. Para um homem tão grande, Val se move feito um ninja. Ele está encolhido e pronto para atacar num piscar de olhos. E, então, vê meu rosto e trava. Há um instante de reconhecimento e prazer.

Não desperdiço energia puxando a faca. Com todo o ímpeto da minha entrada rápida, eu a empunho dentro da bolsa mesmo, rasgando o tecido e o peito dele. As camadas de roupas dele cedem à adaga afiadíssima, mas a carne e o músculo resistem, acompanhadas do raspão da lâmina contra osso.

Pratiquei o suficiente em cadáveres de porcos para saber a força demandada pela tarefa. Mas considerando que ainda há vida — uma inspiração ofegante e o sangue quente e viscoso... Não estou preparada para isso. Não estou preparada para a morte.

Tento ajudá-lo a chegar ao chão com graça, mas ele é pesado demais e quase me leva junto. Recuo quando ele acaba sentado com as pernas estiradas no piso e tranco a porta. Espero que Val esteja morto. Se minha mira foi boa, uma faca atravessa o coração dele. Porém ele respira com dificuldade e há um sorriso em seu rosto.

— Não posso permitir que você o mate — digo a ele, agachando-me entre suas pernas abertas. Eu não tenho tempo para isso. Preciso remover a faca e deixar que ele sangre até morrer. Ele ganhava a vida explorando mulheres e crianças; quanto mais novas, melhor. Destruiu tantas vidas e quer acabar com a sua. Ele não merece piedade nem minha hesitação. — Eu não pretendia me apaixonar por ele, mas me apaixonei.

Ele ri, e sangue escorre do canto de sua boca. É horripilante. Como um filme de horror.

— O barco — sibila, numa bolha escarlate de saliva que estoura, gerando respingos minúsculos. — Encontre-o.

— O quê? Val... O que você disse?

— Sua mãe... — Ele sorri com os dentes sanguinolentos. — Ficará... orgulhosa.

— Diga a ela que mandei um oi — murmuro —, quando você se juntar a ela no inferno.

Mas ele ri e uma centelha em seus olhos me dá um frio na barriga.

Meu olhar vasculha o rosto dele ansiosamente, mas seus olhos perdem o foco, depois se apagam. Um momento depois, o odor acre de amônia da urina, e o cheiro mais ofensivo de fezes empesteiam o ar.

Puxo a faca do peito dele com as duas mãos, soltando a bolsa de correspondências. O sangue empapa o tecido da camisa de grife dele. Abrindo bem a bolsa no chão, tiro as luvas espessas e as jogo lá dentro. Levanto-me e tiro os sapatos com os pés enquanto abro o cinto, depois solto as presilhas que prendiam o enchimento da calça. A camisa e o peitoral vão em seguida, deixando-me num macacão ensopado de suor. Coloco o vestido transpassado de seda vermelho Ferrari sem demora.

— Se ainda está viva, anda logo, porra! — Rogelio ordena num sussurro feroz. — E pegue o celular dele.

Tiro o batom nude esfregando papel e o jogo na bolsa. Passo o brilho labial vermelho com mãos trêmulas e solto a trança enquanto insiro os pés nos sapatos de salto. Eu me atrapalho com as joias, entrando em pânico quando deixo um brinco cair na pia. Por sorte, Tovah escolheu algo fácil: brincos de gancho, um colar comprido que posso colocar por cima da cabeça e uma pulseira de argola.

Olho no espelho. A trança deixou ondas que minha mãe jamais toleraria. Minha pele brilha de suor, meu batom está borrado e há um rasgo no vestido por causa da faca. Respiro fundo, deixo o ar sair. Coloco o telefone de Val numa bolsa de mão no mesmo tom do vestido e deixo a bolsa de carteiro no chão, enquanto saio para o corredor.

Um homem está passando com uma vassoura e eu entro em pânico. E aí ele movimenta a cabeça indicando a saída, e sei que está com Rogelio. Enquanto me afasto, ouço a porta do banheiro se abrir atrás de mim. Ele vai se livrar da bolsa de carteiro. Val ficará caído ali até alguém descobrir seu cadáver. Não levará muito tempo.

— Você pode, por favor, dar no pé daí, caralho! — rosna Rogelio.

Jogando os ombros para trás, começo a sair do restaurante como minha mãe sairia, como se eu fosse a mulher mais linda a pisar na face da Terra. Imperatriz do mundo todo. Como se todos ao meu redor só tivessem relevância se eu me dignasse a lhes dar minha atenção.

Sinto os olhares dos homens de Val quando atravesso o salão. Ao pisar na calçada, sinto mais olhares. Um carro preto com motorista encosta no meio-fio e a porta de trás se abre. Desço da calçada e deslizo para o veículo. Não tenho tempo de fechar a porta. A velocidade com que o carro acelera a fecha para mim.

Tovah está sentada ao meu lado. Seu olhar paira em meu rosto, atencioso.

— Não fui capaz de esperar.

— Estou vendo.

Pego o celular de Val e o desligo, para que ninguém possa rastreá-lo.

— Está feito?

— Está.

— Ai, meu Deus. — Ela derrete no banco, parecendo pálida e atordoada. — Ai, meu Deus. Aquele safado doentio finalmente está morto.

Ela procura minha mão e a segura com força. Eu sei o que isso quer dizer. A morte do pai dela ocorreu antes que minha mãe conhecesse Val, mas, ainda assim, ela sente que alguma justiça foi feita. Como disse

Rogelio, somos uma família: conectada por algo inconcebível e uma necessidade ardente de vingança, ou justiça.

O pai de Tovah não passou pelo vil teste de moralidade de minha mãe. Val torturou e ordenou o estupro coletivo da mãe de Lacy por causa de um ex-namorado que ela não via há mais de um ano. O irmão de Salma teve o azar de chamar a atenção de minha mãe. Rogelio perdeu a irmã para a rede de tráfico de Val.

— Vou ligar para os outros — diz Tovah.

Há mais de nós fora de Nova York. Tantas famílias que foram devastadas pelo apetite insaciável de Valon e Stephanie Laska por sangue e riqueza.

Lacy nos apelidou de Os Vingadores. Cada membro da equipe desempenhou um papel na missão bem-sucedida de hoje. Se ao menos isso fosse uma história em quadrinhos onde pudéssemos escrever o roteiro e desenhar o final... Tanto tempo, tanta energia e sacrifício. Tantas vidas paralisadas. Tudo para matar um único homem desprovido de alma.

Não havia nada que valesse a pena salvar em Val. Que eu lamente, mesmo que só um pouquinho, é uma prova de minha podridão interior. Ele cuidou de mim de seu próprio modo distorcido quando ninguém mais queria fazê-lo. Não fez isso por amor nem para o meu próprio bem, mas já foi alguma coisa.

Olho pela janela. Embora Tovah pareça confortável, estou congelando. Cerro os dentes para impedi-los de bater, mas não adianta. Esfrego os braços com as mãos, tentando aquecê-los. Repousando a cabeça no encosto, fecho os olhos. A adrenalina que me deu tanta força no banheiro se esvaiu. Estou exausta. Meus membros estão pesados. Minhas pálpebras também.

Venha. Vamos entrar e esquentar você.

Piscando, eu me vejo em meu banheiro. Estou nua. Água fumegante enche a banheira funda. Tovah me apoia de um lado, Lacy do outro. Meu corpo treme como se eu tivesse tomado um choque de desfibrilador, e as duas mulheres soltam um grito alarmado e lutam para me manter de pé.

— Que se foda — diz Rogelio, e ouço as botas dele atravessarem o mármore com veios. — Tentei preservar sua modéstia, *cariño*, mas se você cair e se machucar, Black vai perder a cabeça.

Eu me dou conta de que perdi a noção de tempo junto a um bom pedaço de memória de curto prazo. A última coisa de que me lembro é que viemos correndo para casa, mas houve trocas planejadas de veículos e de roupas no caminho, seguidas pelo retorno à cobertura. O plano estava se desenrolando. A certa altura, minha mente se apagou.

Lacy se afasta. Rogelio me pega no colo e me carrega até a banheira. Eu chio, desconfortável, quando meus pés gelados deslizam para a água que parece estar fervendo, mas ele não para de despejar meu corpo lânguido para dentro dela. Imersa, minha pele fica de um rosa vivo. O vapor carrega o cheiro de azaleias.

Rogelio me analisa, cuidadoso em manter os olhos nos meus.

— Você está em choque. Vai ficar na água quente enquanto Salma retira a peruca e toda essa porcaria do seu rosto. Tome um café bem forte. Eu diria para acrescentar um pouco de brandy, mas sei que você não vai querer. Mas se já houve um momento propício para beber, é este.

Agarro o punho dele quando ele faz menção de se levantar.

— Todo mundo está bem?

— Todos estão bem.

Eu me sento, passando os braços em torno das pernas encolhidas. Salma traz seu carrinho até a banheira.

— Eles me interrogaram — esclarece, virando de costas e se afastando um pouco para me dar privacidade. — Apenas rotina. Fiquei na janela, todo o tempo visível para os paisanas, olhando para o celular, então eles provavelmente não vão me procurar mais. Vão entrevistar todos os funcionários e investigar meu homem no restaurante, mas todos o viram limpando cacos de vidro quando tudo aconteceu.

Exalo, aliviada. A banheira é paralela à janela. Repouso minha bochecha nos joelhos para poder olhar para o Central Park e o Harlem ao longe. Milhões de pessoas seguindo com seu dia, sem fazer ideia de que acabo de tirar a vida de um homem.

— O plano deu certo até aqui — ele me tranquiliza. — Minha fonte no departamento de polícia diz que eles acham que a sua mãe é responsável pela morte, já que os paisanas a viram sair do restaurante em plena luz do dia. Nós já invadimos os arquivos de Laska na nuvem, deletando qualquer coisa que possa conectá-lo a você. As autoridades não sabem que Steph Laska tinha uma filha, e vamos manter as coisas assim. Se alguém estiver prestando atenção, o endereço do IP é do próprio departamento de polícia, o que não será uma surpresa.

— Você não deixa passar nada.

— É parte do meu trabalho. Escuta... Estou orgulhoso de você. Obrigado pelo que fez por todos nós. Vamos conversar depois. Aliyah está me ligando sem parar desde ontem. Teria sido melhor se você não tivesse mencionado o empreiteiro em Seattle; ela vai se perguntar como você pode saber disso. Eu tenho que me aprontar e ir trabalhar.

— Incline a cabeça para trás — ordena Salma segurando um spray de removedor de cola.

— Rogelio. — Com a cabeça pousada na borda da banheira, meu olhar está voltado para o teto. O veio do mármore no canto junto à pia parece uma teia de aranha. — Preciso saber se existe algo sobre um barco nos arquivos de Val. Fotos, menções... qualquer coisa.

— Feche os olhos — instrui Salma.

— Que tipo de barco? Um iate?

— Talvez um barco pequeno. Um veleiro. — De súbito, a água quente não suficiente para combater um calafrio, e estremeço. — Ele me disse para procurar pelo barco.

— *Seu* barco? — pergunta, bruscamente.

— Não sei. Talvez.

— É uma piada doentia. O único jeito de encontrar um naufrágio é indo até o fundo do mar.

— Ele não estava em condições de fazer piadinhas.

— Tá bem. — As palavras saem afiadas. — Vamos procurar.

— Mais uma coisa... Acho que ela pode estar viva.

— Quem?

— Você sabe quem — retruco, cansada. — Assim que Val viu meu rosto, tenho certeza que, por um microssegundo, pensou que eu fosse ela. Ele não pareceu chocado.

— Você não tem como saber disso. Você meteu uma faca no cara. É tudo questão de instinto num momento assim, para você e para ele. Não dá para levar as expressões faciais em consideração.

— Ele disse que ela ficará orgulhosa de mim. Não que *ficaria* orgulhosa, mas que *ficará*.

— Isso não significa nada — rejeita Salma, passando o spray na linha em que começam meus cabelos.

— Ele estava caído no chão de um banheiro com uma faca no coração — argumenta Rogelio. — O fato de que conseguiu ao menos dizer algo só mostra que ele tinha a força de um touro. Estava agonizando e balbuciando. Sem mencionar que você está em choque. O que está pensando e sentindo, do que se lembra ou deixa de lembrar... Tudo vai ficar misturado na sua cabeça. Lembre-se, testemunhas oculares são notórias por não serem confiáveis.

— Esqueça o que vi — digo a ele. — Acredite no que senti. Tá?

— É impossível que ela esteja viva, *cariño*. Eu sei que você se sentiria melhor se tivesse enterrado o cadáver dela, mas ela caiu da amurada para o mar durante uma tempestade a quilômetros de altura. As chances de sobrevivência são nulas.

— Eu sobrevivi.

— Você não tinha uma bala no peito!

— Rogelio, por favor.

Ele exala com força.

— Se Laska andou se comunicando com sua mãe, as provas estarão no telefone dele. Se estiverem lá, nós vamos descobrir.

— Ela tem múltiplos nomes falsos. Pode até estar usando um nome masculino. Ela e Val podem usar uma linguagem codificada ou...

— Eu sei o que procurar. Aviso se encontrar alguma coisa. As joias estão de volta ao cofre.

— Obrigada.

Ouço ele sair, em seguida ouço os passos mais delicado de Tovah se aproximando. Salma volta a puxar meus cabelos, de modo irritante.

Quando Witte regressa, entrando na cozinha com um carrinho de compras cheio, estamos sentadas na mesa da cozinha, comendo as saladas. Lacy se ocupou numa parte distante do apartamento depois que a equipe de segurança nos avisou sobre o retorno de Witte. Salma e eu lemos uma página de fofocas no *tablet*, rindo de uma foto em que Tom Hiddleston usa uma regata com a frase "Eu amo T. S." — ou seja, sua namorada, Taylor Swift.

— Será que Kane usaria algo assim por você? — pergunta Tovah.

— Jamais — digo com convicção.

Todas rimos, Witte sorri, e sinto que estou na versão sitcom da minha vida. Nada parece real. A salada, que deixou Tovah e Salma em êxtase, tem aparência e sabor de nacos úmidos de papelão. Meu estômago se revolta contra digerir qualquer coisa, mas eu o forço a obedecer. Posso obrigar meu corpo a fazer muitas coisas que ele, por instinto, não quer.

— Comprei morangos maduros que estão maravilhosos — diz Witte. — Posso servi-los com chantili fresco, se houver sobrado espaço para a sobremesa.

— Parece incrível — digo a ele.

— Você tem um irmão, Witte? — pergunta Tovah. — Por favor, diga que sim.

— Ou um filho? — graceja Salma.

É tudo tão horrivelmente, assustadoramente normal. Desempenho meu papel, dizendo a mim mesma que fiz o que era preciso para manter essa vida inesperada com você.

Quando você chega em casa, estou esperando ao lado da porta. Ela se abre, você dá um passo para dentro e eu me lanço em você como fiz com Val — com toda a força que tenho. Você balança para trás sobre os calcanhares e larga a bolsa, pegando-me com uma risada. Meus pés saem do chão.

— Bom... Com certeza gosto de chegar em casa e ser recebido assim, *Setareh*. — Você me dá um sorriso juvenil seguido por um beijo profundo e exuberante. — Também fiquei maluco de saudade de você. Quase mais do que pude aguentar.

E, enquanto tenho você em meus braços, acho que tudo valeu a pena. Espero que o pior já tenha passado. Tenho pavor de que não tenha.

CAPÍTULO 48

Witte

Manhattan brilha como diamantes sobre veludo preto, esparramando-se ao redor da torre da cobertura. Uma tempestade se aproxima. O arranha-céu em que moramos estala ao oscilar em ventos cada vez mais tormentosos. Uma chuva leve bombardeia as janelas, agarrando-se ao vidro como lágrimas. À distância, vejo relâmpagos. Os lampejos de beleza destrutiva iluminam brevemente as nuvens encrespadas, mergulhando-as em seguida num negro digno do Estige.

Meu patrão está sentado em sua mesa, olhando a tela do celular. Ele acabou de tomar banho e colocou calças de seda preta e um roupão do mesmo conjunto, fechado com um cinto na cintura. Seu cabelo ainda está úmido.

Sua mão cobre a boca daquele jeito distraído de quem está perdido em pensamentos. Um vinco fundo é visível em sua testa.

Eu me pergunto se ele vê o mesmo que eu. A mulher que deixou o cadáver de Valon Laska no chão de um banheiro encharcado de sangue carrega sua bolsa de mão enfiada debaixo do braço direito. Quando foi fotografada anteriormente, Stephanie Laska carregava seus itens debaixo do braço esquerdo. A diferença não é insignificante quando levamos em consideração a dominância da mão esquerda e da direita, além da tendência natural de deixar o braço dominante livre.

Lily é canhota.

O sr. Black se levanta e me devolve o celular.

— Discutirei a morte dele com ela amanhã.

Espero que diga mais alguma coisa, mas ele dá a volta na mesa.

Ele para ao meu lado, os dois olhando em direções opostas. Coloca a mão em meu ombro.

— Ela parece fragilizada hoje. Senti isso de manhã e cheguei a considerar se deveria ficar em casa. Não quero me aborrecer agora porque isso vai aborrecê-la. Por isso, amanhã retomamos esse assunto, tá bem? O amanhã está logo aí.

— Claro.

Não notei a fragilidade que ele menciona. Houve certa melancolia logo depois que ele saiu, mas Tovah e Salma a animaram. Foi fortuito elas terem horários disponíveis quando Lily mais precisava de uma distração.

Por que uma mulher famosa por ter dúzias de amigos preferiria passar seu tempo com desconhecidas é outro mistério.

De qualquer forma, terei que agradecer a Lacy mais uma vez por recomendar as duas. Nos poucos anos que ela está conosco, Lacy provou ser um recurso que vai muito além de seus deveres como membro de minha equipe.

Meu patrão para no limiar para o corredor.

— Gideon Cross me recomendou um psicólogo, um tal de dr. Lyle Petersen. Veja o que consegue descobrir sobre ele, sim?

— Claro.

Ele vai ficar ao lado da esposa e eu faço minha última ronda da noite. O interior da cobertura está escuro e silencioso. Lá fora, ventos selvagens assoviam pelos pisos adjacentes da torre, feitos especialmente para quebrar a força dos vórtices, e raios piscam abaixo das nuvens. A chuva agora é constante e açoita o vidro.

Coleto a entrega da lavanderia no armário do vestíbulo de elevadores, cumprimentando os dois guardas, que ainda estão tomando o café que forneci mais cedo. Eu me pergunto se meu patrão verá como necessários os serviços de segurança agora. Terei que convencê-lo de que é melhor deixar as coisas como estão por enquanto. Ainda não tenho certeza se a ameaça vem de dentro, mas a prudência é a filha mais velha da sabedoria, como escreveu Victor Hugo.

Sigo o corredor de paredes espelhadas até a área particular da residência que o sr. Black agora divide com uma esposa que pensávamos estar eternamente perdida. Paro na porta do antigo quarto dele, absorvendo a sensação de abandono. Limpamos o quarto diariamente, como fazemos com toda a cobertura, mas aqui há uma sensação de negligência. Suponho que seja porque ele nunca teve vida de verdade. Era um lugar de estase, de anseio capaz de consumir toda a esperança.

Lily acena de seu lugar na parede, uma sereia sedutora eternamente atraindo seu marido a se unir a ela. Sem nunca evoluir ou envelhecer, viver nem morrer.

Eu a encaro. A imagem me prende, como sempre. Ela é um mistério tão vasto e profundo como o oceano, um enigma que continua sem solução. Uma enxurrada de perguntas passa por minha cabeça sem me dar paz.

No guarda-roupas do sr. Black, penduro os trajes dele, depois arrumo seus sapatos e ajusto o ângulo das gravatas. Relâmpagos coruscam com frequência cada vez maior conforme a tempestade chega do Atlântico. Ouço vozes e me flagro me aproximando da porta aberta da sala de estar.

A televisão está ligada, seu brilho refletindo nas diversas superfícies espelhadas. Eles estão deitados juntos, o sr. Black e a mulher cujo nome não sabemos. Ele se espalha no canto do sofá modulado. Ela se reclina contra o peito nu dele. Eles assistem a uma perseguição improvável de motos em que homens vestidos de couro atiram uns nos outros em meio ao trânsito. Ele a abraça, suas mãos afagando os braços dela em movimentos calmantes. As pernas compridas e esguias dela estão embrulhadas numa manta, e seu roupão foi jogado numa espreguiçadeira. As pernas da calça dele foram enroladas até as canelas.

Relâmpagos cintilam numa explosão de iluminação refletida. Um instante depois, o trovão estronda tão alto que me encolho. Tudo vibra.

Ela ofega e ele ri, abraçando-a mais forte. Quando ela levanta o rosto para ele, ele a encara por um longo instante, e um sorriso se forma em seus lábios. Outro lampejo ilumina dois apaixonados num momento de conexão profunda.

Não me perguntei em certa ocasião que força da natureza o sr. Black devia ter sido com a esposa ao seu lado? Enquanto a tempestade uiva e a torre geme, dou-me conta de que estava enganado. Juntos, eles são o olho da tempestade, ancorados e em paz. Enquanto a destruição e o caos assolam tudo em torno deles, ambos encontraram abrigo um no outro.

Afasto-me em silêncio.

Meu patrão está certo: amanhã e todos os dias que virão depois estão logo aí para desenterrar os segredos que ainda estão escondidos.

Agradecimentos

Dar vida a *Tão perto* deu muito trabalho, e eu não poderia ter feito isso sem minhas editoras: Maxine Hitchcock, Hilary Sares e Clare Bowron. Meu obrigada também à minha agente, Kimberly Whalen, da Whalen Agency, que fez apontamentos em diversos esboços.

Sou muito grata a Tom Weldon e Louise Moore, por seu apoio. Sempre foi uma alegria ser publicada por Michael Joseph, e sou grata a cada membro da equipe que ajuda a cuidar de meus livros com tanto carinho.

Também sou grata às minhas editoras na Brilliance Audio, Sheryl Zajechowski e Liz Pearsons, e às maravilhosas equipes de Heyne, J'ai Lu, Psichogios, Swiat Ksiazki, Harper Holland, Politikens e Kaewkarn.

O design marcante da capa é filho de Frauke Spanuth, da Croco Designs. Tenho muita sorte de ter uma artista tão excelente trabalhando comigo em meus romances por quase duas décadas. Sou grata pela representação visual perfeita que ela fez de minha história, que inspirou a adorável sobrecapa lançada no Reino Unido/Commonwealth.

Muitas coisas assombram os personagens em *Tão perto*: escolhas passadas, falhas de caráter e transtornos mentais, por exemplo. Rebecca de Winter também lança uma sombra vasta e profunda. *Rebecca*, de Daphne du Maurier, instilou em mim uma apreciação mais profunda por mulheres imperfeitas e os modos esperançosos e sinistros pelos quais o casamento pode alterar a noção que temos de nós mesmos.

No fronte da vida pessoal, eu não teria conseguido superar as passagens mais difíceis sem o incentivo de meus filhos: Justin, Jack e Shanna. E sem o apoio de minhas queridas amigas: Karin Tabke, Christine Green e Tina Route.

E, finalmente, sou grata aos meus leitores e às minhas leitoras. Obrigada por me acompanhar enquanto eu pulo de um gênero a outro e experimento novas maneiras (para mim) de contar uma história. Sou uma escritora que adora experimentar, crescer e me desafiar continuamente a esforçar-me mais, superar-me e imaginar além. Sou muito grata por ter um público disposto a viajar comigo. Sua lealdade é um presente precioso. Muito, muito obrigada por seu apoio!